旧书是美丽的

姜德明书话选

姜德明 著
陈子善 赵国忠 编

中国书店

图书在版编目（CIP）数据

旧书是美丽的 / 姜德明著 ; 陈子善 , 赵国忠编 . 北京 : 中国书店 , 2025. 7. -- ISBN 978-7-5149-3851-7

Ⅰ . I267

中国国家版本馆 CIP 数据核字第 2025JP0770 号

ISBN 978-7-5149-3851-7

9 787514 938517 >

旧书是美丽的——姜德明书话选

姜德明　著　　陈子善　赵国忠　编

责任编辑　刘　深

出版发行：中国书店
地　　址：北京市西城区琉璃厂东街 115 号
邮　　编：100050
电　　话：（010）63013700（总编室）
　　　　　（010）63013567（发行部）
图书策划：金　川
装帧设计：观止堂 _ 未　氓
书影拍摄：康少楠
印　　刷：武汉精一佳印刷有限公司
开　　本：787mm×1092mm　1/16
版　　次：2025 年 7 月第 1 版第 1 次印刷
字　　数：160 千字
印　　张：26.75
书　　号：ISBN 978-7-5149-3851-7
定　　价：168.00 元

藏书的快乐

代序

每个爱书的人，差不多都有过这样的经历：很早就仰慕一本书，梦里寻它千百回，老天总不从人愿，时隔多年，仍然百无机缘。待你处于绝望和渐渐失去信心之际，忽然经过旧书店时竟于无意间得之，不仅书品好，而且定价低廉，这时候你也许要欢呼和雀跃起来，快慰之感难以形容。寒斋所藏“五四”以来的新文学绝版书，有若干种便是如此得来。

一段时间，我有意搜集鲁迅先生逝世后出版的纪念书刊和研究著作。知道先生逝世时，全国最早出版的书是燕京大学学生会编印的《纪念中国文化巨人鲁迅》。费去十余年时间，我遍走京沪两地的旧书店全无结果。70 年代初，偶过琉璃厂的中国书店，忽然发现了它。当时心神一振，马上觉得说话响亮，动作轻快起来。这样的收获不能不告诉与我有同好的唐弢先生。他很羡慕我，当然要一睹为快。直到他还我这本小册子时，仍然怀着留恋的神情。我确实从他的目光里发现了这一隐秘，他不好意思让我割爱，我也不忍心放弃所藏，彼此两心相照而已。

多亏书神帮忙，亦是书友的情缘，大约半年之后，我出差天津，事先已开好介绍信，名为寻找批判“30 年代文艺黑线”的反面资料，得以到东门内文庙去看旧书。当时天津抄家的旧书大部分集中在这里，正殿、配殿都是线装和旧版书。我得其所哉，一个架子一个架子地巡礼，意外地又发现了一本《纪念中国文化巨人鲁迅》，而且书品比我所藏的更好，定价奇廉，只两角钱。我乐不可支，立即买了下来。对于好书我自然有一种占有的愿望，但是再自私也不会如传说中的犯人，为了保持所藏孤本的虚名而毁弃复本。回到北京，送书到唐家，它变成了晦庵的收藏。这一回，乐不可支的不是我，而是弢公了。

藏书的乐趣在于有所发现，除了久觅不得而一朝获得者外，还有完全没有思想准备，事先根本不知道世间存有这样的奇书，终于被自己从乱书堆中发掘了出来。这种快乐也许胜过了前者。比如 1930 年鲁迅先生致书北平的王乔南，婉劝他不必把《阿 Q 正传》改编为电影《女人与面包》。数十年来鲁迅研究者们始终不知此剧是否改编成功，出过书没有。某日我在海王村淘得 1932 年在北平出版的《阿 Q 及其他》一册，作者署名力工。经我考证，这位力工正是王乔南，于是喜出望外，立即草成一篇书话发表，不仅为《鲁迅全集》增添一条信实的注解，又为鲁迅研究提供了新的课题。当然，这个“孤本”也要送到永安里的弢公处，请他过目，同为一乐。可惜我再也没有见到过此书的复本。

我的藏书与唐先生比，在质与量上都不如他的，不想他在多年访书中亦有漏收者。所以先生在赠我的条幅中写道：

燕市狂歌罢，相将入海王。

好书难释手，穷落亦寻常。

好个痴心的爱书人！

目 录

第六章　书衣、插图与影像　295

第七章　梨园书事　351

书叶小集

第一章

《冬夜》｜1922 年上海亚东图书馆版

《冬夜》种种

1922 年 1 月，朱自清给俞平伯的第一本诗集《冬夜》写序，那时距新诗在中国的诞生不过才三四年，可朱先生却感慨地说：“诗炉久已灰冷了，诗坛久已沉寂了！”这里透露了新诗发展的道路并不是那么顺利坦直的。

“五四”前后，新诗还在尝试阶段。当时有四本诗集最著名，即胡适的《尝试集》、郭沫若的《女神》、康白情的《草儿》、俞平伯的《冬夜》。这四本诗集自然有高低，但都闪耀着先行者寻找新诗之路的光芒。

俞平伯早在“五四”以前便已经写新诗了，从一开始他就主张新诗是平民的，应该以口语入诗。周作人和康白情则认为诗是贵族的。这场争论很有趣，虽然后来不了了之，各人的观点亦有变化，却可看出初期的诗人们一开始便很关心新诗的指归。就诗的主体来说，俞平伯控诉了军阀的统治，同情那些在底层的被残害者，歌颂了为人民的利益而牺牲了的人，尽管在《冬夜》里这种诗还不是太多。俞平伯在《无名的哀诗》里写了一个惨死的轿夫。他为轿夫的身世鸣不平，为这个无名的死者洒同情泪，咒骂了那个时代：

在饥饿底鞭子下黄着脸的，
在兵士们底弹子下淌着血的，
在疫鬼底爪子下露着骨头的；
所谓上帝的儿子，
不幸的兄弟们，
竟这样断送光荣的一生。

《冬夜》里写了不少风景诗，是自然的写生，有画面，有感情。后来诗人意识到：诗，不能单纯地写风景。他的诗走近哲理，语言仍是通俗的，如《所见》：

骡子偶然的长嘶，

鞭儿抽着，没声气了，

至于嘶叫这件事情，

鞭丝拂他不去的。

俞平伯传统诗词曲的根底很深，他的新诗显然吸收了民族的风格，既讲意境，也求音韵美。读《冬夜》里的诗，常有一种音乐感，虽出之口语，竟能有如此魅力，初期白话诗人们的追求启发了后人。当时如果不做这种努力，也无法巩固新诗的地位。比如《潮歌》的开头既是白话诗，亦是词：

左顾汪洋，右顾迷茫。

平铺着的烂黄，

是海？是江？

朱自清先生说，俞平伯的新诗有一种特异的修辞法，即偶句的大量运用。朱先生以为如果偶句运用得当，可以帮助意境和音律的凝练。比如《送缉斋》便是：

碧云寺，淋着脚的雨；

锦带桥，打着头的风；

去年北京的雾那；

今年杭州的云那……

《冬夜》1922 年 8 月由上海亚东图书馆初版，扁横的开本，直排的诗句，豆青的封皮纸上只印一种黑颜色的画。一少女正弹琵琶，旁边一睡猫，神态很美。承俞先生书面示知，此画为许敦谷先生作。

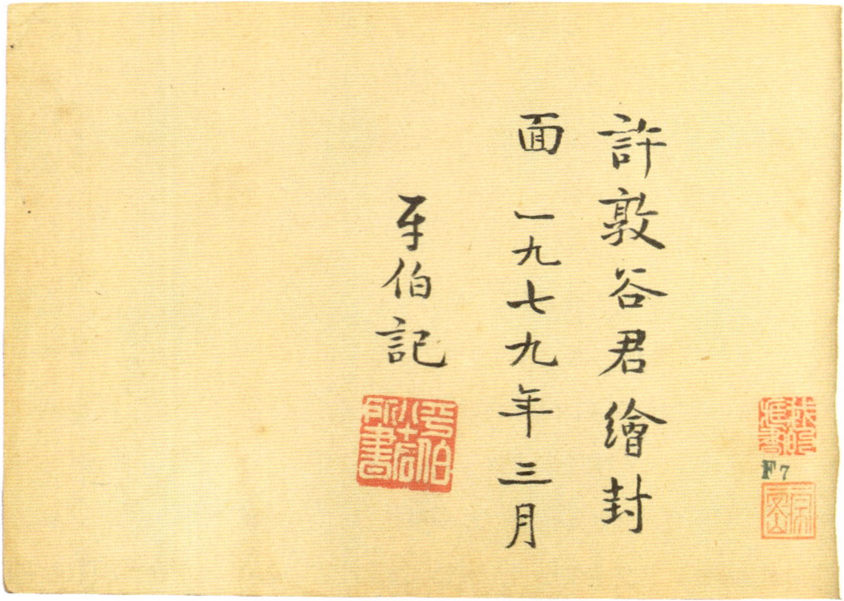
許敦谷君繪封面
一九七九年三月
平伯記

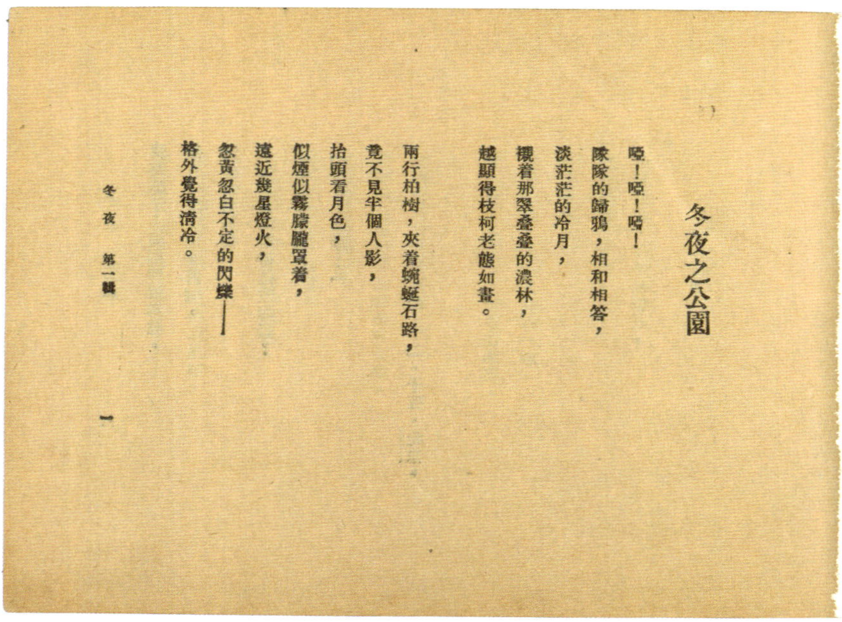
冬夜之公園
啞！啞！啞！
隊隊的歸鴉，相和相答，
淡茫茫的冷月，
襯着那翠疊疊的濃林，
越顯得枝柯老態如畫。
兩行柏樹，夾着蜿蜒石路，
竟不見半個人影，
抬頭看月色，
似煙似霧朦朧罩着，
遠近幾星燈火，
忽黃忽白不定的閃爍——
格外覺得淸冷。
冬夜 第一輯
一

《冬夜》内页

《忆》的“双美”

1925 年底，北平朴社出版部发出俞平伯诗集《忆》的广告，上面说：“这是他回忆幼年时代的诗篇，共三十六篇。仙境似的灵妙，芳春似的清丽，由丰子恺先生吟咏诗意，作为画题，成五彩图十八幅，附在篇中。后有朱佩弦先生的跋，他的散文是谁都爱阅的。全书由作者自书，连史纸影印，丝线装订，封面图案孙福熙先生手笔，这样无美不备，洵可谓艺术的出版物，先不说内容，光是这样的装帧，在新文学史上也是不多见的。”广告里还漏掉连朱自清的跋也是朱先生手书影印的。

1935 年朱自清为《中国新文学大系》编选诗集时说：“《忆》是儿时的追怀，难在还多少能保存着那天真烂漫的口吻。做这种尝试的，似乎还没有别人。”20 年代初还是新诗的萌芽时期，一切都要通过诗人们的尝试。诚然，《忆》的天地不够宽厚宏大，但这既非“五四”新诗的全部，亦非俞平伯诗作的代表，它是初期新诗运动的探索之果，中国新诗史上的一朵小花。

《忆》的扉页上有“呈吾姊”的字样，我想这是因为在诗人的梦影里常常有一位小姊姊在做伴儿，同样的天真可爱。如“第三十五”里所写：

> 月儿躲在杨柳里，
> 我俩都坐着，
> 矮的凳上，长的廊上。
> 姊姊底故事讲得好哩。……

诗人自白：“《忆》中所有的只是薄薄的影罢哩。虽然，即使

《忆》｜1925年北平朴社版

是薄影吧——只要它们在刹那的情怀里，如涛底怒，如火底焚煎，历历而可画；我不禁摇撼这风魔了似的眷念。”读《忆》中表现童心的这些诗作，很自然地让我们联想起丰子恺的那些表现童心的漫画。即使书中没有丰先生的插图也会生此联想。请看“第十一”：

爸爸有个顶大的斗篷。
天冷了，它张着大口欢迎我们进去。
谁都不知道我们在那里
他们永找不到这样一个好地方。
斗篷裹得漆黑的
又在爸爸腋窝下，
我们咯咯地笑
“爸爸真个好，
怎么会有了这个又暖又大的斗篷喔？”

这好像是没有画的丰子恺先生的诗，又好像是俞平伯先生以画来写诗。

“第二十”是写孩子们在听到门巷前小贩的叫卖声而引起的联想：“桂花白糖粥！”——声音是白而甜的。“酒酿——酒！”——声音是微酸而涩的。丰子恺先生是擅写童心的，他把诗人的联想形诸图画，我不知人间竟有如此通达儿童心理的画家，他笔下画了一个挑担的卖粥小贩，而从他口中传出来的叫卖声（即“桂花白糖粥”那几个字）却已经黏黏地洒下糖滴和粥粒来了。这是孩子式的幻想，声音也可以入画，每个字体都鲜活地有了动感，有了生命。所以，我很赞赏朱自清先生对于《忆》的评价，这是一部“双美”的书！“我们不但能用我们的心眼看见平伯的梦，更能用我们的肉眼看见那些梦”，读者在一片陶醉中说得清是诗好还是画好吗？

1982 年 10 月

《忆》内页

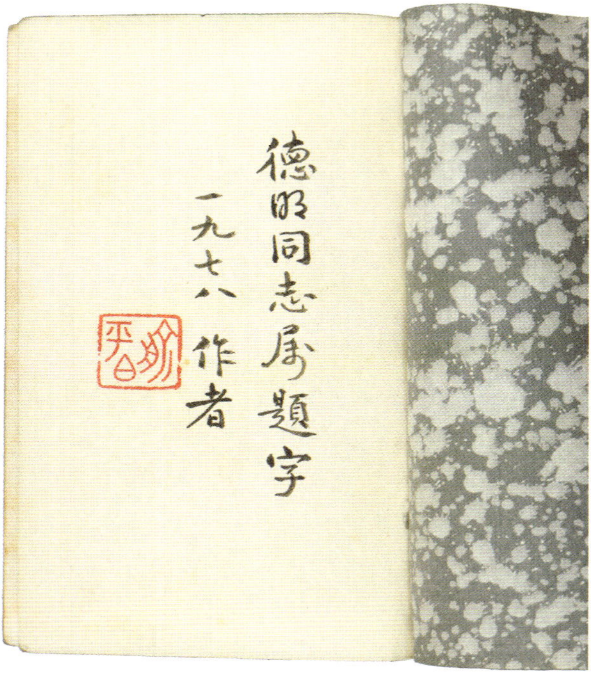
德明同志属题字
一九七八 作者

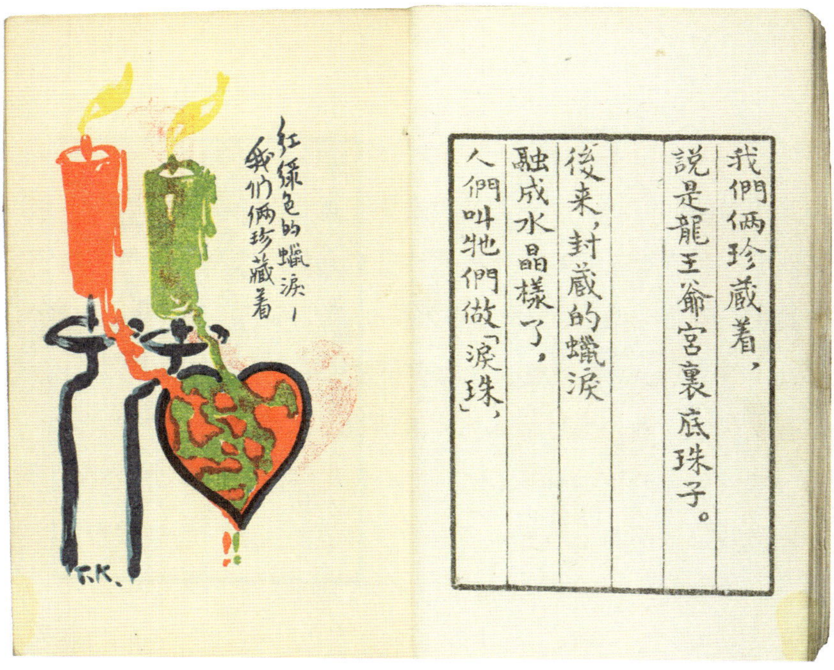
红绿色的蠟淚，
我们俩珍藏着
T.K.
我們倆珍藏着，
説是龍王爺宮裏底珠子。
後来，封藏的蠟淚
融成水晶樣了，
人們叫牠們做「淚珠」，

《夜哭》和《他乡》

焦菊隐（1905—1975）是一位众所周知的戏剧艺术家，人们却忘记了他早年的文学活动以及他为新文学留下的几部作品。

“五四”以后，他同赵景深、于赓虞等人在天津组织了一个文学社团“绿波社”，相当活跃，还出版了文学刊物和丛书。据赵景深先生回忆，有一本诗的合集《春云》，其中便包括他们三人初期的诗作。焦菊隐是以诗创作开始他的文学生涯的。

焦菊隐个人的第一本集子是《夜哭》，北新书局初版于 1926 年 7 月，这是我国现代文学史上的第一本散文诗集（封面疑为丰子恺所画），比鲁迅先生的《野草》早出了整整一年。《野草》是 1927 年 7 月由北新书局出版的。当然，就其思想和艺术的成就来说，《夜哭》与《野草》是不好比的。但是，我们应该看到《夜哭》的出版亦曾吸引了不少青年读者。到 1933 年 4 月，它已经印行了第六版，以后是否再印过还不清楚。这至少说明一种崭新的文学样式的出现，曾经怎样影响了读书界的风气。只是限于当时的条件，本书六版的累计印数也不过八千册而已。

《夜哭》的基调是低沉而感伤的。诗人于赓虞为本书题序时说，他读《夜哭》如同喝着飘零的苦酒，“倍增凄寂荒渺的感怀”。作者在本书再版自序里也承认：“我受着微小的压迫，已经不去反抗，终日呻吟……”“我所刊行的这一本《夜哭》中的诗，只是些微风细雨之夜，伴神恍孤灯的寡妇之啜泣声，而非号啕的勇士的泪痕。我所以自己惭愧，也就是因为这个。”在本书第四版自序里，作者又说：“我不作革命的诗，因为那不能表现大众的人生，要看大众

《他乡》｜1929年北新书局版

的人生，还须跑到社会去。”看人生要到社会上去，这是不错的，而革命和大众本来就没有矛盾，作者不屑作革命诗，显然是一种偏见，源于他对革命的不理解。他甚至认为革命文学家是虚伪的，因为他确信，只有产生了革命的环境之后，才能有革命文学的诞生。这话是在 1929 年的 7 月时说的，只能说明焦氏这时对于革命还有些隔膜。他相信自己，并把自己的呻吟看成是真正在表现大众的人生。《夜哭》里有一首《安慰》，写的正是他这种心理状态。他孤独地站在河边，躲开林后突出的一片红光。一位庄严的朋友告诉他："要快乐，看方才红光的辉煌，那就是你的将来。”他只能强装欢喜，怕见这红光，终于跑回屋里哭了一晚。

《夜哭》开头的几首散文诗，大体写于 1924 年左右的天津，那时作者正遭遇家庭的不幸，唱的是母亲病中的呻吟。作者的感情是真实的，可又是“自我”的，整部《夜哭》始终无法摆脱这种局限。一组写北京的盔甲厂、泡子河、王府和街头槐花香的散文诗，寄托的也是作者寂寞的心境。只有一首《夜的舞蹈》，抒写的是夜姑娘的欢乐和纯真。丰子恺先生为本书作了两幅插图，其中之一便是夜姑娘在跳舞。

1928 年底，焦菊隐又在北新书局出版了他的第二本散文诗集《他乡》。这一次，他在书前“自记”里不敢称《他乡》是散文诗，而改称散文。这不仅因为顾虑到诗的意境不足，更重要的是他不能改变《夜哭》里的哀调和呻吟。此后，焦氏几乎怀疑是否还有人喜欢读他的哀唱，转而热衷于戏剧艺术活动，不再写散文诗了。

抗战时期的 1944 年，焦氏又写了长篇小说《重庆小夜曲》（1947 年 2 月上海中国文化事业社出版），以山城重庆的现实生活为背景，写了一个少女对一个教师的纯真爱情，终于被一个暴发户以金钱和阴谋所夺。这是焦菊隐的第一部长篇小说，也是最后的一部。他原想追随这个少女的命运写成连续的几部，但是终于不成。

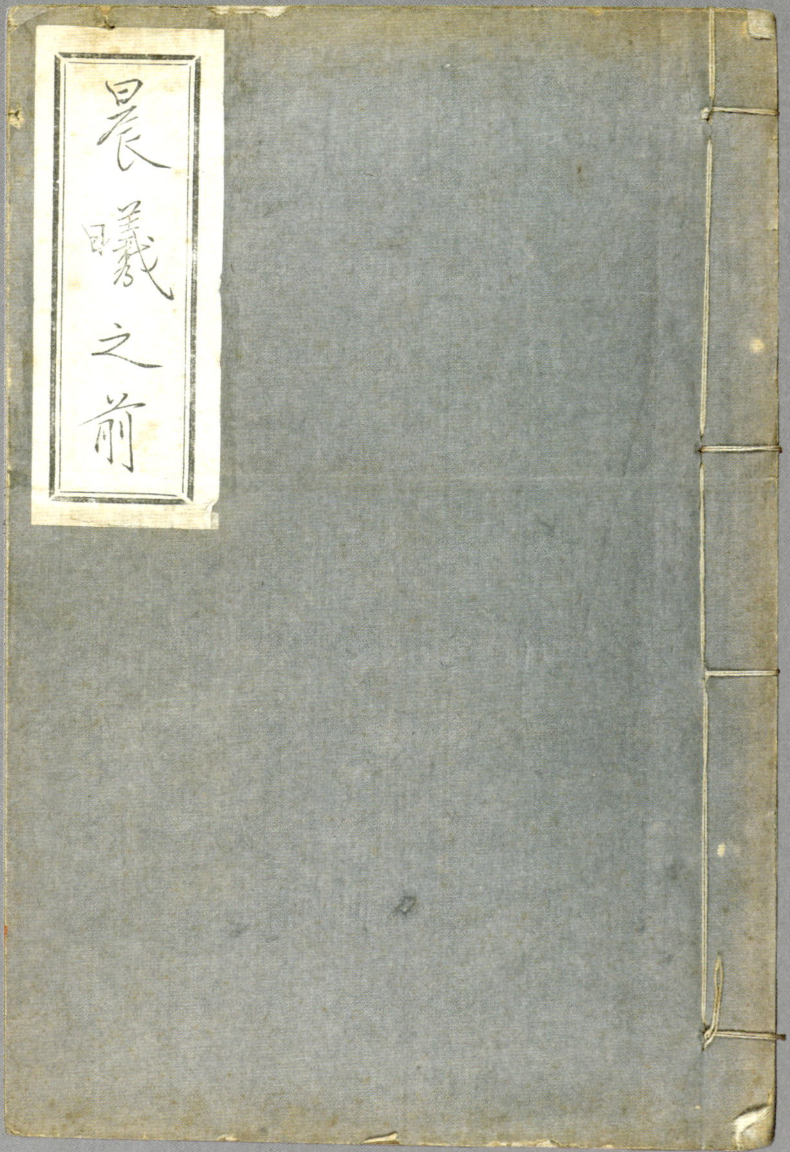

《晨曦之前》| 1926 年北新书局版

于赓虞的《晨曦之前》

在现代文学史上，常有一些失落了消息的作家，诗人于赓虞即其中之一。“五四”以后，他曾活跃一时，后来销声敛迹了。如果不是近来看到了一本文学家辞典的介绍，怎么会知道 1963 年他还活着，并为教育事业贡献过力量。

20 世纪 30 年代中期，朱自清在编选《中国新文学大系》新诗卷时已感慨寻找资料之难。他举于赓虞的诗集《骷髅上的蔷薇》为例，好容易才在北平的景山书社找到最后的一本。其实，这还不是作者的第一本诗集。最早是 1926 年 10 月由北新书局出版的《晨曦之前》。这本书也是“五四”以后少数几本以线装形式来装帧的新诗集。

朱自清把于赓虞同徐志摩、闻一多等放在一起介绍，可能因为他们当时都是比较注重诗歌形式的诗人。他们当中有的人讲究诗歌的音乐美和绘画美，还进什么建筑美。流风所至，便出现了“方块诗”和“豆腐干”诗。于赓虞是热衷于诗歌建筑美的实践家。他的诗每节每行的字数一个也不差，有的该低几个字也都一律。有人诗句短，成了“豆腐干”；他的诗每行二三十个字，长而整齐，所以赵景深夸张地说：“一长条一长条的，四行凑一块，不很像云片糕吗？”为此便称他是“云片糕诗人”。（见赵景深著《文人剪影》）

20 世纪 20 年代初，赵景深、于赓虞、焦菊隐等在天津办了一个文学社团“绿波社”，于天津《新民意报》刊行《绿波旬刊》。《绿波旬刊》主要发表诗歌和抒情散文，重点不在言论。“绿波社”成立时间不长，总的来说影响不大。于赓虞这一时期发表的诗虽然也具有反封建、反对帝国主义的思想，但是却为阴冷神秘所害，使人难以接受。看看他诗集的名字，如《孤灵》《魔鬼的舞蹈》《骷髅上的蔷薇》等，显得阴森森的。

在《晨曦之前》的“卷首”，于赓虞承认“我生活于人间犹如死尸沉寂的，无语的躺卧于荒草无径的墓地”；在“卷末”又悲哀年华之空去，宇宙只是个“冷厉骄矜的面颜”。因此，诗集里不少是失意者孤独的哀鸣，代表了一部分苦于找不到出路的知识分子的呻吟。当然，也不能就此说他的诗全是些不可理解的呓语。

离开天津，诗人于赓虞到了北平，一度同女作家庐隐合编了《华岩》月刊。在《晨曦之前》中，还有献给“三一八”死难烈士刘和珍女士的一首诗，题目叫《不要闪开你明媚的双眼》。作者的感情真挚而沉痛：

血色闪耀的散发是这世界不曾有的一朵奇丽的红花，

我的姑娘，这最后的花朵是不是在缀饰你梦境的天下？

尽管留下了好几本诗集，可是于赓虞在新诗歌的运动史上几乎很少有人提到他的名字。大革命失败以后，于赓虞先到英国去留学，20 世纪 30 年代后期归国，转而研究外国文学，再也不见他写诗了。

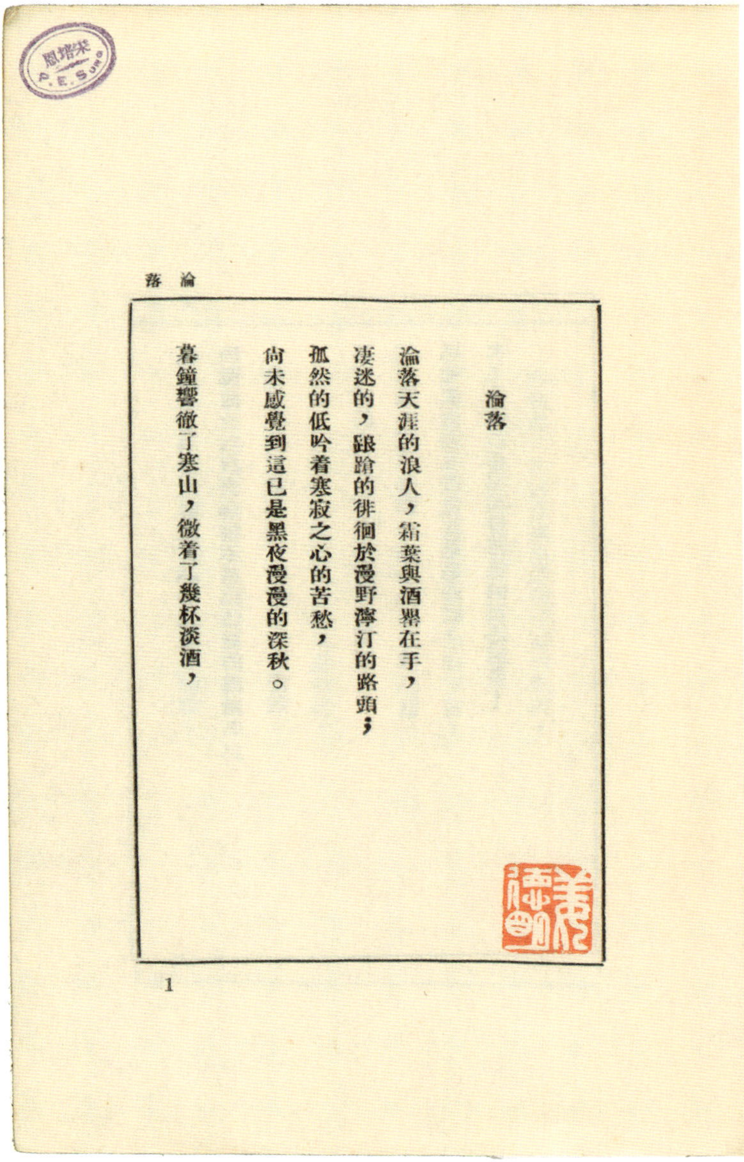

淪落

淪落天涯的浪人，霜葉與酒罍在手，
凄迷的，踉蹌的徘徊於漫野濘汀的路頭；
孤然的低吟着寒寂之心的苦愁，
尚未感覺到這已是黑夜漫漫的深秋。

暮鐘響徹了寒山，微着了幾杯淡酒，

《晨曦之前》内页

《从军日记》｜1929 年春潮书局版封面

冰莹的《从军日记》

一个女青年参加了北伐战争，于行军途中写出了自己的经历，本来只想给自己和朋友看的。不想被在汉口编《中央日报》副刊的孙伏园看到，发表了，一举轰动。林语堂立刻将其译成英文，并与孙伏园怂恿她印成一本书，这就是 1929 年 3 月冰莹出版的第一本书《从军日记》。

一直到印书的时候，冰莹仍在怀疑自己的作品是不是文学，更怀疑自己是不是作家。然而，读者承认她，历史早已承认了她。为本书写序的林语堂说：“冰莹说她的东西不成文章，伏园先生与我私谈时就生怕她专做文章。一位武装的冰莹，看来不成闺淑，我们也捏着一把汗守着看她在卸装归里后变成一位闺淑。”当时他更希望冰莹仍然投身军旅，向着反革命的残垒抛掷炸弹，坐在亭子间里是写不出革命文学的。然而，他不得不说：“冰莹现在沉寂下去了。文章既不肯做，又绝无‘硬冲前去’的精神。我知道她正在安分守己，谋‘读书救国’，及修炼‘薄弱的心志’了。”大革命的失败，新军阀对革命者的血腥屠杀，逼得那一代青年们不得不在震惊和痛苦之中再做思索和追求。

《从军日记》在上海春潮书局出版的时候，编者以为篇幅太短，要冰莹写了一篇《给 KL》的长信，加上林语堂的序，冰莹的《几句关于封面的话》《写在后面》，又编者的《编印者的话》，刚好与本文凑成各半，才印成了一本书。我保存的是 1929 年 9 月的再版本。一般爱书人多爱搜寻书籍的初版本，这是不错的。但是，再版本又增加了作者的《再版的几句话》《出发前给三哥的信》《给女同学》《革命化的恋爱》。这样一来不是比初版本更可观了吗？当然，最好是两种版本都不放弃。

写《编印者的话》的编者没有署名，看来不是一般的书商。这位编者说："革命文学到底是怎般的风味，却始终叫人感到隔着一层障翳似的，不能体会得分明。文学如果是以情感为神髓的，而革命文学又是革命者情感的宣露，那这一部《从军日记》的内涵庶几当的住革命文学的称号。"他透露《给 KL》的长信是他请作者临时添凑的文字，虽然"作者真挚奔放的情绪，依旧灿然迸流；所不同的是湘鄂界上驰骋沙场的欢畅，改成了上海亭子间里的凄哀，是至性至情的血肉，是真革命者的悲伤"。看来他也希望作者能投身到斗争中去。冰莹只讲到"KL"即本书的编者，没有公开他的姓名。经我略加考证，这是当时正在春潮书局编书，并与张友松合编《春潮》文艺月刊的作家夏康农。鲁迅先生曾经给《春潮》好几篇著译。冰莹的文章，以及多篇评论《从军日记》的文章，也都是在《春潮》上发表的。这个刊物办到 1929 年 9 月第九期停刊，正是《从军日记》再版的时候。

丰子恺先生似乎也非常喜欢这本《从军日记》。他在"事务纷忙，酬酢烦杂"（丰子恺语）的 1929 年新年中画好了封面和扉画。扉画呈竖长条形，一个持旗的士兵骑在马上慢行。旗帜是卷起来的，马蹄没有飞奔，骑者弯着腰，不是进军的雄姿，倒像偃旗收兵的败相。扉画不过是书中的小装饰，然而丰先生审时度势，巧妙地为当时的社会氛围写照，画了一幅耐人寻味的小品。

封面画却表现出欢乐的气氛。画中的人物是由丰先生的次女阿仙执笔，自然朴拙，是天真的儿童画。书名是"ADA"写的，也是小孩子的毛笔书法，追求一种童趣。冰莹说，丰子恺最爱孩子，孩子的画也最能代表丰子恺。她形容这个封面："多么热闹

《从军日记》
1929 年春潮书局版扉页

呀，朋友们，你们看：虽然只是四五个民众，但何尝不可代表四万五千万，或者四五万万呢？说他们是孩子也好，是老人也好，成人也好，总之他们是革命的民众。”他们持着木枪、木棍、旗帜，那个骑马的，不，冰莹说那更像骑在狗或猫身上的小革命家冲锋杀敌的热情，已经冲开了他那扁小的草帽……她感叹道：“民众的武力，不知什么时候消失了！解除民众痛苦的，只有民众自己才能做到。”

到了抗日战争爆发以后，冰莹真的又穿上了脱去十年的军装。1938 年 7 月，她在汉口天马书店出版了一本《新从军日记》。她很高兴自己能重返火线。这是一本厚达三百多页的书。后来改名为《重上征途》，1941 年 8 月中社出版社出版。平心说，我不喜欢《新从军日记》的书名，觉得有点迎合世俗的气味，还是《重上征途》来得明朗。

《爱的映照》｜1930 年泰东书局版

孟超的《爱的映照》

孟超同志早期的创作，很多都是在 1927 年大革命失败以后完成的。他的诗和小说诞生在腥风血雨中，有悲愤也有感伤。我保存了他的一本短篇小说集《爱的映照》，1930 年 2 月上海泰东书局出版。书的版权页上印着几行字：“本书原名《冲突》，以恐引起读者误会，故改此名，特识。”《冲突》是在 1929 年由上海春野书店出版的。作者在《冲突》自序里说，“这个期间正是中国革命潮流转变的时候，社会上一般的现象，都是在矛盾冲突的状况下”，因此他把自己在 1927 年下半年到 1928 年上半年写的五篇小说结集时定名为《冲突》，一方面反映一个革命者的矛盾心情，一方面也有双关的含义，暗讽国民党的大屠杀罪行。这样的书当然不为当局者所容，只好改名《爱的映照》，再配以女性的媚眼和红唇的软性封面设计，或可蒙住当局的眼睛，免遭查禁的迫害。

现在重读当年被国民党查禁的这书，觉得作者写的不过是两性间的一些矛盾、冲突，革命只是陪衬，作为一种背景。当然，借着小说人物之口，对当局也表示了一种不满，发了一些牢骚。孟超同志反对别人讽刺他们的革命文学是“革命加恋爱”的公式，但是他的《爱的映照》仍然难以脱离这一框架。改名后的这本书，照样被当局查禁了。这严酷的事实说明，即使是微弱的抗议和不满，统治阶级也绝对不允许。当年斗争之激烈、白色恐怖之严密，令人难以想象。

孟超同志承认自己当时还残留着小资产阶级的思想感情，他的小说代表了冲突时代一些革命青年的心理现象，因此他强调《爱的映照》的阶级属性还是明确的，仍然属于无产阶级文学。他在《自序》里宣称，他当时“正确的认识清楚了革命的出路……始终未曾走出了正确的轨道，并且不曾因此起了动摇幻灭的危险”。但是，就他的那篇《冲突》来看，除去小说人物革命者的身份以外，这篇作品同当时流行的三角恋爱小说也差不多。《陶先生的烦恼》写一个对异性的追求狂。《梦醒后》写一个失恋者的苦闷。《爱的映照》写一个革命者不敢去爱的心理矛盾。《茶女》写一个女侍者的不幸，是全书中在艺术上较为完整的一篇。当然，也有恋爱和口号，如“万恶的资本主义社会，反抗！反抗！只有一条路，就是反抗！”等。孟超同志还替“标语口号文学”做了解释，他认为这是革命文学初期必然会有的现象，“由不可避免的宣传作用，而随着革命潮流推演到成熟的无产阶级文学，不应该尽抹了他连系在社会进化过程必然的意义，而只是单纯的迎合着一般读者——小资产阶级的意识，来决定他的前途”。正是出于这种认识，他对鲁迅、茅盾对革命文学的批评意见是不能同意的，甚至以为茅盾正好代表了小资产阶级的意识。孟超的看法也代表了太阳社的观点。关于革命文学的争论，以及“革命加恋爱”“标语口号文学”等问题，早已有了结论，《爱的映照》只是众多的革命文学中的一部，作为一种理论的实证，还是值得收藏的。

《爱的映照》扉页

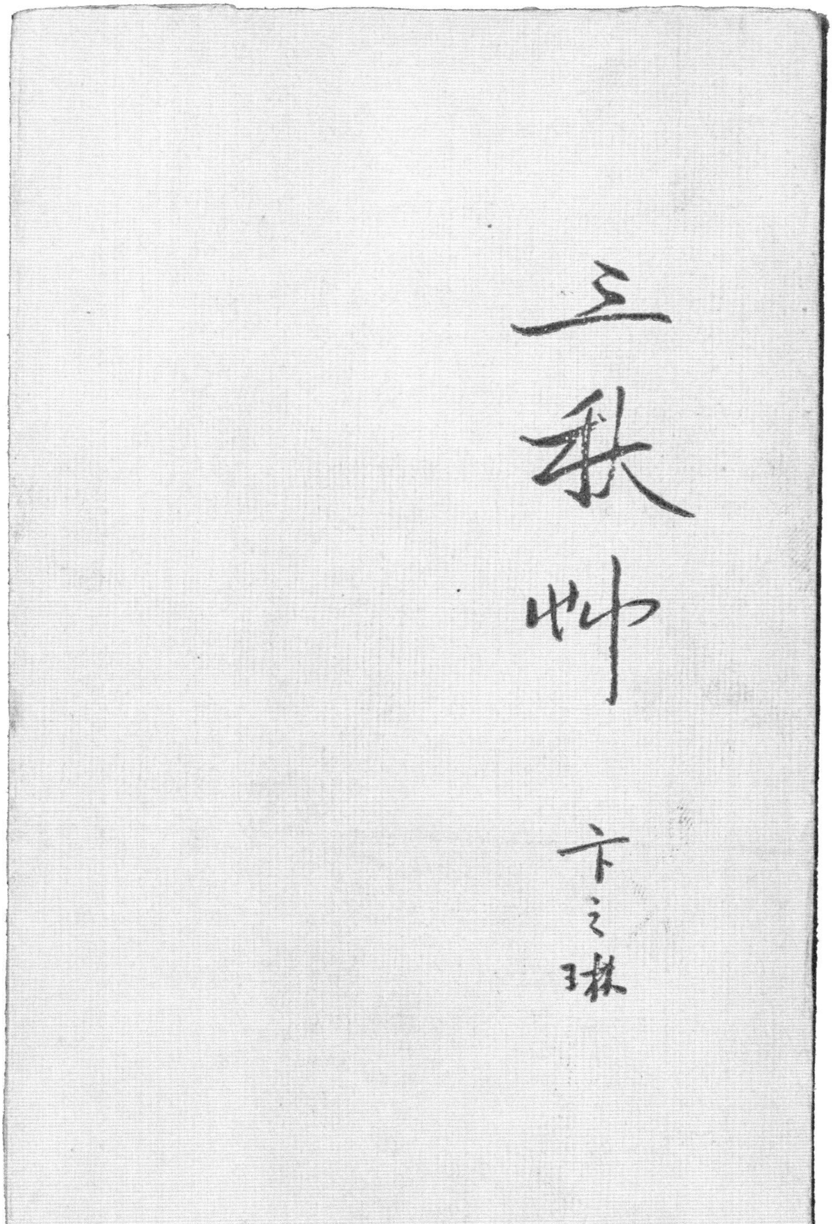

《三秋草》｜1933 年新月书店版

《三秋草》小记

这是卞之琳的第一本诗集，1933 年 5 月问世，收入他 1932 年 8 月至 10 月间创作的十八首新诗。

《三秋草》是一个江南青年在古老北平的低吟，带着时代的感伤，也有个人的挣扎。绝大多数人正生活在苦难中，诗人的情味不可能是欢愉的。

关于书名，卞之琳先生说："三秋通常有三种意思：'秋耕、秋种、秋收'；秋天的三个月；出自古典的'一日三秋'，言其长而百无聊赖。我这本小集取名故意含糊，带三种意思，但还是以写在一九三二年秋天三个月这个意思为主。"（见 1985 年 6 月 22 日诗人致笔者信。）这是三十二开长型本的毛边书。纸张厚而韧，颇具欧洲古典书籍的风格。淡青的封面上只有书名及作者署名，那毛笔字秀逸隽雅，不知出自谁手。

卞先生解答了我的疑问。他说："封面书名，就是沈从文书写的。一九三三年春假，我游青岛，与沈谈起徐志摩死后，新月书店原登过预告要出我的第一本诗集《群鸦集》（是沈代我定的书名）也似告吹了，沈当即找出三十元交我拿回北平去先自印近作一本，正够我在南池子一个小印刷厂印三百本书。我不学当时个别写诗朋友自己出钱交新月书店出版发行，就名副其实，印'发行者：沈从文'；'代售处：新月书店'（分店当时在米市大街今上海饭馆那一带），没有亏本，也没有赚钱。"多年前，我有幸在旧书店找到了这稀见的"自印本"。

卞先生还特别问我是否注意到印书的用纸，那是他当年同罗大冈在前门大街一家纸店里挑选的吸墨纸。我还是第一次听说用吸墨纸印书，恰好不久有西郊之行，当面请教了罗教授。我了解到，当时卞之琳是北大学生，罗在中法大学读书，两人住处相距不远。一下课，罗常跑北大东斋找卞之琳等几位江南来的同学。当时，卞之琳家里几乎不能给他寄钱来，如果没有沈从文先生的帮助，他印不成书。罗陪卞之琳去前门大街纸铺访纸，考虑到诗不多，印成单行本太薄，罗便出主意用吸墨纸，可以显得厚实一点。半个世纪以后，罗先生以为这种版本在出版史上恐怕是绝无仅有的。罗先生顺便告诉我，1929 年至 1933 年夏天，他住在沙滩公寓有四年之久，原来写有一本笔记回忆那一段生活，叫《沙滩异人传》，里边涉及《三秋草》的出版，还讲了何其芳、李广田的事，可惜这本笔记在十年动乱中丢失了。

卞先生当时曾经对朋友们开玩笑说，用这种纸印书也好，即使书成了废物仍有用处，可以用它吸墨。远在上海的新月书店老板邵洵美，一见此书大为激赏，想托卞之琳照此在北平给他也印一本诗集。特别应该提到的是沈从文先生，他第一次见到卞之琳的诗，尽管彼此不相识，即主动给卞写了一封长信，以为可以把诗印成一本小册子。不久，在刊物上便有他写的一篇《群鸦集附记》发表，预告了卞的诗集将由新月书店出版。然而，这本诗集终因徐志摩在空中遇难以及“一·二八”战事的影响而流产。如果没有沈从文的帮助，也就没有《三秋草》的问世。一想到在这本小书背后发生的故事，就会想到前辈作家们的旷达和慷慨。

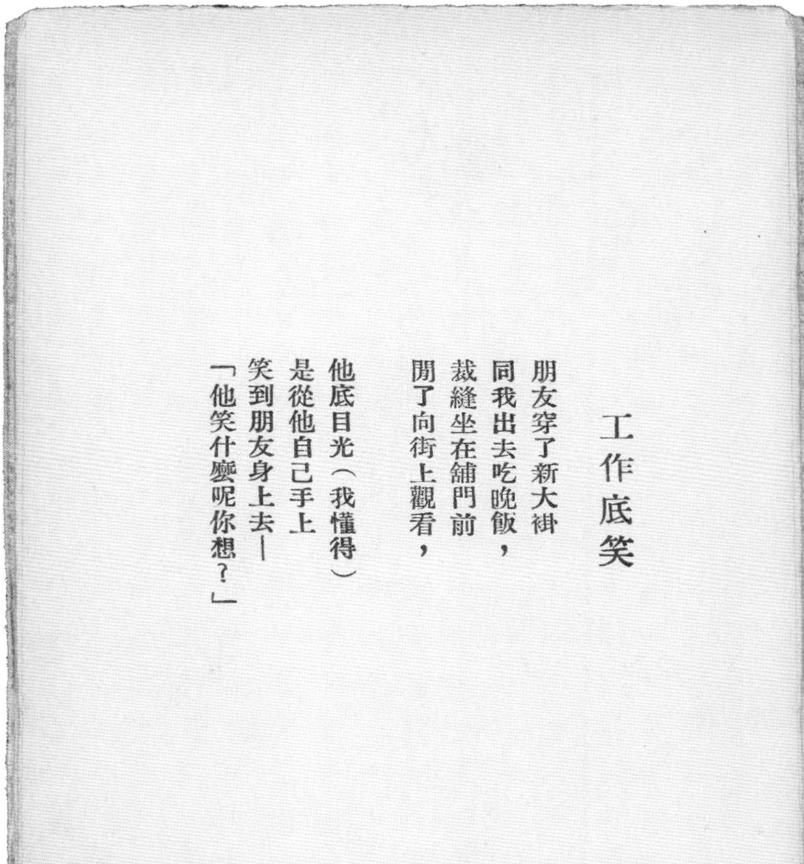

工作底笑

朋友穿了新大褂
同我出去吃晚飯，
裁縫坐在舖門前
閒了向街上觀看，

他底目光（我懂得）
是從他自己手上
笑到朋友身上去——
「他笑什麼呢你想？」

— 1 —

《三秋草》内页

《关于丁玲女士》｜1933 年立达书局版

《关于丁玲女士》

1933 年 5 月 14 日，丁玲去上海正风学院开文学座谈会，返回家里即被国民党特务绑架，很快又被秘密押解到南京。同时被捕的还有潘梓年。

消息传出，进步文艺界立即掀起极有声势的营救活动，左联还发表了《为丁玲、潘梓年被捕反对国民党白色恐怖宣言》，在社会上影响很大，人们都关心着丁玲的命运。据称最初是从上海《大美晚报》传出了丁玲被杀害的消息。6 月，鲁迅先生就写了《悼丁君》的七言诗，表示了极大的义愤。

丁玲被捕以后，北平曾经以最快的速度，即事发后的两个月之内出版了一本关于丁玲的书，即同年 7 月 12 日立达书局出版的《关于丁玲女士》，编者张惟夫。这本书编辑潦草，但进一步扩大了这一事件的影响，而丁玲的被捕正是当局讳莫如深，想极力否认的事。

已故画家王森然先生为这本书写了序，开头便说："丁玲之死，已成一谜，惊动无数读者，震骇无数青年……"那时很多人都以为丁玲确已牺牲，所以王森然说："也频、丁玲，统在压迫下生活困苦中呻吟，皆为社会而奋斗，为革命而牺牲，生之无愧，死也有荣，已尽作家之天职矣。"据王森然自述，他与胡也频、丁玲在北京相识，并一起组织过文艺社团"无须社"。后来他到山东省教育厅任事，并介绍胡也频从上海来济南教书。稍后，丁玲也赶来。但终因丁玲与胡也频的思想"左倾"不为当地所容，被迫返回上海。

《关于丁玲女士》共分三辑，即："丁玲的生活""丁玲的著作”“丁玲的被难”。前两辑分别介绍了丁玲的文学简历，引录了当时一些作家对丁玲作品的评价。最后一辑《丁玲的被难》，包括了《丁玲失踪考》《沈从文对丁玲被捕的前后两个不平之鸣》《丁玲女士失踪后妇女界的呼救者》《丁玲失踪后文化界之援助者》等篇。大多数文章都是从当时的报纸杂志上剪辑而来，内容难免芜杂，甚至有些就是小报制造的谣传。尽管如此，公开这些舆论对政府还是很不利的，所以本书一经问世，同年 9 月即被国民党查禁，罪名是“普罗文艺”。

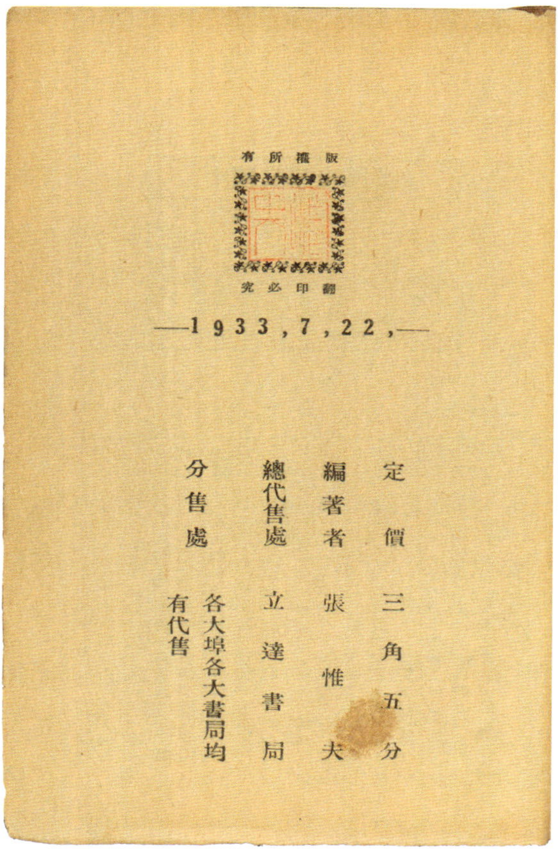
版權所有

翻印必究

—1933,7,22,—

定價 三角五分

編著者 張惟夫

總代售處 立達書局

分售處 各大埠各大書局均有代售

《关于丁玲女士》内页

走出“花香街”

我时常讲些行将湮灭的故事。有时也怀疑：一部现代文学史，怎容得下那么多书与人？这史外的散叶，就让它随风飘零吧。

朱维基（1904—1971），上海人。这名字已很陌生了，或许在翻译家词典里还能查到。不错，早在20年代初他就从事翻译了，我在鸳鸯蝴蝶派的《最小报》上，曾经见他翻译的连载，当然他也写随笔小品，称得上是一位多才多艺的少年翻译家。他很喜欢英国诗人拜伦，翻译出版了巨著《唐璜》，也出版了弥尔顿的名著《失乐园》。50年代末，他又完成了一项巨大工程，由上海新文艺出版社出版了但丁的《神曲》——《天堂篇》《地狱篇》《炼狱篇》。敢于啃这样硬骨头的能有几人，这也说明在本质上他也是一位诗人。

若干年前，我从上海旧书店淘得一本十分精致的精装本诗集，二十五开本，米黄色厚道林纸印，淡青色压了暗纹图案的封面，上面烫金的书名《花香街诗集》。典雅朴素的风格，很像欧洲古典书籍，作者正是朱维基。书上标明“私人印行”，限印二百册，新月书店代售。时在1933年，那时诗人与邵洵美等人正迷恋于唯美的现代派诗。书籍装帧的非同寻常亦与邵诗人有关，因为那时邵正主持新月书店，办过时代印刷所，而且是位真正懂美术的人。

《花香街诗集》仅收短诗二十几首，仍属诗人的少作，以后连作者也不愿提及了。书名的由来，缘于诗集中收有一首《花香街》。这首诗大体可以概括全书的内容。街名很美，“奇异的房屋，似乎非人住的 / 好像黄昏的阴影一般沉重地 / 停在一条街的两边”。一

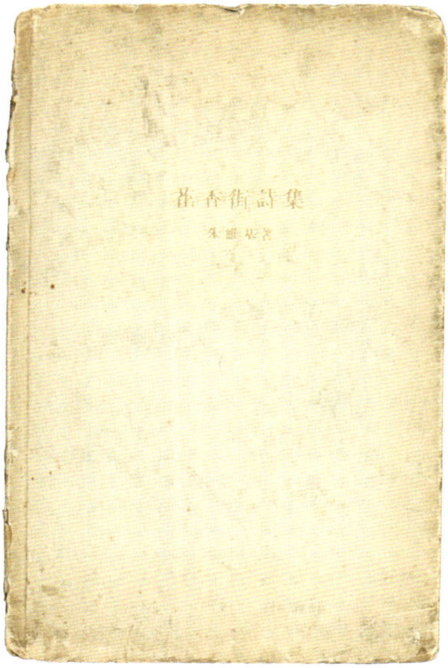

《花香街诗集》｜1933 年自费版

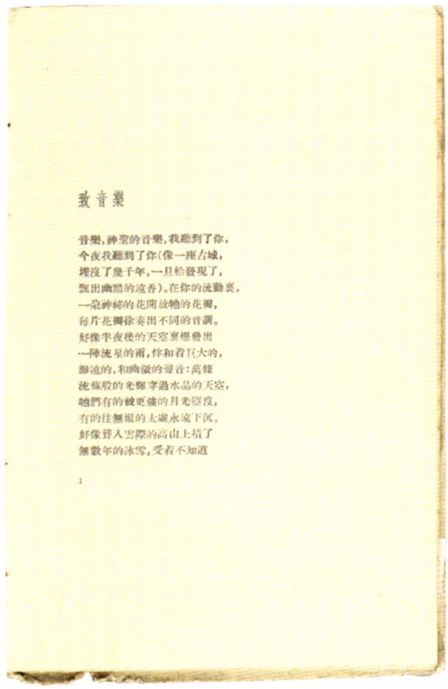

致音樂

音樂，神聖的音樂，我聽到了你，
今夜我聽到了你（像一座古城，
埋沒了幾千年，一旦給發現了，
氳出幽黯的遠香）。在你的流動裏，
一朵神秘的花開放牠的花瓣，
每片花瓣徐奏出不同的音調。
好像半夜後的天空裏爆發出
一陣流星的雨，伴和着巨大的，
渺遠的，和幽微的聲音：萬條
流螢般的光輝穿過水晶的天空，
牠們有的被更強的月光隱沒，
有的往無垠的太虛永遠下沉。
好像聳入雲際的高山上積了
無數年的冰雪，受着不知道

1

《花香街诗集》内页

些人影、鬼影在这里闲荡，倾挤，出出，进进。这里有苦闷，也有感伤，却看不到时代的伤痕。有的诗还写到性，隐晦中又嫌露骨。总之，这样的诗似乎只能发泄个人的颓废感情。

1937 年卢沟桥的枪声震醒了诗人。在日本侵略军的刺刀下，1938 年他与诗人锡金在上海合编了抗日诗刊《行列》，并积极投入了实际的抗日活动。1940 年他创作了反映上海棚户区生活的《路倒尸》，同时又写了记上海卖平价面粉惨景的《我们不安忍耐》。我不知道这些诗是否已被选入沦陷区文学的专集，我认为它们像画家蒋兆和在此时创作的《流民图》一样，都是在敌人铁蹄下诞生的反抗呼号。是历史的真实图景，为侵略者制造的灾难留下铁的罪证。1941 年底朱维基被日本宪兵队逮捕入狱，直到 1943 年底才出狱。出狱后，当他听说锡金仍留在上海，深为战友的安全忧虑，曾写《作于锡金诞辰后一日》，并讲到自己的处境，“其实是依然处在一个较大的监狱中而已”。此刻诗人的诗风大变，趋向于明朗和坚实，早已走出“花香街”的狭小天地。

1946 年 7 月由上海永祥印书馆出版了他的诗集《世纪的孩子》。诗集中的开篇《物质之歌》，检讨了自己的过去：“我只是歌唱了我的无常的情感 / 把自然的事物借为他们的隐喻 / 所以我是暧昧的，神秘的，不定的 / 但是现在我不要歌唱我自己……”他要歌唱钢铁、丛密的森林、流水和水上的木筏，木筏上劳动的人……“然后我要歌唱泥土，泥土的本质 / 和人类在泥土上的行动和工作”。这是诗人诚实的自白。时代曾经给予他痛苦和茫然，时代也给予了他鞭策和清醒。一旦觉悟，他即迎接着时代前行。在《世纪的孩子》里，有的简直就是政治抒情诗，如《告政协会议代表诸公》等。难得的是一首《历史的七月》，歌颂了诞生于七月的一个为被压迫人民求解放而斗争的政党，称赞这个党“在历史上你将和伟大的十月后先辉映”。在国民党统治下的上海，公开歌颂中国共产党，这无疑是要胆识的。也就在诗人编好了这部诗集之后，他于 1946 年春便进入了苏北解放区。1949 年他参加了第一次全国文代会，从此专攻诗的翻译。我们的诗坛上少了一位诗人，多了一位成熟的翻译家。

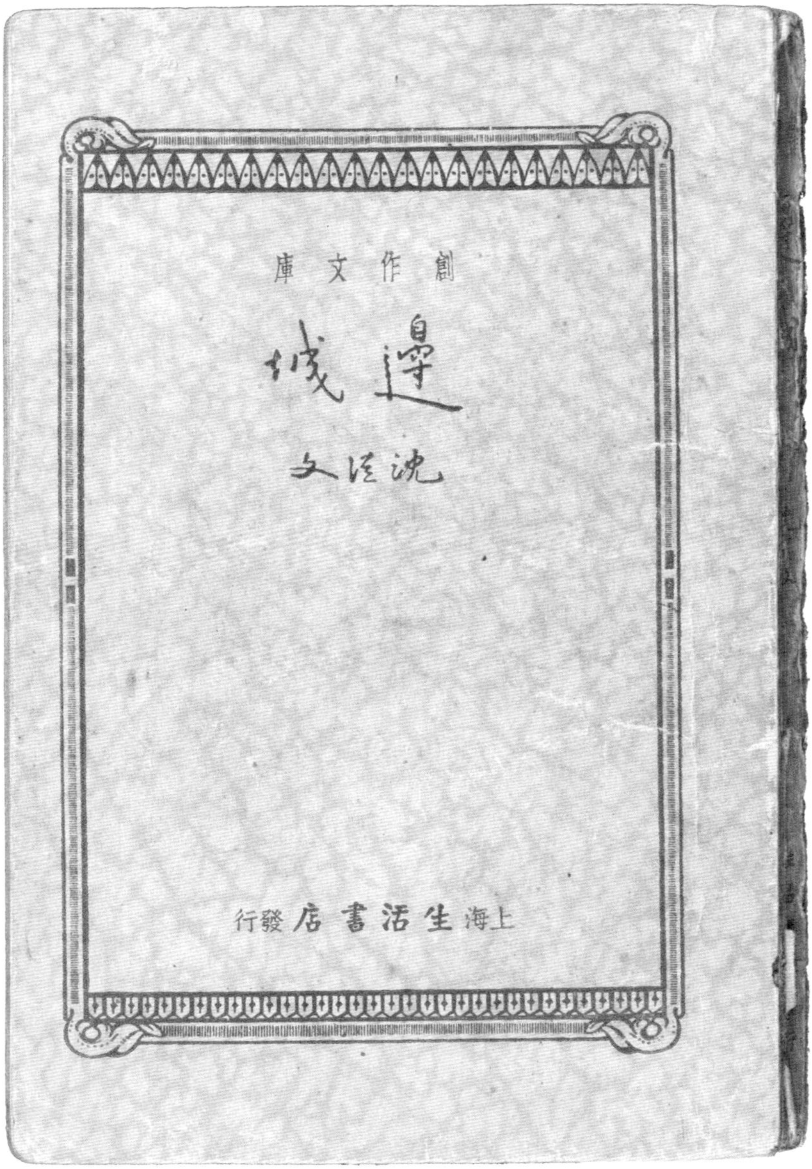

《边城》｜1935年上海生活书店版

写在《边城》的书边上

我爱读沈从文先生的散文。

近三十年来，他却很少写散文。我记得只在报刊上读过他写的《天安门前》和《新湘行散记》等几篇文章。

最近施蛰存先生说，在他的印象中，《边城》和《湘行散记》两本书，是沈从文先生写得最好的散文。这是读过沈从文作品的人公认的。

听说，不久以前沈先生又到过凤凰县，他始终爱着他的故乡。沈从文笔下的湘西风情至今也吸引着我。

《边城》是写乡土的，也是写风俗民情的，当然更是写人物心灵的。不管是那个尽了五十年管渡船责任的祖父，还是刚刚尝到了一点爱情滋味的翠翠，都是那么善良、可爱，那么令人同情。

我早就读过《边城》，其中不少奇句一直难忘。但是，我不敢停下来过细地琢磨，因为人物的命运和魅人的河上风物更使我神魂迷离，我想，有一天我总要把《边城》里那些醉人的句子摘出来，做点笔记，好让自己写散文时有所长进。

我在一篇谈作家签名本的文章中曾经说过，大约在60年代初，我在北京西单商场的旧书铺里见到过一本抗战前商务版的《湘行散记》，那上面有作者修订过的墨迹。但我失之交臂了，多年来后悔莫及。

十几年前，我在琉璃厂的旧书铺看书，忽然发现了1935年4月上海生活书店出版的《边城》再版本，我赶快拿在手中。最后又发现这本《边城》的书边上有很多地方是题了字的。那时我已见过不少沈从文先生的字了，立刻想到这很可能是作者修订过的自存本。不论是与不是，这一回我决不再放过这个机会，连忙买了下来。根据我的经验，买旧书是万不能犹疑的，稍不留心，一本难得的好书便会从你手边永远地溜走。

回家细看，我找到了充足的根据，这的确是沈先生亲笔修订过的，我还找到了作者的签名和自注。就像过去的藏书家们买到了难得的善本一样，我真的一连欢喜了好几天。我把它列入我个人收藏的珍本书一类。

直到近两年，沈从文先生的作品不断重印的时候，我常常会想起我收藏的那本《边城》。特别是在见到了江西人民出版社 1981 年 11 月出版的《边城》单行本以后，知道作者在 1981 年 8 月又一次校过《边城》的时候，我更想把沈先生写在《边城》书边上的那些密密麻麻的小字转告给更多的人。

修订过的错字，今本似乎都已改正过了，所加的注则各本都不见。至于这本书何以流落到旧书肆来，一想到“文革”时期的局面也就不足为奇了。何况，也许在这以前早已散失。那本《湘行散记》不是 60 年代初便已流到市面上了吗？这也说明 30 年代文艺早已经面临厄运了。不知那本有作者亲笔校订的《湘行散记》如今流落何处，但愿得到那本旧书的人不致漫不经心地随意弃置了它。

在新出版的《边城》文尾，沈从文先生写下了这样几行字：

一九三四年四月十九日完成。

一九四〇年十月四日在昆明重校改。

一九五七年一月十日校正于北京历史博物馆，距最初动笔已二十三年。

一九八一年八月十三日重校于北京。

这最后一次，距最初动笔已经相隔四十七年。

《边城》的故事发生在湘西的边境上，一个撑渡船的老人同外孙女翠翠相依为命。不幸的是当地掌管水码头的船总的两个儿子同时爱上了翠翠，终于发生了悲剧。这种爱情带有一些牧歌式，有点缠绵，却并不曲折，更不卑俗。为了把爱情留给弟弟，哥哥在远走时丧生河中。弟弟为了翠翠，也为了抗拒包办婚姻，终于无声无息地下辰州去了。那时溪边的白色小塔已经在一次暴雨中倒塌了，渡船被冲走，祖父死去了，只留下了姑娘翠翠。

这是一个充满诗意的凄婉的故事。

小说的结尾是这样的："到了冬天，那个圮坍了的白塔，又重新修好了。那个在月下唱歌，使翠翠在睡梦里为歌声把灵魂轻轻浮起的年青人，还不曾回到茶峒来。这个人也许永远不回来了，也许明天回来。"

《边城》结束了，边城发生的故事并没有真正结束。也许后来翠翠忧郁地死去；也许她不屈服于命运的安排，勇敢地搭船下辰州，去追寻自己的幸福。

在我藏的作者自注本的最后一页，作者用钢笔写了这么几行字：

一个人记得事情太多真不幸。知道事情太多也不幸。体会到太多事情也不幸。

一九三六年三月二十一日校注此书完事。从文。

这可以当作《边城》的一篇小小的"题记"来看。说明《边城》里的故事和人物多么深沉地扰乱了作者的心。

《边城》写毕于 1934 年 10 月，初版本编入生活书店的"创作文库"，1934 年 4 月出版。

作者自注本的最后一页还写道：

一九三六年三月七号看过这书后半部，无聊。我应当写得还好一些。

《边城》内页

一九三六年三月十五早上看过一遍，心中很凄凉。

三月十六改正六处。

三月二十一看此书一遍。觉得很难受，真像自己在那里守灵。人事就是这样子，自己造囚笼，关着自己，自己也做上帝，自己来崇拜。生存真是一种可怜的事情。

这是作家校注自己作品后的真情实感，也许那时作者的苦闷和矛盾，一时是不能排解的，所以才有这样的感触。这是沈从文先生创作《边城》的内心独白。作者也为自己笔下的人物而深深感动了。这种“无聊”“凄凉”“难受”以及想写得更好一点的感受，证明了沈从文先生很爱这本《边城》，非常喜欢翠翠。当然，说生存是可怜的，未免消极了一点，这在《边城》这部小说里亦时有流露，可以说整部《边城》的确罩上了一层淡淡的哀愁。这种色调正是那个时代的反映，从艺术上来说也是真实而和谐的。

至于今天作者的态度也许已经改变，但是《边城》问世已近五十年，如今亦不宜随便改动了。

《边城》既是一部写风土的书，有些民俗恐怕在当时也是湘西以外的人很少知道的。现在距本书初版已近半个世纪，其中很多描写更与时人隔膜。从这个角度来看，作家的自注本，当然更有意义了。

比如在《边城》的扉页上，关于这书名的来历，沈从文先生写道：

这书用《边城》或《山城》《小城》才能同军人有关系，同屯戍军相关照，正因为翠翠父亲是戍军，顺顺是军人，照料翠翠的是马兵。兵士同城池是不可分离的。

“顺顺”是指掌管水码头的船总，“马兵”是指祖父死后来照顾翠翠的年近六十岁的杨马兵，他原本同翠翠的父亲同营当差。“边城”也者，并非单指地理环境而言，这是我以前不曾理解的。

《边城》内页

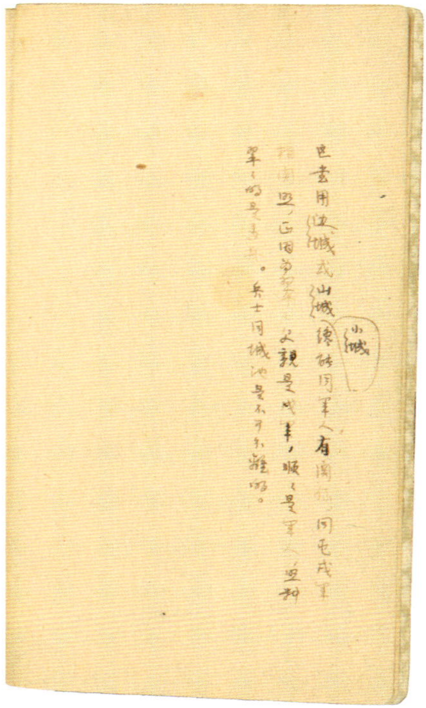

让我再摘引一些注文，看看湘西的风俗吧。

祖父所在的“渡头为公家所有”，作者自注：“为公众所有性质，为义渡，不是官渡。”

“这地方城中只驻扎一营由昔年绿营屯丁改编而成的戍兵”，作者自注：“屯垦兵兼耕田，戍兵只守地防匪。”

“官青布”，作者自注：“官青布应作标准青布意。省大铺子出的货也。青是墨，不是绿蓝。”

“好酱油”，作者自注：“酱油出湘潭、长沙，故湘西人多托下行人带酱油送礼，如别地方送酒一样。”

“坐镇不动的理发馆”，作者自注：“小乡城常常只有剃头担子，无固定理发店。”

“掌水码头的”，作者自注：“统制水上的在官家为水上公安

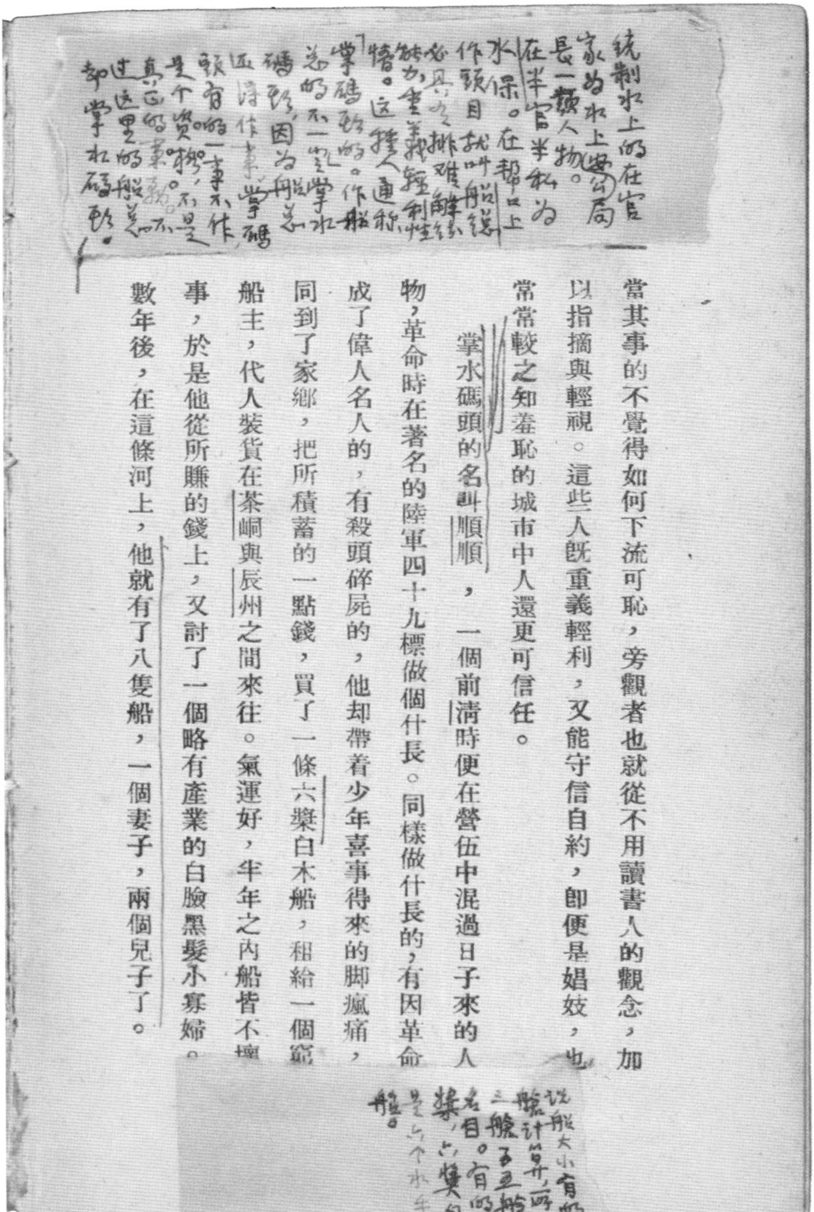

當其事的不覺得如何下流可恥，旁觀者也就從不用讀書人的觀念，加以指摘與輕視。這些人既重義輕利，又能守信自約，即便是娼妓，也常常較之知羞恥的城市中人還更可信任。

掌水碼頭的名叫順順，一個前清時便在營伍中混過日子來的人物，革命時在著名的陸軍四十九標做個什長。同樣做什長的，有因革命成了偉人名人的，有殺頭碎屍的，他却帶着少年喜事得來的脚瘋痛，同到了家鄉，把所積蓄的一點錢，買了一條六槳白木船，租給一個窮船主，代人裝貨在茶峒與辰州之間來往。氣運好，半年之內船皆不壞事，於是他從所賺的錢上，又討了一個略有產業的白臉黑髮小寡婦。數年後，在這條河上，他就有了八隻船，一個妻子，兩個兒子了。

《边城》内页

局长一类人物。在半官半私为水保。在帮口上作头目就叫船总，必具有排难解纷能力，重义轻利性情。这种人通称‘掌码头的’。作船总的不一定掌水码头，因为船总还得作事，掌码头有的一事不作是个资格，不是真正的事务。不过这里的船总却掌水码头。”

“买了一条六桨白木船”，作者自注：“说船大小有的用舱计算，所以有三舱子五舱子名目。有的用桨，六桨自是六个水手的船。”

“在粮子里混过日子”，作者注：“军营”。

“龙船水刚刚涨过”，作者注：“五月初二三涨的水叫龙船水。”

“卖皮纸的”，作者注：“与白色棉纸稍稍不同，似出洪江，用作包东西的。”

“副爷”，作者注：“军官称老爷。大兵称副爷。客气的称呼。”

“唱三年六个月的歌”，作者注：“这句话本是一个典故，湘西人山歌有那么首歌：

你歌莫有我歌多，

我歌共有三只牛马多；

唱了三年六个月，

刚刚唱完一只牛耳朵。

这里却只是指唱得久而言。三年六个月等于平常言‘千军万马’，是虚数，不是实数。”

“请保山来提亲”，作者注：“媒人。”

“牵了一匹骡马预备出城”，作者注：“湘西人把骡子看得比马宝重。”

“十来把大招子”，作者注：“即大桡子，与桨不同。用大木作成。如大刀，船上的多直出船头，用作转弯。木筏上四面都有。”

“念经起水”，作者注：“丧事人家必到井边河边通告，名为起水。”

所有这些，都是凤凰县小城的民习风俗，富有浓郁的地方色彩。一个作家要不要向民俗学习；应不应该想到写好风俗同样可以为主题服务；在小说创作里写了民俗，是不是会加深作品的表现力和深刻性……沈从文先生的《边城》已经给我们做出了回答。而作者写在《边城》书边上的这些校注，更使湘西的风习具备了民俗学的价值，也是研究湘西民俗学的史料，同时证明了作者多么热爱湘西的风物，熟悉人民的生活。沈从文先生是一位小说家，可又不仅是一位小说家。他写进小说中的民俗还只是一小部分。一个现实主义的作家，在他开始动笔以前不知要获取多少生活知识。

现在某些专靠卖弄情节而不知道去描写人民风习民俗的作家，在《边城》面前应该感到惭愧。

1983 年 6 月

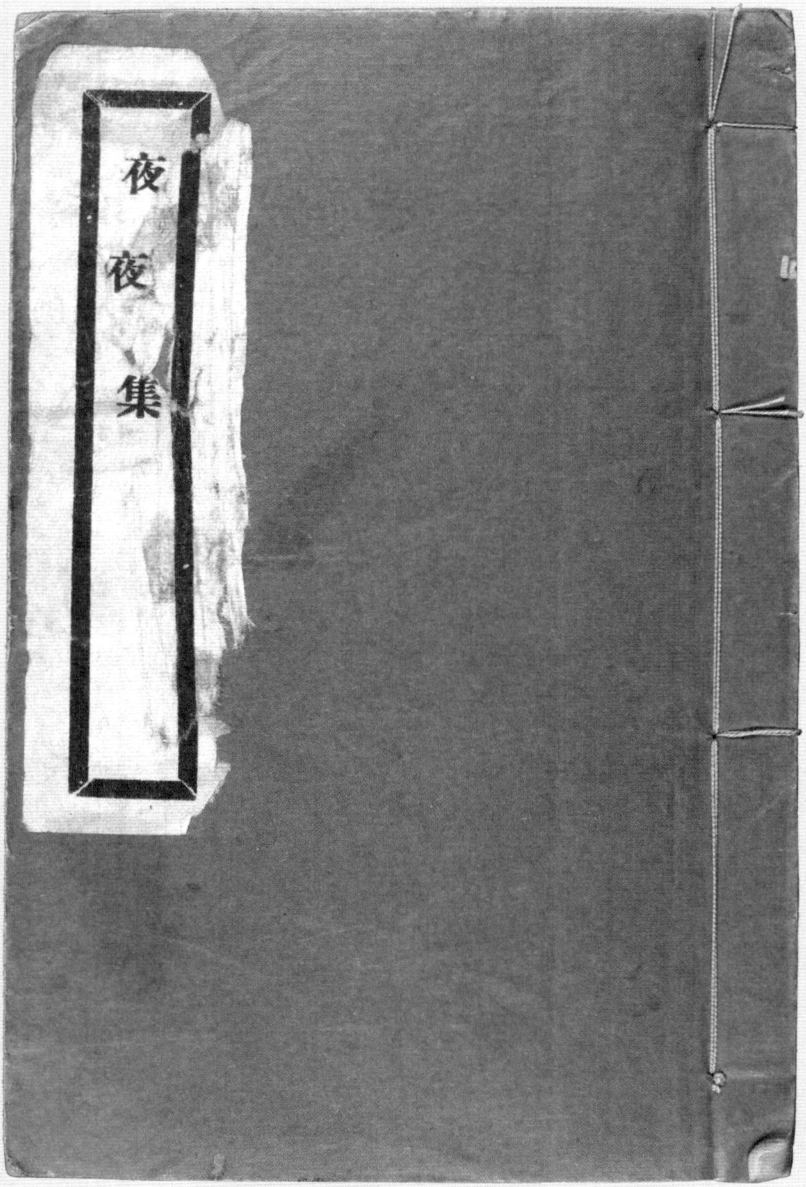

《夜夜集》｜1935 年雅典书局代印版

白宁的《夜夜集》

从五四运动以后，到新中国成立前的三十年间，究竟出版过多少本线装形式的新诗集，似乎无人统计过。白宁著《夜夜集》，亦为线装，桂林雅典书局代印，1935 年 8 月出版。

按照线装书双面为一页来计码，本书共百余页，分三辑：一是“故里之什”，是作者漂泊十余年后重返桂林而作；二是“流浪之什”，表明他早在 1922 年便到了北京；三是“情歌之什”；最后还附有一首“数理诗”。作者在序言里说这本《夜夜集》虽然披着诗的外衣，却是一束文件，是他思想感情的真实记录。总的看，失意感伤的诗占了绝大篇幅。诗人讲到自己的日常生活如在囚屋之内枯坐、徘徊。在《雨》中说“我周遭太像牢狱”；在《血花》里唱道：“青年握血花，彷徨野径边……举目四方望，遍地尽草莽；草莽多蝮蛇，何处是乐乡？”这些都透露了他对社会的不满。我们并不了解诗人的经历，也不知道他最终是否走出了苦境。只在他写给“曼蒂”的一首诗《忆》中，知道作者又名“尧”。

书的扉页上有作者的毛笔签名赠“先艾兄”，我给远在贵州的老作家蹇先艾先生写信求教。他回信说不记得这人和他的书了，又说：“1942 年，我任遵义师范校长时，有一白宁，听口音，好像是广西人，曾来该校任音乐教师（系教育厅介绍），思想进步，相当活跃，曾指导学生办墙报，并在墙报上发表诗歌；后来引起了当地国民党专员的注意，聘约未满便离开遵义了，从此就没有他的消息。”这当然还不能肯定此人就是《夜夜集》的作者。

我从诗集中一首诗的附记里看到“晨后之琳来札”的字样（1935

年6月30日），于是我又致函卞之琳先生请教，很快便接到卞先生的回信："祝贺你在搜集现代文学稀见书籍中又获难得的新收获，也感谢你让我有了一个意外的发现。"原来这位诗人白宁，是他当年在北京大学读书时的同班同学，多年来人们都以为这位同学早已故去。卞先生接下去写道：

> 白宁是他笔名，是我在北大英文系同班同学中最接近的，也曾住过今红楼西边当时北大东斋平房宿舍，一度恰和我住的房子几乎正相对。他的真姓名是秦宗尧，广西人，原是北师大附中的高才生。他常用白宁这个笔名在杨晦编的《华北日报副刊》上发表文章（大约作、译都有吧），因家境困难，常在外边教中学，最后竟教到他家乡广西去了。当时北大倒很开明，不在乎学生常缺课，只要到学期终、学年终考试及格就行，1933年我们班毕业那年却有个硬性规定，当年军训课一定要到够一定数量（也很有限几次）早操才能到学年终了参加毕业考试。你一定想不到我这个当年文弱学生，居然一学年上操十来次绰乎有余，还胆敢替远在广西的白宁代去排队，听到教官（还记得名字是白雄远）点名点到秦宗尧，我就代一声"有"，让人家记录了几次就够资格参加毕业考试。那年初夏，日军从冀东和古北口逼进，兵临城下，毕业考试是到暑假后补行，我不记得白宁远道赶回来参加，所以在我们班毕业名单上好像没有秦宗尧名字，让我排在第一。以后逐渐失去联系，我只不知从哪里听说他在家乡病死了。

卞先生的回信就像是一篇忆旧的散文，活现了他当年做学生时的风貌。他始终不记得白宁也写诗，而且竟然出版过一本诗集。他原以为1935年白宁已经死了，想不到那时他还同白宁通过信，其时他正在日本的京都埋首译书。

卞先生急于要读这本诗集，我当然满足了他的愿望。事后他说：“白宁在我们同学时代是非常朴实谦虚的，想不到他也有如他在诗作中表现的才子气。”多年来，我在旧书店苦苦地检索，想不到竟为卞之琳先生寻来一个失去的旧梦。但愿诗人白宁还活着。

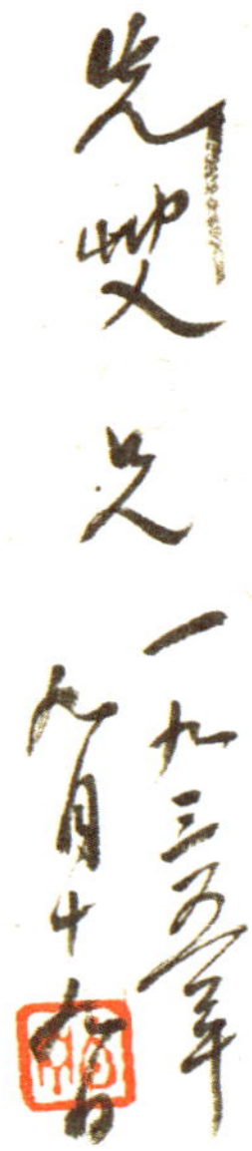

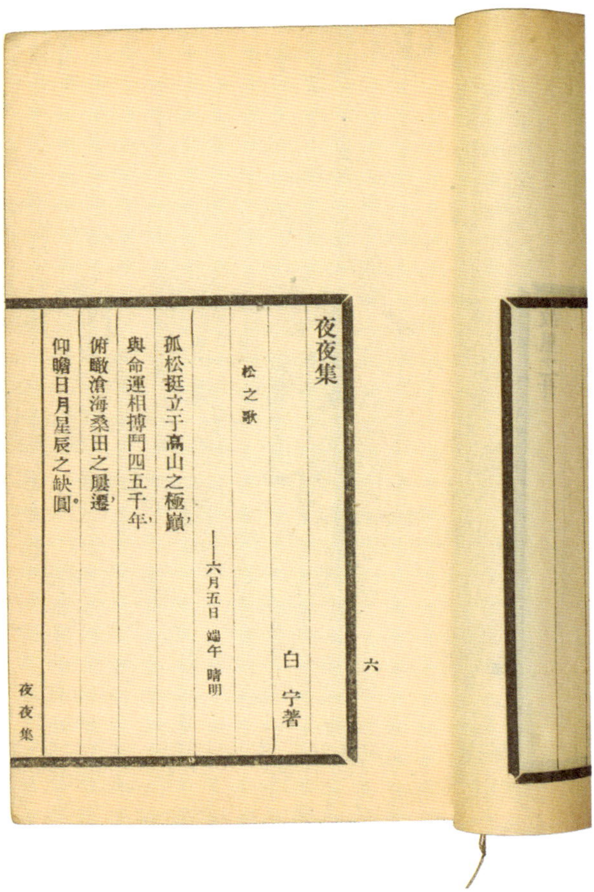

《夜夜集》内页

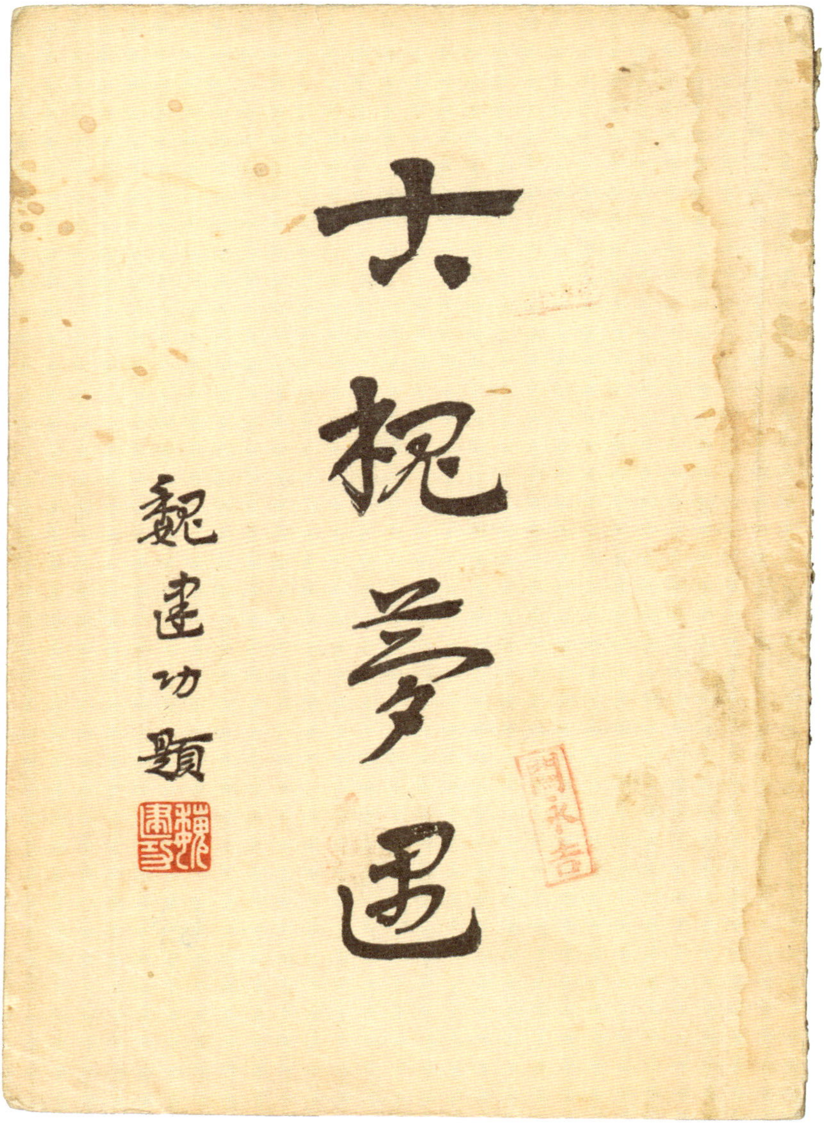

《古槐梦遇》｜1936 年世界书局版

《古槐梦遇》

在俞平伯先生的散文集中，《古槐梦遇》似乎比线装铅印、丰子恺插图的《燕知草》还要难找。我也是访求多年不遇，最后于70年代不想找它时却碰上了。价只三角，更是奇遇。

觅得此书可不是空欢喜，一读之下发现它的内容和写法与《燕知草》《杂拌儿》《杂拌儿之二》《燕郊集》等散文集大不一样。这是一本语录体的散文集，共收百则。扉页上标明为“三槐之一”，可见另外还有两槐。后来我向俞先生请教，原来还有《槐屋梦寻》和《槐痕》两种，可惜都未曾出版，如今俱已亡佚。“古槐”是俞先生书屋的名号，“梦遇”指书中文字都从梦中拾来。对此，读者也不必过于拘泥，包括作者居处是否真的有槐树。俞先生在《三槐序》中说：“舍下无槐，而今三之曰古槐书屋……”其实那院里只有一棵大榆树而已，“不知其为榆也，亦不如其为俞也”……总之，写散文是很随便的。

俞先生另外的几本散文集，或记事抒情，或论诗词古典，而《古槐梦遇》更近社会现实，文字犀利，讽喻性强，也可作杂文来读。如开篇第一则即是：

> 革命党日少，侦缉队日多，后来所有的革命党都变为侦缉队了。可是革命党的文件呢，队中人语：“于我们大有用处。”

此则写于1931年9月，其时国民党已堕落为镇压革命的工具，国民政府演变为特务政府了。

又如以下几则亦非梦话，更非闲适，不读《古槐梦遇》，怎能全面评价俞先生的散文：

站起来时是做人的时候，趴下去是做狗的时候，躺着是做诗的时候。

今年奉中央明令，不禁爆竹，以神马黄钱祀于门，大然其双响。警士灼灼傍睨之，如木鸡。

以醒为梦，梦将不醒；以梦为醒，梦亦不醒。

仅有百则语录体的这本小书，三十二开本，1936 年 1 月上海世界书局出版。作者似乎也很喜爱本书，可以说是自己精心设计的。书用道林纸印，封面素白，请魏建功题书名，并钤红色名章。周作人、废名作序，连同自序在内都以手书制版。三篇墨迹占了近 20 面，捧在手中自然增加了刊本的书卷气。废名的字追随知堂，不细看有时很难区分。这对喜欢欣赏作家手迹的人来说，也是一次难得的机遇。我的藏书封面上又有名印一方，说明原是作家关永吉的藏书。关永吉是华北沦陷区的作家，著有《秋初》《风网船》等小说集，写沦陷区的文学史无法回避他的名字。但他也是得自旧书肆。因为书的扉页上还有一段题跋："丙子之夏五月廿一日赴世界急检，得此书，中心殊快。鼎昌。"后有一方红印"容鼎昌印"。容鼎昌即作家黄裳。丙子是 1936 年，看来是本书刚一问世，黄裳兄就赶到上海世界书局去买来。匆匆"急检"，足见他当年对俞平老新著的期盼之殷。

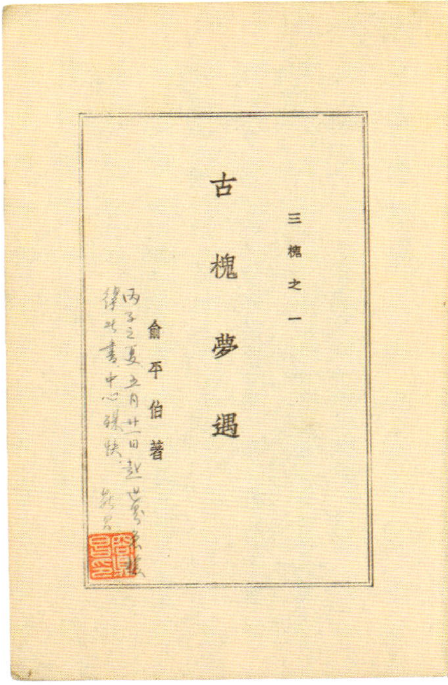

《古槐梦遇》内页

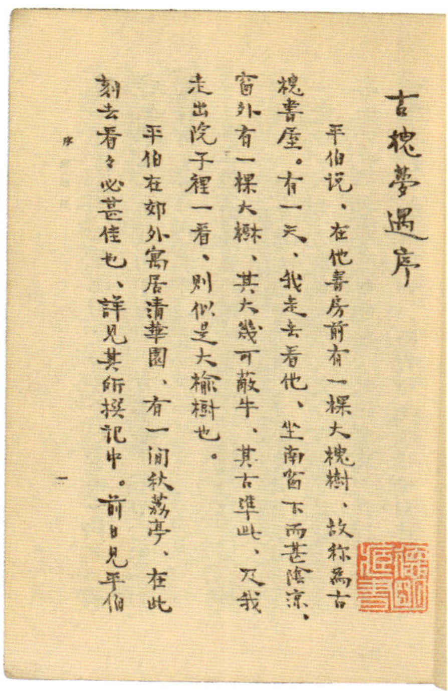

《爱眉小札》｜1936年良友图书公司版

《爱眉小札》小记

20个世纪30年代，出现过两种精印的新文学作家的手迹影印本线装书，一种是刘半农在北平星云堂编印的《初期白话诗稿》，一种是赵家璧、陆小曼在上海良友图书公司编印的徐志摩日记《爱眉小札》。前者出版于1933年，有宣纸和毛边纸本，印数稍多。后者出版于1936年4月，限定本仅印一百册，极罕见。如今，这两种新文学版本的线装书，已成为爱书人望眼欲穿的猎物。

说起《爱眉小札》影印线装本的由来，还有一段小掌故。1931年徐志摩乘飞机失事而亡，当年在光华大学读书的赵家璧听过徐师的课，他立即与陆小曼商定，由良友图书公司出版《徐志摩全集》。不想胡适找到了陆小曼，由他策动，又改由商务印书馆出版。为了对赵家璧表示歉意，陆小曼从《徐志摩全集》中抽出《爱眉小札》，作为“良友文学丛书”中的一种，交由良友图书公司于1936年3月排印出版，4月又出版了纪念性质的手迹影印本。铅字排印本还增收了徐志摩1925年3月到6月致陆小曼的十一封信、小曼1925年3月到7月的《小曼日记》以及为良友版铅印本《爱眉小札》写的序。没有想到的是，商务印书馆版的《徐志摩全集》排好打成纸型后迄未出版，直到半个世纪后的1983年10月才由香港商务印书馆印行。

徐志摩本来没有记日记的习惯，《爱眉小札》是他1925年与陆小曼恋爱时期专门写给对方看的。赵家璧在《商务版〈徐志摩全集〉序》中介绍这册手迹本时说：“灰蓝色布封面，天地头很宽的雪白连史纸，十行蓝格中，作者用毛笔写下秀丽的手迹，字里行间，表达了当时诗人一团火热的真情，单单那个古色古香的狭长本子，令人一见就心爱；我们当时影印了一百册真迹手写本，现在连我自己都不留了。”可贵的是，影印本基本上保持了原貌，开本原样，也用连史纸印，丝线装，折页内还都衬有白纸，套色印蓝格，只是布面改为磁青纸，典雅大方，工艺讲究，不愧新文学版本中的珍本佳制。

《爱眉小札》手迹影印本，不仅限于欣赏把玩，比起铅字排印本来，更有学术研究的价值。因为排印本在编定时，编者曾经做了多处删节，主要是略去一些人的姓名甚至有整行的空白，造成字句上的残缺。近年香港商务印书馆版的《徐志摩全集》，才第一次根据手迹影印本做了补充和整理。但是，手迹本原本亦留有删节后的空白处，如果现在已经找不到原本的话，只能莫可奈何了。

我读徐志摩的手迹，确实感到笔墨潇洒、自然、隽美，更欣赏他的坦诚。原来初恋时期的他，早就发现陆小曼在生活上的某些缺点，并不止一次地向她提出过忠告，如说：“我不愿意你过分‘爱物’，不愿意你随便花钱，无形中养成‘想什么非要什么不可’的习惯；我将来决不会怎样赚钱的，即使有机会我也不来，因为我认定奢侈的生活不是高尚的生活。”可叹的是，直到诗人临终以前，他都未能改变陆小曼的一些不良嗜好。这也是他们夫妻间的一个主要矛盾。

我的《爱眉小札》手迹影印本得自琉璃厂的中国书店，多年来从未见过复本。20 世纪 80 年代初，黄裳兄由沪北上，某日我陪他到海王村访书，雷梦水君特意抱出十几本线装书来，因为他知道黄裳喜搜明版和清初精刻本。没有想到，其中竟夹有一册《爱眉小札》的手迹影印本，黄裳兄欣喜异常，他说：“这书我在上海寻访多年了！”我说：“这书本来出自上海，怎么你我都得自北京？真是书缘莫测，你道怪亦不怪。”

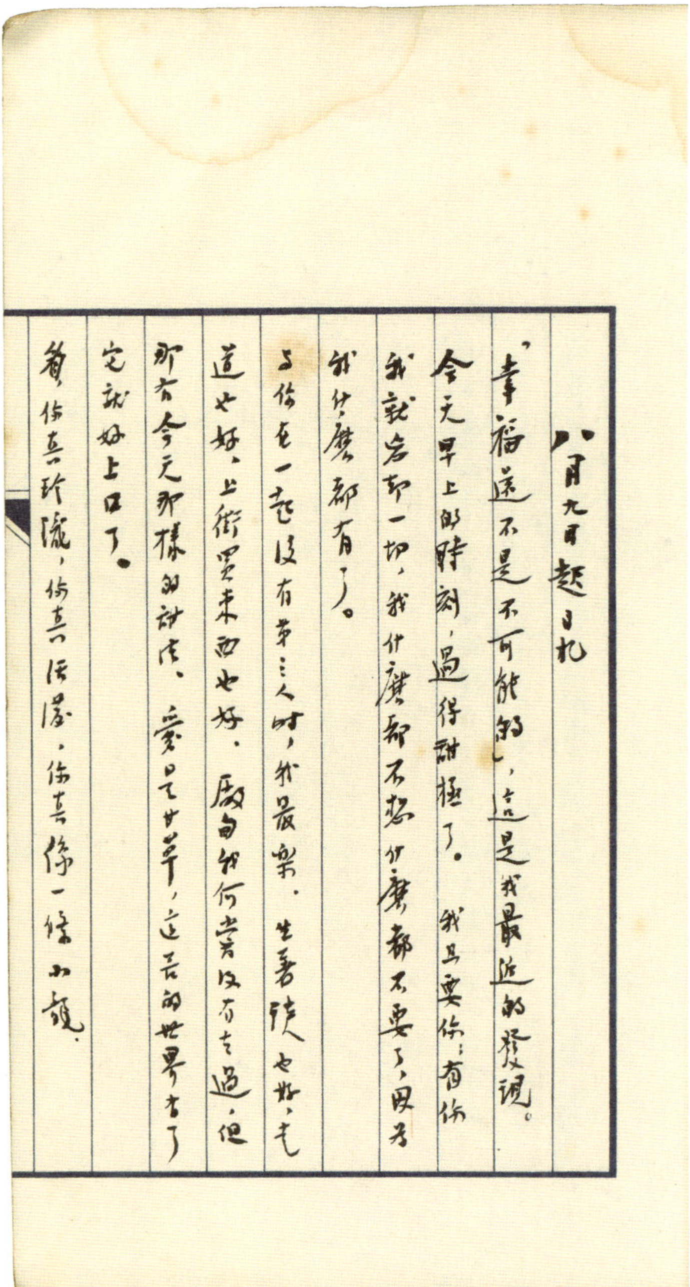
八月九日起日札

"幸福還不是不可能的"，這是我最近的發現。

今天早上的時刻，過得甜極了。我只要你；有你我就忘卻一切，我什麼都不想，什麼都不要了，因為我什麼都有了。

與你在一起沒有第三人時，我最樂。坐着談也好，走道也好，上街買東西也好。廠甸我何嘗沒有去過，但那有今天那樣的甜法，愛是甘草，這苦的世界有了它就好上口了。

眉，你真玲瓏，你真活潑，你真像一條小龍。

《爱眉小札》内页

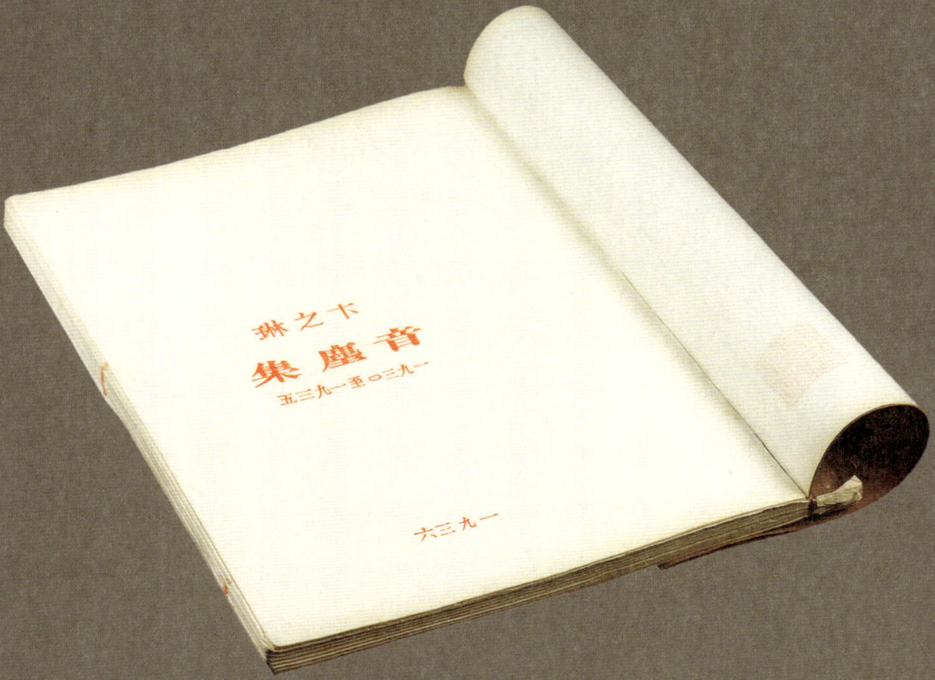

《音尘集》｜1936 年文楷斋刻印版

《音尘集》

在任何一种新文学书目中，你都不会找到卞之琳先生在 1936 年 9 月印的这本新诗《音尘集》。

对一个爱书人来说，发现一个从来不为人知的稀见本已经令人兴奋，何况是木刻雕版，丝线装订，宣纸朱墨刷印的初版本？这纯粹是手工精制的一件新古董！当我从厂肆的旧书丛中找得这本《音尘集》时，仿佛发现埋藏深土多年的一颗珍珠。为什么卞先生从来没有提起过这本书？为什么唐弢先生也不藏此书？我可以对他炫耀了！

诗集比一般大三十二开本要宽些，呈方形，外面还有金黄色的锦套，更显得名贵古雅。诗是竖行排的，共收作者 1930 年至 1935 年的诗作二十首，其中有《影子》《破船屋》《芦叶船》《古镇的梦》《音尘》等。那时诗人也热衷于诗的形式美，诗意含蕴，文字追求变幻，但也不是一味地象征，以至令人费解。如《几个人》的开头："叫卖的喊一声冰糖葫芦 / 吃一口灰像满不在乎 / 提鸟笼的望着天上的白鸽 / 自在的脚步踩过了沙河 / 当一个年青人在荒街上沉思 / 卖萝卜的空挥着磨亮的小刀 / 一担红萝卜在夕阳里傻笑……"这不仅不玄虚，简直朴素得如一幅淡淡的水彩。书前没有序，书后没有跋，也无版权页，只在书尾标明"北平文楷斋刻"的字样。这显然是作者自费印的书。我迫不及待地想要向卞先生问个明白。

其实卞先生在 1942 年 5 月桂林明日出版社出版的《十年诗草》中，曾经提到过这事，没人注意就是了。《十年诗草》是战时大后方的土纸书，第一部分即收入了《音尘集》的全部作品。题后有作者的一行小小说明："本集曾于1936年夏雕木版试印十余册于北平文楷斋。"那么世间留存的这本诗集不过十几本而已。为什么当时不多印刷一些呢？

卞先生在给我的回信里说："我自己照例出书以后，总对内容有所不满，以至意兴索然，往往连从头至尾读一遍也不耐烦。我把《音尘集》试印了这些本以后仿佛就过了出书瘾了。这是我不再正式印它的主要原因。1936年暑后我去青岛译书，就让梓版留在文楷斋，1937年初曾回北平小住，我也无心去过问它，以后虽然在1946、1947年曾来过北平，1949年3月以来就一直住在这里，我却再无兴致去找文楷斋。"这当然是权威性的答案。但，"主要原因"之外，也许还有"次要"的，是为了个人珍存呢，还是为了赠人？……这是六十年前一个青年诗人的旧梦，旁人怎好无端惊扰，也不应该去打听。按照印古书的传统，先印朱墨，次用蓝墨，数量都不多，最后才是通行的黑墨印本。《音尘集》只有朱墨印本，也好，红色是最讨人喜欢的吉庆颜色。至于文楷斋，坐落在东琉璃厂，据琉璃厂人魏隐儒著的《中国古籍印刷史》（1984年5月印刷工业出版社出版）中说，文楷斋主人刘春生，本为杨梅竹斜街龙光斋刻字铺的徒工，学徒期满后自营文楷斋，创立于1919年，一开始就接受个人委托刻书的业务。营业最盛时期拥有二三百工人，写手三十多人，以写宋体字为主。民国时期一个刻书坊能有数百工人，我有点怀疑。大概七七事变以后就不行了，何时倒闭的则不详。卞之琳的《音尘集》正是用清隽秀雅的长体仿宋字，印在洁白的宣纸上，空间很大，分外美观，可以说是内容与形式的完美统一。

卞先生说，刻工的手艺好，工费却很便宜。书刻成，书版归文楷斋所有，作者要刷几本就刷几本，印数不多的话，远比铅字排版要省钱。多年来他手边只存一册，而且是缺锦套的。为此他曾取笑于我，羡慕我的运气。就连他仅存的那一本，前些年也送给海外一位研究他作品的女士了。我跟卞先生说，但愿世间尚有复本，最好那十几册都安然无恙，不要让我的收藏成为孤本。

我不否认我爱书，有时甚至会如醉如痴，但我从来也没想过要专门收藏孤本，或以此为荣。孤本太多了，岂不显得寂寞孤单，人慢慢会变得乖僻无聊的。

《音尘集》内页

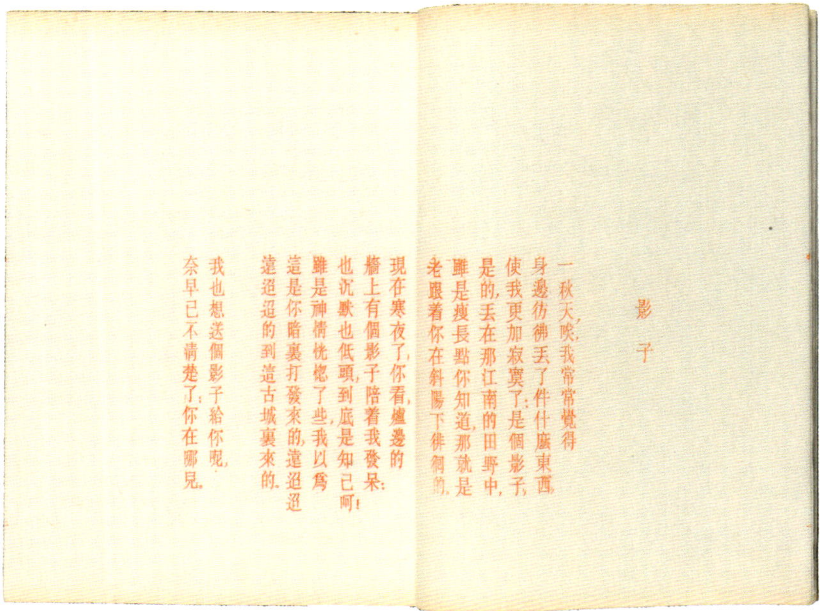

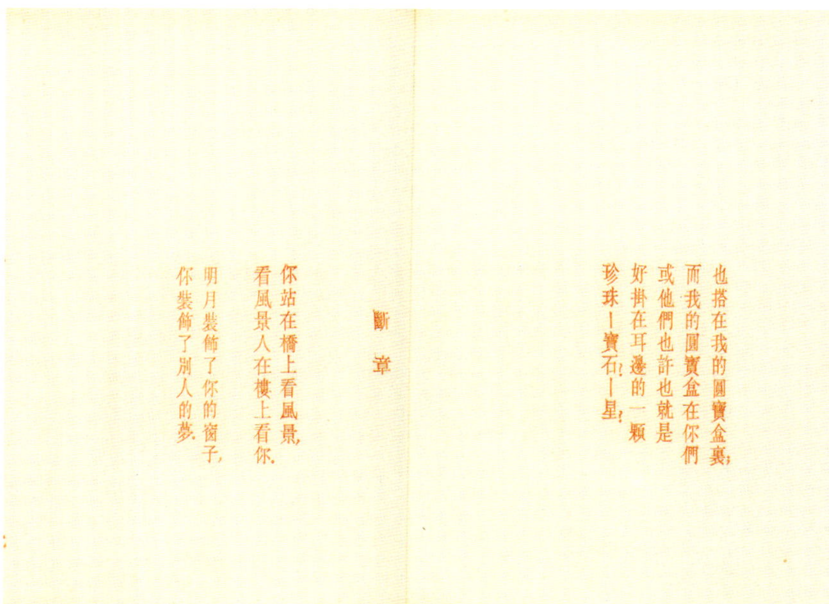

《音尘集》内页

《冬眠曲及其他》

1936 年夏，卞之琳在北平文楷斋刻印了《音尘集》之后，林庚见了分外喜欢，接着也在琉璃厂木版刻印了一本新诗集。可惜我当时忘记了向卞先生问清书名，也没想到去直接求教林庚先生。这件事隐隐地埋在我的心里，偶然想起来，总觉得是件未了的憾事。事隔半个世纪了，又经过多次的战火和动乱，往何处再去寻觅那样一本线装小书呢？

世间竟有这样的巧合，1986 年春天我偶去厂肆，本来不曾抱什么目的，在十几本线装书中随便翻翻，想不到竟意外地发现一本由知堂题签的《冬眠曲及其他》。周作人的墨迹我熟悉，赶快翻开书一看，原来是蓝墨木刻本林庚的新诗集。我几乎叫出了声，连书店主人也凑过来说："我也是第一次见到这书，得抄下个书名来。"多年夙愿突然得到满足，这种快乐是无法形容的。

《音尘集》近于方型开本，《冬眠曲及其他》则取线装书通常的长型开本，内文加了文武框十行格，愈显古色古香。书内没有标明由琉璃厂文楷斋刻印，时间和《音尘集》相距两个月，即 1936 年 11 月。

书前有废名（冯文炳）的一篇序，最后有作者的一篇后记。扉页上刻有"林庚诗集第四"字样。林先生的前三本诗集当是《夜》《春野与窗》《北平情歌》。它们虽然装帧印刷得也很讲究，却都不是线装的形式。在新文学史上以线装铅印的形式印新诗的有几种，以木刻来印新诗的，似乎只有卞之琳、林庚两位先生。

《冬眠曲及其他》写明"版藏风雨诗社"，等于声明这是自费

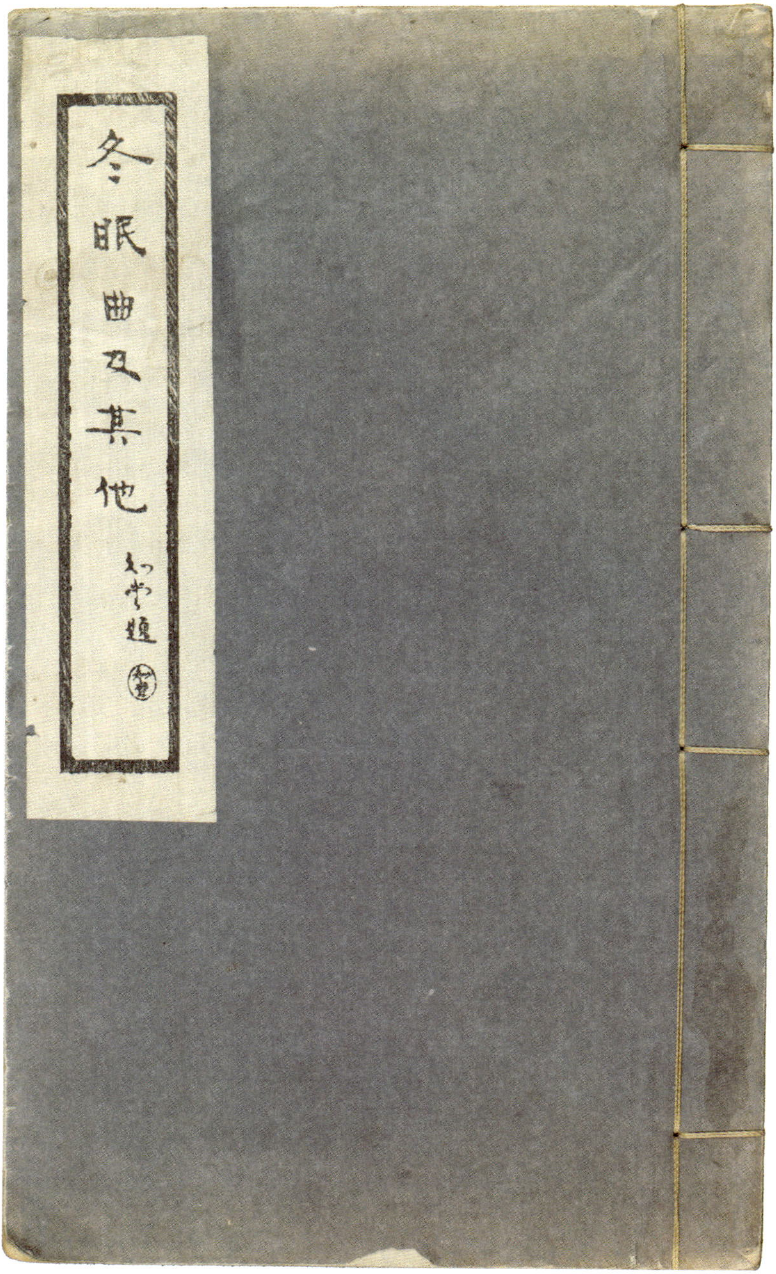

《冬眠曲及其他》｜1936 年文楷斋刻印本

印书，报告着新诗出版比较寂寞的消息。我就此请教了林庚先生，承见告："风雨诗社只是书屋的别名而已，并无其社。"本书收有诗作三十二首，除开头的《冬眠曲》外，分《小春吟》和《絮》两辑。废名在序里说，他同林庚做朋友，是以诗来增进友谊的，并自称是个学道者，不能写诗，只是对诗有一点了解。"而中国闹新诗的人则不大了解诗。不了解诗而闹新诗，无异作了新诗的障碍。私心常觉得这件事可恨，故常想一脚踢翻那个诗坛。"这口气相当自负，以为不懂诗的人，就不该写新诗。他认为林庚的诗配得上称作新诗，可以拿来与古诗相比较。可惜废名还是有些语意含糊，未能全盘讲出他对新诗的看法。林庚在后记里讲到自己在新诗创作上的探索经历。他先写四行诗和节奏自由的诗，进而专写新诗的格律诗。废名说那是"方块诗"，因为每行字数都相等，形式上极似古体诗。

林庚的诗极有韵味，如《忆儿时》：

清早上上学时候路上绒花树
傍晚里天风吹人深深星影中
古藤下红黄茉莉应有相知处
梦留在图案画里夜深萤火红

这是写景，也是在写一种心境。这类诗是大量的，似乎也留下摆脱旧格律、追求新格律的某些不和谐的痕迹。有的诗能够让人窥见时代的影子，感受到社会的风雨，如《北平自由诗》：

当玻璃窗子十分明亮的时候
当谈笑声音十分高朗的时候
当昨夜飓风吹过了山东半岛
北平有风风雨雨装饰了屋子

这样的诗，在《冬眠曲及其他》里并不多。

近半个世纪以后，林庚先生在回顾自己的写诗生涯时，认为当年由写自由诗转而迷恋起格律诗，正是在寻求新诗更鲜明的形式。他不认为诗歌语言的解放，仅仅是意味着散文化。令人佩服的是，半个世纪以来，他仍坚持这一信条，至今不悔。新诗诞生以来，不知有多少诗人为理想的新诗形式锲而不舍地探索着，有成功的，也有半途而废的，但态度都是严肃和真诚的。任何尝试都应该受到尊重，而且这种追求至今不曾终止，今后也还会有人继续探索和创造。一部新诗发展史可以证明，这是必然要经历的阶段，也许最终会取得一个大多数人都接受的最完美的形式。林庚先生至今认为，人们还应该为新诗的全面性胜利而加倍努力。他认为，“五四”以后，凡用散文写的文学作品，如小说以至翻译等，白话早已代替了文言，而在诗歌领域，还没有达到这种平衡，文言诗还有那么大的吸引力便是个证明。

有趣的是，当年废名在为林庚写序时语焉不详，十多年后在他写的《谈新诗》讲义中却鲜明地谈到自己的看法。《谈新诗》是他当年在北京大学教书时的讲义，曾经在沦陷区的北平新民印书馆出版过，现在已由人民文学出版社重排增订出版，仍名《谈新诗》。废名很看林庚的诗，他以为诗人的作品是民族的，与西洋文学并不相干，吟唱中总带着一点哀音，可见诗人的性灵。但是，他觉得诗人坚持写格律诗却失败了。他说：“林庚的理想甚好，但事实不可能，他要造成一种规律而可以自由歌咏，不必靠诗人的意境，此事连旧诗都做不到，何况新诗呢？故林庚的方块诗都失败了，即是自由歌咏不出来。”废名的意见不是无中生有，可是结论又简单了点，因为关于新诗的形式，到目前为止仍然不可能得出一个结论来，失败和不失败，只能相对而言，否则一切尝试便毫无意义了。

我问林庚先生，《冬眠曲及其他》是否只有蓝墨印本，当年一共刷印了多少册。承示“线装本的《冬眠曲及其他》当时印了约五百册，有红、蓝两种印本”。看来这也是按照旧时印古书的规矩，先用红墨，次用蓝墨，最后用黑墨来印。当然，用红墨刷印的版本更加珍贵。

我所藏的蓝印本，还是诗人的签名本，扉页上作者用毛笔写着“英诞兄　林庚”。这位“英诞”君姓朱，也是一位诗人。废名在他的《谈新诗》一书里，也评论了朱君的诗，而且是同林庚的名字放在一起来谈的。

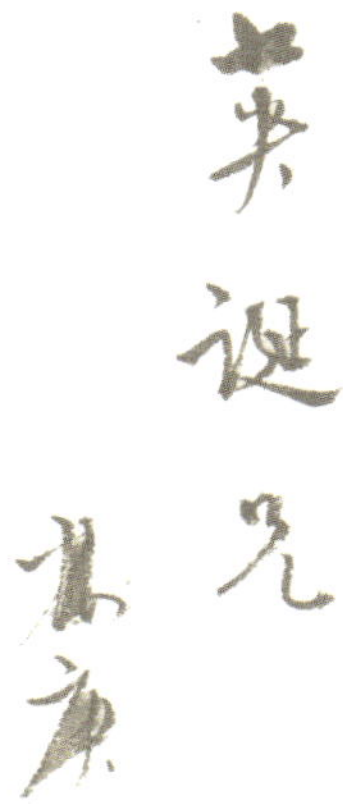

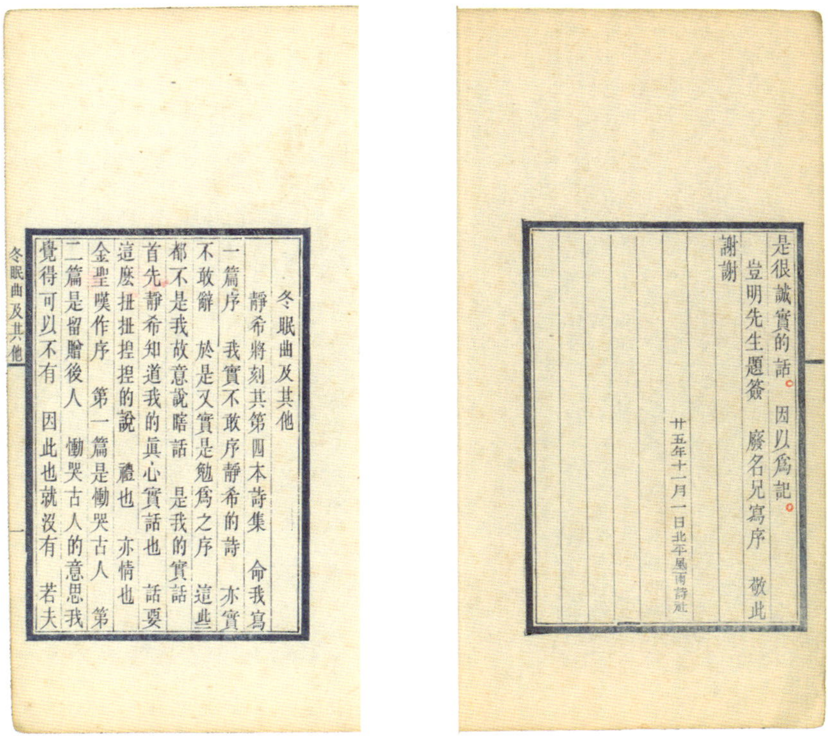

冬眠曲及其他

靜希將刻其第四本詩集　命我寫一篇序　我實不敢序靜希的詩　亦實不敢辭　於是又實是勉爲之序　這些都不是我故意說瞎話　是我的實話　首先靜希知道我的眞心實話也　話要這麽扭扭揑揑的說　禮也　亦情也　金聖嘆作序　第一篇是慟哭古人　第二篇是留贈後人　慟哭古人的意思我覺得可以不有　因此也就沒有　若夫

冬眠曲及其他　一

是很誠實的話。因以爲記。

豈明先生題簽　廢名兄寫序　敬此謝謝

廿五年十一月一日北平風雨詩社

《冬眠曲及其他》内页

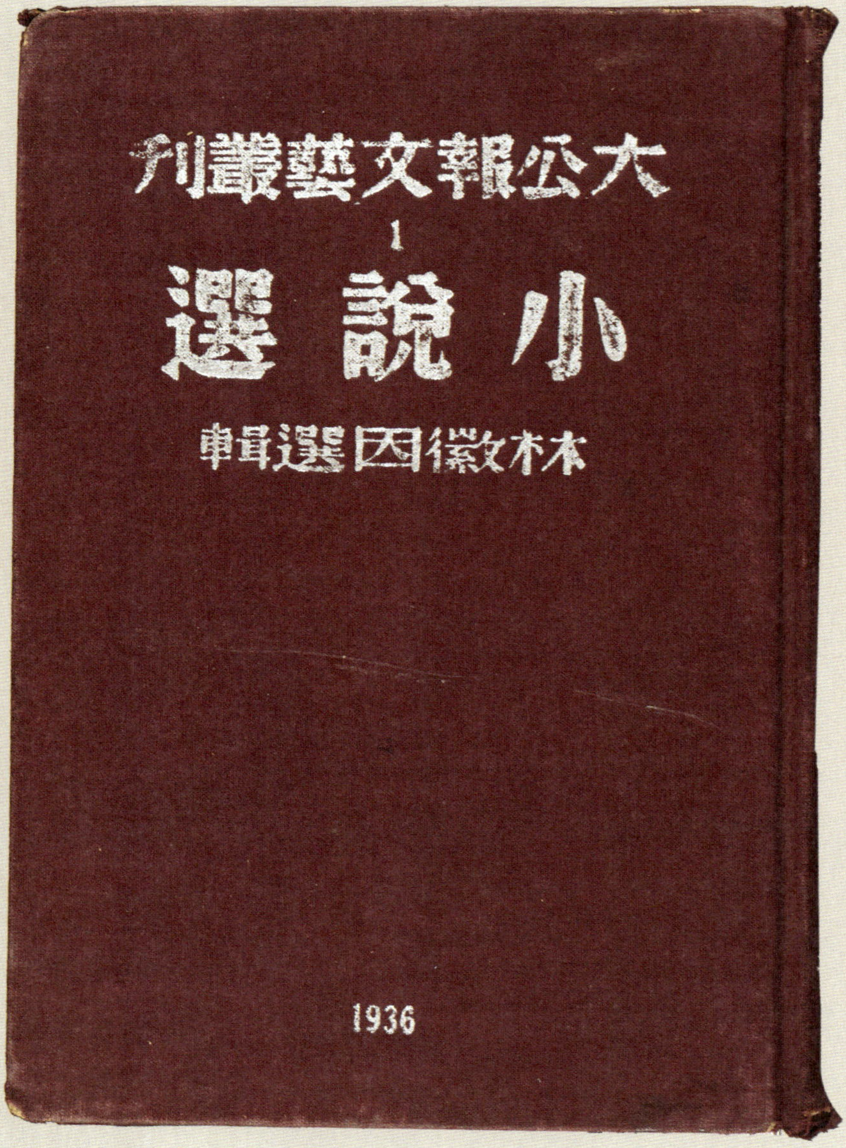

《小说选》| 1936 年《大公报》版

林徽因编《小说选》

林徽因编的《大公报文艺丛刊1·小说选》，1936年8月由天津、上海的《大公报》印行。似乎一律是紫色布面烫银字的精装本，同年10月再版发行。封面装帧设计者是钱君匋先生。

林徽因女士编的这部《小说选》，包含了她同作家萧乾的一段友谊和难忘的一次合作。当萧乾还在燕京大学读书的时候，林女士便在天津《大公报》上读到萧乾的小说处女作《蚕》，叹为佳篇，马上要一见作者，于是沈从文先生便引领萧乾来到东城的“太太的客厅”里做客。从此，她成为萧乾作品的知音。当萧乾离开大学到天津《大公报》编文艺副刊时，林徽因不仅为他写稿，还细读每期的作品，为他出主意、提意见，关心萧乾的工作。1936年大公报纪念创刊十周年，萧乾拟定设立文艺奖金和编一本《大公报》小说选的计划。这两项计划后来都完成了，而编书的任务便落在林女士的肩上。编辑人选定得非常合适，林女士也愉快地答应合作。

林徽因从《大公报》文艺副刊上选中了短篇小说三十篇，按作品发表的先后次序排列，并写了《题记》。入选者多为当时在北平的作家，如沈从文、老舍、杨振声、蹇先艾、凌叔华、李健吾、李辉英、芦焚、萧乾、林徽因等人；也有生活在南方的沙汀、张天翼等左翼作家，以及相当陌生的一些无名作家。这里当然有萧乾最初的选稿标准，同时也显示了选家林女士的眼光，因此这也是我们研究30年代小说创作的不可忽视的一部读物。那年林徽因才三十岁出头，她的同时代人回忆，她目光四射，读的作品多，不时与朋友们讨论创作问题，常有一些警辟之见。读了《小说选》的《题记》，足见言者有据，并非妄语。《题记》并没有单独分析某一篇作品，而是就 1935 年以来的小说创作倾向发表意见。她对当时的小说成绩还是满意的，特别是对艺术技巧的成熟更加乐观。她又提出在题材方面写农村和劳动人民生活的作品日见其多，这并非偶然，但内容却有些贫弱和缺乏创造力量。她提倡作家要“更有个性，更热诚的来刻画这多面错综复杂的人生，不拘泥于任何一个角度”。她劝作家们不要满足于追求故事的完整，要善于去选择“生活大胆的断面”，“剖示贴己生活的矛盾”。她反对“许多人因是自疚生活方式不新鲜，而故意地选择了一些特殊浪漫，而自己并不熟悉的生活来做题材，然后敲诈自己有限的幻想力去铺张出自己所没有的情感，来骗取读者的同情”。这些意见无疑是有针对性的，也是当时文艺创作中实际存在的一些问题，指出这些缺点也是有益的。但是，由于她生活的局限，林女士并不理解当时有些作家，特别是左翼青年作家们还有另一方面的要求，即他们从主观上极力要去表现农村生活和劳动人民的苦难，尽管有些并不成功，这种努力也不是没有意义。林女士当时还不可能注意到这些作家向生活学习的良好愿望。

在《小说选》的三十篇作品中，沈从文的小说占了四篇，是入选作品最多的一位作家。林徽因自选的作品是《模影零篇》，实为两题：一是《钟绿》，写一位美人儿的红颜薄命；一是《吉公》，写一个被封建大家族毁灭了个性的悲剧人物。两篇都流泻着一股淡淡的哀愁，采取的是现实主义的写作手法。小说写得很简练，语言亦好，其中不乏别致而富于形象的比喻，这自然会增强作品的表现力。从她作品的风格看，也让人联想到她何以对沈从文的小说如此偏爱，我以为包括萧乾在内，似乎当时都受到了沈从文的影响。这是一个很有趣的话题，也许并不是我一时的猜想。

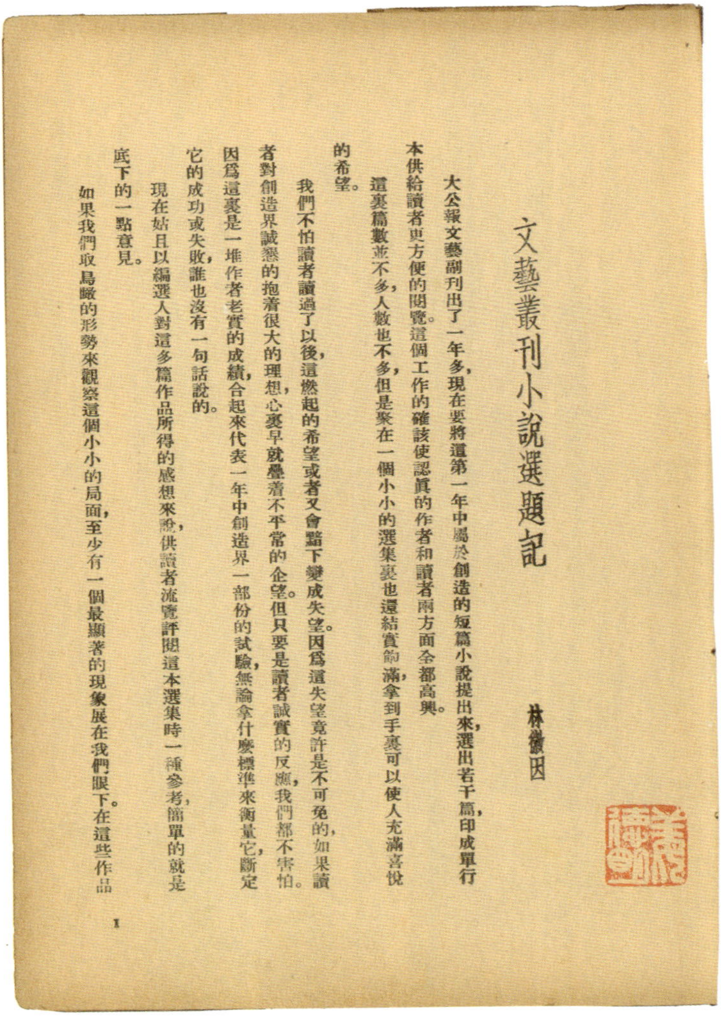

文藝叢刊小說選題記

林徽因

大公報文藝副刊出了一年多，現在要將這第一年中屬於創造的短篇小說提出來，選出若干篇，印成單行本供給讀者更方便的閱覽。這個工作的確該使認眞的作者和讀者兩方面全都高興。

這裏篇數並不多，人數也不多，但是聚在一個小小的選集裏也還結實飽滿，拿到手裏可以使人充滿喜悅的希望。

我們不怕讀者讀過了以後，這燃起的希望或者又會黯下變成失望。因爲這失望竟許是不可免的，如果讀者對創造界誠懇的抱着很大的理想，心裏早就疊着不平常的企望。但只要是讀者誠實的反應，我們都不害怕。因爲這裏是一堆作者老實的成績，合起來代表一年中創造界一部份的試驗，無論拿什麼標準來衡量它，斷定它的成功或失敗，誰也沒有一句話說的。

現在姑且以編選人對這多篇作品所得的感想來，provide供讀者流覽評閱這本選集時一種參考，簡單的就是底下的一點意見。

如果我們取鳥瞰的形勢來觀察這個小小的局面，至少有一個最顯著的現象展在我們眼下。在這些作品

1

《小说选》内页

《不惊人集》｜1937 年千秋出版社版

《不惊人集》的下落

1933 年，徐懋庸编好了他的第一本杂文集《不惊人集》，可是读者见到的他的第一本杂文集，却是鲁迅先生为之作序、1935 年 6 月出版的《打杂集》。他在本书的《作者自记》里说：“我的第一个杂文集子《不惊人集》被一家出版社要去，迄今快要两年了，可是总不见出版。……这个集子到底能不能出版，连作者的我也不知道了。”

事隔二十几年以后，徐懋庸在回忆这段往事时还不无遗憾地说：“后来编成一本《不惊人集》，但被国民党的检查机关禁止印出，连稿本也无影无踪了。”（见《我的杂文的过去和现在》，1957 年 7 月号《人民文学》）又过了十年，在“文革”当中听外调的人说，才知道《不惊人集》确曾出版过。那是 1937 年 7 月，上海千秋出版社出版的。

作者何以未能见到此书？猜想书出之际正是抗日战争爆发之时，那时他正携家回浙江上虞县的故乡去了。后来又经武汉，转道去了延安。这本印数也不会多的《不惊人集》，便在兵荒马乱之中不为世人所知，连它的作者也无缘见到了。

《不惊人集》收杂文 50 篇，大多是在《申报》副刊《自由谈》上发表的。其中的《草巷随笔》是作者 1930 年以前的旧作，可以说是最早的杂文试作。徐懋庸的动笔写杂文，是受了鲁迅和《自由谈》的影响，这同唐弢起初向《自由谈》投稿，以及鲁迅为唐的第一本杂文集《推背集》的出版出力一样，都是现代文学史上的佳话。

徐懋庸中断了杂文写作二十年，直到 1956 年才又重新执笔，一发而不可收。到 1957 年 5 月，他把新写的杂文编成一本新著，名为《打杂新集》，借以呼应当年鲁迅先生为他作序的那本《打杂集》。全书共收杂文 53 篇。不想全书已由北京出版社排出校样，由于“反右派”运动的袭来，他因杂文《小品文的新危机》等篇，被打成“右派分子”，终于未能出版。直到 20 世纪 80 年代初，三联书店出版了《徐懋庸杂文集》，才把《打杂新集》连同《打杂集》《不惊人集》等全部收入进去。

在徐懋庸的旧著中，当以《不惊人集》最稀见，20 世纪 60 年代，我购于国子监中国书店的内部门市部。至于出版这本书的上海千秋出版社则不见史载，好像也没有出版过什么书。从编者随便找来一张丰子恺先生的漫画做《不惊人集》的封面来看，也稍欠章法，背景仍待考。

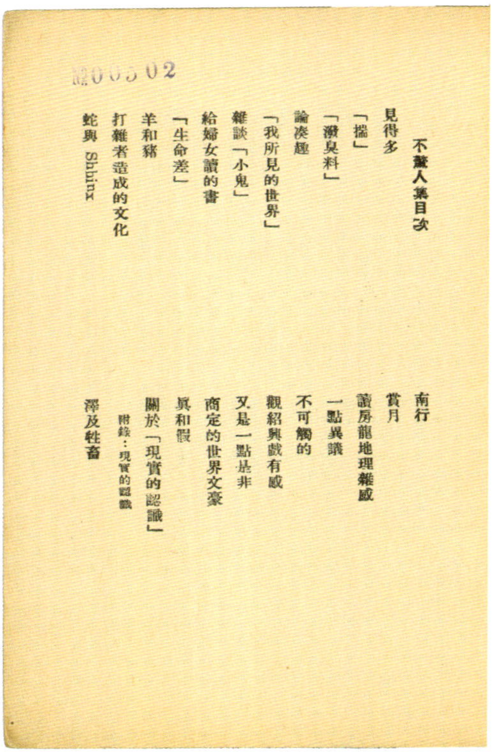
不驚人集目次

见得多
「揣」
「潑臭料」
論湊趣
「我所見的世界」
雜談「小鬼」
給婦女讀的書
「生命差」
羊和豬
打雜者造成的文化
蛇與 Shbinx
南行
賞月
讀房龍地理雜感
一點異議
不可觸的
觀紹興戲有感
又是一點是非
商定的世界文豪
眞和假
關於「現實的認識」
附錄：現實的認識
澤及牲畜

《不惊人集》内页

《清明集》及其他

上海“孤岛”时期出版的抗战杂文《边鼓集》和《横眉集》，自然代表了“鲁迅风”精神，主要作者是巴人、柯灵、唐弢等人。这是上海“孤岛”时期文学的骄傲。其中也包括了周黎庵等人的杂文。

周黎庵是林语堂创办的《论语》的老作者，抗战前参加编辑过追随《论语》的小品文刊物《谈风》，七七事变后停刊。抗战初期他写了不少杂文，基调是好的。珍珠港事变以后，上海“孤岛”时期结束，他参加了朱朴创办的《古今》杂志，担任了主编。《古今》是一份文史随笔刊物，主要作者以周作人为代表，不时也发表汉奸周佛海、陈公博、梁鸿志甚至汪精卫的诗文，倾向就不那么好了。

周黎庵出版的杂文集，寒斋藏有四种，总的说，没有收直接写抗战的杂文，或者只能称为文史随笔集吧。一方面这可能由于环境所限，一方面恐怕也是作者有意为之。

《清明集》，1939 年 9 月宇宙风社出版，是作者的第一本杂文集。本书共收六篇文章，都是在《宇宙风》杂志上发表过的，原有总题是《明清之际读史偶记》。书名原定为《柔日集》，后改为《清明集》，取书中所谈均明、清两个朝代的事。从集内所收作品的内容来看，如《明末士子的气节及与政治和妓女的关系》《清初镇压士气的三大狱》《清初二臣的生涯》《明末浙东的对外抗争》等，都有间接谈抗战的意图，弹奏出了弦外之音。

《吴钩集》，1940 年 2 月宇宙风社出版。作者在《序》中说：“在笔杆报国的最近，我还写过所谓‘鲁迅风’的杂感。那些文字，大都收入于几个朋友合编的《边鼓集》和《横眉集》里；在个人爱好上讲，我是不大珍惜那些文字的。连同去年匆促写成的《清明集》，同是我不喜爱的文字。”作者喜爱的则是这本《吴钩集》里的关于人物掌故的文字。全书共十七篇，如《关于太监》《清代文字狱——丁文彬逆词案》《文字狱的株连性》等。书名《吴钩集》，因作者喜爱黄仲则诗：“昨夜朗吟浑未寐，草堂风雪看吴钩。”“吴钩”，古兵器名。

《清明集》｜1939 年宇宙风社版

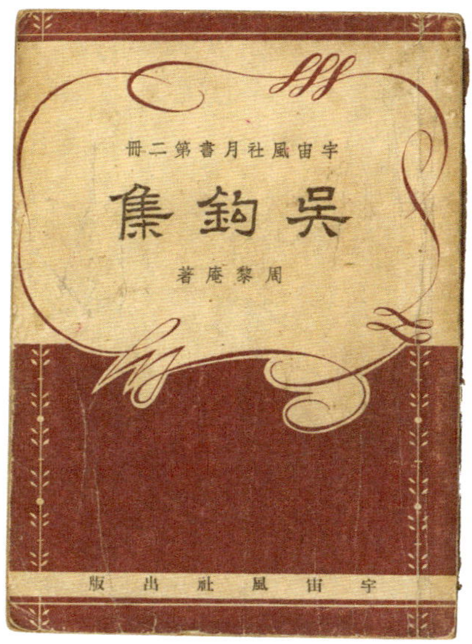

《吴钩集》｜1940 年宇宙风社版

《华发集》｜1940 年萟溪书屋版

《萟门集》｜1941 年庸林书屋版

《华发集》，1940 年 5 月萟溪书屋出版。书名取自黄二尹诗“半生华发战高秋”句，自然带有自勉之意。在书后的跋语中，作者自称，在交游中对他写杂文鼓励最多的人是唐弢，因此，他把这本书献与这位朋友。书中收有《周作人与范爱农》《关于周作人先生的事》《关于文字狱史》等。

《萟门集》，1941 年 4 月庸林书屋出版。集中所收，多为“少作”，大都写于苏州萟门之一角，故以书名。全书近三十篇杂文，如《〈论语〉三年》《半小时访章（太炎）记》《章太炎先生轶事》《关于鲁迅年谱》《烟与清代文人》等。

作者是否出过第五本杂文集呢？估计仅此四本而已。此后正是他热编《古今》的时候，早已告别了“鲁迅风”的时代。

闻一多序《三盘鼓》

诗人臧克家至今感念闻一多巨赏他的初作《烙印》，并为之作序，而诗人田间又第一个被闻一多誉为“时代的鼓手”。

从《闻一多全集》里，我们看到他为诗集《三盘鼓》写了一篇序，时在 1944 年 11 月，作者是薛诚之。作者和书名都是陌生的，但是就在这篇短序里，却有一多先生的名言：“我在‘温柔敦厚，诗之教也’这句古训里嗅到了数千年的血腥。”闻一多呼唤着诗人们去冲破黑暗的现实，奉劝他们为时代擂鼓，不要再为温柔敦厚所羁绊。正如他一向所提倡的，生为艰难时代的诗人，第一步先要做个时代的鼓手，第二步才是做拨弄丝弦的琴师。这期望意味深长。

我偶然从旧书店里找到一本《三盘鼓》，六十四开本的小诗集，收诗作二十三首，1944 年 11 月作为昆明“百合文艺丛书之五”，印行六百五十册，莫怪其流传不广了。

这是西南联大文艺社团的出版物，作者可能是联大的学生，因为书后有作者的《后记》云：“我多谢一多老师，承他于小病中为这集子做最后的挑选，给它取名并且给我许多意见。又承他于百忙中为我写序，给我许多可宝贵的指示。……”显然，这小小的诗集里也含有闻一多的心血。

闻一多肯定了《三盘鼓》对于生命艰危的中华民族来说是有益的，“因为这里有药石，也有鞭策”。他又说：“诗的女神良善得太久了，她的身世和《小花生米》或那……靠着三盘鼓，到处摸索她们的生命线的三个，没有两样……”

《小花生米》写于 1943 年，女主人公是一个叫阿琳的卖花生米的小女孩，她正伸出污泥的手向路人乞求着：

先生，先生，
请救济救济难民！
买包五香花生米，
两毛钱一包。

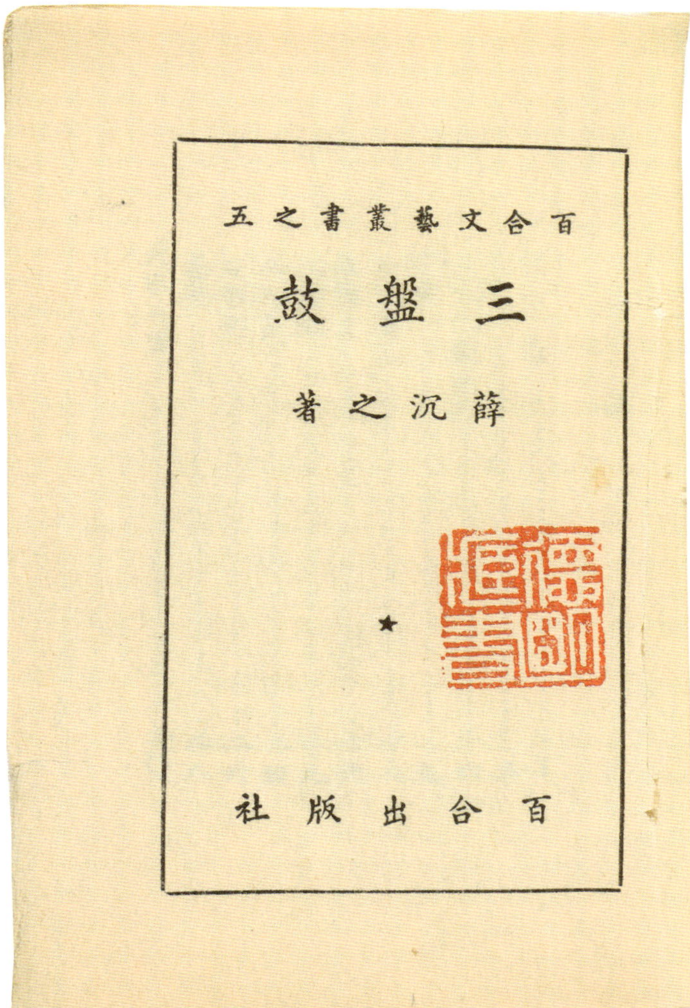

《三盘鼓》｜1944年百合出版社版

然而，两毛钱却买不到十粒花生。这善良的少女的命运，“郁结着一缕灰色的云”。

何谓“三盘鼓”？原来是指流浪到昆明街头的三个沿路卖唱的弱女子。

一个打着鼓，
一个敲着锣，
一个耍着“连响”，
合唱着小调。

因为她们拒绝唱《十八摸》，竟遭毒打。诗人写道：

别哭吧！
姑娘们，
且耐点烦
等着“明天”！

闻一多对于诗人让姑娘们耐烦的等待似乎不以为然，他说：“多数从事文艺的人们都是良善的，而作诗的朋友们心肠尤其软。”此诗教之罪也！他赞赏的是诗人的《仙人掌》，因为那一丛丛绿手，象征着千万只战斗的拳头！这才是时代需要的药石和鞭策。可惜这类诗在诗集里不是太多，所以他又率直地向作者提出：“我希望他（指作者）还要加强他的药石性的猛和鞭策性的力。”

鼓手和琴师都是我们所需要的。然而我们首先要的是鼓手。闻一多的话仍然响在我们的耳边。

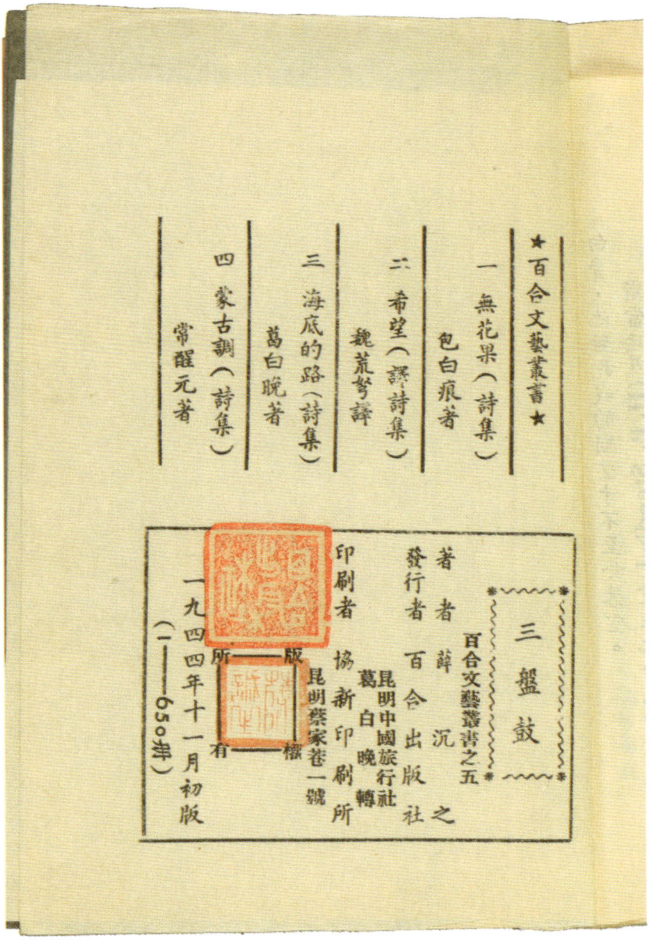

《三盘鼓》内页

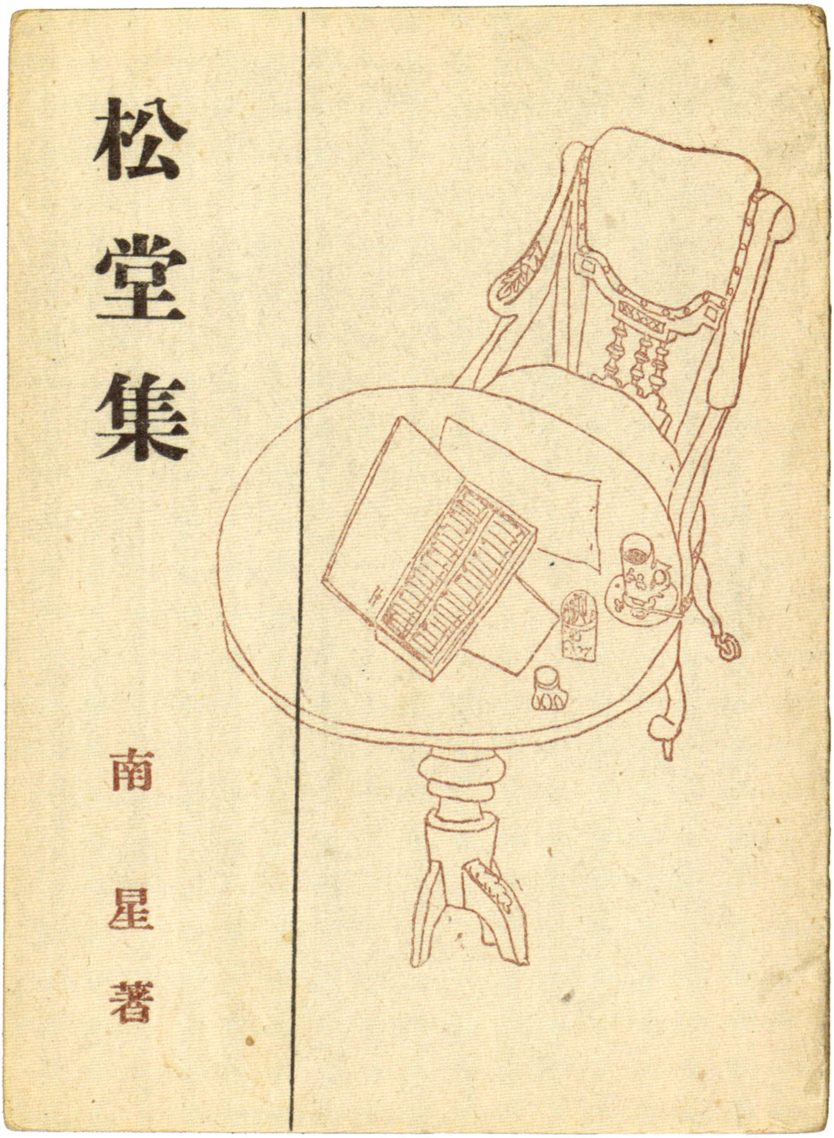

《松堂集》｜1945年新民印书馆版

南星的《松堂集》

南星先生是诗人，我藏有他战前出版的诗集《石像辞》。诗宗现代派，抒情而精练，有虚幻之美。20 世纪 50 年代，我在东安市场的旧书摊上还看到他的一本散文集，书名很别致，叫《甘雨胡同6 号》。恨我当时没能买下。后来跟别人讲起此书，对方说诗人还有一本《三月·四月·五月》。其实前者是诗人自费印行的一本书，当年他同诗人辛笛等就住在那里。“文革”后，叶浅予先生也住在这条胡同。我去过叶先生家，很容易让人联想到南星和辛笛的旧居6 号。现在它已经拆除，盖起了新楼，再也找不到这条富有诗意的胡同踪影了。无论如何，这两个书名还是值得回味的。能起这样书名的，是真正的诗人。

南星的散文集《松堂集》，1945 年 4 月北京新民印书馆出版。预告还有两本，《山蛾集》和《年华集》，实际都没有出版。作者在谈到他的诗《石像辞》时说：“虽然有些凄楚，但我的心思是柔和的。”（见《松堂集·我的诗篇》）我想他的散文基本亦如此，表面上看委婉，甚至有点忧郁，内心则充满了对生活的热爱。他的散文比较含蓄，直接写人物活动的少，借景物抒发自己的感情者多，以写人的情绪为主。我在读英国散文家兰姆和吉辛的散文时有此感觉，读我国梁遇春、缪崇群、陆蠡的散文也有同感。当然，《松堂集》中风格较轻快明朗者亦有，如《刊物创办者》回忆他少年时代与弟妹们办手抄本刊物《小星》的事，特约撰稿人却是自己的母亲，读来温馨动人。又如《忆克木》，把青年时代金克木先生的聪敏健谈、风趣理智的性格全然描画出来。有的散文已近于散文诗了。作者是个性格温和，沉默好静的人，特别喜欢冥想和思索。他对待艺术，对自己的作品，要求十分严格。

张中行先生与南星是北大的老同学、老朋友，他对南星的诗和散文有如下评价：“风韵都是不中不西的。……中偏于所感，西偏于所思。思是在心里，或深或曲，绕个小弯，因而领会或说欣赏，就不像吟诵‘夜阑更秉烛，相对如梦寐’那样容易。”又指出南星是“天生”的诗人，“这气质影响他的散文，是诗意特别浓，具体说是，所写，以及行文，都是诗的。这好不好？可以说很好，因为更而吟味；也可以说不很好，因为意境幽渺，像是离家常远了。”（见《螳螂》）这真是知者之言，说到了深处。他十分喜欢南星的散文。前些年张先生曾经动员老同学翻译了一本温源宁的《一知半解》，那是一个外国学人为我国“五四”文化名人写的一组随笔小品。多亏了南星先生的译笔，其实很多被写的人，也是他的熟朋友。

我从张先生那里打听到南星先生的地址，方才知道近三十年在文坛上已经失踪了的诗人，正隐居在远郊县的怀柔城内。那是他老家的房子吧？我与老先生通了信，想请他重新提笔写点散文。南星先生回信说，他久已不问文事了。

鲁迅之什

第二章

《痴华鬘》和《百喻经》

现在要想找一本王品青校点、鲁迅作序的《痴华鬘》，也不太容易了。这是北新书局于1926年5月出版的一册线装书，用蓝墨精印，天地宽阔，又加上疑古玄同的题签，典雅极了。全书分为上下两卷，合为一集，也可以说这是《百喻经》的另一印本。鲁迅在本书《题记》中说："佛藏中经，以譬喻为名者，亦可五六种，唯《百喻经》最有条贯。"又说："王君品青爱其设喻之妙，因除去教诫，独留寓言，又缘经末有'尊者僧伽斯那造作痴华鬘竟'语，即据以回复原名，仍印为两卷。"鲁迅把这部书作为佛教文学来看，虽说都是佛家的寓言，但"智者所见，盖不唯佛说正义而已矣"。

《百喻经》原名为《百句譬喻经》。作者是印度的一个名叫伽斯那的和尚。南北朝时，有一个到中国来传教的印度僧人求那毗地，第一次把它译成汉文，至少已经有一千几百年的历史了。最先发现《百喻经》价值的还是鲁迅先生。1914年7月29日的《鲁迅日记》里记载："托许季上寄金陵刻经处银五十元，拟刻《百喻经》。"他所据何本就不详了。10月7日又记载："午后寄南京刻经处印《百喻经》费十元。"到了第二年1月11日便记载："《百喻经》刻印成，午后寄来三十册。"当时只刻印了一百部。

鲁迅深爱这部古代印度的佛教寓言，他出资刻印此书的目的当然是为了给今人以启发和教益，他说："尝闻天竺寓言之富，如大林深泉，他国译文，往往蒙其影响。即翻为华言之佛经中，亦随在可见。"《百喻经》正是一部充满了哲理的书，语言精练古朴，故事多从生活中来，用现代语言来说，它的"可读性"很强。鲁迅认

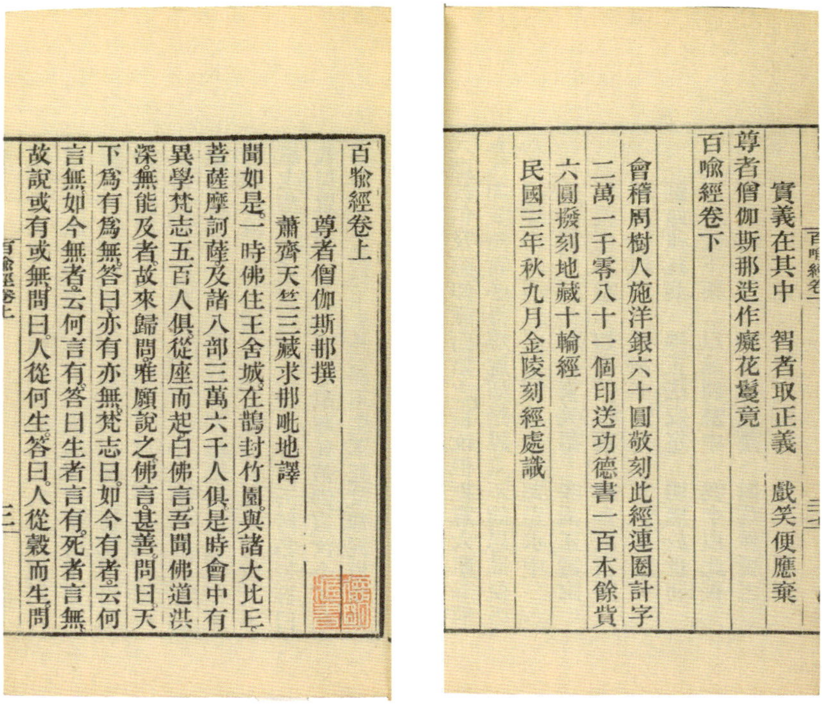

百喻經卷上
尊者僧伽斯那撰
蕭齊天竺三藏求那毗地譯
聞如是。一時佛住王舍城在鵲封竹園與諸大比丘菩薩摩訶薩及諸八部三萬六千人俱是時會中有異學梵志五百人俱從座而起白佛言吾聞佛道洪深無能及者故來歸問唯願說之佛言甚善問曰天下爲有爲無答曰亦有亦無梵志曰如今有者云何言無如今無者云何言有答曰生者言有死者言無故說或有或無問曰人從何生答曰人從穀而生問

百喻經卷上 三

實義在其中 智者取正義 戲笑便應棄
尊者僧伽斯那造作癡花鬘竟
百喻經卷下

會稽周樹人施洋銀六十圓敬刻此經連圈計字二萬一千零八十一個印送功德書一百本餘貲六圓撥刻地藏十輪經
民國三年秋九月金陵刻經處識

百喻經卷下 三十

《百喻经》内页

识到古代印度文化对我们的影响，他刻印本书也是借鉴外国古籍来丰富自己的文化。《百喻经》中的寓言，有的很幽默，有的还有情节，篇幅有长有短，以短为主。例如《伎儿乐喻》全文只有四十个字："譬如伎儿王前作乐，王许千钱。后从王索，王不与之。王语之言：汝向作乐，空乐我耳。我与汝钱，亦乐汝耳。"一个狡猾的国王绘声绘色地出现了。

鲁迅捐资刻版的《百喻经》原版共三十块，两面刻字，上面涂有灰色香墨。新中国成立后仍完好地保存在南京金陵刻经处。这所1865年开办的金陵刻经处，在"文化大革命"以前每年都要利用原版为读者加印二三百部。得到此书者也乐于翻读书后附录的这段话：“会稽周树人施洋银六十元，敬刻此经，连圈计字二万一千零八十一个，印送功德书一百本。余资六圆，拨刻地藏十轮经。民国三年秋九月金陵刻经处识。”今未知原版在。

鲁迅为王品青校点的《痴华鬘》写序言，时在1926年5月12日，是在他刻印《百喻经》的十多年以后。当年他不曾为刻印此书多说些什么，因此这篇序言就显得很有意义了。王品青原来是北京大学的学生，毕业后在北京孔德学校教书。由于肺病，他长期忧郁，曾经从医院楼上跳下。有人说他因病而疯，竟至跳楼。后来被人送

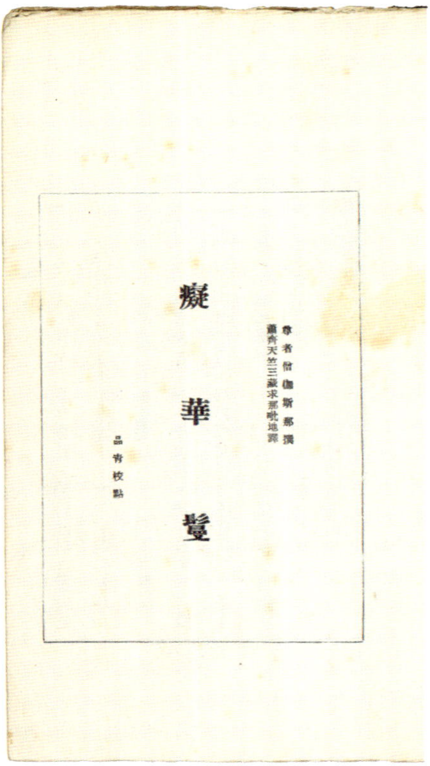
癡華鬘

尊者僧伽斯那撰
蕭齊天竺三藏求那毗地譯

品青校點

《痴华鬘》| 1926年北新书局版

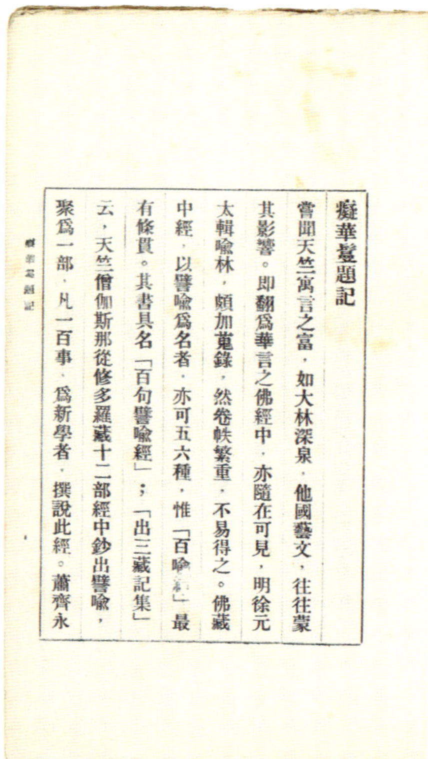
癡華鬘題記

嘗聞天竺寓言之富，如大林深泉，他國藝文，往往蒙其影響。即翻爲華言之佛經中，亦隨在可見，明徐元太輯喻林，頗加蒐錄，然卷帙繁重，不易得之。佛藏中經，以譬喻爲名者，亦可五六種，惟「百喻經」最有條貫。其書具名「百句譬喻經」；「出三藏記集」云，天竺僧伽斯那從修多羅藏十二部經中鈔出譬喻，聚爲一部，凡一百事，爲新學者，撰說此經。蕭齊永

癡華鬘題記

《痴华鬘》内页

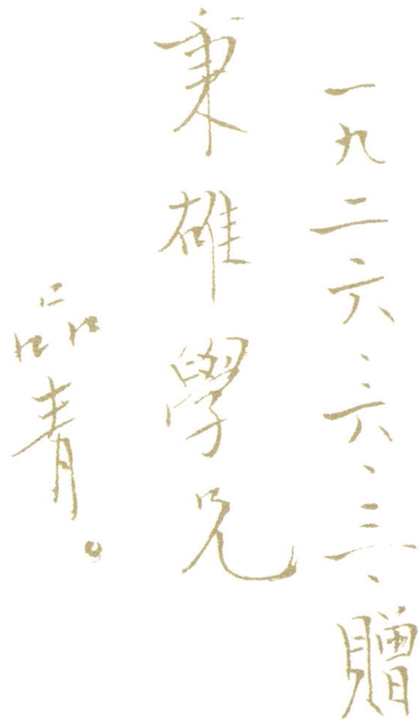

回河南故乡，1926年10月亡故。鲁迅为《痴华鬘》写完序言的十几天以后，书便装成，出版速度之快令人吃惊。证据是在6月1日的《鲁迅日记》上记载着：“寄赠马珏小姐《痴华鬘》一本。”

至于《百喻经》为什么又叫《痴华鬘》，书中为什么又只见题记不见故事，去年（1977年）张友鸾先生告诉读者，他怀疑《痴华鬘》为《幽曜经》（卷二十四）所载一个痴公主要取水泡做花鬘的故事。这位任性的公主很喜欢看雨水落在地上出现的水泡，非要国王命令工匠用水泡为她编成一个花鬘不可，否则工匠将被处死。一个聪明的老匠人应命，但声言不能识别水泡的美丑，请公主捞起水泡他再来编。那公主在雨中捞了一天，一个水泡也没有捞起，只好罢休。因此，张先生以为“尊者僧伽斯那造作《痴花鬘》竟”中的“造作”二字，实为编选者的自况，说编选此书也如编水泡花鬘一样，未免徒劳。

那么书中为什么又不见《痴华鬘》的故事呢？张先生以为可能是漏刻了，因为明明说“百喻”，现在却只存九十八则寓言，或者《痴华鬘》正是所缺的两则中的一个。

三十多年前，冯雪峰同志用白话编写了一本《百喻经故事》，1949年2月由上海作家书屋出版。作者在复述和演绎这些故事时，不可免地赋予了时代性。例如他把上卷中的《野干为折树枝所打喻》改名《狗和树》，用淡淡的笔墨，演绎得好似一幅意境隽永的图画。

书前收有魏金枝写于1948年鲁迅忌日的一篇序，他说：“消去块垒，而归于平淡，原是他（指雪峰）近几年来的心境，不料他在文字上也都做到了，那也是很可喜的。”又说：“寓言原是人民共同经验的结晶，也是他们用以观照真理的镜子。”这同时也回答了为什么直到今天人们还那么喜爱这部佛教寓言。

1978年3月

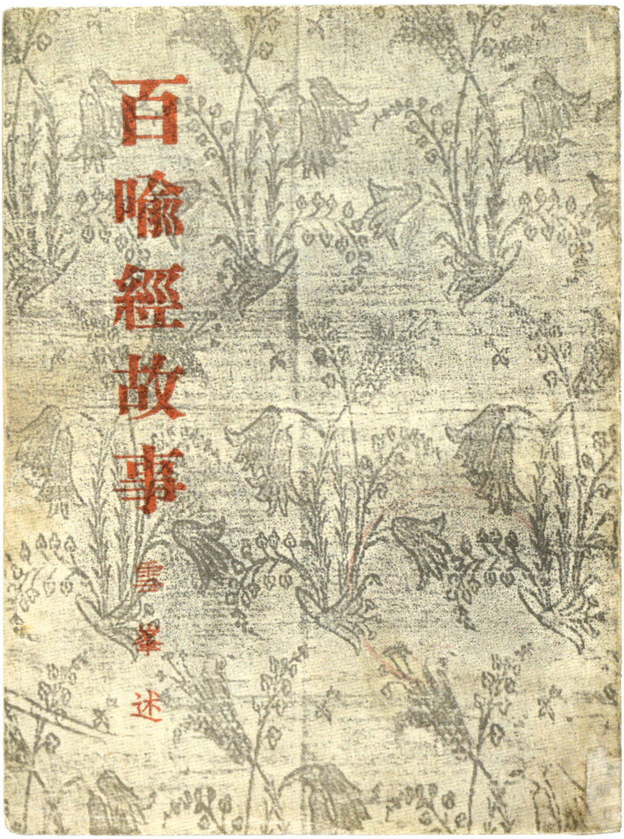

《百喻经故事》｜1949年作家书屋版

鲁迅收藏的陈师曾画

画家陈师曾（1876—1923）享誉京华，他的诗、书、画、印莫不为世人所重。齐白石诗中赞誉他“我无君则退”，道出陈师曾对画师的知遇之恩。当年齐君冷遇燕京，陈师曾劝他自创风格，不必求俗媚世，从此坚定了齐白石走自己艺术道路的决心。后来齐氏立意变法，红花墨叶及画梅的技法独出新意，自成一派，都曾得益于陈师曾的指点。

鲁迅先生与陈师曾建立友谊，自然由于他们同在日本东京弘文书院就学，后来又在北京教育部同事的缘故，但也与鲁迅一向就倾慕陈师曾的才气有关。早在日本时期，鲁迅先生已经看重陈师曾的书法，求写《域外小说集》的封面便是一例。那时陈师曾还是个无名之辈，这显示了鲁迅的眼力。鲁迅极少向人求书求画求印，唯独看重陈师曾，三者皆有所求，这不是偶然的。

陈师曾是典型的文人画派，作品毫无俗气，这也得益于他在日本接触过西洋绘画艺术。近读湘潭杨钧的笔记《草堂之灵》，卷二有一条《哭陈》，是写陈师曾的。当时作者与陈师曾在日本读书同居一室三年，他写道：“师曾在日本时，尚不能画。然喜于黑板上作人物驴马为戏。后入师范，学油画及水彩画，归国之后，参以中法，画成形矣。故近世画家之略可观者，师曾也。”既学油画，又能揉西法于国画中，这正是陈师曾高过他同时代画家的地方。

鲁迅论述过陈师曾所作的笺画，见于《北平笺谱》的序言。这部笺谱的第四册共收作品五十幅，其中陈师曾的就占了三十二幅。整部笺谱中，入选作品最多的画家也是陈师曾。鲁迅以为陈师曾和齐白石的笺画，“其刻法已在日本木刻家之上”。他又对日本友人增田涉说过：“说实话，自陈衡恪、齐璜（白石）之后，笺画已经衰落。”言外颇有空谷足音之感。陈师曾殁后，自1924年至1926年，琉璃厂淳菁阁陆续出版了十集《师曾遗墨》，鲁迅先生两年中从无间断地出一本买一本，表现了他对故友作品的珍爱。

在《北平笺谱》里，鲁迅至少赞美陈师曾三点，一是作品“雅趣盎然”，二是“才华蓬勃，笔简意饶”，三是作笺时能“顾及刻工，省其奏刀之困”。这最后一点更见画家的品性，对刻工的劳动如此尊重，是旧时画家中少见的。鲁迅先生说：“画师梓人，神态暗合，同力合作，遂越前修矣。”笺画艺术竟由此“开一新境”。鲁迅把无名刻工的成绩同画师相提并论，这也是少有的。

从《鲁迅日记》上看，鲁迅先生向陈师曾求画一共有四次：

1914年12月10日：“陈师曾为作山水四小帧，又允为作花卉也。”

1915年2月2日：“午后陈师曾为作冬华四帧，持来。”

1917年1月26日：“师曾赠自作画一枚。”

1921年1月10日：“午后从陈师曾索得画一帧。”

我一直想看到鲁迅先生所藏的陈师曾的这些画。70年代初，偶访鲁迅博物馆，问起这十幅画的下落。非常意外的是，四幅山水四幅花卉保存完好，而且当年鲁迅先生已把它们分别装裱成四扇屏收藏。承博物馆同志的热情协助，得见原件，喜不自胜。画轴上花卉的颜色鲜艳如常，山水的笔墨也像新画的。而且另外还找到了1921年鲁迅从画家“索得”的又一幅山水画，未能找到的是1917年的一幅。

四幅山水中一幅题为“松声”的，上面还题署“豫才仁兄属衡恪”。一幅写西山景色的则写着：“夕阳临峰，仿佛犹闻钟声也。”

《北平笺谱》中所选陈师曾的作品

一幅题为："秋山欲雨，梅壑老人渴湿兼用，一洗甜熟之态，偶一仿之。"梅壑即明末清初画家查士标（1615—1698），安徽休宁人。记载上说他惜墨如金，风神萧散，气韵荒寒，格入逸品。陈师曾学他的干笔湿笔同时运用，果然挥洒自如，情趣横生。还有一幅则是写幽竹、枯树和茅屋的，意境亦很美。

四幅花卉，写的都是寒天景物。一幅题有苏东坡的冬日牡丹诗，一幅题了"雪海探骊珠错落，冰天吐火焰参差"。另两幅一写梅花，一写水仙。看起来笔墨超俗，构图新鲜。单独的那一幅山水画亦有题字，上面写着："两重茅屋闲临水，一带寒林远见山。"但愿未能找到的那一幅日后亦能觅得。

陈师曾与鲁迅先生的思想当然是有距离的，但是，他们之间的友谊是真诚的。不过我们在画家后期的诗作里亦能找到如《书愤》这样的诗：

苍茫顾盼国无人，狐兔纵横骇战尘。
九死敢夸螳臂力，万方争斗犬牙邻。
然眉自肇萧墙祸，烂额谁思曲突新。
四野元黄成浩劫，低徊灵琐涕沾巾。

画家对于国事的忧愤以及对军阀统治的不满，从诗里完全表露出来了。过去，我们论陈师曾的画多，研究他的思想少，这是值得我们今后继续探索的。

1982 年 12 月

《野草》忆往

我没有专门收藏过鲁迅作品的初版本，只想有了一部《鲁迅全集》便很满足了。因此，这也证明我从来不是什么藏书家。其实在那旧书易得的年月里，你若在冷摊上多流连一会儿，总可以找到几本毛边的鲁迅作品初版本，凑成全套也不是没有希望。

寒斋到底也藏有几本鲁迅先生著作的初版本，且是有意搜访来的，如《野草》便是。说起来不是有点矛盾了吗？我也是难逃天下爱书人的通病，出于一种藏书的趣味而已。《野草》1927 年 7 月由北新书局初版，封面是鲁迅的朋友孙福熙画的，书名为鲁迅所书，作者“鲁迅先生著”是编者加的。鲁迅提出改正，到 1928 年 1 月发行第三版时删去了署名后的“先生”二字。若讲趣味，藏有这两种版本才好比较。为此我又收藏了一本封面署名无“先生”二字的《野草》第十版，那是 1933 年 3 月出版的。鲁迅生前，《野草》一共印行了十一版。当然，这不包括前后各地印的盗版本和正式翻印本。

我之所以要收藏六版后的《野草》，不仅因为封面不同，还涉及现代文网史上的一段掌故。本来从《野草》初版到第六版，书中都收有《题辞》；从 1931 年 7 月的第七版起《题辞》却被当局强行删去。鲁迅先生的一段题辞竟如此让国民政府害怕，保存一本没有《题辞》的《野草》，也是给国民党摧残进步文化留下一点实证。如果说这也算玩版本的话，我以为这是无可厚非的。有些历史陈迹和细节，我们不应该忘记和忽略，否则变成了给恶人留情，有意无意地掩盖了对手的劣迹。这种健忘和宽容是要不得的。

《野草》｜1927年北新书局版

我收藏《野草》还出于它可以引起我少年时代的一段联想，同时这也是我平生得到过的鲁迅的第一本书。那年我十二岁吧，还是个小学生，根本不懂鲁迅，何况又是不易理解的带有哲理性的散文诗《野草》。

我家在天津开纸店，父亲租用了临街一家大客栈的几间门面。店内后门可通客栈内的三套大院。那里住有长期包房的南来客商，也有东西南北的散客。账房设在大门洞里，来打电话的人川流不息，卖吃食的小贩也在这儿兜揽生意。我常爱坐在门洞内那条又宽又长的大木凳上，听客栈伙友们跟小贩聊天，听房客们的南腔北调。这儿成了我最初认识人生百相的小天地，是我少年生活里的一段梦境。

就在那儿，我认识了一位常来常往的穿西装的青年旅客。他是在唐山市开照相馆的。有一次，他坐在我旁边等着打电话，一边在看一本小书。我好奇地问他是什么书，他翻过书皮让我看：淡灰色的云天，高远而荒凉，地上只有几条绿色的装饰，那就是鲁迅的《野草》。后来我才知道，这是1941年上海鲁迅全集出版社出版的“鲁迅三十年集”之一，从此又恢复了被删去的《题辞》。

他去打电话，顺手把书交给我。我翻看了两页，不怎么懂，只记住了作者在讲：“我将大笑，我将歌唱。”我还他书的时候说：“看不懂。”他笑着回答：“小兄弟，你长大就会懂了。”我那时正迷恋宫白羽的武侠小说，跟他说了，他没有讲什么。几天后，他要回唐山了，便把那本我看不懂的《野草》留给了我。

过了两年，我上了中学，尽管那时是在日伪统治下，课本里也收了鲁迅、叶圣陶、冰心、巴金的文章。鲁迅的《秋夜》，即《野草》中那“墙外有两株树，一株是枣树，还有一株也是枣树”的名篇亦在其中。这魅人的意境和奇特的句式不知吸引了多少好奇的少

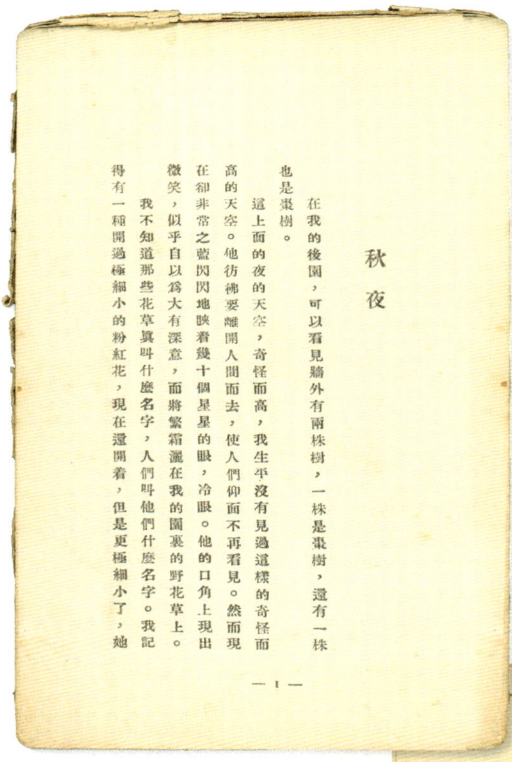

秋夜

在我的後園，可以看見牆外有兩株樹，一株是棗樹，還有一株也是棗樹。

這上面的夜的天空，奇怪而高，我生平沒有見過這樣的奇怪而高的天空。他彷彿要離開人間而去，使人們仰面不再看見。然而現在卻非常之藍，閃閃地映着幾十個星星的眼，冷眼。他的口角上現出微笑，似乎自以爲大有深意，而將繁霜灑在我的園裏的野花草上。

我不知道那些花草真叫什麼名字，人們叫他們什麼名字。我記得有一種開過極細小的粉紅花，現在還開着，但是更極細小了，她

— 1 —

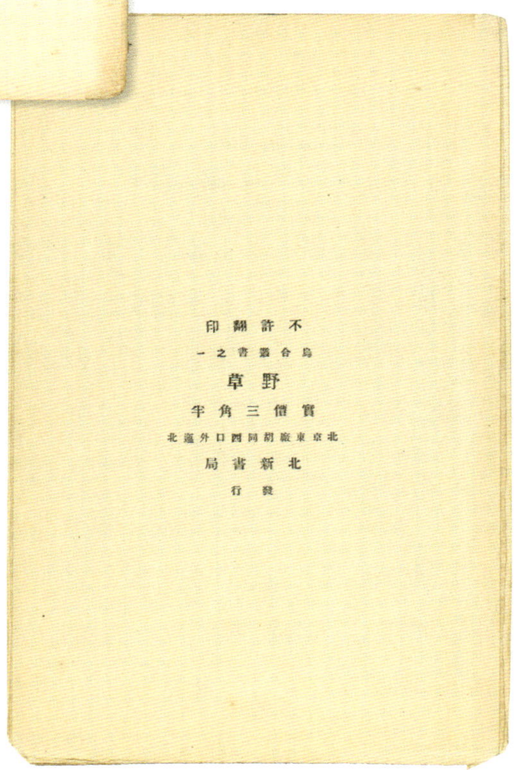

不許翻印

烏合叢書之一

野草

實價三角半

北京東廠胡同西口外迤北

北新書局

發行

《野草》初版内页

年，我也开始喜欢鲁迅了。可惜我生性迟钝，拿起《野草》，似乎只有《风筝》等少数几篇有兴味，有的还是看不懂。直到我读高中和大学的年代，那正是社会大动荡、人民即将胜利的前夕，我才知道鲁迅的书多么可贵，鲁迅的人格多么伟大。那时学校里的情况并不单纯，我有一种朴素的直觉，凡是手不释卷地在读鲁迅的同学，我从感情上便接近他们，引为可以信赖的知己。愈是风云激变的时代，读鲁迅书的人亦愈是多。这时候我常会想起送我《野草》的那位西装青年。他早已失去了踪迹。一个开店的商人，为什么也那么喜欢鲁迅？为什么他的生意那么好，时常要来天津办货，办的又是些什么货？为什么……真是愈想愈神秘了，莫非他隐蔽了自己的真正身份！

那时候人们正期待着天地的巨变，鲁迅写于“四一二”大屠杀之后的《野草·题辞》时常响在我的耳边：“地火在地下运行，奔突；熔岩一旦喷出，将烧尽一切野草，以及乔木，于是并且无可朽腐。”可惜我最初得到的那本《野草》早已失落，它最初的主人更无任何消息。

我永远感谢那西装青年对我的热情馈赠，我要永远保存好自藏的这两本《野草》。一见到这书我便会想起他对一个少年的信任和期待。如今我真正读懂了《野草》吗……我不是应该对那赠书人有所交代才好吗！

1998 年 5 月

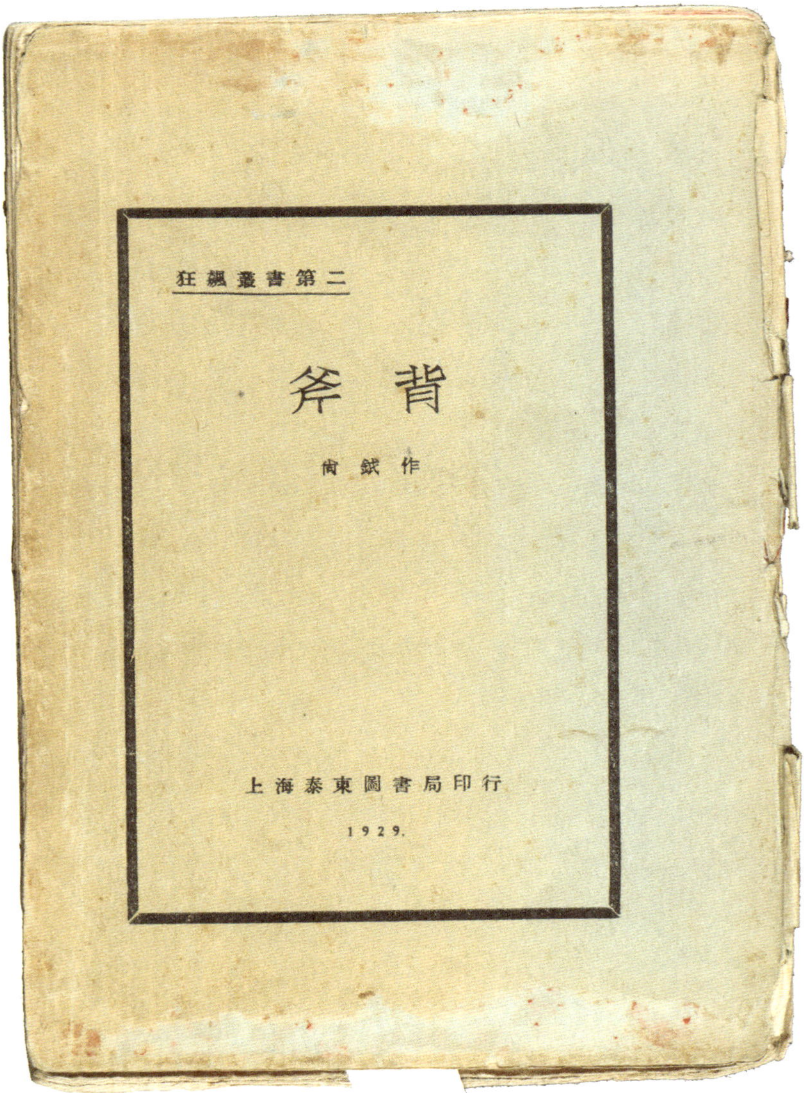

《斧背》｜1929年上海泰东书局版

鲁迅与尚钺的《斧背》

1926 年，鲁迅先生在北平编的“乌合丛书”是专收创作的一套丛书。除了鲁迅的《呐喊》等，还有许钦文的《故乡》，以及冯沅君、高长虹、向培良的书，均由北新书局出版。本来还有尚钺的一本短篇小说集《斧背》，已经由鲁迅先生编进了丛书，却为作者硬性索回，直到 1928 年 5 月才由上海泰东书局出版，抹去“乌合丛书”之名，挂上“狂飙丛书第二第七种”的标记。尽管如此，鲁迅付出的劳动却是永在的。

关于本书的来龙去脉，鲁迅于 1926 年 11 月 9 日给韦素园的信中有所涉及。先是鲁迅说高长虹狂妄地夸大自己对《莽原》的贡献，同时讲到了《斧背》的作者突然收回原稿：“他们不知在玩什么圈套。今年夏天就有一件事，是尚钺的小说稿，原说要印入‘乌合丛书’的。一天高歌忽而来取，说尚钺来信，要拿回去整理一番。我便交给他了。后来长虹从上海来信，说‘高歌来信说你将尚钺的稿交还了他，不知何故？’我不复。一天，高歌来，抽出这信来看，见了这话，问道：‘那么，拿一半来，如何？’我答：‘不必了。’你想，这奇怪不奇怪？然而我不但不写公开信，并且没有向人说过。”鲁迅同青年作家交往中，也有一些颇不愉快的事，不过他往往不乐意向人念叨而已。

“狂飙”的高长虹、向培良先是从鲁迅那里得到过支持，转而大肆攻击培养和帮助过他们的鲁迅先生。青年时期的尚钺既然属于这个社团中人，为了行动一致，索回《斧背》也就不足为奇了。正因为环绕着《斧背》有这样一段故事，倒引起我很想看看《斧背》

究竟是怎样的一本书。

鲁迅先生以为尚钺是莽原社三位“中坚的小说作者”中的一个，认为他的创作态度还是比较严肃的。这本《斧背》共收小说十九篇，可以说是专写农村生活的小说。作者关心农村妇女们的命运，小说中揭露了封建礼教怎样残酷地迫害妇女，如《冲喜》《节孝牌坊》《假扮的客人》《婢女》等便是。此外，《子与父》反映了被城市所抛弃和歧视的农民们的绝望；《丁王大爷》等又描画出内地乡村的风物和一些富有传奇色彩的人物。总的说，在反映农村题材的早期小说中，《斧背》还是比较有特色的。相隔十年左右，鲁迅先生于 1935 年为《中国新文学大系》编辑小说二集时，他并没有忘记选收尚钺的作品。鲁迅从《斧背》中挑了一篇《子与父》，又挑了一篇《谁知道》。后者是从泰东书局出版的尚钺的短篇集《病》中选来的。这本《病》也是狂飙丛书中的一种，共收小说 16 篇。

鲁迅指出：“尚钺的创作，也是意在讥刺，而且暴露、搏击的，小说集《斧背》之名，便是自提的纲要。他创作的态度，比朋其严肃，取材也较为广泛……可惜的是为才能所限，那《斧背》就太轻小了，使他为公和为私的打击的效力，大抵失在由于器械不良，手段生涩的不中里。”鲁迅论析一些作家的创作，往往用语不多却能中的。对于尚钺的评论，亦不例外。肯定的部分先不说，我理解这“器械不良”和“手段生涩”并非全指写作的技巧而言，主要是讲作者搏击旧社会的思想力量还太弱，不能给以致命伤。你看，《子与父》的主人公是绝望地死了，《谁知道》里的主人公，那个诅咒军阀战乱的老妇人，最后不也是绝望而终了！作者不能深刻挖掘造成人物绝望的社会根源，却过多地渲染了人的迷信观念和宿命色彩，当然就减弱了作品的感染力。在《斧背》里，我们还能看到作者写尚未觉悟的农民的某些不健康的幻想，就更缺少现实意义了。

30 年代末，尚钺在悼念鲁迅逝世三周年时，坦率地写下当年对人与事观察和判断肤浅、急躁、片面，他说：“先生对我的某些缺点，虽曾给以暗示、忍耐、说服与等待，但因第三者不断有意地将事实加以曲解，和第四者的挑拨离间，我青年的轻信性便因之伴同着空洞的自信心，抹杀着许多事实而走向误解的道路。这样便使我与先生发生了某种程度的默哑的抵触。这抵触使我将编配好的《斧背》小说集，从先生所编的‘乌合丛书’中抽出来，给予上海泰东书局出版了。”（《鲁迅回忆录》第二集，上海文艺出版社出版）想来作者曾看到鲁迅先生对《斧背》说的那些鼓励的话以及指出这本书的不足之处。

尚钺同志后来是一位历史学家，从 30 年代起似再也没有写过小说。

1981 年 10 月

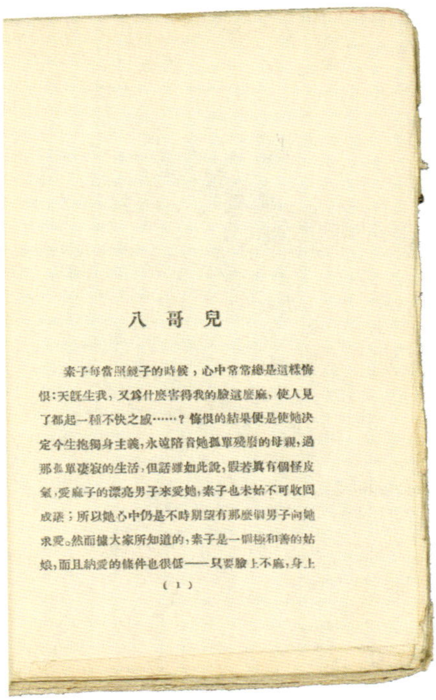

八哥兒

素子每當照鏡子的時候，心中常常總是這樣悔恨：天既生我，又爲什麽害得我的臉這麽麻，使人見了都起一種不快之感……？悔恨的結果便是使她決定今生抱獨身主義，永遠陪着她孤單殘廢的母親，過那孤單淒寂的生活，但話雖如此說，假若眞有個怪皮氣，愛麻子的漂亮男子來愛她，素子也未始不可收回成議；所以她心中仍是不時期望有那麽個男子向她求愛。然而據大家所知道的，素子是一個極和善的姑娘，而且納愛的條件也很低——只要臉上不麻，身上

（1）

《斧背》内页

《尘影》 | 1927 年开明书店版

黎锦明的《尘影》

鲁迅为黎锦明的中篇小说《尘影》所写的序言，极其精彩。全文只有四百多字，思想非常深刻。然而，我在未能读到小说以前，对这篇序文有的地方还不大理解。举一个例子，如序文里说："谁更为仁义和钞票写照，为三道血'难看'传神呢？我看见一篇《尘影》，他将愉快和重压留与各色的人们。"什么叫"三道血"？查旧版《鲁迅全集》注释，只说这是革命者被杀时溅出的血，为什么是"三道"？不明白。

《尘影》于 1927 年 12 月由上海开明书店出版。鲁迅是这年 10 月从广州来到上海的，当他还在广州的时候，作者黎锦明曾经去中山大学的大钟楼访问过他。待鲁迅先生到了上海以后，叶圣陶又陪着黎锦明去访问鲁迅。从《鲁迅日记》上看，12 月 5 日夜黎锦明又去访鲁迅，7 日鲁迅便写好这篇序文，同月便印成了《尘影》。看来黎的夜访鲁迅可能是催请先生写序，而当时出版一本书也真够快的。

《尘影》其实是一部迅速反映刚刚发生过的重大事件的小说，它写了"四一二"前后一个小城里发生的故事。鲁迅先生在广州亲历了"四一五"反革命大屠杀，看到国民党新军阀怎样背叛了革命，思想上受到了极大的震动。这刚刚发生过的一切还都历历在目，当他看到了反映这历史画面的小说，心里怎么能平静？鲁迅在序文中说："中国现在是一个进向大时代的时代。但这所谓大，并不一定指可以由此得生，而也可以由此得死。"国民党正在血腥地屠杀革命，把中国引向了黑暗的深渊。鲁迅目睹这黑暗，他歌颂那些牺牲的烈士们：“许多为爱的献身者，已经由此得死。”那些为争取理想而参加实际斗争的烈士们，是真正走向大时代的英雄，永远值得人们尊敬。

小说描绘了大革命时代一个小县城发生的巨大变化。工农翻身了，人们起来斗争土豪劣绅，分土地，散存粮，一片生机勃勃的景象。那时豪绅们的威风扫地，连街上的儿童们见到地主也敢于高呼“打倒土豪劣绅”的口号。看到书中的这些场面，鲁迅先生无法掩饰自己的欢悦，他说：“此时此地听到这样的消息，我委实身心舒服，如喝好酒。”

但是，革命被出卖了，当乌云滚滚而来的时候，在这座小城里也出现了一场反革命的复辟活动。所以鲁迅先生说：“然而《尘影》所赍来的，却是重压。”土豪劣绅们重又抬起头来压迫工农，有的还摇身一变披上了国民革命军的军装，结果是工农纠察队员的人头落地，革命者的鲜血洒满不久前斗争过土豪的会场上，人民重又陷于大黑暗中。限于当时的条件，作者还不可能及时地去总结这血的教训，也不能苛束作者去深刻地揭示造成大革命失败的原因。但是作者怀着深沉的激愤，迅速地以小说的形式控诉了国民党新军阀，帮助读者来认识面前的敌人，这正是《尘影》的价值所在。鲁迅先生是乐于为这样的小说作序的。鲁迅赞扬了《尘影》强烈的政治性，他在序言中说：“现在的文艺，是往往给人以不舒服的，没有法子。要不然，只好使自己逃出文艺，或者从文艺推出人生。”《尘影》称得上是一部紧密反映现实的小说。

鲁迅所说的《尘影》为“仁义和钞票”写照，我以为那“仁义”指的是国民党新军阀的反动统治；“钞票”是指地主豪绅们用金钱来收买县党部的委员们，借以保全他们的“好日子”。至于“三道血”，那是指革命者受刑时，刽子手以三刀才砍下了犯人的头颅，所以冒出了三道血；所谓“难看”，则是指刑场上一些麻木的围观者的反应。鲁迅在白色恐怖的上海写下这篇短序，可以当成他对大革命失败后形势的一种表态，读来使人肃然。

《尘影》的结尾，显然流露了作者寂寞的心情，但亦跳跃着希望的音符。不是吗？革命者虽然牺牲了，革命者的后代“小宝”却还活着。当他的父亲正在受刑时，小宝恰好从幼稚园放学回来，他和小朋友正唱着：

打倒列强，打倒列强，

除军阀，除军阀！

国民革命成功，国民革命成功，

齐欢唱，齐欢唱！

对于书中的这个结尾，鲁迅先生也十分赞赏。他说：“将小宝留下，不告诉我们后来是得死，还是得生。作者不愿意使我们太受压迫吧。但这是好的，因为我觉得中国现在是进向大时代的时代。”鲁迅喜欢这个结尾，又一次比作“给我喝了一口好酒”。

《尘影》在刻画人物方面还嫌粗略，可能是由于作者在写作时过于仓促。但激情贯串了全书，颇有一气呵成之势。1935 年 5 月，鲁迅为良友出版公司编选《中国新文学大系·小说二集》时，赞扬黎锦明的小说“蓬勃着楚人的敏感和热情”。黎是湖南人，著名语言学家黎锦熙的弟弟。鲁迅指出黎锦明 1926 年以后的作品，因为受到时代的影响，批判了过去的生活为灰色，果然“很换了些披挂”，“尤其显出好的故事作者的特色来”。作品流露出“瑰奇”“警拔”的色彩，“却又不以失败收场，有声有色，总能使读者欣然终卷”。这次，鲁迅向我们推荐了黎锦明的三个短篇：《社交问题》《轻微的印象》《复仇》。

鲁迅与《中国的一日》

1936年9月，上海生活书店征集全国群众来稿，出版了一本八十余万字的大书——《中国的一日》。这在现代出版史上是没有前例的。这部书由茅盾主编，包括了四百九十位作者写作。除了新疆、青海、西康、西藏、内蒙古边疆等地区以外，全国各省市都有来稿。

茅盾在“关于编辑的经过”中说：“原来这计划，是看了伟大的高尔基所动议而进行着的《世界的一日》觉得非常新鲜而有意义，因而大胆来‘学步’。”但是，《世界的一日》还没有成书，“学步”的《中国的一日》却先问世了。从刊登征文启事到编好本书，共用了三个半月的时间。启事中规定以5月21日这一天所发生的事为限，编者想通过这难忘的、普通的一日来画出真实的祖国。又因为那时国家处在危难的关头，这部书的出版显然可以鼓舞人民起来抗击外侮。编者用心良苦，气魄宏大，编辑技巧也是杰出的。

出书之日，我还是一个不识字的小孩子。多年之后得到此书，便先翻看了当时我所在的天津的来稿，计有七篇选入本书，与北平合编为第八编。这七篇文章在全书中所占比重微小，但也生动地描绘出天津的社会生活。《五·二一》的作者是一位学生，写他到学联去开会，讨论天津市怎样纪念悲壮的5月。当他走到天纬路转弯的地方，看见两个农村来的孩子讨饭，并说“爸爸叫人逮去了，猪也叫人赶走了，说是没有猪捐”。《在天津的一个角落》写公务员的生活无聊。《中学生日记》写学生要求教“公民”的教师谈华北时局，并质问学校为何订日本报纸《盛京时报》，怒骂：“汉奸，你是中国人不是？”《车站上》写租界的戒严和走私。《这一日的

《中国的一日》
1936年生活书店版

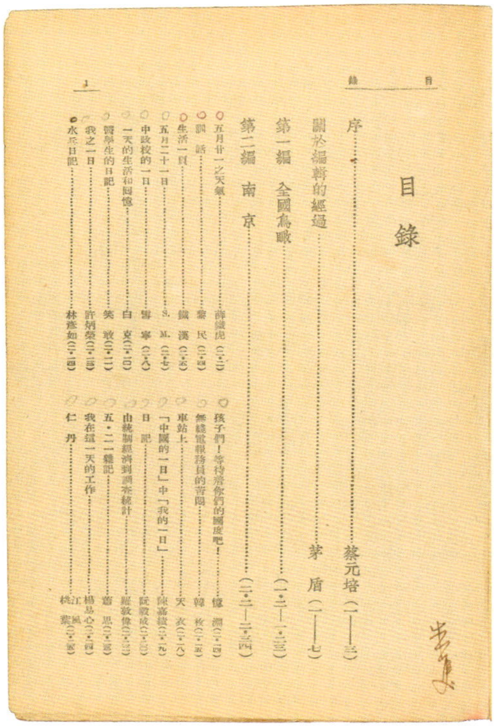
目録

走私货》的作者可能是位铁路员工，他开列了5月21日天津车站运入和运出的私货种类、重量、车数等，是很有说服力的史料。描写最动人的是《直沽码头上》，介绍海河边上一个渡口经常打捞浮尸，已经捞了三百多具。工厂放工了，远处又飘来几具尸体。船上的工人发现有一个竟是去年冬天离厂的失业工人王老二，他还有老婆、女儿在“永昌”做工……果然，一个三十余岁的女工狼狈地冲进了人群，伏在尸体前。“初更的风，应当是清幽的，但海河岸的风却夹杂着浓重的血腥的臭味，死人的臭味！”

仅仅翻看了天津的七篇纪事，便可以感到这本书内容的沉重。

茅盾说：“这里什么都有的：富有者的荒淫享乐，饥饿线上挣扎的大众，献身民族革命的志士，落后麻木的阶层，宗教迷信的猖獗，公务员的腐化，土劣的横暴，女性的被压迫，小市民知识分子的彷徨，‘受难者’的痛苦及其精神上的不屈服……”“然而在这丑恶与圣洁，光明与黑暗交织着的‘横断面’上，我们看出了乐观，看出了希望，看出了人民大众的觉醒；因为一面固然是荒淫与无耻，然而又一面是严肃的工作！”

《中国的一日》的编委还有韬奋、王统照、陶行知等十人，书前影印有蔡元培手写序文，并附木刻、照片等插图六十余幅。

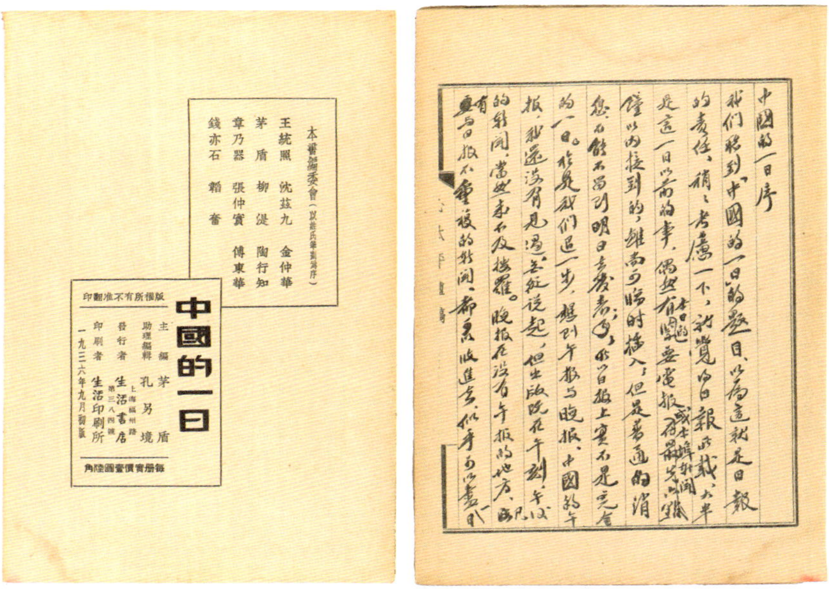

《中国的一日》内页

鲁迅先生不仅关心这本书的出版，而且在病中还热情地参加了编辑工作，主要是替茅盾挑选了本书的木刻插图。1936 年 8 月 2 日鲁迅致茅盾信中说：“昨孔先生（按，指孔另境）来，付我来函并木刻，当将木刻选定托仍带回。作者还是常见的那几个，此外或则碍难发表，或则实在太难看（尚未成为‘画’），只得‘割爱’了。”同日在给曹白的信中又说：“郝先生的三幅木刻，我以为《采叶》最好；我也见他投给《中国的一日》，要印出来的。”郝先生

《中国的一日》内页

指木刻家力群，《中国的一日》里收有鲁迅选定的他的木刻《采叶》。此外还有温涛、李桦、罗清桢、陈烟桥的木刻，也是鲁迅先生选定的。

9 月 26 日夜，鲁迅致书茅盾，希望早一点看到这本书的出版："《中国的一日》至今无有……"恰巧第二天便收到此书。所以 1936 年 9 月 27 日《鲁迅日记》记载："午后得生活书店寄赠之《中国的一日》三本。"寄书三册当然是作为对鲁迅先生协助选画的酬谢，也是一种慰问。可是那时候鲁迅先生病得实在连拿起这部厚书的气力也不足了。

鲁迅与《漫画生活》

1934 年 9 月在上海创办的《漫画生活》，出版到十三期便被国民党查封了。如今翻翻这本刊物，也处处留有刀斧砍伐的疤迹，说明当局像害怕战斗的杂文那样害怕漫画。

刊物的创办人是黄士英、黄鼎、吴朗西，又有蔡若虹、张锷、特伟、陆志庠的支持。无论画稿与文章都注重时局动向，针砭时弊，目的是帮助读者认清所处的社会。可以说这是一本政治性很强的漫画刊物，因此有人视它为左翼刊物。刊物得到了鲁迅先生的支持。1935 年 3 月 23 日，鲁迅送给日本友人增田涉两期《漫画生活》，在信中说："《漫画生活》则是大受压迫的杂志。上海除了色情漫画之外，还有这种东西，作为样本呈阅。"在鲁迅先生的藏书中，保存有一套完整的《漫画生活》。

鲁迅先生先后为这个刊物写过三篇文章，第二期刊出了《说'面子'》，第九期刊出了《弄堂生意古今谈》，还有一篇《阿金》，却被审查老爷抽下。鲁迅在《且介亭杂文·附记》中说："《阿金》是写给《漫画生活》的，然而不但不准登载，听说还送到南京中央宣传会里去了。……后来索回原稿，先看见第一页上有两颗紫色印，一大一小，文曰'抽去'，大约小的是上海印，大的是首都印，然则必须'抽去'，已无疑议了。"鲁迅先生很看重《漫画生活》，并介绍到国外去，这亦是刊物和漫画家的殊荣。

《漫画生活》｜1934 年　总第二期

第二期　　民國二十三年十月出版

漫画生活

帝國主義在中國

每冊定價大洋一角半　　美術生活雜誌社刊行

漫畫生活

第十三期

上海美術生活雜誌社刊行

中華民國廿四年九月二十日出版

前進　　黃鼎作

2卷1期週年紀念號

以前我们看到过被删去后开天窗的报章文章，漫画刊物被抽去而留下的一片片空白更让人触目惊心。如第二期的《漫画生活》，被抽去漫画八幅和文章一篇。胡愈之的《希特勒和佛教》删去了最后一段。版面上支离破碎，百孔千疮，不忍卒读。每期刊物几乎都是这样，充分暴露了审查机关的蛮横嘴脸，具有极大的讽刺性。当然，这也为研究现代文化史留下非常有说服力的实证。

还有一点值得重视，即漫画与文学当时结合得比较紧密，配合得很好，不仅鲁迅先生给《漫画生活》写稿，茅盾、巴金、老舍、郑振铎、王统照、蹇先艾、靳以、张天翼、陈荒煤、丽尼、黎烈文、曹聚仁等亦都参加了写稿。作家与漫画家合作，提高了刊物的思想深度和艺术格调，不致使一本漫画刊物仅仅停留在喜欢漫画的读者手中，也可以说是扩大了漫画的普及面，造成更广泛的影响。漫画不能少文。鲁迅先生非常支持这一编辑方针，这里有一个最有力的例证：1936 年初，他支持绀弩创办文艺刊物《海燕》，一心要把它办成为杂文与漫画并重的刊物。为此他委托蔡若虹帮忙搜集漫画稿件，再由他选定后交与绀弩发表。（见蔡若虹《活在记忆里的绀弩》）杂文与漫画都是讽刺的，两者的幽默也都可以满足欣赏者的需要，起到潜移默化的作用。漫画刊物注重发表作家的文章，文学刊物也不放弃漫画家的作品，这是当年很多刊物行之有效的编辑经验，也是鲁迅编辑思想的一种体现。只是多少年来，我们忽视了这两者的结合，无形中抛弃了这个好传统。

《漫画生活》｜1935 年　总第十三期

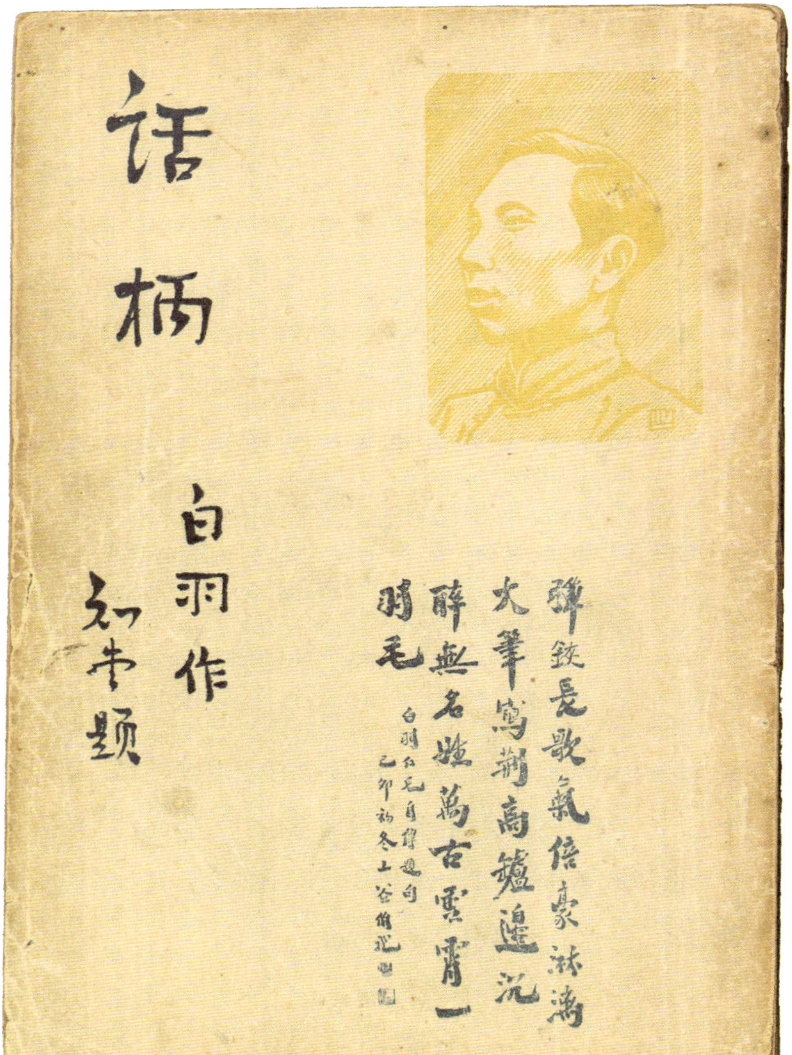

《话柄》｜1939 年天津正华学校版

宫白羽的《话柄》

20 世纪 30 年代后期，天津出现了一位以写新派武侠小说《十二金钱镖》而名噪一时的宫白羽。大概书店老板为了生意眼吧，又让作者写了一本自传之类的文字，借以满足热衷于读他的武侠小说的读者。这便是《话柄》一书。

《话柄》于 1939 年 12 月，由天津正华学校出版。全书共分“我的生平”“我的故事”“我的新闻”三章，附有图片多幅及文人墨迹，其中包括鲁迅、周作人、张恨水、刘云若等致作者的书简手迹。

鲁迅给宫白羽的信是在 1921 年，这些信已全部收入新版《鲁迅全集》，那时作者的名字叫宫竹心。信的内容，此处不必赘述。但是，《话柄》中关于作者与鲁迅交往的事实却是引人注意的，也可以说这部分内容最具史料价值。

当年，宫白羽曾多次去拜访鲁迅先生。谈话中颇有一些有趣的内容，如鲁迅对自己的作品满意的是《孔乙己》，还说过：“这一篇还平心静气些。”怎样来理解鲁迅这句话呢？我想很可能是指写小说，作者要尽力避免夹叙夹议，滥发感慨，最好让人物的行动来说话。宫白羽还举了一个例子，当他把自己写的小说《厘捐局》送给鲁迅阅正时，鲁迅先生以为从结构上看还算不上小说，不过是随笔而已。文中写一个卖鸡蛋的老人，被厘捐局压榨，用了“可怜这个老人，两手空空的回去了”这样的句子。鲁迅建议他可否改成“只是这个老人，两手空空的回去了”。因为“可怜”字近乎感叹，有点多余。鲁迅反对写小说附加空论，他在自己的作品中也尽量不用这种近乎无力的形容。他写小说惜墨如金，称得上是少用或不用形容词的典范。

宫白羽又说到，一次同鲁迅先生谈到小说的题材问题。鲁迅以为当时作者们的生活面狭小，所写的不外学生生活。宫白羽甚以为是，便简单地表示以后不再写了。鲁迅先生决然地回答：“但是还可以写。”又谈到当时的作者们为表现同情劳工，纷纷以车夫乞丐作了小说的主角，宫白羽表示可以转换一下题材了，鲁迅又决然回答：“但是还可以写。”鲁迅的回答，不禁使作者诧异。这倒让我们想起鲁迅先生后来讲过的，即使同是写跳舞厅吧，革命者和公子哥们写的是不会相同的。一个作家对于生活认识的深浅，文学艺术修养的高低，表现手法的优劣，固然可以造成作品的差异，但作者以什么样的立场和思想感情来描绘生活更重要。这后一个故事，对我们同样有启发。今后恐怕谁也不能限定或全盘否定某些题材，也许还用得上鲁迅的“但是还可以写”这句话。

宫白羽在《话柄》中所记的鲁迅的谈话，不见于鲁迅给他的信中，虽是片断的、不完整的，也很珍贵。光是鲁迅比较满意《孔乙己》这一条，就足可供研究家们仔细地体味。据新版本《鲁迅全集》介绍，宫白羽生于1899年，殁于1966年。他在成为武侠小说家之前，曾经在北京、天津长期从事过新闻工作。他失悔于当年不听鲁迅先生的劝告，靠卖文求学的路果然没有走通。更没有想到，后来为生活所迫又走上靠写武侠小说过活。他在《话柄》自序里说：“一个人所已经做或正在做的事，未必就是他愿意做的事，这就是环境。环境与饭碗联合起来，逼迫我写了些无聊文字。而这些无聊文字竟能出版，竟有了销场，这是今日华北文坛的耻辱……”宫白羽说的是老实话，他的内心矛盾和痛苦，后人应该理解和同情。至于他创作的新派武侠小说在当日的火爆以及日后的深远影响，如今亦早有结论，不过这是另外的话题了。

1981年9月

《城与年》之图

《城与年》木刻插图集，是鲁迅先生业已完成了最后的编辑工作，而终于未能付诸出版的画集之一。

1936年3月2日，鲁迅先生“下午骤患气喘，即请须藤先生来诊，注射一针”。（《鲁迅日记》）自此接连几日均有记载：“须藤先生来诊。”所以鲁迅的《〈城与年〉插图本小引》后边的日期是这样写的：“一九三六年三月十日扶病记。”于此证明，这部画集是先生在大病中编成的。1936年，在他生命将要结束的这十个月中，鲁迅先生创造了多么惊人的劳绩。

3月21日，鲁迅给孟十还写信，寄去《城与年》原文和曹靖华为《城与年》写的“概要”，请孟代为补充几条木刻插图的题句。因为“于读者更便利。自己摘了一点，有些竟弄不清楚，似乎概要里并没有”。同时还请对方“检定已摘者是否有误。倘蒙见教，则天恩高厚，存殁均感也”。这弄不清楚的几幅，主要是指二十八幅中最前面的几幅。此事一旦解决，即可按照先前印《引玉集》的旧例，寄往东京去印刷了。

《城与年》是苏联作家斐定于1924年写的第一部长篇小说。所谓“城”，是指作者“由德国的纽伦堡、爱兰艮……写到俄国的彼得堡、莫斯科……”；所谓“年”，是指“从一九一四年，即第一次世界大战前夜起，一直到一九二二年，即苏联新经济政策开始止”。（曹靖华：《城与年》译后记）1930年，曹靖华在苏联初读此书便深为吸引，但一直没有机会翻译。一九三三年夏他归国前夕，专为鲁迅先生搜集版画而访问了列宁格勒（今圣彼得堡），并

《城与年》｜1947年骆驼书店版

见到为《城与年》作木刻插图的画家亚历克舍夫。画家赠予他原板手拓的全套《城与年》插图。这年冬天，曹靖华去上海看鲁迅，便将这些木刻亲自交给先生。鲁迅先生得到如此珍品，将它单独加以保存，准备日后印成一本画集。1935 年 1 月 26 日鲁迅致函曹靖华，说他从捷克的一种德文报上看到亚历克舍夫去世了，想到自己手里还存有他作的《城与年》插图二十几幅，很想早点印出来。同时向老朋友提出："但如有那小说的一篇大略，约二千字，就更好，兄不知能为一作否？"又在同年 2 月 7 日的信中，要求曹靖华在 5 月以前写好，因想在四五月间付印。

但是，曹靖华的这篇"概要"到这一年的暑假才写好，秋天或年底寄出，而且写了将近两万字，大大超过了鲁迅先生要求的字数。到了 1936 年 8 月 27 日，鲁迅在给曹靖华的信中还说，《城与年》尚未付印，主要是病体时好时坏。此后不到两个月，先生便与世长辞了。

1944 年秋天，曹靖华在重庆重又拾起《城与年》的原著，到 1946 年秋译成全书，1947 年 9 月由上海骆驼书店出版，只印了两千册。这一次，他才把鲁迅先生保存在亚历克舍夫的插图全部附入书内，并意外地发现了鲁迅写在宣纸条上的二十八条插图说明。

我藏有 1947 年版的《城与年》一部，插图印制得相当精美，可惜限于当时的条件，大多数都缩小后印入文字版内，不能全部单页独印。不过能够看到鲁迅先生手书的题句还是让人很高兴的。鲁迅先生要印这部插图集，固然如他在《〈城与年〉插图本小引》中说的："和我们的文艺有一段因缘的人，我们是要纪念的！"可是，我也想到，鲁迅先生从曹靖华写的那份"概要"里，大约也看到这部小说的积极意义。

1972 年，我致函曹靖华先生，问他关于《城与年》木刻插图集的事，诸如那份"概要"何以写了两万字，等等，很快便接到他

6 月 28 日写的一封回信。这封信很长，今摘录如下：

写《城与年》概要不容易，那部大书得重新从头到尾细读原书，做笔记，仿佛一盘散珠，要把错综繁杂的故事压缩，按年的顺序把它用线串起来。而原书结构特点，却是将“城”和“年”的倒置，独特的穿插，（这在技巧、结构上，一反平铺直叙的记流水账的手法，这样有助于紧凑、紧张的故事开展。）“概要”却不能这样照办了，因为这是给看画者的“引子”“说明”，得按故事先后进展来叙述。这是颇吃力的。况且在白色恐怖高压下，在政治、经济生活的“夹板”中，极难挤出一点较完整的精力与时间来看原书、思索、从事工作，这只能等假期。……

《城与年》内页

人间也真有这样的不幸的巧合，把木刻集全稿准备妥当，即要付邮而尚未付邮时，连正要以此木刻集来纪念已故木刻家的鲁迅先生，也竟和被纪念的木刻家一样，与世长辞了！这是鲁迅先生最后耗尽心血的未完工作之一。

抗战末年，我在重庆译完《城与年》，拟附入上边所说插图。可是木刻家送的手拓木刻及原文插图精本，均在沦陷区的鲁迅家中，音讯隔绝，木刻家又已早故，且苏联经过希特勒的火洗，一切均属茫然。不得已，想《城与年》作者，或许能设法，即便向图书馆代借一部插图精本来复制，也是聊胜于无的。给作者写信，很快得到回信说，作者所存图书、资料，在反法西斯战火中，全荡然无存。这真是徒唤奈何了！

抗战结束了。书在沪开排。我在旧霞飞路霞飞坊广平同志家的三楼藏书室，和广平同志累得满身大汗，整整翻了一大段时间，结果，不但找得了原书插图精本，木刻家送的整套手拓木刻，而且还发现了每幅木刻均加一小纸条，上边是鲁迅先生根据我写的“概要”题的说明，这许是准备印木刻集时，用铅字排到图旁的说明吧。我把这些原板木刻及说明手迹，拍了照，这些后来都出现在《城与年》译本里。

同时也找到“概要”原稿，那本是别人代抄的，订成一本，上有鲁迅先生用红笔和墨笔批注，是指示排、校时的工作用的。这稿本现找不到了。至于封面设计，可能有，但未留意。

曹靖华先生的这份两万字的《城与年》概要是否公开发表过呢？曹老说，在 1947 年（或 1948 年前半年）曾经发表在当时出版的《中苏文化》杂志上。我真希望有好事者，找到这个“概要”，并鲁迅先生的“小引”及《城与年》全图、鲁迅手书说明合印成一本小书，完成鲁迅先生的未竟志愿。这是对先生的一个最好的纪念。

1981 年 12 月

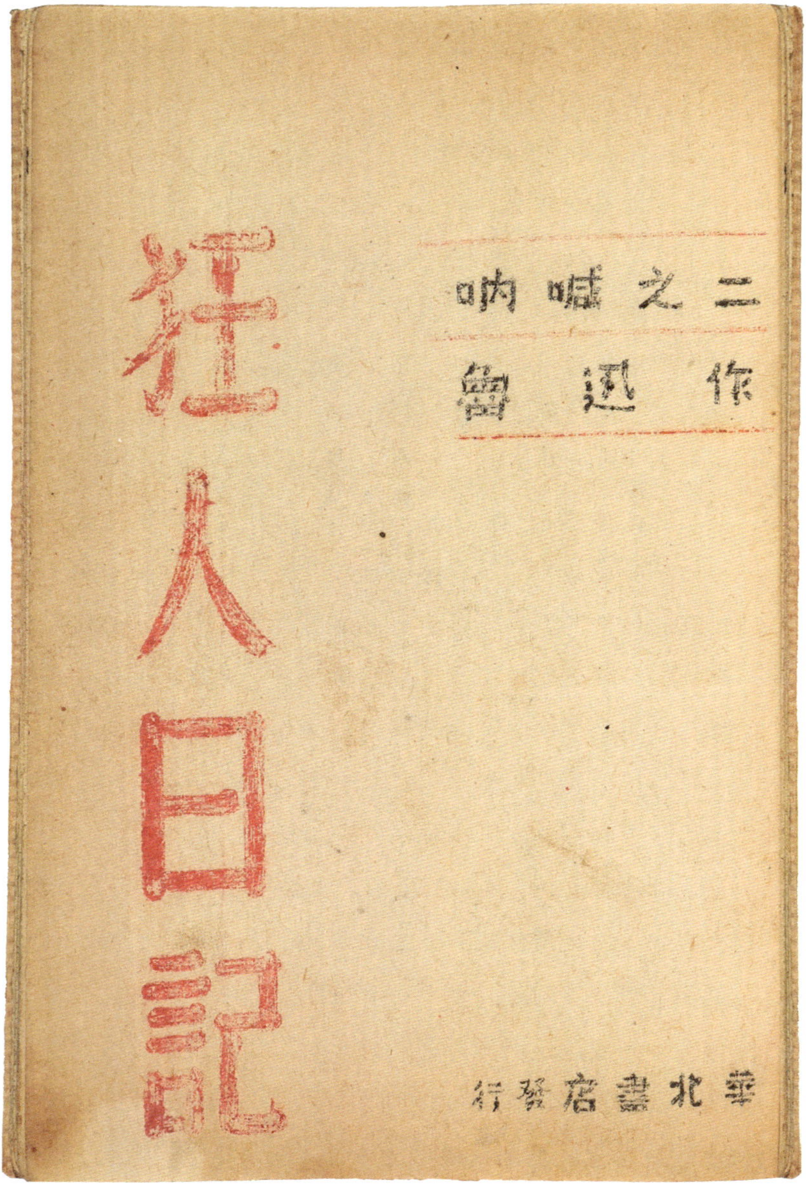

《呐喊之二》｜1941 年华北书店油印本

驴背上驮来的

我的业余爱好是以微薄的力量寻访一点旧书，旧书中尤重鲁迅和有关鲁迅的书，而鲁迅的书中最有兴味、最为难得的又是解放区的版本。

解放区的物质条件很差，印书多用土纸，铅字也不清楚，装帧更无法讲究，一般说这样印刷质量粗劣的书没有多少人保存、偏爱。人弃我取，多年来我在旧书摊上也淘得几册，其中有延安印的鲁迅杂文，也有华北根据地印的作品单行本，如《阿Q正传》等，都是抗日战争时期40年代印行的。在我看来，这同初版毛边本的鲁迅版本同样珍贵。它代表了那个伟大的时代和特定的历史环境。每逢一书在手，我便会意识到：在庄严而艰苦的民族解放战争中，解放区的军民一刻也没有忘记鲁迅先生。在进军和胜利中，鲁迅与我们同在。条件更困难时，连铅印都不成，只好依靠人工刻蜡版油印书，我也保存了几本解放区的油印书刊。但，多年来没有收藏过解放区油印的鲁迅著作版本，也未见别人保存过。也许根本就不存在这种版本？

不想几个月前碰到老同事燕凌夫妇，他们送我一本三册合订的鲁迅油印本书，真是从天而降的礼物，弥补了我藏书的憾事。这是三册《呐喊》选集，纸张虽差，刻印技术极佳，字体清晰规整，封面书名还用红色油墨套印，为三十二开本，华北书店公开发行。第一册是《阿Q正传》，为“《呐喊》之一”，1941年5月印行五百册，定价四角。第二册为《狂人日记》，为“《呐喊》之二”，收《狂人日记》《药》《明天》三篇，出版时间是1941年

7 月，印行三百册，定价三角。第三册是《故乡》，为“《呐喊》之三”，收《故乡》《风波》《孔乙己》三篇，1941 年 7 月出版，印行三百册，定价二角五分。蜡纸刻印的书一版能印几百册，怕是最大的印数了，手工印制技巧也算高明的。在第一册《阿 Q 正传》书后还附有华北书店的书刊广告，介绍当时已经出版的四本“世界文学丛刊”，分别是涅维洛夫的《不走正路的安德伦》，高尔基的《鹰之歌》，爱伦堡的《烟袋》，邵洛涅夫的《死敌》。书店宣告：“介绍世界文学名著，供给敌后迫切需要。”这也证明在炮火声中，我们仍然需要外国文学。这种油印的外国文学土纸书同样值得珍视。

我请燕凌兄在赠我的藏本上留下这段书缘的痕迹，他文思敏捷，不加思索地提笔写道：

> 此书已辗转多处。我初见之于《人民日报》社图书馆，在晋冀鲁豫解放区。60 年代初，忽又见之于东安市场旧书肆。盖因报社图书馆于清理藏书时不知其可贵，“处理”掉了。我当即购回，不敢再交还图书馆，恐又遭不测也。1996 年 12 月于《文汇读书周报》上拜读姜德明同志《难觅油印书》一文，想到我保存的有此一书，在我手中不如归老姜，使之得其所。

燕凌夫妇告诉我，当年晋冀鲁豫《人民日报》社图书馆的规模很小，只有十几木箱存书。书柜都是适应战时便于随时转移而特制的，遇有紧急情况，把木箱放在骡或驴的背上立刻就出发了。1949 年，这书终于跟着大队人马进了北京城，到底又被无情的人看不上眼，随便抛弃了。

我虔诚地接过这本油印的小书。我仿佛看到了华北书店的工作人员在敌后刻印此书的情景；看到报社在反扫荡转移的队伍中有人保护着这些图书，在深山中前进；我好像从这书中闻到了战火硝烟的气味。

第三章

签名本及其他

半农藏书题跋

我一向爱读藏书题跋，以为它篇幅精短，不乏个人见解和随意的挥洒，正是散文传统里的小品典型。这类文字大体是藏家题在书前书后衬页上的感兴之作，故少掩饰，以供自娱或备忘，即使是略记购书经过，看似琐细，亦可为旧时书肆风景留下几笔素描。当然，题跋中也有考辨疑难的长篇大论，那不是写在藏书上的，而是另纸写就的校勘论证文章，用了题跋的形式而已。虽然也可目为书话，距小品的格调远甚。

“五四”前辈刘半农，既是说部家、诗人、翻译家，又专攻语言音律，且好民间文学及摄影艺术，尊为杂家可也。他又喜好藏书，爱收冷僻的零本，是琉璃厂的常客。君不见他于1926年逛厂甸偶得奇书《何典》，气坏了久觅不得而常站旧书摊的“街楦头”钱玄同（这雅号是钱氏的长兄钱恂赐予老弟的爱称）。刘即以厂肆得本加以标点，并请鲁迅作序，传为一时佳话。

但遍翻《半农杂文》《半农杂文二集》，未见更多藏书题识，仅见1933年1月20日作者有《翻清说跋》，收在《半农杂文二集》中，全文如后：

> 去年中秋前一日，东安市场隐逸书肆贾人持旧书数种求售，中杂此卷，适以事忙，匆匆一阅，便即归之。后思翻译方术，古人鲜有讲论；魏氏生雍乾之世，而持说乃多与今世译人不谋而合，是固译界一重要史材也。乃欲重索其书，则已为别书肆取去。更求之彼肆，又以已售对。问售与何人，则游移其词。不即实告。遍访无存，怅然而已。后偶与赵斐云谈及，嘱为关

意。越一月，斐云果见其书于伦哲如处，便以余追求之情相告。哲如慨然曰："既半农需此，吾当举以相赠。"于是原卷复归于余。区区五叶破书耳，而既失复得，中有一段因缘，当志之以彰斐云哲如两君之惠。

短短不足三百字，既道出求书者之心理变化，又画出书贾之得意和世故，更涉及两位藏书家和版本学家的故实：赵万里先生于书友之热诚，伦明先生的义气豪爽已跃然纸上。凡爱书人当能体会刘氏的懊悔不安和失而复得的复杂感情。一段题跋不仅引出一个故事，还绍介了魏象乾论翻译的稀见版本，似乎亦在忠告爱书的同道：若遇异书，万勿嫌其单薄残破而漫不经心，偶一失手，也许今生再难相遇了！

刘半农逝世后第二年，《宇宙风》1936年5月16日出版第十七期，刊有半农遗作《藏书题识》二十三则。作者生前不曾发表，当由他人从藏书中抄得。刘氏喜藏书，亦爱作题跋，惜哉六十年来无人整理，诚文史园地的一大憾事。从这些题识中可见刘氏购书的范围，兴趣所至，仍以杂学为主。如购《李师师外传》，识云："寥寥十二叶耳，而书贾索三金而卒以二金买之。十九年（1930）二月一日厂甸归来后，半农记。今年厂甸书摊大不如前，不知明年又冷落至何等也。"又购刘铁云的《弧角三术》，识云："罗振玉《五十日梦痕录》称刘铁云精通算学，铁云所著以《藏龟》及《老残游记》二书见称于世，算学不多见。今得此册，可证罗说之不谬。"又购《奴才》，识云："原名《香案集》，不如此名典雅，故为更易。松筠阁伙计张持来求售，以三元买之。后有编排电影欲求清代奴才趋走实况者，当取证于此书。二十年（1931）二月二日曲庵。"又购《旧京货声》《正粤讴》《粤讴》《七巧书法》《劳劳语》《悔晦堂对联语》等均非大部头的名著，而属于民间民俗的杂书零册。作者于书的版本和内容多有简要评述，如评《悔晦堂对联语》：“作者痛恨白话文，而所作文言文甚拙劣，且有句不可通者，何耶？二十一年（1932）十一月十一日，半农。”评《劳劳语》曰：“中颇有几首好诗，何置之冷摊只卖铜元十枚也？”淘旧书的乐趣正在于无意间以廉值觅得佳册。刘氏得《正粤讴》后曾喜不自胜：“余于黍园藏书目录中见此书之名，意欲购之而未果，意其书当为精板，价亦必昂。三日后为一九一七年十二月十六日，忽于琉璃厂旧书摊中见之，价只铜元十枚，甚可喜也。”如此佳遇，大概旧时的爱书家都曾碰到过。

在刘氏所购的杂书中，有一本极富政治性的小册子，非别具眼光的藏书家不能发现。盖清宣统止于三年，但半农先生竟得一《清宣统七年阴阳合历》，因题识曰：“清代历书之印行者，尚有宣统四年历流传于世，盖书先印成，未料武昌义起，清社遽屋也。此宣统七年历抄本，当是清亡后宫中所用，小朝廷之遗迹宛在，骨董视之可也，废纸视之亦可也。民国二十二年（1933）五月二十九日，半农得于北平琉璃厂之文华堂，价三元。”半农先生语意辛辣，竟有幸遇此天下怪书，真羡煞后世爱书人！

1996 年 5 月

胡适的签名本

二十多年前，从厂肆捡得胡适著的《墨家哲学》一册。当时要买它并不是为了要研究古典哲学，或认识墨翟的学问，而是看中胡适的签名，那是他题赠钱玄同的。胡适的书法优劣我不懂，至少自然潇洒，规整而有个人特点，一见便知是胡适的字。特别是他同钱玄同的名字联系在一起，马上便能让人感受到“五四”新文化运动的氛围，想起两位先行者的丰采。此书的封面素白，除了书名以外，尚有“学术讲演录”及“学术讲演会印行”的字样，可能是北京大学的出品。原本搁置一边，我也没有去认真查考。几年后，我又在城内旧书肆购得学术讲演会印行的他人讲演录数种，内容是关于美术和文学的，证明胡适的讲演不过是系列演讲中的一种，可惜几种讲演录中都没有标明讲演的年月日，亦无出版的时间。

胡适是 1917 年 9 月应蔡元培校长的邀请，到北京大学来当教授的，《墨家哲学》当是他到了北京以后方才问世的。我查了《胡适年谱》（安徽教育出版社出版），1918 年 3 月 24 日，胡适曾在这天上午去西城的手帕胡同北洋政府教育部会场，演讲《墨翟哲学》。同年 8 月 10 日，胡适又将这个演讲改名《墨家哲学》印行出版。《年谱》误记为 " 学术研究会印行 "。本书的篇目为：墨子略传、《墨子》考、墨子哲学的根本方法、三表法、墨子的宗教、《墨辩》《墨辩》论知识、《墨辩》论“辩”、惠施、公孙龙及其他“辩者”、墨子结论等十一题。据此，我的这个签名本便有了着落，是七十多年前胡适的一本早期著作。书上的签名，正反映了他同钱玄同在“五四”前夕的友谊。

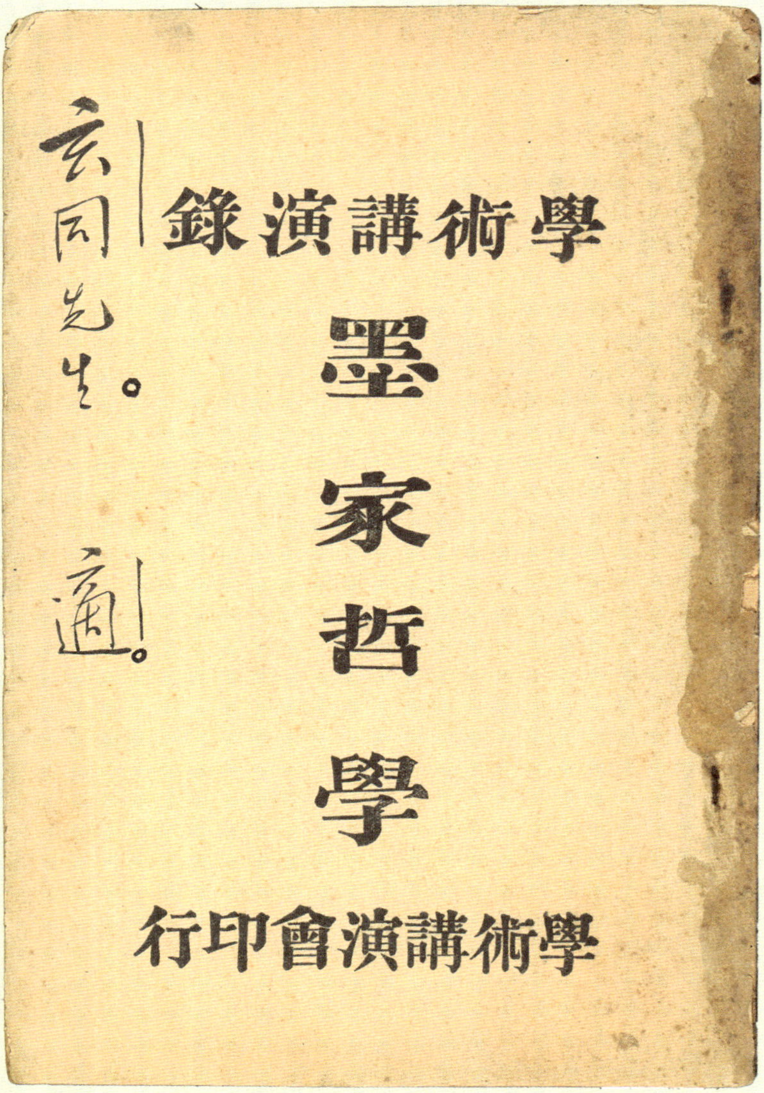

《墨家哲学》｜1918 年学术讲演会版

胡适的签名用毛笔竖行写在书的封面左上角：

“玄同先生。　适。”

看到人名旁边加的人名号，以及句号的使用法，不由一笑。事隔七十多年，人们已经感到不习惯了。但是，这在当时却是新鲜事物，正是初期白话文运动中提倡的新式标点符号。笔者少年时代所见的出版物，多是这种用法。此例说明，当时从事新文化运动的战士们，不仅在口头上提倡白话文和新式标点符号，而且在日常生活中也身体力行，并不忽视这样的细微末节。这种严格的作风实在可亲可敬，表现出改革家的品性，前驱者们的执着精神。现在人名地名号早已废弃，句号的用法也有变化，后人却没有资格笑话前人。今天我们习以为常的某些事物，谁又能断定今后不变呢。

知堂的藏书印

似乎没有人说过知堂是位藏书家，因为他同乃兄鲁迅一样，买书并不讲究什么宋元明善本精刻，大多为清末普通的刻本。趣向所宗虽然杂，却是为了个人的实用。但人们从他的读书笔记里可以发现，他的藏书还是有个范围的。比如广搜各种诗文笔记，仍以有关民俗民谣、草木虫鱼的杂书较多，而戏曲、小说则不是重点。

书与人的命运相关，自从抗战胜利后，他主要不是聚书，而是散书了。新中国成立初期，人们在北京城外小市的地摊上可以买到他的收藏，不免令人有今昔之感。其时我在城内的东安市场和隆福寺的旧书店里，也经常能见到钤有他藏书印的各种藏书，既有日文的，也有平装铅印本，更多的则是线装书，甚至书上还有他的墨笔题跋。限于当时的社会风尚，问津者并不多，我亦是择我所需而价又低廉者存之，大部分眼见其流落了。那时只要你做稍许破费，正是人人举手可得。此一时彼一时也，当年机遇如今难以再现矣。

藏书人一般都有使用藏书印的嗜好，这也是一种风雅的书斋趣味。当然，亦不是没有例外。有的爱书人，以为那样会破坏了书的原始美，不便轻易在书上钤印题跋。比如鲁迅先生的藏书即很少用藏书章，偶有题跋或写于另纸上。现代藏书家阿英、唐弢先生，笔者多有接触，他们的藏书也很少钤印。有时特别心爱的书，或者藏本非得借出去不可，才临时钤上藏书章，以示郑重，也为了免生意外。但周作人的藏书似乎都有藏书章，也许他已养成习惯，无论版本的贵贱，一旦归于苦雨斋，他便打上了藏书印。若遇自己特别珍贵、喜爱的，还不止用一种藏书印。从用印上又能看出主人的兴致，考其印文更可窥探他治学的某种隐秘，说起来也是很有趣味的。

一般说他平时收进的新旧书籍，多在上面钤着“苦雨斋藏书印”，朱文方形。特别是钤在线装宣纸的书页上，清隽秀雅，十分美观。如寒斋所藏雍正《御制圆明园四十景诗》上下册，以及 1930 年 6 月北平图书馆印行的线装本明人笔记《笔麈》；同年 10 月上海文化生活出版社印行的平装本《凯绥·珂勒惠支版画选集》等，上面都钤有这方藏书印。

我藏有清咸丰四年（1854）吴仲仙著《读诗一得》，扉页上有知堂题赠钱玄同的几行字，名后钤有二印。一为“知堂书记”，朱文长形，看来专门为题跋而用；另一方为白文方形的“作”字。后面这方小印，知堂颇为喜爱，他说：“我曾利用汉砖上的一个‘作’字，原有外廓方形，将拓本缩小制为锌版，其古趣可与相比。”（见《知堂回想录·自己的工作（四）》）知堂所云古趣可比者，乃老友陈师曾为周氏昆仲树人、作人、建人所刻的三方印，“省去兄弟三人名字的‘人’字，模仿汉人两个字的名字，我也得到一方白文的印章，文曰‘周作’，又另外为刻一方，是朱文‘仿砖文’的，很是古拙”。这另刻的一方朱文印，我怀疑是“周氏”印。此印见于寒斋所藏知堂著《欧洲文学史》版权页的印花上。这本书是北京大学丛书之三，1928 年 10 月商务印书馆出版。姑且录以备查吧。

我收藏的道光会稽屠浚源著《小题咏物联珠》，是一部吟咏绍兴风物的小册子，如咏榆钱、梧船、莲房、芦笔、蕉纸等。又一部光绪山阴范濂镜的《世守拙斋尺牍》，都不是什么名著，却属于知堂日常爱读的风俗、日记、书简之类。两部小书都是同乡人的著作，书上钤了“知堂所藏越人著作”印，白文长方形。从这方印文人们可得知他在一段时期读书和藏书的兴趣，再印证他著作里的有关题目，不难发现他治学的动向和访书的用心。搜集乡先贤的著作，知堂与鲁迅先生亦有共好。

鲁迅及知堂的老友陈师曾殁后，琉璃厂的淳菁阁于 1924 年 2 月 ~1925 年 11 月，先后出版了《陈师曾先生遗集》十册。实际以后问世的还有两册《北京风俗图》，加在一起是十二册。《鲁迅日记》中收有先生多次购买陈氏遗集的记录，而知堂更反复表述他对《北京风俗图》的喜爱。他于 1950 年 3 月 18 日在上海《大公报》介绍此书时说“师曾此卷，已极难得”，又说：“民国十七年由淳菁阁影印出版，大本两册，今淳菁阁早已关门，此书绝版久矣。顷从友人处借看一过，觉得很有意思。”我有幸在坊间先后购得师曾遗墨共十二集，而且后两册《北京风俗图》，正出自知堂的苦雨斋，如此书缘可遇而不可求。我不知道他的藏书是何时散出的，令人吃惊的是知堂竟在这部书上钤印八方，实在是破纪录的一次异常举动，足以证明他对此书珍爱的程度。这八方印中除“会稽周氏凤凰专斋藏”较常见外，其余七方都不常见，计为：“越人周作”“作人长年”“且以永日”“荣木山房”“稽山老屙”“山上水手”“周作人 ××”。这最后一方的钟鼎文，经我请教五位先生均不能肯定印文内容，现公表于此，求教高明。

凤凰专斋藏印是金石家张越承所刻，知堂1915年5月的日记中有在绍兴得此砖的记载：“17日，在马梧桥下小店得残砖一，文曰凤凰三年七月，下缺，盖三国吴时物。”“乡人得之溪水中，故文字小有磨灭，弥增古趣。”按凤凰三年为公元274年，知堂因得此砖而命为自家的堂号。“荣木山房”在知堂的笔名录和室名堂号中尚为初见，但50年代初，他作文时用过荣记、木寿、木仙的笔名。“稽山老孱”，当有自谦和追慕朴拙之意；“且以永日”让人联想到他1929年5月在北新书局出版的杂文集《永日集》。最有意思的是一方“山上水手”，看了使人感到此印设计得智慧而隽永。所谓“山上”，当指绍兴的会稽山，“水手”则指他出身江南水师学堂，而最后终于没有当成一名真正的水兵。这方印语意双关，怀有热爱乡里和母校的感情，既写实又富想象，带有浓郁的文学意味，流露出青年时代的某种理想。这同鲁迅先生曾经用过“越山”“会稽山下之平民”“会稽男子鲁迅”的号有相近的意趣。

知堂的藏书印为何人所刻，共有多少方，笔者无力访查，这里仅以个人的藏书所见略做小记。有人说他的印章不下百方，材料不外青田石、寿山石等，仅有一块圤田黄石，1945年在南京监狱被监视的特警掠走了。齐白石给他刻过两方印，一为朱文，一为白文，印主的评价是：“老实说也并不十分喜欢。”比较满意的倒是陈师曾：“觉得很好。”再有便是琉璃厂同古堂的张越丞了。当年知堂、钱玄同、刘半农等常去求他治印。同乡人寿石工也为知堂刻过印，他平时用的名印即出自寿氏之手。人们从寿石工的印谱中可以找到周作人的名字。寿石工弟子金彝斋（禹民），“请他（指金）刻了好些，都很有意思”。大概新中国成立后知堂使用的印，多为金氏刻的，可惜近年出版的《金禹民印存》中未见收入。

1994年11月

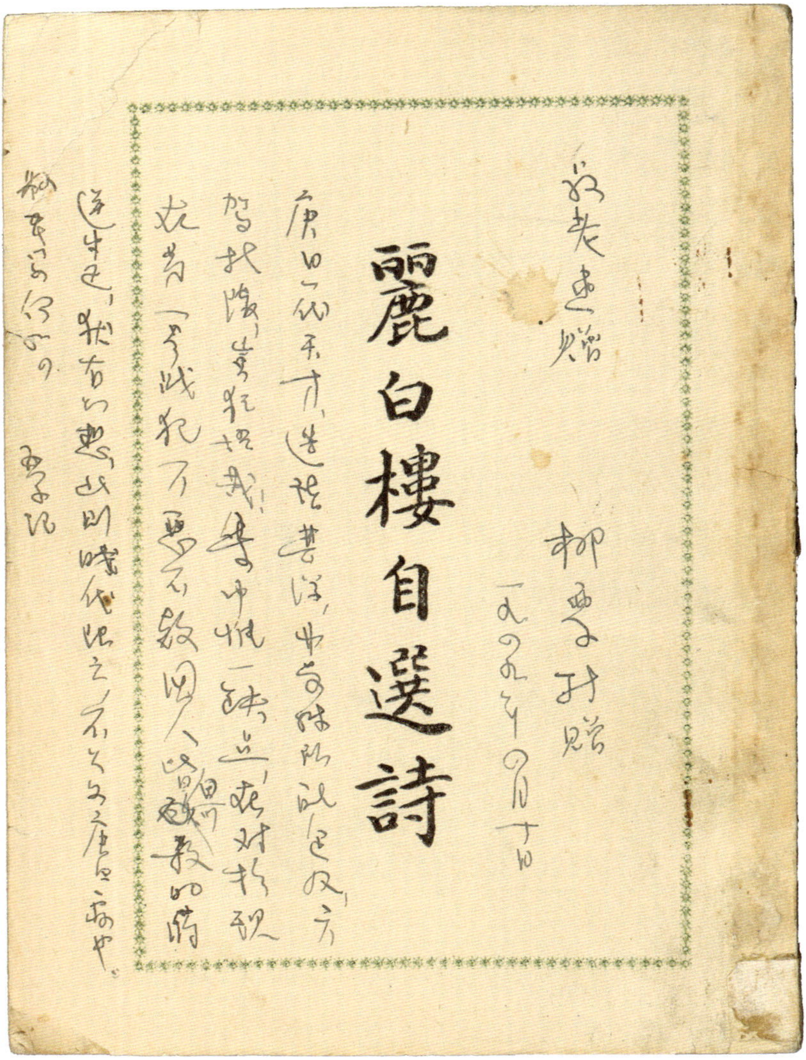

《丽白楼自选诗》｜1946 年开明书店版

题字的故事

有一段时间，我忽然对叶圣陶先生题写书名的封面发生了兴趣。那大多是题在开明书店出版的文艺书上。新中国成立前，出版界还没有注明封面题字人的风气，然而看得多了，自然会想到这是叶圣陶先生题的，如茅盾的《春蚕》《子夜》等。当年开明书店的书，还有不少是丰子恺先生题的，他的字风格更独特，一看就知道。我想，用书法来布局书刊的封面，这也是我们中华民族所特有的，对研究现代书籍装帧艺术史的人来说，并非毫无意义。

我就寒斋所藏的旧书，凑集了近二十种封面，特向叶先生讨教。他自谦字并不好，劝我罢手，而且在未见原书以前，还往往否认有的书是他题的。待我呈书于当面，老人才嘻嘻地说："不错，是我写的。我又完全忘记了。"比如开明书店出版的林庚白旧体诗集《丽白楼自选诗》，我看是叶先生的楷书，先生则于1981年11月25日回信说——

林庚白曾与我畅谈二三次，系他来找我，今日唯觉其才气横溢，所谈为何已记不起。其书之封面字大概非我所书。

我马上呈书上去印证，并说已有复本，此册可留存叶府，不必退还。五日之后，叶先生来信说：

丽白楼诗书名确是我所书，唯已完全忘却。足下既另有一本，此本乞赐我，不胜感谢。

如此往来论证，双方皆大欢喜。

我还存有王统照的长篇小说《山雨》初版本，那是1933年9月未经删节的查禁书。封面书名题字是篆书，扉页书名题字是楷书，无疑的都是出自叶先生的手笔，先生也完全忘记了。这一次，我不仅请

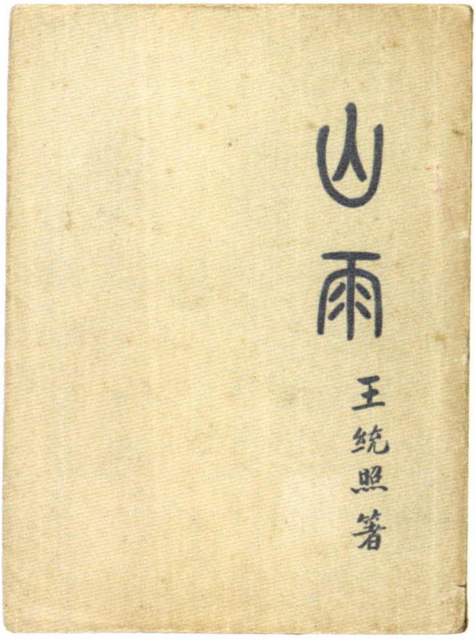

《山雨》| 1933 年开明书店版

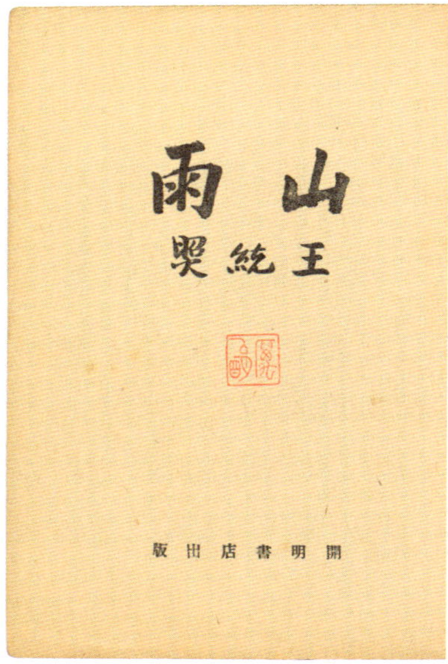

《山雨》扉页

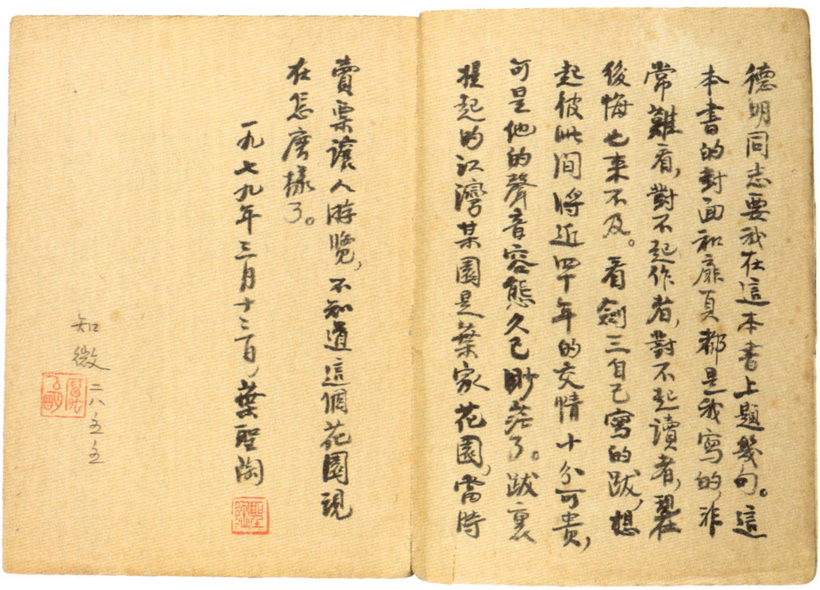

《山雨》叶圣陶题跋

先生过目，还请他在书上再题几个字，先生慨然应允。他用毛笔写下：

德明同志要我在这本书上题几句。这本书的封面和扉页都是我写的，非常难看，对不起作者，对不起读者，现在后悔也来不及。看剑三自己写的跋，想起彼此间将近四十年的交情十分可贵，可是他的声音容态久已渺茫了。跋里提起的江湾某园是叶家花园，当时卖票让人游览，不知道这个花园现在怎么样了。

一九七九年三月十三日，叶圣陶

几行题语，充满了怀念老友的感情，可以当作一篇微型散文来读。前人说，书的题跋也是优美的小品文，信然。所说“剑三”（即王统照）的跋，写于 1933 年 6 月，其中谈到《山雨》起草于 1932 年 9 月，12 月初旬完成，起意则更早：

记得一九三一年的八月由杭州回到上海，一个星期日的下午，叶圣陶兄约我在江湾某园闲谈。我们踏着绿草地上夕阳的淡影，谈着文艺界的种种情形与创作的话。

王说准备写两个长篇，一部是以济南“五三”惨案为背景的城市小说，一部就是《山雨》。“意在写出北方农村崩溃的几种原因与现象及农民的自觉。这两种题材圣陶都极赞同，希望我早日完成。”两位文学研究会元老的情谊溢于纸上，但不知江湾的叶家花园现在究竟怎样了。

叶圣陶先生不仅为《山雨》题书名，还任校对。王统照说：

末后得谢谢圣陶，因为《山雨》在开明印刷时，圣陶兄自愿替我校对，这不但作者应该十分感谢，而且是这本小书的光荣。

这是叶先生的作风，也是开明书店的编辑作风。叶先生在追念丰子恺先生的诗中有“新书细校得先娱”句，写出他为朋友们校书时的精神境界。

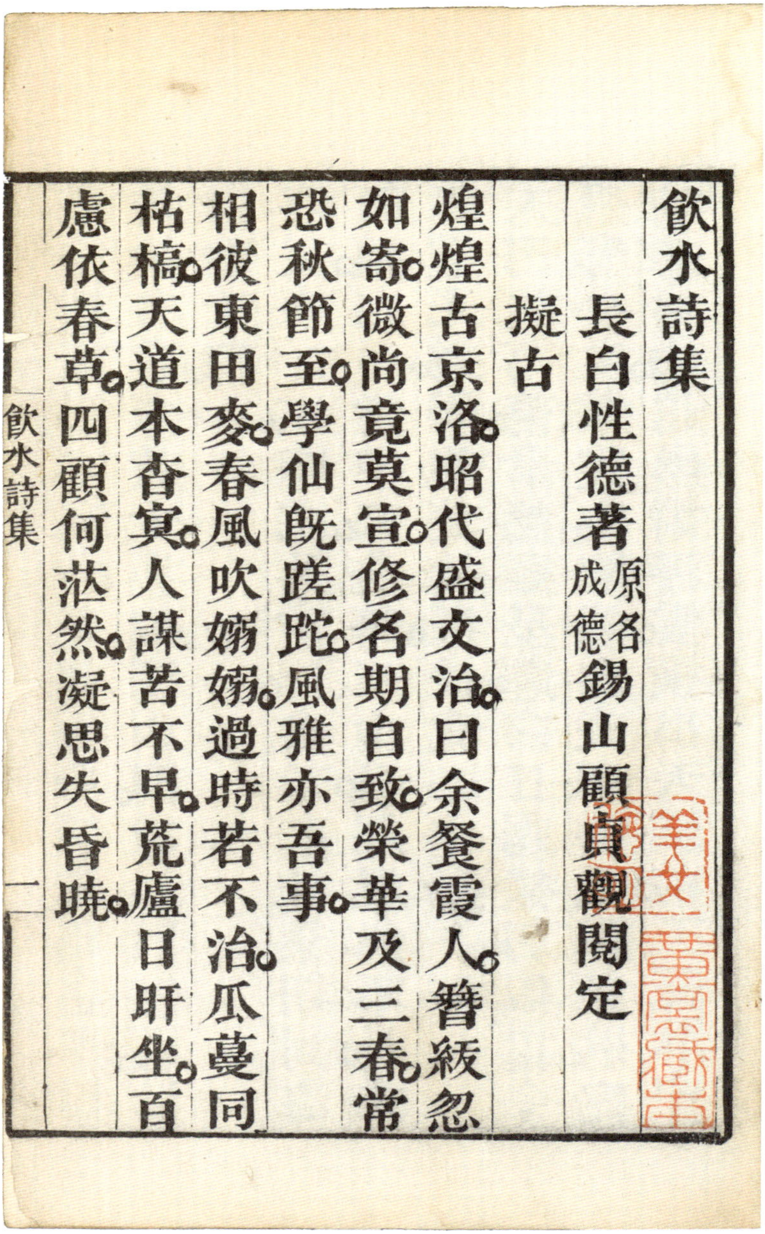

飲水詩集

長白性德著 原名成德 錫山顧貞觀閱定

擬古

煌煌古京洛。昭代盛文治。曰余餐霞人。簪紱忽如寄。微尚竟莫宣。修名期自致。榮華及三春。常恐秋節至。學仙既蹉跎。風雅亦吾事。

相彼東田麥。春風吹嫋嫋。過時若不治。瓜蔓同枯槁。天道本杳冥。人謀苦不早。荒廬日旰坐。百慮依春草。四顧何茲然。凝思失昏曉。

飲水詩集 一

《饮水诗词集》｜清道光间张祥河刻本

黄裳的题跋

书的题跋一般是写在书上的，然而黄裳的一部分藏书题跋，却是凭了记忆写在装书用的旧纸上。藏书于“文革”中被抄去尚未发还，这是特定时期的创作。后来他集成一本《前尘梦影新录》，近年由齐鲁书社印行。不见原书而光看题跋，我觉得同样有魅力。

每次到上海，总要去看看黄裳的藏书。上次去看的是明代版画，有的还是残本。他的理论是，中国新文学书残本不值钱，古籍愈是残本愈应注意，往往正是世间的绝本。当年他专搜残书，至今仍珍藏。前些年他送我一册张祥河刻本《饮水诗词集》，我说不懂古籍版本。他说自己尚有比这更好的本子，当然，这个本子也不易得。说着，抽出毛笔马上作一题跋：

> 纳兰诗词集，清代凡数刻。康熙中有通志堂合集本，徐建庵所刻也。又一诗词单刻本，即此本所从出，皆不常见。此小册颇精整，可便讽诵。德明南游过访观书，取此副本为赠，因知其好《饮水词》也。
>
> 一九八二年六月十六日雨窗题记。黄裳。

我读黄裳的散文，早就收藏了他的《锦帆集》（1946 年中华书局，“中华文艺丛刊”第四种）和《锦帆集外》（1948 年上海文化生活出版社，巴金主编“文学丛刊”第九集之一）。我请他为这两本书题字，用的是日本奈良唐招提寺制作的笺纸。他写道：

> 锦帆二集。此二集皆早岁所写抒情小文，并杂文、游记。初集刊于重庆，为新中华文艺丛书之一，集外编入文学丛刊，皆由巴金先生编定，实为最早成书与读者相见之物，以是种种

《饮水诗词集》题跋

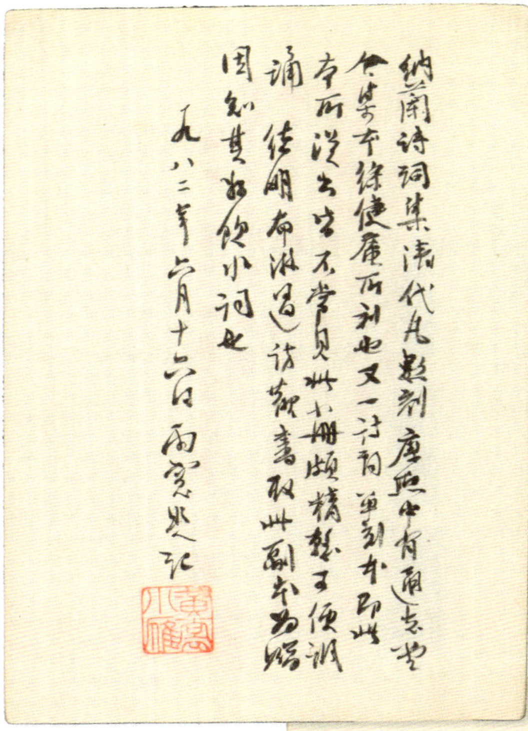

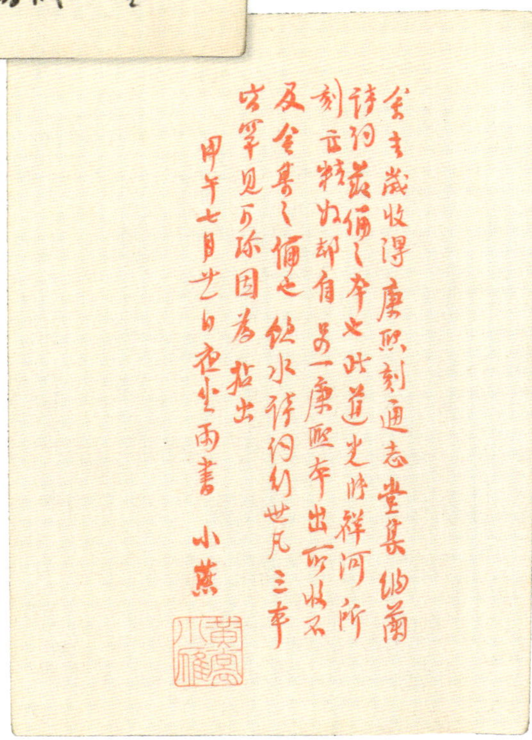

锦帆二集

此二集皆早岁所写抒情小文并杂文，从初集刊于重庆，为新中华文丛之一，集外编入文学丛刊者也。[illegible]编定，实为最早成书与读者相见之物，以是重之。少年意气[illegible]出[illegible]中，然再出此少见，亦未重印，只七年前[illegible]曾有影印本一册，[illegible]居[illegible]滨生诗[illegible]中记之，近又有杂录集亦书锦[illegible]残弦破梦频之内，亦可纪世。辛酉[illegible]书[illegible]以自[illegible]笺纸，因写旧[illegible]以[illegible]之，甚似者矣。黄[illegible]署

黄裳

黄裳小雁

少年哀乐皆在此中。然两书皆少见，亦未重印，只七年前香港曾有影印本耳。集名出玉溪生诗，曾于后记中记之。近又有《惊弦集》亦出“锦瑟惊弦破梦频”之句，亦可记也。辛酉好春，德明兄南游过沪，赠以日本笺纸，因写旧书题记数纸赠之。其他尚多，当俟异日。黄裳。

另有黄裳著通讯集《关于美国兵》，1947 年 3 月上海出版公司初版。此书更为稀见，四十多年来未见重印，而作者似乎颇偏爱此集，因书题跋如后：

一九四四年余在渝州离大学，作美军通事，遍历滇、黔、桂诸战区，更去印度，循公路归潞西，凡一年而日寇投降，遂得解甲。闲居无俚，辄写小文记军中故事，寄柯灵兄海上，付《周报》发表，颇得时誉。继印小册，只数百本，流传未广。德明兄过爱拙著，俚书短册，皆有收储，独无此书，亦罕见本矣。余在学校所学非新闻学，亦不知报告文学之精义，然私爱此书逾于他种，因所历实境皆能写入，无少避忌，颇得挥洒之乐，人间毁誉亦纷然并起，甚不寂寞也。今日思之，固未尝以此取媚美军，亦往往称其科学技术之优点，实中间论调也。然以此篇而受左右之夹击，盖意中事耳。展眼三十余年，细思亦只有此法为能得真乎，他无妙策也。掷笔一笑。

辛酉谷雨日书赠德明兄。黄裳。

就因为这本书，黄裳在“文革”中吃够了苦头，罪名之大，骇人听闻。幸好这早已成为逝去的噩梦。我以为作者的这篇题跋，道出了他写作此书的甘苦，是我们认识此书价值的极权威的说明。应该说明的是，就在作者赠我题跋后不久，我竟然在旧书店觅得一册《关于美国兵》，虽然书品稍差，我也不敢苛求了。当即报告了黄兄，竟使他大为意外。至此，黄裳的著述，寒斋大体具备矣。

1987 年 5 月

《借山吟馆诗草》

画家齐白石的诗集《借山吟馆诗草》于 1928 年印成，为石版影印手迹。里面收了他从光绪二十八年（1902）到民国三年（1914）所作的诗。樊增祥题签并为诗集写了序跋。

我在旧书店成堆的杂书中检出此本，连同其他几本零册，放在开发票的柜台上。店家一一开列书名及价格，拿起这本时则凝视良久，遂放在一旁，说：“这封面上有齐白石的题字，不卖。”我满不在意地告诉他：“什么齐白石的字，你再看看，假的！”他重又拿起来再三端详，终于开了发票，说：“算了，是真是假卖给你吧。”我心中暗喜，这哪里会是假的！“白石山翁检赠淑贞女弟”的笔墨豪放，字字有力，别人模仿不来；更何况《借山吟馆诗草》也很稀见。

这本诗稿是齐白石六十多岁时手编的，当时他正在学金农书，亲手抄诗，字体方正。据齐氏弟子著名工笔花鸟画家于非闇先生说，齐氏曾经对他说：“冬心的字体，有他的独创性，最好是用这种字体抄写诗集，又醒眼，又可以唱念，更可以玩味。”（见 1957 年 12 月《新观察》第 24 期，于非闇《白石老人的艺术》）。后来白石翁放弃了金农书。于先生以为齐氏早年学碑多于学帖，善于圆笔中求方。“学金冬心的方笔字，正是老人书法发展的基础，同时又学汉代篆书《三公山碑》。因此，老人的书法方中求圆，圆里有方，利用它到绘画上，一笔可以画出一条有骨有肉的螃蟹腿，几笔可以画出一只肚软背圆的大田鸡。……老人写篆书，还汲取刻印里的间架结构加以变化……”（引文同上）于非闇先生也是书家，又是白

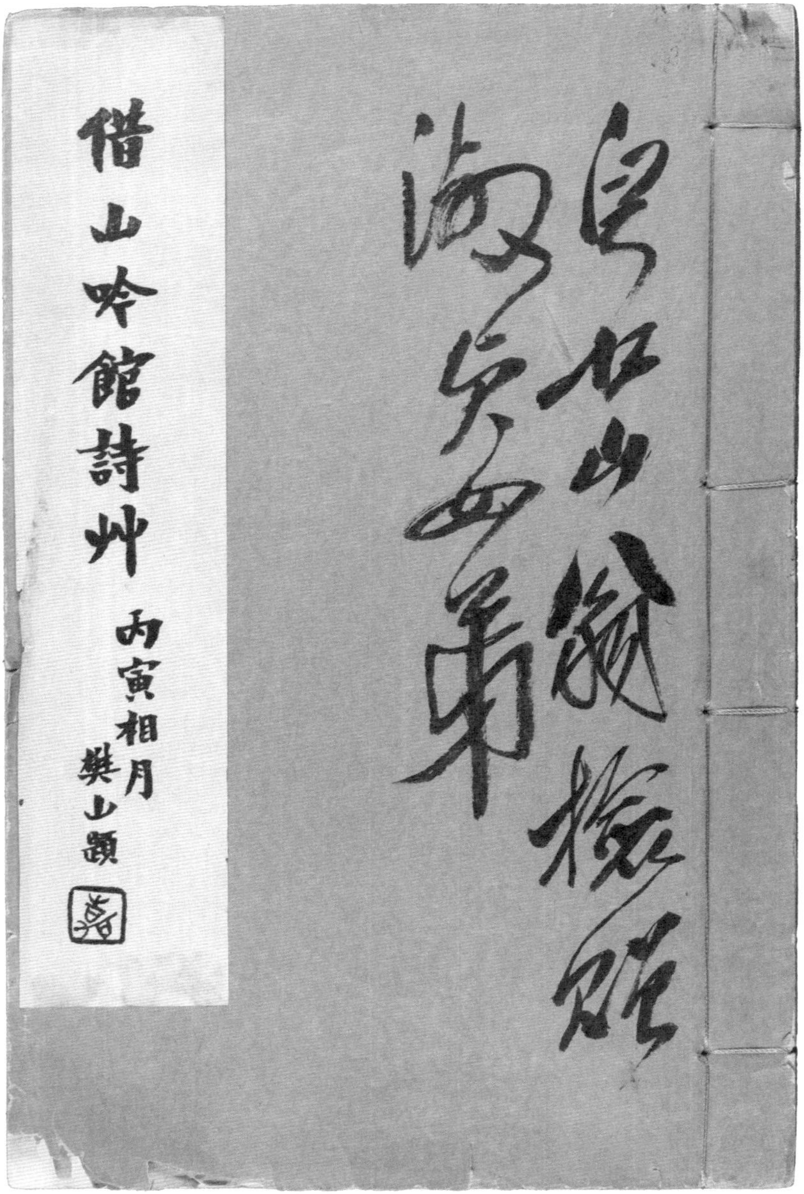

《借山吟馆诗草》｜1928 年石印本

石先生的入室弟子，他的话可信而有权威。

白石先生赠书的“淑贞女弟”不悉何人。某次史树青先生过访，知他熟悉旧京文物掌故，便当面求教，承告此乃杨淑贞女士，杨荫庆之妹也。查杨荫庆，字子余。河北武清人，美国康奈尔大学毕业，历任北京大学讲师，国立北平大学女子师范学院教授。

“借山吟馆”，是齐白石在故乡农舍盖的一间书房。“房前屋后，种了几株芭蕉，到了夏天，绿荫铺阶，凉生几榻，尤其秋风夜雨，潇潇簌簌，助人诗思。”“朋友问我：你的借山吟馆，取了借山两字，是什么意思。我说：意思很明白，山不是我所有，我不过借来娱目而已！”（见人民美术出版社版《白石老人自传》）继《借山吟馆诗草》之后，齐氏又印了《白石诗草》八卷，时在1933年，老人已经七十一岁了。

1987年6月

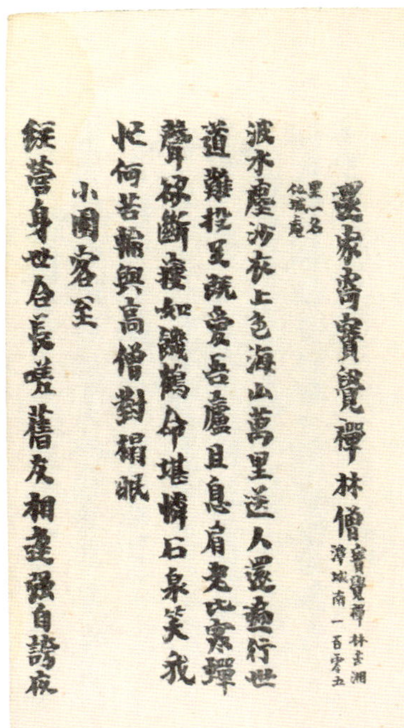

還家寄寶覺禪林僧 寶覺禪林在湘潭城南一百零五里一名仙城庵

波水塵沙衣上色海山萬里送人還畫行世道難捏足疏愛吾廬且息肩老比寒蟬聲屏斷瘦如饑鶴命堪憐石泉笑我忙何苦輸與高僧對榻眠

小園客至

經營身世合長嗟舊友相逢強自誇夜

《借山吟馆诗草》内页

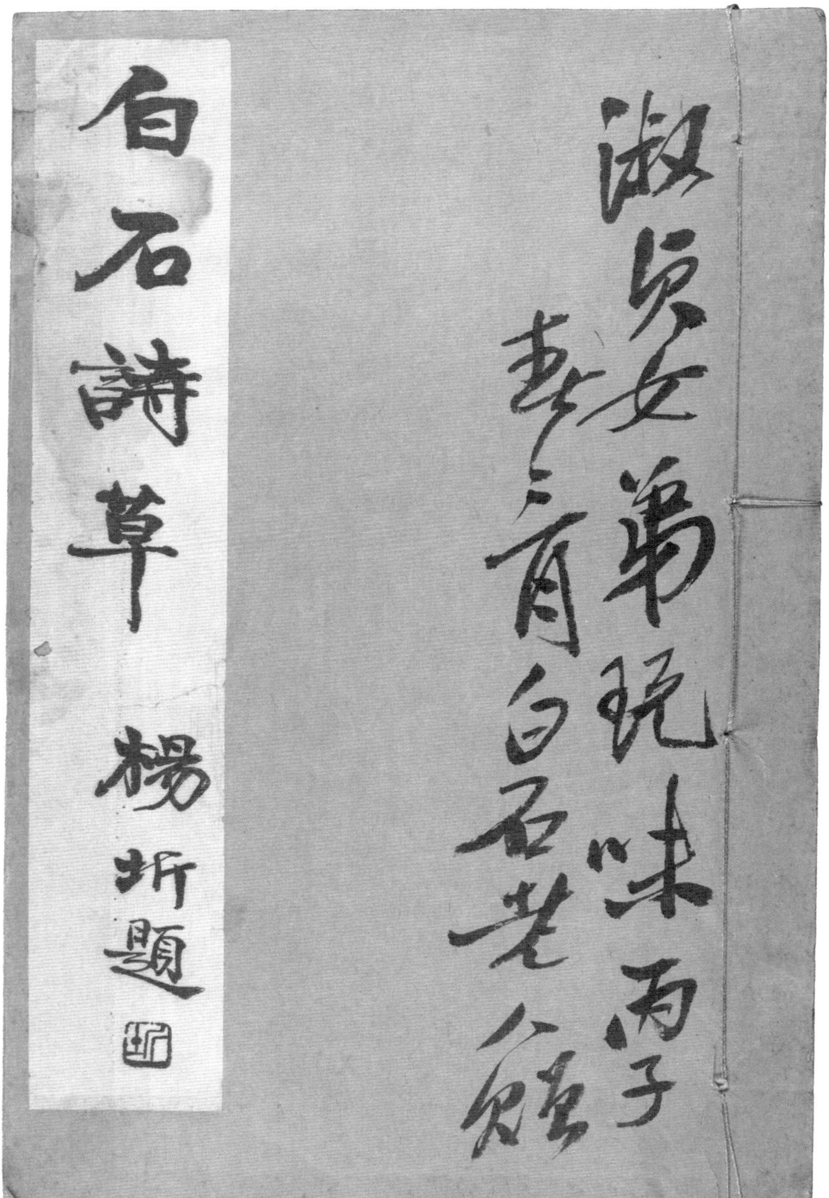

《白石诗草》| 1933 年排印本

《白石诗草》

继《借山吟馆诗草》出版之后五年，齐白石在 1933 年春印行了《白石诗草》八卷（又名《白石诗草二集》）。收白石老人六十岁前后至七十二岁之作。《白石老人自传》(齐璜口述、张次溪笔录、人民美术出版社 1962 年出版）里说：“我的诗，写我心里头想说的话，本不求工，更无意学唐学宋，骂我的人固然很多，夸我的人却也不少。从来毁誉是非，并时难下定论，等到百年以后，评好评坏，也许有个公道，可是我在黄土垄中，已听不见，看不着的了。”这是一段很有趣的自白。白石老人的诗最大的特点是直抒胸臆，没有旧文人忸怩作态的毛病，用词通俗新奇，见解独到，意境不凡。

在《白石诗草》里最多的是题画诗，画家的艺术经验和深刻见解也都寄寓其中。当然有的诗亦涉及时局和社会。还有对故乡的怀念，记述师友弟子之间的往来等。诗集以仿宋字线装本精印，杨云史题签，吴北江题扉页。前有白石老人《自序》，书于“癸酉买灯日，时居旧京西城鬼门关外”。“买灯日”，当指元宵节。“鬼门关”是指白石老人所居跨车胡同附近的胡同叫鬼门关，后改“贵门关”。传说明朝时，这里是刑人的地方。老人颇有幽默感，故意写成“鬼门关外”。他的诗作里常有这种情趣，证明他心态不老。

老人在《自序》里强调，他写诗“何暇下笔千言，苦心锤炼，翻书梗典，学作獭祭鱼也。”不过是将心中的忧愤之气从舌端涌出而已。老人对刊行诗集非常严肃，除先交张次溪编理外，又请樊樊山选定，结果“其句有牢骚者或未平正者痛删之”。依我看，这“牢骚”和“未平正”处，也许更见精彩。接着又请湘潭王仲言重选，结果“其句虽淡雅而诗境未高者，或字样奇险者又删之”。把“奇险”之处删除，也许就把白石老人的特色抹掉了。最后，幸由黎锦熙先生校对一遍，他竟从樊、王二位删去的诗作中选回来一百余首。黎先生不愧是新文化营垒里出来的人，他比旧家樊樊山等人要高明。选家的目光可以怡人，亦可误人。黎先生的做法值得称赞。

白石老人自咏：“无才虚费苦推敲，得句来时且快抄。”这里透露了他写诗出于自然，不想硬写，这既是经验之谈，还有点自负。如他的绘画一样，老人写诗也想独创一格，正是大家风度。

九一八事变后，白石老人忧国之心难以抑止，曾经登高于宣武门上吟诗一首：“东望炊烟疑战云，西南黯淡欲黄昏。愁人城上余衰草，犹有虫声唧唧闻。”此时，日本人常来买画，出于爱国之心，他在门里加锁，避而不见，传为美谈。

白石老人又有避难诗，如30年代初逃难东交民巷时写道“一担移家人见笑，藤箱角破露残书。”仓促过街的窘态以及珍惜残书的情状，写得实在生动。

《白石诗草》里收有老人与同时代大艺术家梅兰芳、徐悲鸿、陈师曾等人的交往，并有写给现代女作家凌叔华女士的诗。最妙的是诗集里收有一首《题林畏庐画》，看来齐氏瞧不起林琴南的绘画。他写道：“如君才气可横行，百种千篇负盛名。天与著书好身手，不知何苦向丹青。”我钦服老人的出言直率，没有世俗气，这与鲁迅先生对林琴南绘画的评价正是不谋而合。鲁迅慕名买过林琴南的画，不太喜欢，但不像白石老人那样认为林氏根本不必过问画事。

1987年6月

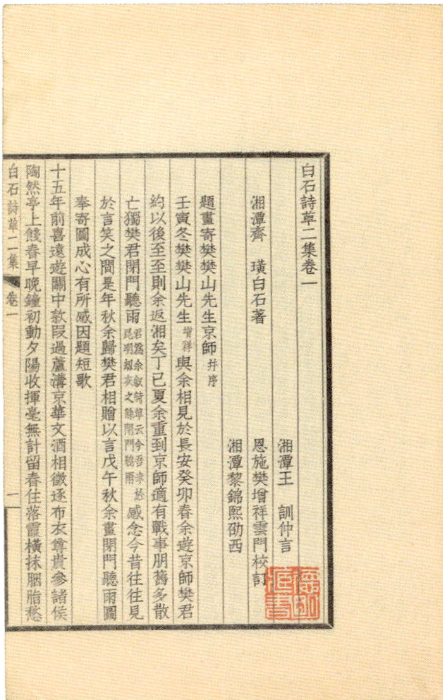

白石詩草二集卷一

湘潭王　訓仲言

湘潭齊　璜白石著　恩施樊增祥雲門校訂

湘潭黎錦熙劭西

題畫寄樊樊山先生京師　并序

壬寅冬樊樊山先生（增祥）與余相見於長安癸卯春余遊京師樊君約以後至至則余返湘矣丁巳夏余重到京師適有戰事朋舊多散亡獨樊君閉門聽雨（君爲余叙詩草云今吾幸於昆明劫灰之餘閉門聽雨）感念今昔往往見於言笑之間是年秋余歸樊君相贈以言戊午秋余畫閉門聽雨圖奉寄圖成心有所感因題短歌

十五年前喜遠遊關中款段過蘆溝京華文酒相徵逐布衣尊貴參諸侯陶然亭上餞春早晚鐘初動夕陽收揮毫無計留春住落霞横抹胭脂愁

白石詩草二集　卷一　一

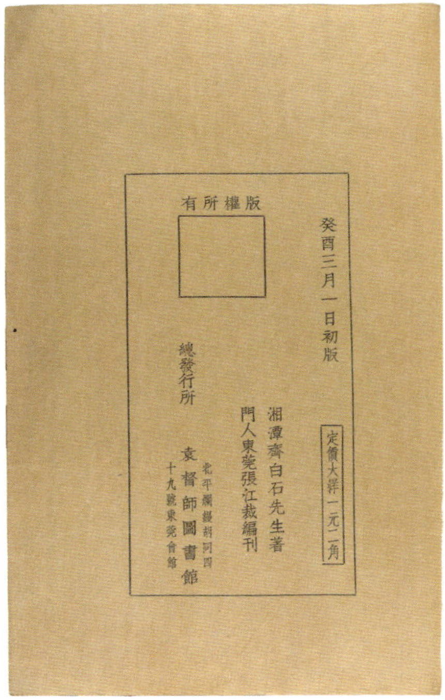

版權所有

癸酉三月一日初版

定價大洋一元二角

湘潭齊白石先生著

門人東莞張江裁編刊

總發行所　袁督師圖書館　北平爛縵胡同四十九號東莞會館

《白石诗草》内页

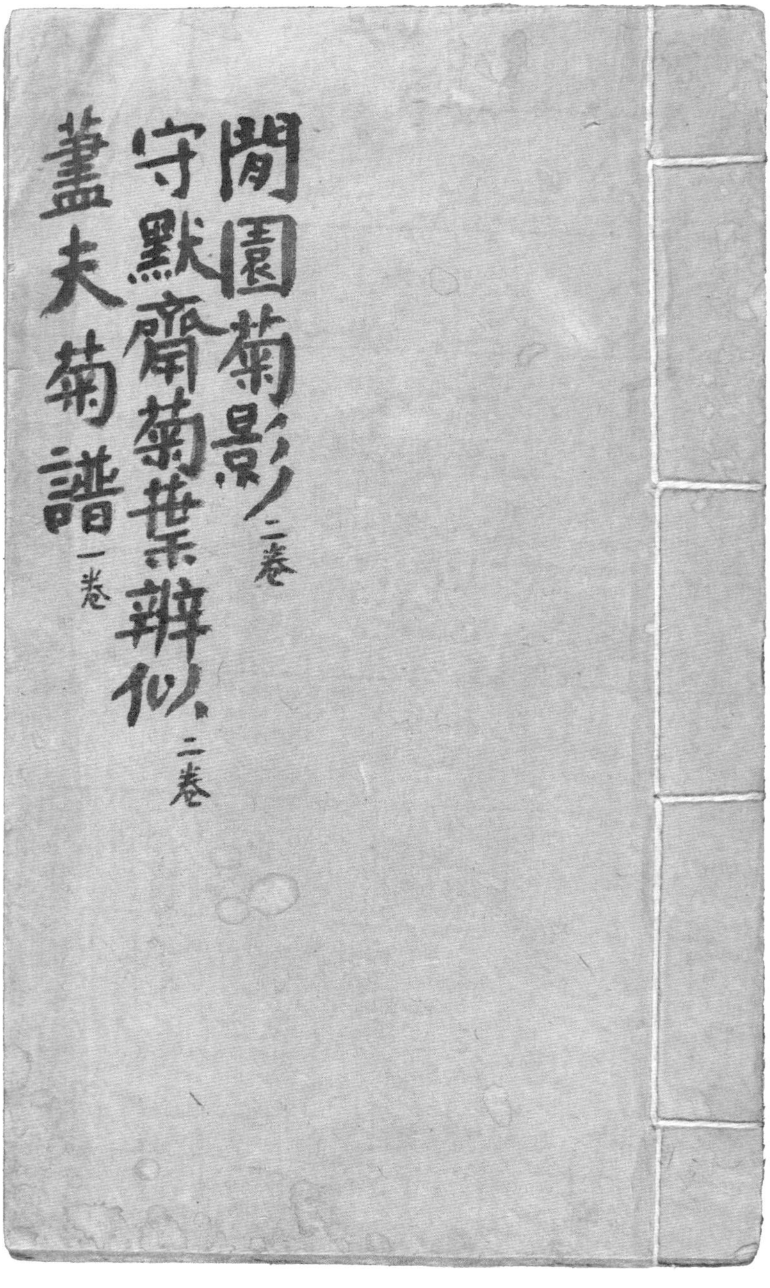

《闲园菊影》《守默斋菊叶辨似》《荩夫菊谱》｜1915 年抄本

奉宽的抄本

流连厂肆间，从来没有用心搜罗过什么抄本之类，以为那是专家和大富者的作为。偶然碰上了近现代人物的，因为书店向来不重视，定价很便宜，我乐得收藏了几种。其中一册即《妙峰山琐记》作者奉宽的抄本，卅二开本，线装连史纸白叶，毛笔楷书，每面九行，每行廿八字，共卅页，内抄《闲园菊影》二卷、《守默斋菊叶辨似》（又名《守默斋菊叶留真》）二卷、《莛夫菊谱》一卷。抄本成于乙卯，即民国四年（1915），距今已八十六年，纸页早已泛黄。奉宽生于清光绪二年（1876），是元成吉思汗的卅四代孙，曾在光绪、宣统两朝为文书小吏，民国初任职海军部，政府南迁后任北京研究院史学研究会编辑，又在北京大学、燕京大学任讲师。卒年未详。他手录了这行将失传的菊谱三种，证明他一向对民俗风物有着浓厚的兴趣。

抄本《闲园菊影》无作者姓氏，亦无抄者的题跋，当是清人的著作。《守默斋菊叶留真》文末有奉宽的跋语：

> 《守默斋菊叶留真》二册零三十二页，恩沛臣先生所拓。先生名临，姓洪氏，镶白旗满洲人，官中书科笔政。鼎革后养亲课女，不闻世事。光绪中叶尝以黄花自娱，每将所植菊叶拓之以墨，如是数年，共得二百五十八种，皆随手掇拾，不依次第。花之名称亦各从其俗，未暇润色。卷末“雪莲花”六种，为余所附骥，都二百六十四图。守默者，其斋名也。夫菊之分种，半在叶筋，有此一编，非特多所鉴别，且于久佚之花，如“海现蜃楼”“翠云裘”之类，一展卷间，如对长安旧雨。唯

原拓墨迹不易模仿，仅将花之名目著录于编。乙卯十一月上浣奉宽识。

又，《荩夫菊谱》文后，亦有奉宽的题识：

《荩夫菊谱》李问山先生所存者，书眉题“道光七年五月十三日长立及荩夫手识”十五字。荩夫不知何许人。卷中讹字甚多，开卷用“谨将”二字，亦不知意之所在。唯是书距今已八十九年，花皆旧种，事变情迁，实堪宝贵。兹照原本抄录一卷，兼正其讹。其语意不可解，如“绿磁万点”“车林金球”之类，以不解解之可耳。乙卯十一月朔，奉宽识。

菊花名号千百种，雅俗纷呈，美不胜收。俗者如“老僧衣”“秋香梨”“紫狮子”“草上霜”“美人扇”等，似未经文人加工，叫起来顺口，很美。雅者如“翠柳黄鹂”“回风扫雪”“一片冰心”“斜阳返照”“玉楼人醉”等，显然是出自文人墨客的润饰，文化气息浓厚，有的不免造作牵强，有的则长年累月地叫熟了，也得以流传，同样很美。

奉宽先生的著作，除了1929年中山大学民俗学会为他出版的《妙峰山琐记》外，经查他还有《清理红本记》《汉严印斋书录》《元国书字母表解》《元国书官印考释》《元国百家姓正字》等。其中有的还是稿本，始终未能刊行。事隔这么多年了，也不知原稿尚存否。

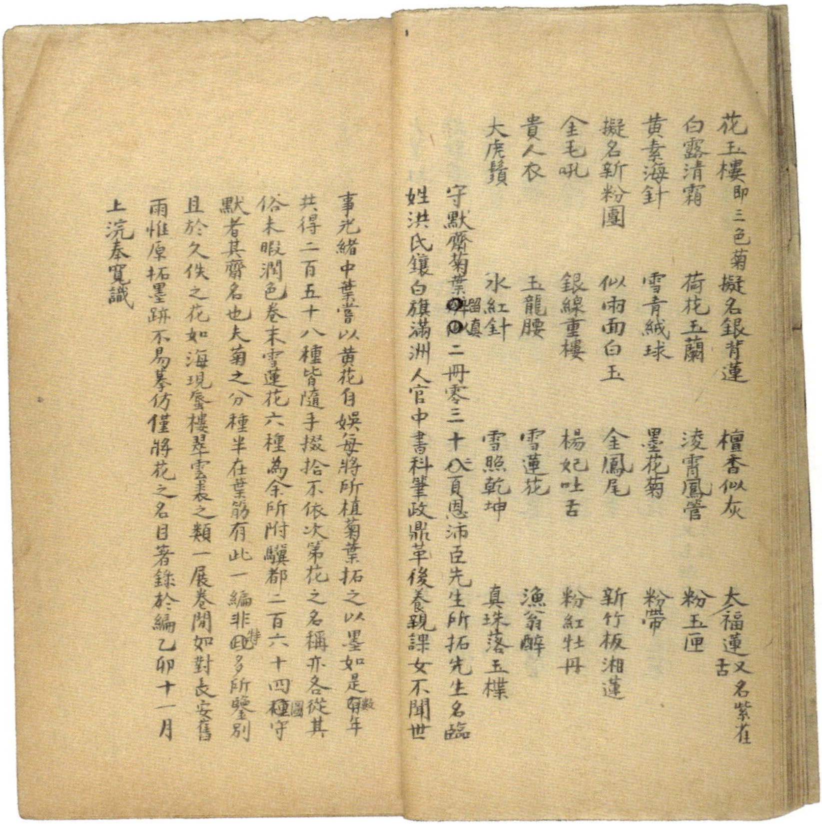
花玉樓即三色菊擬名銀背蓮　檀香似灰　大福蓮又名紫在古
白露清霜　荷花玉蘭　凌霄鳳管　粉玉匣
黃素海針　雪青絨球　墨花菊　粉帶
擬名新粉團　似雨面白玉　金鳳尾　新竹板湘蓮
金毛吼　銀線重樓　楊妃吐舌　粉紅牡丹
貴人衣　玉龍腰　雪蓮花　漁翁醉
大虎鬚　冰紅針　雪照乾坤　真珠落玉樸
守默齋菊葉譜留真二冊零三十六頁恩沛臣先生所拓先生名臨
姓洪氏鑲白旗滿洲人官中書科筆政鼎革後養親課女不聞世
事光緒中葉嘗以黃花自娛每將所植菊葉拓之以墨如是數年
共得二百五十八種皆隨手撥拾不依次第花之名稱亦各從其
俗未暇潤色卷末雪蓮花六種為余所附驥都二百六十四圖守
默者其齋名也夫菊之分種半在葉筋有此一編非特多所鑒別
且於久佚之花如海現蜃樓翠雲裘之類一展卷間如對長安舊
雨惟原拓墨跡不易摹仿僅將花之名目著錄於編乙卯十一月
上浣奉寬識

抄本内页

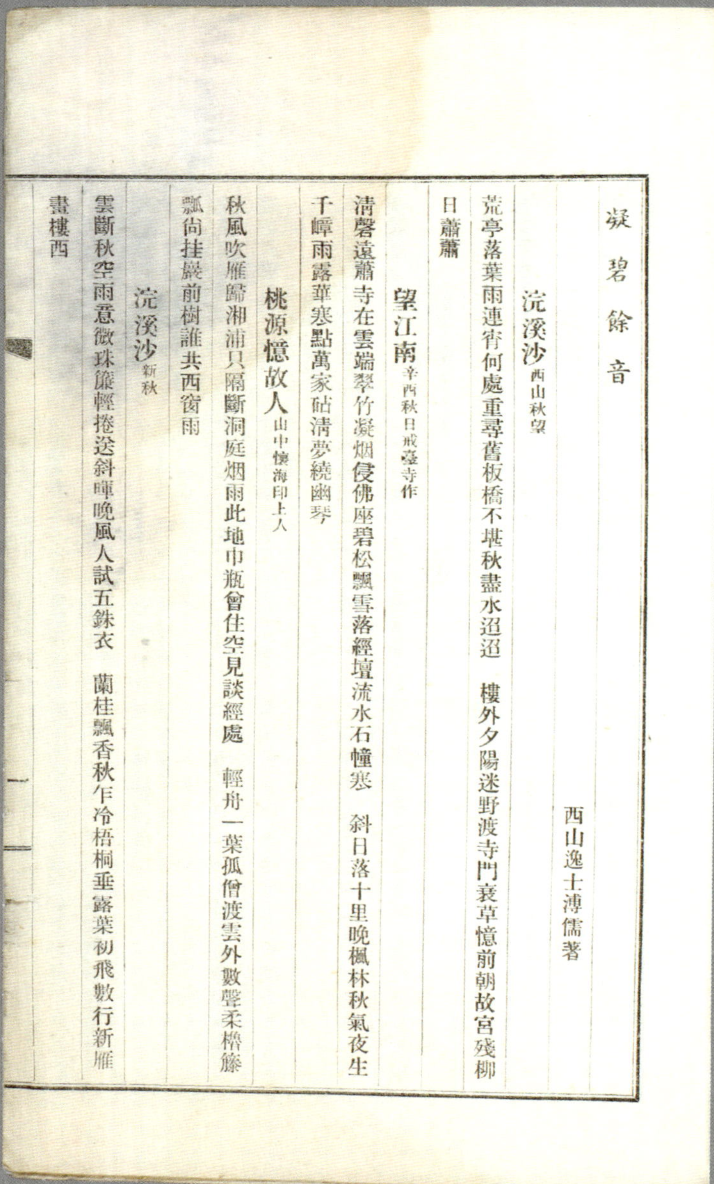

凝碧餘音

西山逸士溥儒著

浣溪沙 西山秋望

荒亭落葉雨連宵何處重尋舊板橋不堪秋盡水迢迢　樓外夕陽迷野渡寺門衰草憶前朝故宮殘柳日蕭蕭

望江南 辛酉秋日戒臺寺作

清磬遠蕭寺在雲端翠竹凝烟侵佛座碧松飄雪落經壇流水石幢寒　斜日落十里晚楓林秋氣夜生千嶂雨露華寒點萬家砧清夢繞幽琴

桃源憶故人 山中懷海印上人

秋風吹雁歸湘浦只隔斷洞庭烟雨此地巾瓶曾住空見談經處　輕舟一葉孤僧渡雲外數聲柔櫓籐瓢尚挂巖前樹誰共西窗雨

浣溪沙 新秋

雲斷秋空雨意微珠簾輕捲送斜暉晚風人試五銖衣　蘭桂飄香秋乍冷梧桐垂露葉初飛數行新雁畫樓西

《凝碧余音》｜1945年线装铅印本

《西山集》和《凝碧余音》

《博览群书》1997年第六期刊有《故国乡关何处是》一文，介绍溥心畬的《寒玉堂诗集》，作者称溥的诗："在解放前也少为人知，一是因诗名为画名所掩，二是因诗集没有梓行。"此话有一定的道理，因为溥氏晚年在台湾也对弟子说过，如果有人称他为画家，不如称他为书家。如果称他为书家，不如称他为诗人。他的诗理应得到世人的重视。但作者说溥氏的诗在新中国成立前不曾梓行过则不确，多年前余于厂肆先后得溥氏的诗《西山集》三卷一册，词集《凝碧余音》一册，皆1949年以前在北京印行。

《西山集》的版本特点，除了是线装外，并据作者的手迹印行，让我们欣赏了溥氏的书法。作者署名："西山逸士自定并书。"可惜书前无序，书后无跋，亦无印制年月。从诗集内容看至晚写于20年代中期。1925年后，作者已走出隐居的西山，本书可能印制于他出山之后。

溥心畬的诗当然写得很美，极富艺术性，但多伤恋旧宫故苑之作，不失末代王孙的感情。如《西山集》卷三《忆清河二旗村居》，诗前有小序："岁次辛亥京师乱，余年十六，避兵出奔止是乡焉，自徂西山十三年矣。感今伤昔，作为是诗。"诗中便有"浮云变无极，寒暑忽代迁"句。他如《归家》："我似清秋燕，归飞入旧家。高台吹木叶，古井落寒花。夜雨愁中集，青山梦外斜。柴门无一客，还种故侯瓜。"如《故园》："乱后山河改，荒园万木中。到家为逆旅，客泪散秋风。落月空梁白，寒花折槛红。归来对松竹，凋谢意无穷。"又如《山中寒食》："寒食无人罢玉尊，桑干渔火对黄昏。纵然空谷无车马，流水桃花到客门。”或谓斯人如无丧国愁绪竟不能出此凄凉哀婉之作，但这类诗作得愈多，与时代和世人的情怀愈远。

《凝碧余音》为线装铅印本，成于1945年日本投降前夕。它的流传不广，恐与词集中有管翼贤的跋文有关。这本书正是由他协助印成。后来，管以文化汉奸罪被国民党政府判处死刑。

词集中写景感事，仍有不少怀旧之作，如开卷首篇《浣溪沙》：“荒亭落叶雨连宵，何处重寻旧板桥。不堪秋尽水迢迢。　楼外夕阳迷野渡，夺门衰草忆前朝。故宫残柳日萧萧。”故苑景物依旧，却属于凡夫俗子的天地了。想往日的繁华，如今怎能无荒凉衰败之叹？什么“宫前路怅，池台春去，歌管声沉”，什么“此日登临悲吟，岸柳园花，掩泪相寻”，如何能引起作故宫游的平民百姓的共鸣。

当然，作为旧时王孙的诗人和画家，他的感慨我们也是可以理解的，特别是作为文学艺术作品来欣赏，我们也无法拒绝这类作品的存在，或干涉他某种感情的自然流泻。溥的民族大节终归不错，不仅在日本法西斯一手制造伪满洲国时不予合作，晚年在台湾写的那些怀念大陆的诗词，更充分反映了他热爱祖国的心声。因此，《寒玉堂诗集》的出版还是值得欢迎的。

抄本《陕西竹枝词》

张江裁（1908—1967），字次溪，广东东莞人。他长期生活在北京，热爱北京风土，撰有《燕都风土丛书》《清代燕都梨园史料》等。这些蔚为大观的巨著，搜罗资料丰富，多为稀见的版本，至今为世人所重。他藏书不收宋元的版本，只收清末民初的零本小册，重在他人很少注意的笔记、唱本、民俗等类杂书。“文化大革命”当中，他的藏书散出，似归中国书店所有。我曾在那里偶得数种，其中一册是仅有四页的抄本《陕西竹枝词》，首页上钤有“东莞张次溪藏”的收藏印，显得他对这本小书很珍视。

《陕西竹枝词》为无名氏写的四十首竹枝词，从内容及装订、纸质和墨色看，似为光绪年间的抄本，间有文字改动，也不排除这是作者的稿本。这位没有留下姓氏的竹枝词作者，是从北京外放到陕西省城西安候补的。但是到了长安之后，“一身一仆三千里，至省方知候补难”。他在枯寂无聊的候补期间，生活上遇到种种的不便，心中顿生感慨，难免要发些牢骚，又怕得罪上面，因此“不拘音韵不成诗，不涉讥评不碍时。充酒一杯消旅况，醉来高唱竹枝词”。一般说竹枝词多写地方名胜古迹或时令风俗及吃食特点等，这个抄本却专写追求仕途而外放候补人员的日常生活以及当时官场的某些风习和陋俗。不管这些竹枝词的文辞是否佳妙，光是这题材即很少见。我想，这或许正是张次溪先生看重这本小书的原因吧。

作者倒亦熟悉竹枝词的写法，他没有空发牢骚和感叹，也写了长安的风土人情及生活细节。例如刚到省城时：“长班远接到东关，缴照诸般若辈谙。三日衙门循例上，花衣脱却一身闲。”接着便是

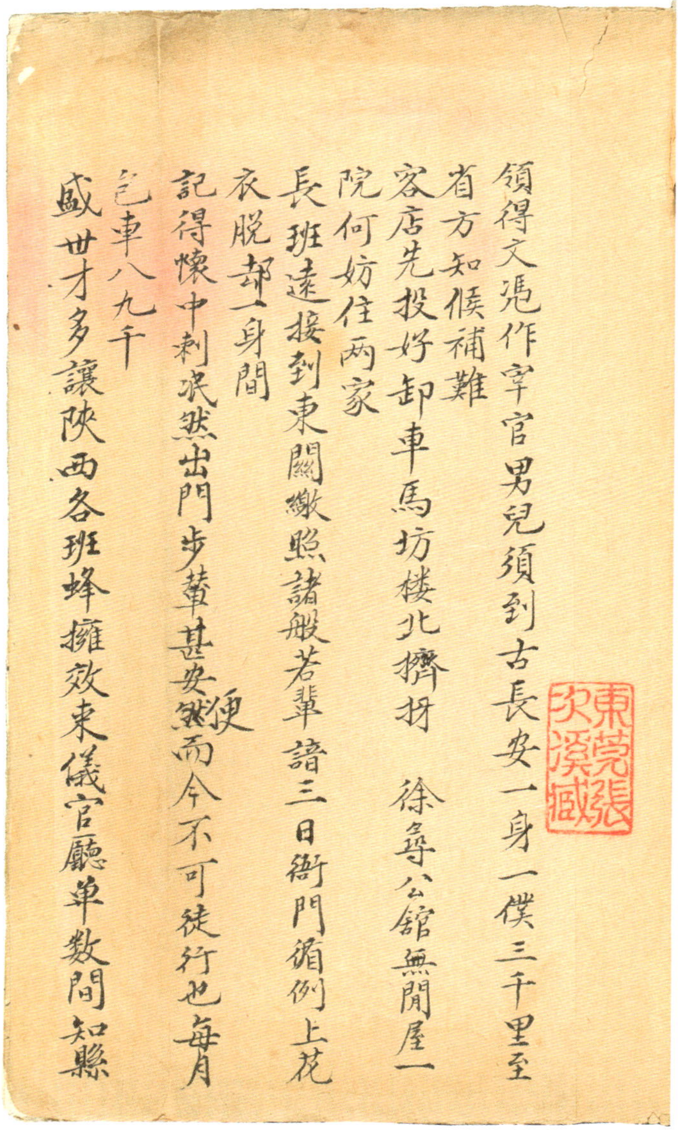
領得文憑作宰官男兒須到古長安一身一僕三千里至
省方知候補難
客店先投好卸車馬坊樓北擠扨　徐尋公館無閒屋一
院何妨住兩家
長班遠接到東關繳照諸般若輩諳三日衙門循例上花
衣脫却一身間
記得懷中刺泯然出門步輦甚安然便而今不可徒行也每月
已車八九千
盛世才多讓陝西各班蜂擁效東儀官廳單數問知縣

東莞張次溪藏

《陕西竹枝词》｜清光绪间抄本

投名片各处拜客："记得怀中刺泯然，出门步辇甚安便。而今不可徒行也，每月包车八九千。"不想久候仍无结果："莫谈补缺几何年，署事无期望眼穿。候令又无差费例，偶经奉委总赔钱。"旅中难忍寂寞："萧条旅馆独凄然，缝缀无人实可怜。""菜蔬米面贱于京，节省年须二百金。""大米艰难小米廉，熬成稀饭映澄鲜。"但是，天天光是喝粥也不成："此地果然居不易，分文无进苦为情。"苦中亦有行乐时："偶然散步到街南，抚院门边古玩全。还价不多他已卖，大钱只好改京钱。"除了买点小古董，就是与同僚的小聚了："知己同僚偶聚谈，清茶当酒且盘桓。倾心方沉稍舒畅，话到穷愁又不堪。"后来连身边的仆人也离他而去："一仆何堪苦累连，昨宵告假去飘然。衙门今日偏须上，手本亲投不吸烟。"注云："奈不使短烟袋，长管不能自携。"有一天委任的官职终于到手了吧，这位无名氏便兴冲冲地当官发财去也。或许搁笔之后，他再也不会写什么哭穷的竹枝词了。

雷梦水先生晚年领衔主编的《中华竹枝词》第五卷（北京古籍出版社 1997 年出版），收有陕西省竹枝词多种，独不见这无名氏的四十首竹枝词，想来是未见这个抄本。因作此篇，亦不枉张次溪先生当年收藏此书的一片苦心。

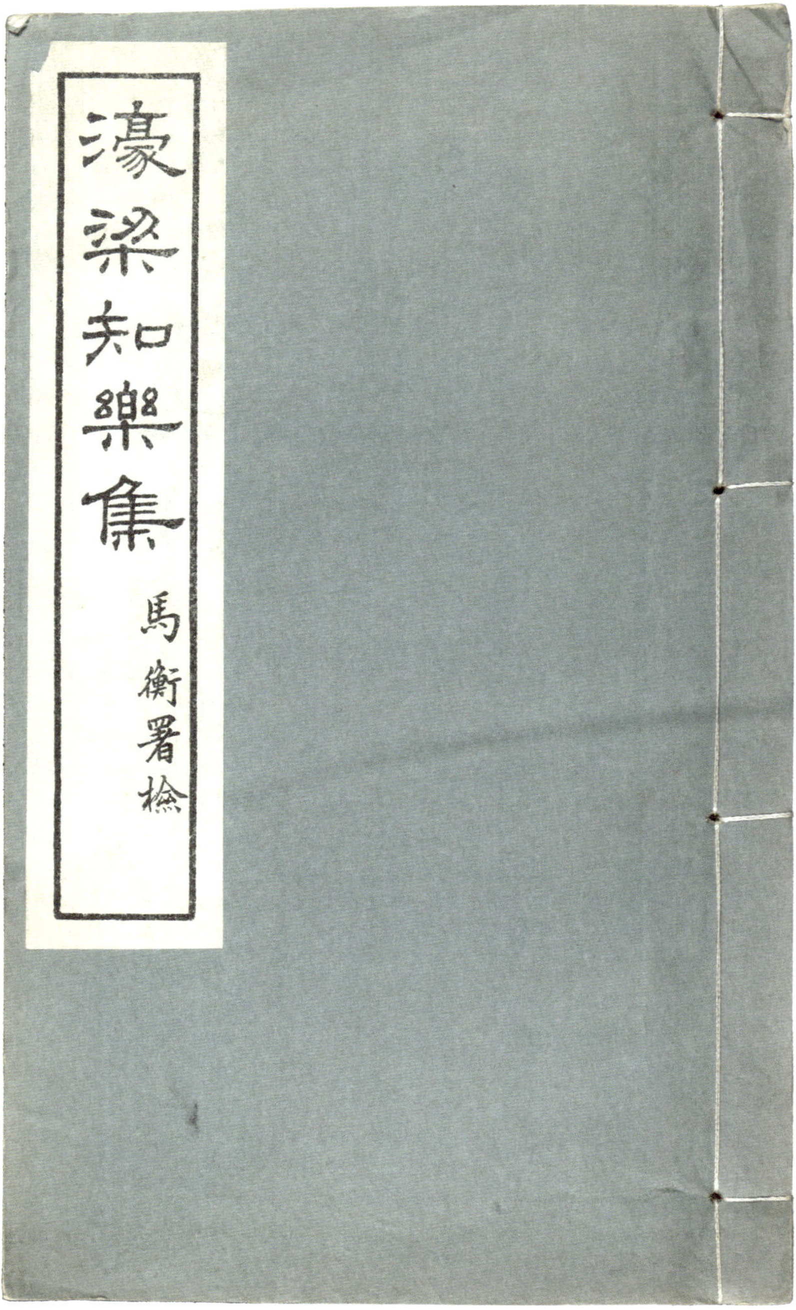

《濠梁知乐集》｜1945 年 4 月初版

王世襄与《濠梁知乐集》

1985 年 2 月，文物出版社印行了王世襄母亲金章（1884—1939）所著《濠梁知乐集》。同年 3 月，王先生即赠我签名本。这是一部专谈金鱼水藻画法的专著，此前未见他人顾及，堪称创始之作。全书共分四卷，计“谱录”“史传”“作法”“题咏”。命题简明诱人，我读了“题咏”中金女士写的《隆福寺市鱼归即写之入画》《忆金鱼池因写其景》《画鲤鱼为赈灾作》等诗，很有生活气息，使我联想到往日燕城的市井风俗。记得 20 世纪 50 年代初，我每游中山公园，必到水榭前边那十来个大木盆边看金鱼，光是记那富有诗意的金鱼名目，欣赏它那悠然浮游的姿态，就让我流连多时，不忍离去。诚如金女士的胞兄画家金城所称誉的“生气拂拂”，令人喜爱。可惜此景已消失多年矣。

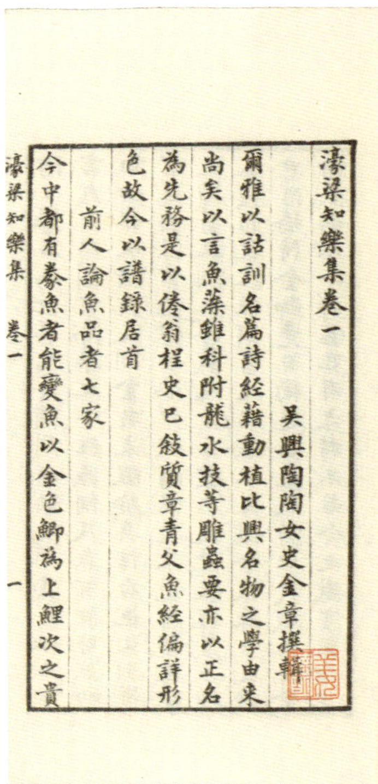
濠梁知樂集卷一
吳興陶陶女史金章撰輯
爾雅以詁訓名篇詩經藉動植比興名物之學由來尚矣以言魚藻雖科附龍水技等雕蟲要亦以正名為先務是以倦翁桯史已敍質章青父魚經偏詳形色故今以譜錄居首
前人論魚品者七家
今中都有豢魚者能變魚以金色鯽為上鯉次之賁
濠梁知樂集　卷一　一

《濠梁知乐集》内页

金城（1878—1926）字拱北，号北楼，曾与胞妹金章一起在英国留学。1922 年为《濠梁知乐集》作序时说：“庚申（1920）春，中国画学研究会成立于社稷坛，一时来学者颇众，鱼藻非余所长，习此科者，即劳吾妹指导。”又说：“论画鱼之作，向无专著。”是他建议胞妹完成了这部书稿的。

原书有初稿及写定稿两种，后者还附有图式，存南浔外家，毁于日寇的战火。前者则一直留在世襄先生手边。1943 年王先生流亡大西南，书稿随身携入行箧，在重庆曾请马衡、沈尹默题签。客居川南李庄时，他担心原稿失散，连夜抄录副本，“节衣缩食，购得夹江竹纸，于油灯下手书上石，印成一百册，分赠各图书馆”（见 1945 年 4 月初版《濠梁知乐集》王世襄跋）。这个线装石印本保存了王先生的墨迹。我很喜欢王先生的楷书，觉得富有纪念意义。

值得一记的是，我在厂肆先得的这个石印本，还是王先生的签名本，扉页上有毛笔字：“孟舒仁丈惠存　侄王世襄敬赠”。书尾

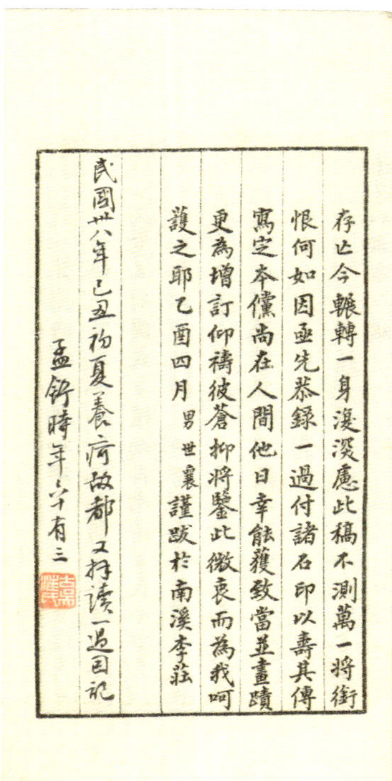
存亡今輾轉一身淒涼處此稿不測萬一將銜
恨何如因亟先恭錄一過付諸石印以壽其傳
寫定本儻尚在人間他日幸能獲致當並畫蹟
更為增訂仰禱彼蒼抑將鑒此微衷而為我呵
護之耶乙酉四月男世襄謹跋於南溪李莊
民國卅八年己丑初夏養痾故都又將讀一過因記
孟舒時年六十有三

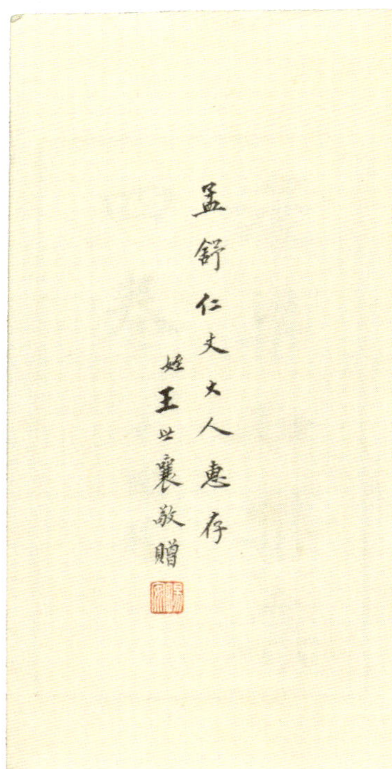
孟舒仁丈大人惠存
姪王世襄敬贈

《濠梁知乐集》内页

有受书者跋语："民国三十八年（1949）己丑初夏养疴故都又拜读一过因记 孟舒时年六十有三。"

1985 年新版的铅印排字本当然亦有特色，因为后来王先生在故宫博物院发现慈母手绘的金鱼百影长卷，特选印部分制成了彩色插图。那些美丽的金鱼好像在书页上已经游动起来。

有一次，我持仅印百本的石印《濠梁知乐集》去芳嘉园，请世襄先生过目，并再作题跋。先生以为书上已无空白处，改日即以书札代跋，全文如后：

德明同志惠鉴：

昨奉手教，欣悉竟购得"濠梁"石印本，不敢妄称善本，但信是稀本，寒斋亦仅存一册矣。汪孟舒丈苏州人，久客燕京，邃于琴学，能作南宋山水，为内子琴画启蒙师，"文革"中谢世，已年逾八旬亦。

冶秋同志逝世，同仁等属撰挽联，殊不惬意。联为：

献身革命斗争，出生入死。

致力文物事业，沥血呕心。

盖求切则难求雅，功力不逮，奈何奈何。

大安，并颂

撰祺！

王世襄

八七、十、十四日

作为后代，能手录慈母的心血之作，王先生是幸福的。上石影印以利流传，更见孝子保存历史文化的远见，这不仅仅出于一种家族的亲情。因此，我很珍视这稀见的版本。

2013 年 3 月

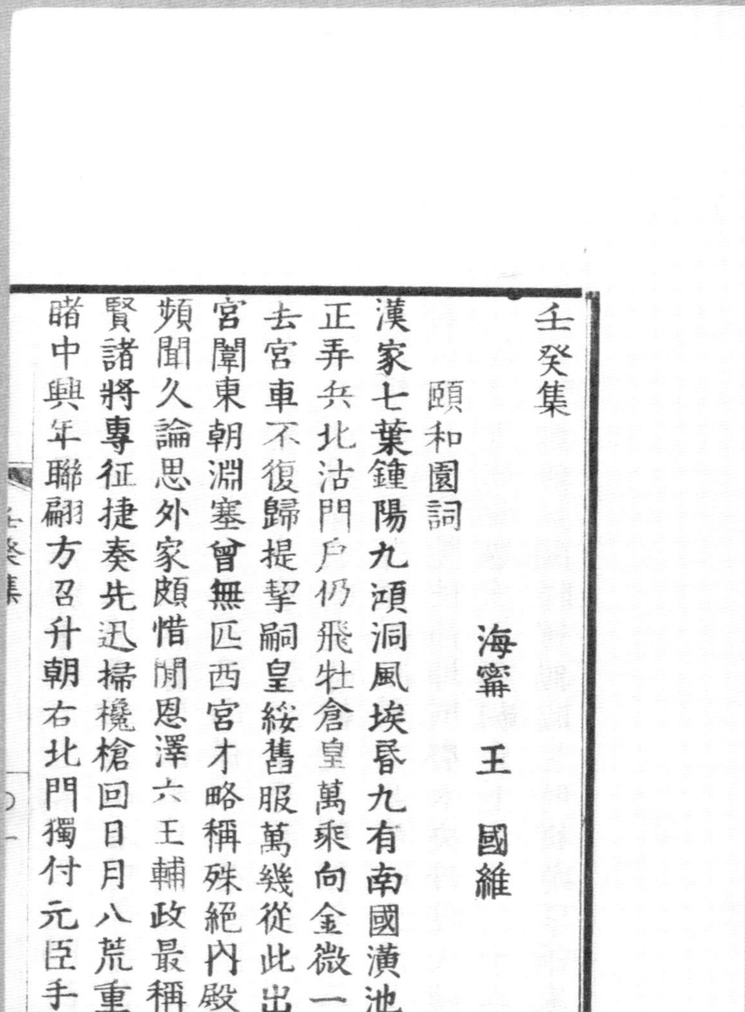

壬癸集

頤和園詞　　海寧　王　國維

漢家七葉鍾陽九澒洞風埃昏九有南國潢池
正弄兵北沽門戶仍飛牡倉皇萬乘向金微一
去宮車不復歸提挈嗣皇綏舊服萬幾從此出
宮闈東朝淵塞曾無匹西宮才略稱殊絕內殿
頻聞久論思外家頗惜閒恩澤六王輔政最稱
賢諸將專征捷奏先迅埽欃槍回日月八荒重
睹中興年聯翩方召升朝右北門獨付元臣手

《壬癸集》｜日本京都活字印本

检书忆故人——记邓云乡

今年第二期《读书》上，刊有黄裳写的《来燕榭书跋》之三，其中一则记他1952年在冷摊上觅得日本印活字本王国维的诗集《壬癸集》："壬辰十一月二十五日午后，游交通路书摊，偶见此册，颇罕传，而古意纷披，遂携之归……"1955年，他又写道："乙未寒露前二日，海上秋风大起，寒意满襟。重检阅此。静安诗固不恶，而此本更古雅可爱，不愧近时善本，藏观堂遗书者殆皆未知有此也……"既是"颇罕传"，又是"近时善本"，于是乎我的阿Q式的自满心理马上发作，常犯的毛病几乎脱口而出："这书我也有！"

其实我的藏本书品虽好，却比不上黄裳的，因为他的书上不仅有况蕙风的藏书印，而且"卷中墨笔校字，颇工整，出王氏手"。说实话。当年我得此本并无多少见识，只知道此书不常见，活字本一般印数很少而已。夜来无事，即登梯从书柜顶层找出此书，对照黄兄的题跋翻检起来。黄兄颇赞赏集中的《昔游》六首，以为观堂写"江南风物，描写入神"。读一遍后，信哉斯言。我还感到观堂的诗有的写得很口语、通俗，如："我本江南人，能说江南美。家家门系船，往往阁临水。……"朗朗上口，如读美丽的歌词。《昔游》中写北京的一首亦好，录如后：

> 京师厌尘土，终日常掩关。西山朝暮见，五载未一攀。且忆军都游，发兴亦偶然。我来看南口，步步增高寒。两崖积铁立，一径羊肠穿。行人入眢井，羸马蹴流泉。左持弹琴峡，流水声潺潺。夕阳在峰顶，万杏可倚天。暮宿青龙桥，关上月正圆。溶溶银海中，历历群峰巅。我欲从驼纲，北去问居延。明

朝入修门，依旧尘埃间。

江南流水足可吟唱，燕赵尘沙亦能入诗，王国维的诗确有魅人处。

1993年秋，沪上邓云乡先生过访寒舍，要看我的藏书。我惶恐之至，能有什么值得他过目的？不得已抽出几册，其中就有这本《壬癸集》。他一见便不想释手，我说：“你若想细看，就带回去吧。但是有个条件，退还时要在书上题几个字。”他欣然从命。因此本书尾页留有邓氏的墨迹如后：

> 癸酉深秋，小住京门，于德明兄书斋展读静安先生《壬癸集》，日本京都旧活字印。忆十四年前，曾于已故谢刚主师座上见此书，展读之后，见有《颐和园词》，心甚爱之。刚主师手写相赠，跋中并云，徒以时间匆匆，未能以小楷书之为憾，匆匆刚主师化去已十余载矣。余初识德明兄，亦因刚主师之介，为刊布迅翁与厂肆之文往事，历历皆如昨日，不觉时光之速也。重见此书，荷蒙属题，爰志数语，以谢高谊，亦已延半载矣。歉歉。甲戌重五后一日，于延吉水流云在新屋。弟邓云乡敬书。

当年，我与云乡先生相识时，他还是一位安于职守的语文教师，《鲁迅与北京风土》正是他踏入文界的第一本书。我很奇怪，他是位典型的老北京，怎么会落户上海数十载？后来才知道他也有难言之痛，是奉命出京的。我访沪时去过他的旧家，那逼仄的小屋确有斯文扫地之感。后来他因担任《红楼梦》电视连续剧的民俗顾问而名声大扬，又加上他的勤于笔耕，终于让人们认识了他的文才和民

《壬癸集》内页

癸酉深秋小住京門，於法明兄書齋展讀靜安先生壬癸集日本京都聚活字印。憶十四年前曾於已故謝剛主師座上見此書，展讀之後，見其頤和園詞，心甚愛之。剛主師手寫相贈，跋中並云徒以時間匆匆，未能以小楷書之為憾也。剛主師棄世已十餘載矣。余初識法明兄，亦因剛主師之介，為刊佈迅而與廠肆之文，往返廠肆，皆是昨日，不覺時光之速也。重見此書，並屬題，爰志數語以謝高誼，亦已拖延半載矣，歉歉。

甲戌重午後一日於延吉水流雲在新居寓 鄧雲鄉敬書

俗专长，成为名副其实的一位杂家。就在这篇小跋中，不是可以看到他移居新宅后的喜悦吗？其中亦含有不忘旧情的美德，讲到我最初发表他写鲁迅与北京风土文章的事。回想当年初见，他颇显拘谨，新时期以来，在国家不断落实知识分子政策的阳光下，他情绪昂扬，畅语快谈，俨然换了一个人。这是社会的进步，理应如此。我真替他高兴。

万万想不到，正当我检出他题跋的这本《壬癸集》，陶醉于书香氛围之际，他不幸病逝的消息亦骤然而至。难道天地间竟有这般神乎其神的巧合……这怎能不进一步加深了我对故友的怀念。我失去了一位可以互相谈书话旧的朋友。寂寞之感油然而生，我是多么珍惜与爱书朋友的交往啊。

1999 年 2 月

潘伯鹰与《蹇安五记》

林辰先生忆起他几十年来搜罗旧书的故事，特别提到在天津旧书店购得一本与鲁迅有关的《蹇安五记》。这事我也了解，当时曾羡慕不止，以为林氏所藏乃世间的孤本。不想后来我也访得一册，急告林辰先生，请他同为一乐。我平时购书向来无写题跋的习惯，这一回似乎不能不记，因作小跋，今抄如后：

> 一九七五年五月十五日下午林辰同志来访，即在楼下长谈，言及月前他曾去天津，顺访设于文庙内的旧书店，选得几种平常书。离去时，忽见访求多年而不遇的《蹇安五记》，定价奇廉，只费五角得之。惜距登车返京时间接近，只好依依而别。林辰同志鼓动我专程去津选书，必有所得。余心动之，终不能成行，唯美之而已。不想时隔四年，即一九七九年十一月十九日，余访琉璃厂中国书店，初仅得一般书两册，后随意问及老店员雷君梦水，可曾见过《蹇安五记》一书？雷君稍做思索，即从书堆之最底层抽出一小册，赫然见封面签条题《蹇安五记》四字，不禁大喜，以六角得之。雷君贩书多年，过目不忘，诚京华书业奇才。林辰同志访此书数十年始得余得此书正不费工夫也。

《蹇安五记》，潘伯鹰著文言小说，笔名凫公，1935年线装印成。作者曾托作家曹聚仁转赠鲁迅先生。有趣的是鲁迅仍嫌其不古，以为如用中国传统纸更妥。书仅六十余面，市上流传极少，因此很多鲁迅研究家都无缘过目，甚至难以下笔注释。潘伯鹰早年写过社会言情小说《人海微澜》等，多在天津出版。晚年以书法家名，遗有《玄隐庐诗》十二卷。他的《蹇安五记》述男女之私，时代忽古忽

《蹇安五记》
1935 年汉文书局版

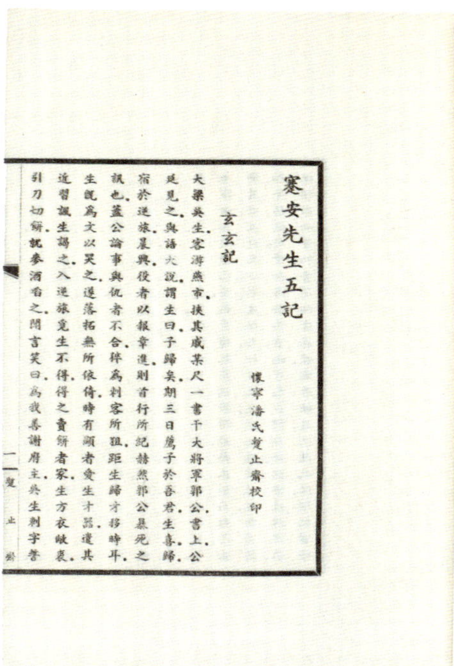

蹇安先生五記

懷寧潘氏雙止齋校印

玄玄記

大梁吳生。客游燕市。挾其戚某尺一書干大將軍郭公。書上。公延見之。與語大說。謂生曰。子歸矣。期三日薦子於吾君。生喜。歸。宿於逆旅。晨興。役者以報章進。則首行所紀赫然郭公暴死之訊也。蓋公論事與仇者不合。猝為刺客所狙。距生歸才移時耳。生既為文以哭之。遂落拓無所依倚。時有顧者愛生才器。遣其近習諷生謁之。入逆旅覓生不得。得之賣餅者家。生方衣敝裘。引刀切餅。既參酒肴之間言笑曰。為我善謝府主。吳生刺字答

一　雙止齋

《蹇安五记》内页

今，环境似在天上又在人间，文近骈俪而现代词汇又迭出不穷，不失时代气息。我只读过一遍，颇有看《聊斋》的感觉，人物若虚若实，情节扑朔迷离，令人想入非非。有的讽喻明显，如《归燕记》中借玉帝之口讽民国共和之换汤不换药称：“为之首长者，名曰总统，曰执政，曰元帅，曰主席，名号屡更，而贪窃威福以示别于平人一也。”至于写男女之私，笔下的俏娃佳丽皆楚楚动人，介于人仙之间。描写性爱的《锁骨记》，仍取含蓄象征的笔墨，所以曹聚仁先生评为乐而不淫者也。

潘伯鹰 1966 年病逝于上海，生前除了赠书以外似与鲁迅先生并无往来。近读他的诗集《玄隐庐诗》，有首诗涉及鲁迅先生，题为《杨世骥索题所摄鲁迅君遗影》，诗曰：

斯人已往似鸿冥，瘦影犹留眼独醒。

想见为君孤伫际，无言奇抱郁寒厅。

杨世骥著有《文苑谈往》一书，1945 年 4 月重庆中华书局出版，实为关于晚清小说的书话集，潘伯鹰为之作序。研究中国近代小说史者向来不多，杨世骥似乎是继阿英之后最为努力的一位，可惜我们只见到他的《文苑谈往》“第一集”。

顾随的诗词

顾随先生（1897—1960）故于天津，一生从事教育工作，是位中国古典文学研究家。他工词曲，从 1927 年到 1944 年，自费印行了八本诗词集和《苦水作剧》等，笔者先后从旧书肆觅得他的《无病词》《味辛词》《荒原词》《留春词》《霰集词》《苦水诗存》，只是无缘购得《积木词》和《濡露词》两种。这些诗词集多为线装铅印，古色古香，印数多则五百册，少则二百本，到了沦陷时期在北京印《霰集词》时，只能是简装小册的报纸本，如今都已难寻了。

“五四”以后，顾随参加了冯至等人组成的文学社团“浅草社”，并在《浅草》《沉钟》等刊物上发表了不少短篇小说。直到沦陷时期，环境日艰，他也没有放弃文学创作，以忧愤的心情写了小说《佟二》和《乡村传奇》等。冯至先生说，顾氏“旧诗词写得很好，并擅书法”。（见《冯至自传》）顾氏的后人也说：“父亲长于书法，包括楷书与草书，特别是草书。他的书法是师承沈尹默先生的。”（见顾之京《我的父亲顾随》）顾氏的一些诗集，即由沈尹默题签。此外，还有周作人、沈兼士的题签。笔者有幸，在我所藏的顾氏词曲作品里就有四种在封面上留有作者的手迹。《荒原词》是他 1931 年元日题赠“亚夫三弟”的；《留春词》是 1934 年冬日题赠“君常学长”的。更有两册《苦水作剧》，封面上题有作者的诗词，一册是题赠嘉全女士的《踏莎行》：

当日桃源，那般生活。算来毕竟从头错。乐园如不在人间，尘寰何处寻天国。　　平地楼台，万灯照耀。人生正自奔流着。

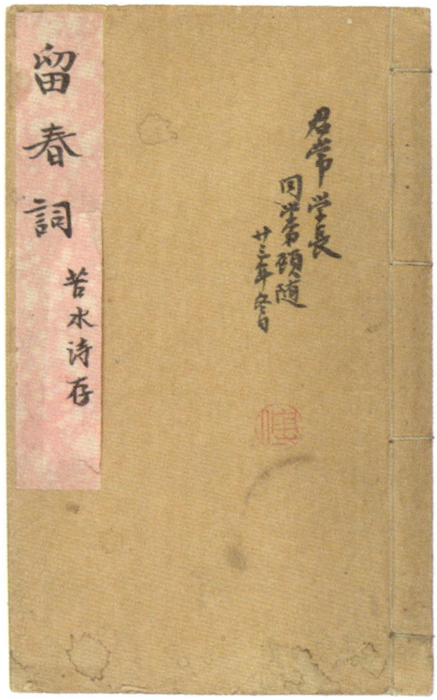

《荒原词》

《留春词》

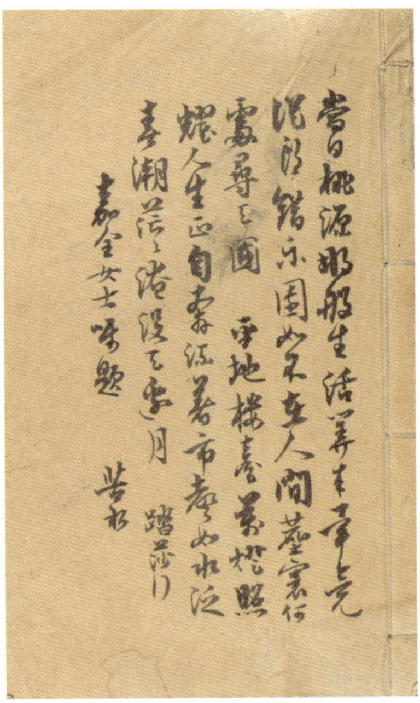

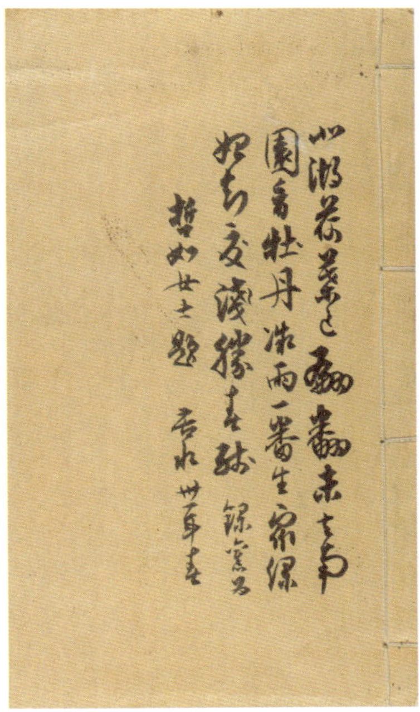

《苦水作剧》

市声如水泛春潮，茫茫淹没天边月。

这首词写于30年代初，已收入《留春词》中。诗意是积极的，又巧妙地把时代的语言填入旧词，给人以清新向上的美感。

另一册是1942年春题旧作赠哲如女士者：

北湖荷叶已翩翻，未去南园看牡丹。

微雨一番生宿缘，始知夏浅胜春残。

经查顾氏各种诗词集均未收录，疑为佚作。

说到他与冯至的友情，差不多在顾氏的各种词集中，都能找到他赠君培（冯至原名）的作品。如《送君培北上·临江仙》，即送冯至自北京大学毕业赴哈尔滨教书。直到抗战胜利后，他们在北平又一次重逢，仍如青年时代那样彻夜长谈。如1947年9月，顾氏有四首五律赠冯至夫妇，其中有句："不忍相辞去，秋宵已二更。"诗序中说："秋阴不散，霖雨间作。一日午后，往访可崑、君培伉俪于沙滩寓所。坐至黄昏，复蒙留饭。纵谈入夜，冒雨归来……"

顾随的诗词既有戚时伤世的爱国篇章，也有不少哀婉幽怨之作，即使是日常生活中琐细的偶感亦郁郁情深，抒情脉脉，可读可诵。如一首题为《赠北河沿柳·鹧鸪天》：

九陌无尘静市声，红楼一角燕双轻。长条雨后留残照，飞絮风前并落英。　　谁识我，此间行。临流羞见鬓星星。可怜唯有河边树，曾伴先生客归京。

顾随先生于1915年18岁时，自河北清河县考入天津北洋大学，在美丽的西沽生活了两年。后在北京大学毕业，30年代初曾返天津教书。此刻，他写过一首《西沽看桃花·临江仙》，亦浅白如话，质朴自然，表达出他对西沽景色的恋情：

此地曾经小住，重来直似还家。紫泥新涨柳生芽。旧时春意思，浅水数声蛙。　　莫是情怀渐好，长郊远冒风沙。疏疏落落两堤花。莫嫌花太瘦，只此已亏他。

旧家居红桥，少年时代我也常跑西沽，去看稀疏冷落的桃花。我爱顾随的诗词，不想在搜罗他的旧作时，竟能得到他的两帧诗词墨迹，实属意外，亦颇自得也。

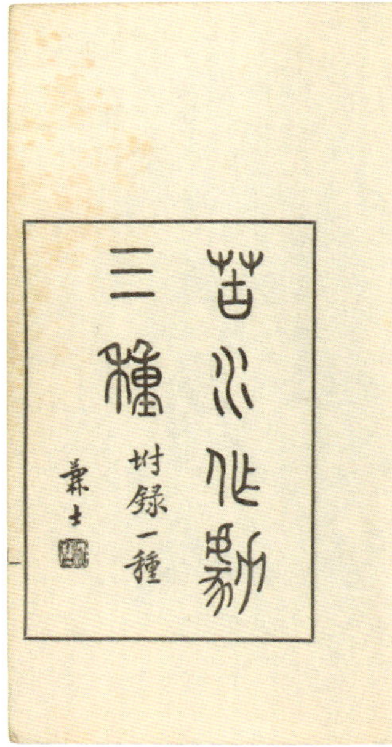

《苦水诗存》内页

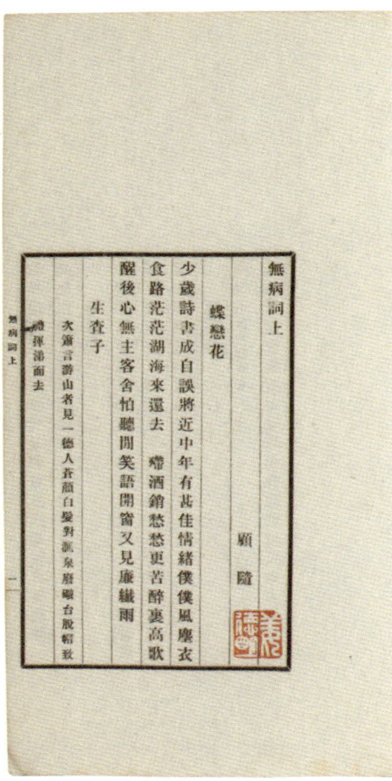
無病詞上
顧隨

蝶戀花

少歲詩書成自誤將近中年有甚佳情緒僕僕風塵衣
食路茫茫湖海來還去 殢酒銷愁愁更苦醉裏高歌
醒後心無主客舍怕聽聞笑語開窗又見廉纖雨

生查子

次黛言游山者見一德人蒼顏白髮對瀑泉層巘台脫帽致
禮拜涕而去

無病詞上 一

《无病词》

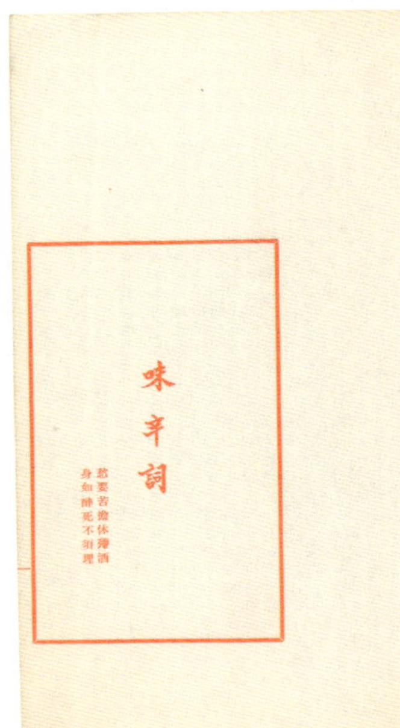

《味辛词》

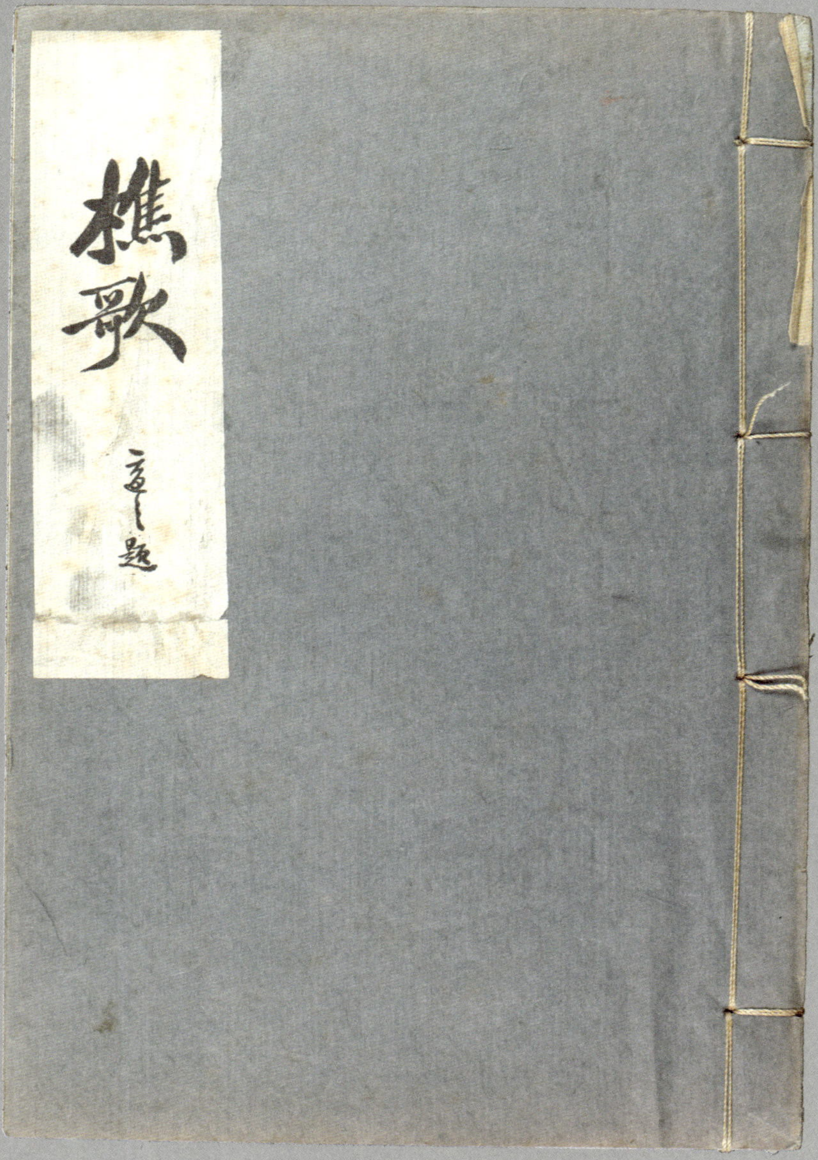

《樵歌》｜1926年北新书局版

《樵歌》小记

1926年10月，李小峰的北新书局出版了宋朱敦儒的词集《樵歌》，由章衣萍校点，线装铅印，古色古香，共印一千五百册。据章衣萍说，1923年，他与梁思永一起去协和医院探胡适病，见胡适正在卧读《樵歌》，并对章说："你把这本书标点起来，我来替你作序。"书编成后，胡适写了《朱敦儒小传》代序，又请两位语言学家黎锦熙、钱玄同写了两篇跋。一般说，跋文都不会长，这两篇跋文加起来几与文本篇幅相等，洋洋洒洒，不拘一格。版本印制颇佳，封面还有胡适的题签，但流传未广，两篇跋文亦稀见。

两位语言学家从自己治学的专业角度出发，黎锦熙称道朱敦儒的词是"重意境而轻视规矩的"，就用韵而论，"宋词就完全脱了韵书的羁绊，大家只把当时普遍广泛的语言作标准，有时高兴还不妨叶几个自己的方音，只要节奏合拍，唱得好听，这些讲究倒不在乎，所以当时词家可以把应制和摹古所应遵守的诗韵完全不睬。大凡一个时代的文学，越近于平民的，越是活的，越没有这些文字上的规矩。"

钱玄同的跋文呼应着黎氏的见解，他以俗语"伙计"为名给黎锦熙写了一封信，副题是"也算《樵歌》的跋吧"。信中说，他一向看不惯那些桐城巨子、选学大家、文豪墨客"拖着精神上的辫子，缠着精神上的小脚，捧住一部《诗韵》作为押韵的圣经，不准稍有出入，觉得他们真当得起'高山滚鼓'的赞语。嗟乎！人之'低能'，一至于此，宁不可哀！"

此刻的钱玄同仍然勃勃有生气地表示，"自古以来，凡价值最高的文学，都是用活的语言做成的”，而现代诗歌的创作也是如此，为此他特别赞扬了徐志摩的诗不讲韵脚。他举例说，徐志摩曾经在《晨报》副刊上检讨自己对音韵完全不懂，诗中用韵，多有谬误不合处，胡适就曾经纠正过他。钱玄同则鲜明地站出来反对胡适的态度，认为胡适的纠正简直是“莫须有”，而徐志摩的自惭则是“不该有”。钱氏主张，既然古文可改用白话，古典可改用俗语，其他一切文章上的枷锁镣铐，都应该打破！他以为志摩是硖石人，他的《志摩的诗》大致用的是硖石音押韵，其异于国音押韵法，比国音更自然，也是最合理的，因为他根据的是活音。

钱玄同自称是个“国语迷”，讲究国音，但他更注重创造现代活的文学。他说：“我是坚决的主张古、今、中、外、雅、俗、京、方都在撷取之列的，虽然不以中国北京现在的知识阶级的普通白话的读音为主体。”因此，他认为徐志摩何罪之有，根本用不着“自惭”。

我读《樵歌》，本意是欣赏古典诗词，不想却为两篇长跋所吸引，好像读了一段有趣的文坛掌故。我对两位语言学家充满了敬意，他们的言论，实际上为“五四”以后新诗的发展开辟了一个良好的创作环境，正是功不可没，意味深长。

2014年1月22日

签名本的趣味

之一

在旧书摊上挑选旧书，我很少为了书上有无作者的签名而决定买或不买。我收藏的签名本都是在无意间得之，甚至是回家之后在灯下才发现的。当然，有几种也是专为签名而买的。

1980 年，我在上海四川中路的旧书店买到有作者叶圣陶先生签名的散文集《西川集》，写信告诉了叶先生，他在 2 月 10 日的回信中特别向我指出签名本的价值，恰合我意。他说：

> 您收得本人签名的书，确有趣味。签名本必有上款，又可以考究受书者何以不能保存，以至传到旧书铺，此亦掌故也。

《西川集》
1945 年上海文光书店版

每本有作家签名的书，其散失、流传的经过，我相信都可引出一个可长可短的故事来。看起来琐细，也许会包含着深刻的社会背景、时代意义。我存有1954年4月周作人在上海出版公司出版的《鲁迅小说里的人物》初版本，扉页上有他用毛笔的签名，并盖有名章，上面写着：

行严先生惠存　遐寿。

这书是送给章士钊先生的。那时周作人写诗作文还不宜直署原名，而用“遐寿”或“长年”的笔名。前两年，我偶然在周作人的日记中发现，他是托北京张次溪转送此书的。那么这本书何以流入旧书肆，今已无法查考。不过关于这两位当事人却大有可讲。不说别的，光讲北京女师大事件，周作人和章士钊就站在对立面。周作人在女师大教书，他站在学生一边，同鲁迅、许寿裳等一起发表宣言，写文章，公开反对章士钊。事隔多年，两位当事者又同住一个城市，彼此以朋友相待，并以著作相赠了。

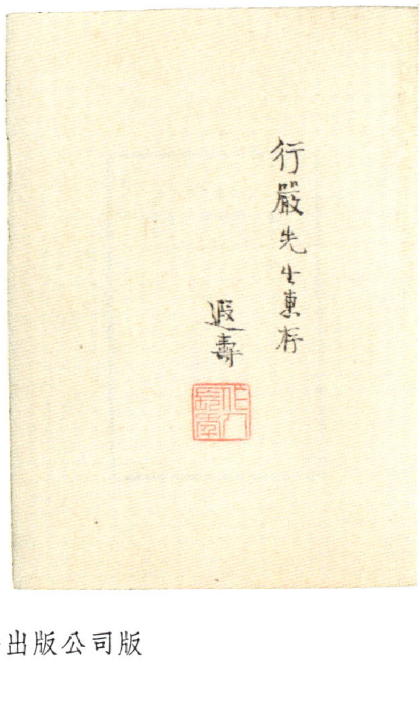

《鲁讯小说里的人物》｜1954年上海出版公司版

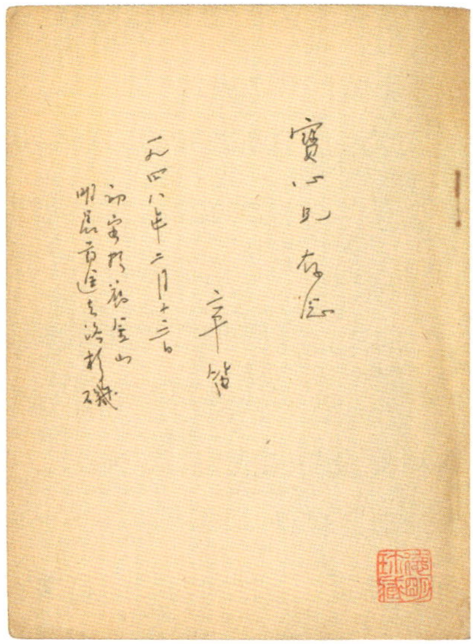

《手掌集》｜1984 年上海星群出版公司版

诗人辛笛，1948年1月在上海星群出版公司印了一本《手掌集》，曹辛之设计封面，典雅可爱。书出之际，他恰好有大洋彼岸之行，携去分赠域外友好。

20世纪70年代初，我在天津的旧书店内部门市部买了一册《手掌集》，扉页上有诗人的签名：

宝心兄存念　辛笛。

一九四八年二月十三日，初客于旧金山，明晨首途去洛杉矶。

越过大洋的这本书并未长留彼岸，由受书者又带回了祖国。前些年，我好奇地问过辛笛先生，他说那受书者回国后在天津执教，当是"文革"中流散的。辛笛先生送我的书中另有一本《手掌集》，上面也有题字：

此为三十二年前旧作，早应覆瓿，乃有香港书商私自翻印，兹承友人远道见寄，仅以一册持请德明同志指教。辛笛，1979年5月在上海。

两本书我都珍藏着，似乎更喜欢经历过历史风尘和长途旅行的初版签名本。想起来这世界也真小，一本书的下落更变幻莫测，谁也想不到它最后的归属。

前年，我有机会作越洋旅行，坐在旧金山机场的一座圆形候机大厅里，准备飞往洛杉矶。一个人枯坐无聊，便猜想着眼前过往人的种种身份和职业、年龄……我忽然又想起辛笛先生的这一签名本，很真切地记得"首途去洛杉矶"那几个字，一算已经过去整整四十年了。那时的旧金山机场有现在这般漂亮吗？那时候的诗人辛笛该有多么年轻哟！

之二

在我收藏的书刊中，有两本期刊上是有作家签名的，偶尔翻到时总不免要多看几眼，一是墨迹珍贵，二是确实可以给关心中国新文学掌故者提供一点知识。比如我收藏了一本上海中华圣教总会1924年出版的《爱国报》第二十五期，这是尊孔、提倡孔道的刊物，其中也有"益世小说"和文艺，实为文言小说和旧体诗词。刊物上声明会员一律送阅，封面上还标有"孔圣万岁"的字样，看了令人生厌。我并不想研究尊孔的史料，本来也不会搜集这类刊物，但是为了封面上的墨笔题字，我还是立刻收为己有，旧书铺定的价也还公道。

这是"五四"时代两位著名作家的交往实录，题字只一句话，如下：

敬赠

玄同先生的荒谬图书馆

伏园

原来这是孙伏园特地购来送给钱玄同先生的。孙伏园是北京《晨报副刊》的主编，“五四”前后同鲁迅、李大钊、刘半农、钱玄同诸先生往来密切。赠送这本刊物的前后，他正与钱玄同、周作人等人在北京合办《语丝》杂志。他深知，五四运动的时候，钱玄同是一位“打倒孔家店”的英雄，其激烈和坚定的程度已经达到了惊世骇俗的地步。把这样一本复古尊孔的刊物送给钱先生收存，当然是最合适的。从这一简约的题字里，我们又了解到在钱玄同先生的书斋中有一个“荒谬图书馆”，当然是专门搜集那些反对中国新文化运动的反面资料了。看来那时疑古先生还有兴致搜集一些奇谈怪论，仍不失当年的锐气。也许这个“荒谬图书馆”所藏的不仅是关于尊孔的书刊，比如疑古先生在书摊上买到过《情诗三百首》之类的书，竟把鲁迅先生的诗也收进去了，他可能认为这也是属于“荒谬图书馆”的版本，因此特地买了一册送给鲁迅先生，并在 1920 年 5 月 7 日致鲁迅的信中说“天地之大，无奇不有”。

20 世纪 50 年代初，孙伏园先生在出版总署担任过图书馆的馆长。我的同事陈君与他们馆里的一位女士结婚，孙先生以长者和领导人的身份来参加婚礼，我有幸得见这位名人一面，还听他讲了几句祝贺的话。凡是接触中国新文学的人，没有人不知道孙伏园这名字的，因为他的名字常常与鲁迅先生连在一起。我青年时代犯有“名人崇拜病”，非常高兴见到了孙伏园先生。真是岁月无情，现在不仅孙先生早已过世，连当时的新婚夫妇也已先后亡故。

还有一本 1945 年夏季在大后方出版的刊物《民主生活》创刊号。这是一本三十二开本的土纸印刊物，连封底封面算上只有二十页，甚至没有版权页，不知出版于何处。但是，我一直把它作为稀见的珍本刊物保存。因为我遍查有关的期刊目录，都不见它的记载，而它的内容又是很重要的。这么一个小小的刊物，我怕它因失记而终至亡佚。另外，在这刊物的封面上有烈士李公朴先生的亲笔签名，他用钢笔写在封面的顶端：

徐盈子冈先生　公朴赠

由此可证，《民主生活》大体是李公朴烈士所编，又可证明是在昆明出版，那时他在昆明办有北门书屋。稿件又有寄自重庆的说明，这也是一个旁证。刊物可能出版于1945年6月，也许是李先生被国民党暗杀以前所编的最后一种刊物。李先生与闻一多先后倒于争取民主的血泊之中，看到他的墨迹，油然而生一种崇敬的感情。至于受书人的徐盈和子冈夫妇，前者是我常常有所请教的前辈，后者是我一度同过事的大姐，自有一种亲切之感。现在子冈大姐已故，徐盈先生近年亦长期养病在家。看来《民主生活》在当时未必能公开发行，除《发刊词》外，共七篇文章，只有一篇有化名，其余全无作者。刊物的政治观点是鲜明的，如《国民党六全大会透视》《重庆——特务的世界》《重庆政府反民主反人民的新措施》等，都是国民党当局看了会心惊肉跳的文字。《发刊词》更公开称“法西斯中国分号——蒋介石集团”，这样的刊物即使发行也立刻会遭到查禁。编者自称办这样一个小小的刊物，担负着为民主而斗争的重大任务，不免有点“小炉匠揽大炮”的弱点，但是愿意尽最大的力量办好这个刊物。《民主生活》是否出版过第二期，一共出了几期，一时也难查到，因为创刊号出版两个月后日本就投降了，形势又有了新的发展。

初版本的可贵及其他

喜欢新文学版本的人，都比较重视一本书的初版本，喜欢收藏初版本，这是无可非议的。因为既称初版，出版的时间就比较久远，有纪念价值，不是随手可得的。同时初版本保留了作品的原貌，可以与以后出版的各次版本进行比较，看看作者有何改动，差异何在。在进行这种比较的过程中，其实也是在做版本的研究工作了。谁一旦发现了第一手材料，谁就有了发言权，这当中并没有什么神秘可言。从这个意义来讲，除了重视初版本外，凡是有较大改动的后印版本，也都是不可忽视的，不应该光是盯住初版本不放。如：鲁迅先生的第一本小说集《呐喊》，1923 年由北京大学第一院新潮社出版，封面书名用的是放大的铅字；1924 年 5 月第三版改由北新书局出版，直到 1926 年 5 月印行第四版时，鲁迅才自写带有隶书风格的书名和作者署名。到 1930 年 1 月，《呐喊》印行第十三版时又抽出书中的《不周山》一篇（后由作者把《不周山》改名《补天》，收入《故事新编》中）。从此，《呐喊》的版本才算固定下来。无疑，《呐喊》的第四版和第十三版，与初版本同样具有收藏价值。

再如：鲁迅先生的散文诗集《野草》，1927 年 7 月由北新书局初版，封面画由孙福熙作，署名是“鲁迅先生著”。1928 年 1 月的《野草》第三版，署名删去“先生”二字。这种小改动，背后也隐藏着鲁迅先生自谦的一段小故事，不能说是毫无趣味的。至于鲁迅的后期杂文《伪自由书》的版本变化，则鲜明地饱含着时代沧桑，寓有深意。1933 年 10 月，上海北新书局以青光书局的名义出版《伪自由书》，书刚一出，即遭查禁。1936 年 11 月改由上海联华书局出版，书名改为《不三不四集》，封面由鲁迅先生设计，并自书美术字的书名。书名上端还用了拉丁字拼音 WEI ZJU SHU（即“伪自由书”）。这个版本自然属于鲁迅先生与国民党审查机关巧妙斗争的产物。它的面世已在鲁迅先生逝世之后，竟又遭到查禁，因此流传世间的极少。如果有人保存了这个版本，更有双重的纪念意义，其收藏价值，远不下于初版本的《伪自由书》。

文学研究会老作家王统照先生的长篇小说《山雨》，1933 年 9 月上海开明书店初版，大三十二开，封面篆书的书名和楷书的作者署名，均出自叶圣陶先生之手。书内描写了北方农村的破产和农民的反抗，全书共二十八章。书出后即遭国民党上海市党部的查禁，外间流传的初版本十分稀见，我有幸得藏。稍后，开明书店与当局几经交涉，被迫删去书中的第二十四章至二十八章方始发行。遗憾的是，当年笔者在旧书摊见过这个删节本，还是犯了迷信初版本的毛病，不以为意地把它漏过了。如果两本一起保存，实物俱在，不是更能暴露国民党的文禁森严，留下历史的存证吗？

我们不能忽视再版本的原因，还由于初版本常有校对和排印中的错误，同时作者也常有新的修改和增订。这样的再版本，当然比初版本更加完美。我藏有谢冰莹著《从军日记》，是 1929 年 9 月上海春潮书局的再版毛边本，长久以来，深以未能访得同年 3 月的初版本为憾。但，如今若是两个版本让我只能选存一种的话，我还是会收藏再版本。因为再版本不仅增加了作者新写的《再版的几句话》，除对读者谈了初版后的反应，做了坦率的自白以外，“这次再版，加上了一篇出发前给三哥的信……和在校刊《革命生活》上发表的两篇东西一同收在这里。”按《革命生活》上冰莹发表的两篇文章题名为《给女同学》和《革命化的恋爱》。请想，我们有什么理由会拒绝这样的再版本呢？

第四章

杂志拾遗

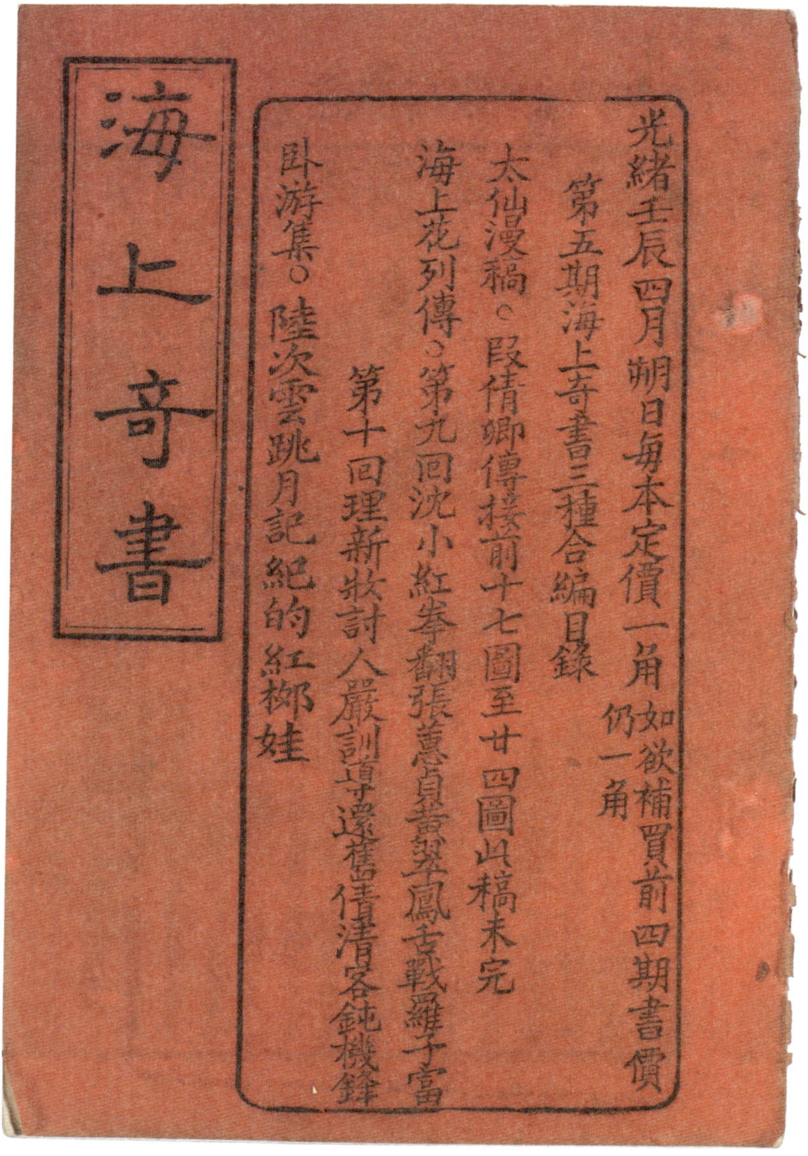

《海上奇书》｜1892年点石斋书局石印版　总第五期

《海上奇书》

《海上奇书》，阿英先生誉之为我国近代“图文并重的文学刊物最早的一种”，实开近代小说杂志之先河。刊物是线装形式，略长于三十二开本，创刊于光绪十八年(1892)二月，是韩子云(1856—1894）个人主编撰写的杂志，上面连载他的小说《海上花列传》，还有他的《太仙漫稿》和《卧游集》。后两者为文言短篇及前人笔记漫录，三者均有吴友如画派的插图。杂志由点石斋书局石印，《申报》馆代售。问世之后，风行一时。鲁迅先生极称赞《海上花列传》及其插图。鲁迅说，光绪末至宣统初，上海多狭邪小说，以编造故事来影射攻击他人，“往往数回辄中止，殆得赂矣；而无所营求，仅欲摘发妓家罪恶之书亦兴起，惟大都巧为罗织，故作已甚之词，冀震悚世间耳目，终未有如《海上花列传》之平淡而近自然者”。它既不像《青楼记》写妓女全都是好人，也不像《九尾龟》写妓女又全是坏人，《海上花列传》写妓女有好有坏，接近写实。鲁迅以为韩子云“旅居上海甚久，曾充报馆编辑，所得笔墨之资，尽挥霍于花丛中，阅历既深，遂洞悉此中伎俩”，所以能“记载如实，绝少夸张，则固能自践其‘写照传神，属词比事，点缀渲染，跃跃如生’(第一回）之约者矣”。这位多次应试举人而不中的小说家，于《海上花列传》六十四回全书结集出版那年即逝去，年仅三十八岁。

鲁迅少年时代读《海上花列传》，看的正是《海上奇书》的连载本。那时他正热衷于带画的书，喜欢吴友如画派的插图。杂志本为半月刊，鲁迅误记为“每七日印一回”，实际每半月同时刊出两回，并插图两幅。人民文学出版社 1981 年版《鲁迅全集》注释说，

《海上奇书》“第九期起，改为每月一期”，误。实从第十期起改为月刊。又，胡适以为《海上奇书》共出十四期，《海上花列传》刊至第二十八回即停刊，误。实际刊物出至第十五期停刊，《海上花列传》刊至三十回告一段落。鲁迅先生依胡说，亦误。鲁迅说《海上花列传》“书中人物，亦多实有，而悉隐其真姓名，惟不为赵朴斋讳。相传赵本作者挚友，时济以金，久而厌绝，韩遂撰此书以谤之，印卖至二十八回，赵急致重赂，始辍笔，而书已风行。已而赵死，乃续作贸利，且放笔至写其妹为娼云”。以上均见鲁迅先生的《中国小说史略》。

《海上奇书》为红色封面，每期封面上印有本期所刊作品章回目录。阿英及有关介绍文字均说封面或封里刊有作者例言，亦误。实际每期刊物封底刊有例言，即编者的话或后记之类，多讲创作意图和写作手法。如第十三期之封底例言：

> 合传之体有三难。一曰无雷同。一书百十人，其性情、言语、面目、行为，比兴此与彼稍有相仿即是雷同。一曰无矛盾。一人而前后数见，前与后稍有不符，即是矛盾。一曰无挂漏。写一人而无结局，挂漏也；叙一事而无收场，亦挂漏也。知是三者而后，可与言说部。

这是作者的创作经验，也表现出作者的自负。有的又是与读者交流写作情状，道其理想与甘苦。如第二期封底之例言讲方言之运用：

> 苏州土白，弹词中所载多系俗字，但通行已久，人所共知，故仍用之，盖演义小说不必沾沾于考据也。唯有有音而无字者，如说“勿要”二字，苏人每急呼之并为一音，若仍作“勿要”二字便不合当时神理，又无他字可以替代，故将“勿要”二字并写一格，阅者须知“覅”字本无此字，乃合二字作一音读也。

他若“啀”音“眼”，“嗄”音“贯”，“耐”即你，“俚”即伊之类，阅者自能意会，兹不多赘。

这些“例言”当是研究小说《海上花列传》不可忽略的材料，理应附在新印的《海上花列传》中。但，新本中未收。

我从旧书肆得《海上奇书》之大部，缺第十一、十二两期，第十五期则仅存残页数枚，但可以证明《海上花列传》确有二十九及三十回。每逢暇时翻阅，脑际便会浮现出少年鲁迅如何一期期地寻找此刊，小心保存的情景。我把这套稀见期刊亦视为有关鲁迅研究的范围，珍惜之情，始终未变。

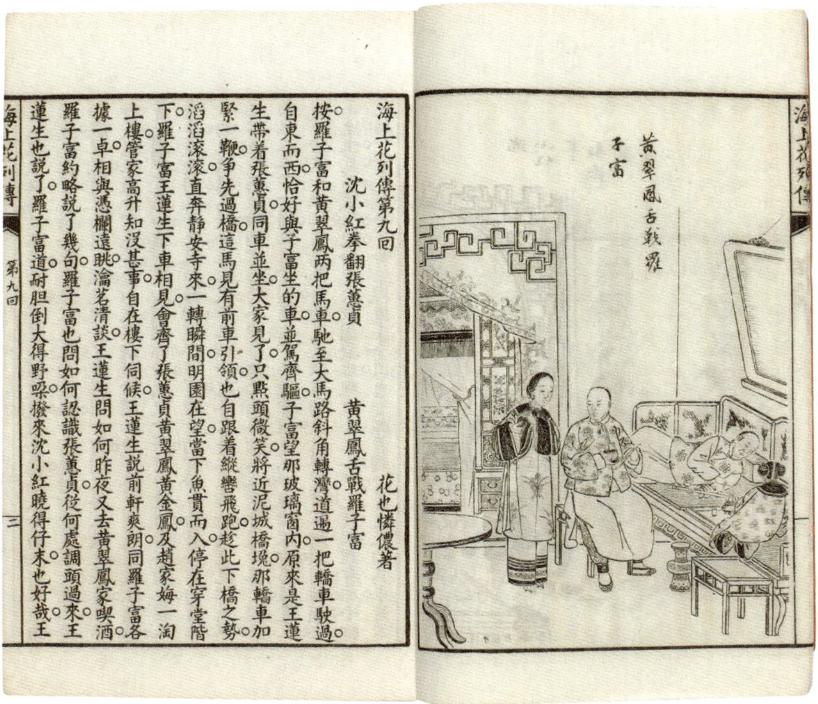
海上花列傳第九回　花也憐儂著
沈小紅拳翻張蕙貞　黃翠鳳舌戰羅子富
按。羅子富和黃翠鳳兩把馬車。馳至大馬路斜角轉灣。道遇一把轎車駛過。自東而西。恰好與子富坐的車並駕齊驅。子富望那玻璃窗內。原來是王蓮生帶着張蕙貞同車並坐。大家見了。只點頭微笑。將近泥城橋堍。那轎車加緊一鞭。爭先過橋。這馬見有前車引領。也自跟着縱轡飛跑。趁此下橋之勢。滔滔滾滾。直奔靜安寺來。一轉瞬間。明園在望。當下魚貫而入。停在穿堂階下。羅子富王蓮生下車相見。會齊了張蕙貞黃翠鳳黃金鳳。及趙家姆。一淘上樓。管家高升知沒甚事。自在樓下伺候。王蓮生說前軒爽朗。同羅子富各據一卓。相與憑欄遠眺。瀹茗清談。王蓮生問如何昨夜又去黃翠鳳家喫酒。羅子富約略說了幾句。羅子富也問如何認識張蕙貞。從何處調頭過來。王蓮生也說了。羅子富道。耐胆倒大得野哚。撥來沈小紅曉得仔。末也好哉。王
海上花列傳　第九回　三

《海上花列传》内页

《骆驼》｜1926 年北新书局版

《骆驼》和《骆驼草》

1926年7月，北京的北新书局印行了一本文艺杂志《骆驼》。刊物方型，道林纸印，内附精美插图十余幅，都是法国米勒的名画，配合张定璜本期的译作《米勒传》。

封面“骆驼”二字为草书，中间有一静物水彩小品。扉页上贴有小纸条，书曰：“这个小杂志出版，承下村泰三君作封面画，沈尹默君题字，并承别的诸位朋友帮助，至为感谢。民国十五年七月，骆驼同人。”每页下边又印有下一页开头的第一个汉字，这是来自欧洲古典的印书方法，据说为了阅读的方便和检验是否缺页，中国读者未必习惯。

所谓“骆驼社同人”或“骆驼社”，实际仅周作人和徐祖正二人，或者说主要是徐祖正。后者自号的室名即“骆驼书屋”。他是日本东京高等师范学校的毕业生，后在北京大学任教，也是《语丝》杂志的撰稿人。《骆驼》第一集以主要篇幅发表了他的长篇小说《兰生弟的日记》。此外有周作人的译作两篇，一为《希腊牧歌抄》，一为蔼理斯所著《论左拉》。另外是沈尹默的《秋明小词》和陶晶孙的《盲肠炎》。

编后有《沙漠之梦》两篇，周作人说，《骆驼》原拟1924年出版；徐祖正说：“两年半以前我们几个人想合办一种纯文艺的杂志，内中要登我们的力作。”言外之意，他的《兰生弟的日记》当是“力作”，但读起来却像不顺畅的译文，如“她这封信是直截地否拒了我的爱。……我反尔去注意她当作拒绝理由泄露给我的那段失败谈”。

鲁迅先生见过《骆驼》，1926 年 7 月 26 日《鲁迅日记》记载：“下午得小峰信并《骆驼》两本，即复。”

《骆驼》的创刊号，实亦终刊号。

如果说《骆驼》是发表创作和翻译的纯文学刊物，那么几年后于 1930 年 5 月在北平创刊的《骆驼草》则接近于《语丝》的形式，特点是增加了评论。

刊物为十六开本，每期八页，共出二十六期，至同年 11 月终刊。主要撰稿人有《骆驼》的成员周作人和徐祖正，还有冯至、俞平伯、徐玉诺、吴伯箫等。不过从刊物上连载废名的《莫须有先生传》以及他不断与读者、作者通信联系来看，应是废名执行编务。

《骆驼草》的发刊词标榜只当“秀才”，不管政治，为此宣告：“不谈国事。既然立志做秀才，谈干什么呢？”又主张：“文艺方面，思想方面，或而至于讲闲话，玩古董，都是料不到的，笑骂由你笑骂，好文章我自为之，不好亦知其丑，如此而已，如此而已。”其实何尝只想玩古董，就在创刊号上废名化名丁武写了攻击鲁迅的文章。那是讽刺由郁达夫、鲁迅领衔的“中国自由运动大同盟宣言”的，竟骂鲁迅“丧心病狂”。这哪里是不谈政治。

鲁迅看透了《骆驼草》的用心，他在 1930 年 5 月 24 日复信友人说：“《骆驼草》已见过，丁武当系丙文无疑，但那一篇短评，实在晦涩不过。以全体而论，也没有《语丝》开始时候那么活泼。”鲁迅先生的口气平和，似乎并未还击。

徐祖正也发表了多篇文艺论文，对于普罗文艺语多偏见，还写了《文学运动与政治相关性》等文章，恰好自我否定了刊物“不谈国事”的宣言。倒是周作人的散文真的没有什么锋芒，保持了闲淡的笔调。他写《村里的戏班子》，描述绍兴乡俗，引了一首歌谣：

台上紫云班，台下都走散。

连连关庙门，东边墙壁都爬坍。

连连扯得住，只剩一担馄饨担。

鲁迅在《偶成》里也引用过，文字稍有不同：

台上群玉班，台下都走散。

连忙关庙门，两边墙壁都爬塌（平声）。

连忙扯得牢，只剩下一担馄饨担。

同样的一首民谣，乃弟着重民俗趣味，乃兄借用来讥讽统治者，亦有趣也。

说《骆驼草》继承了《语丝》的余风，如就形式而言不差，就其主要倾向和思想而言则未必，至少连《语丝》对旧社会的不平和微词也不那么明显了。

1982 年 7 月

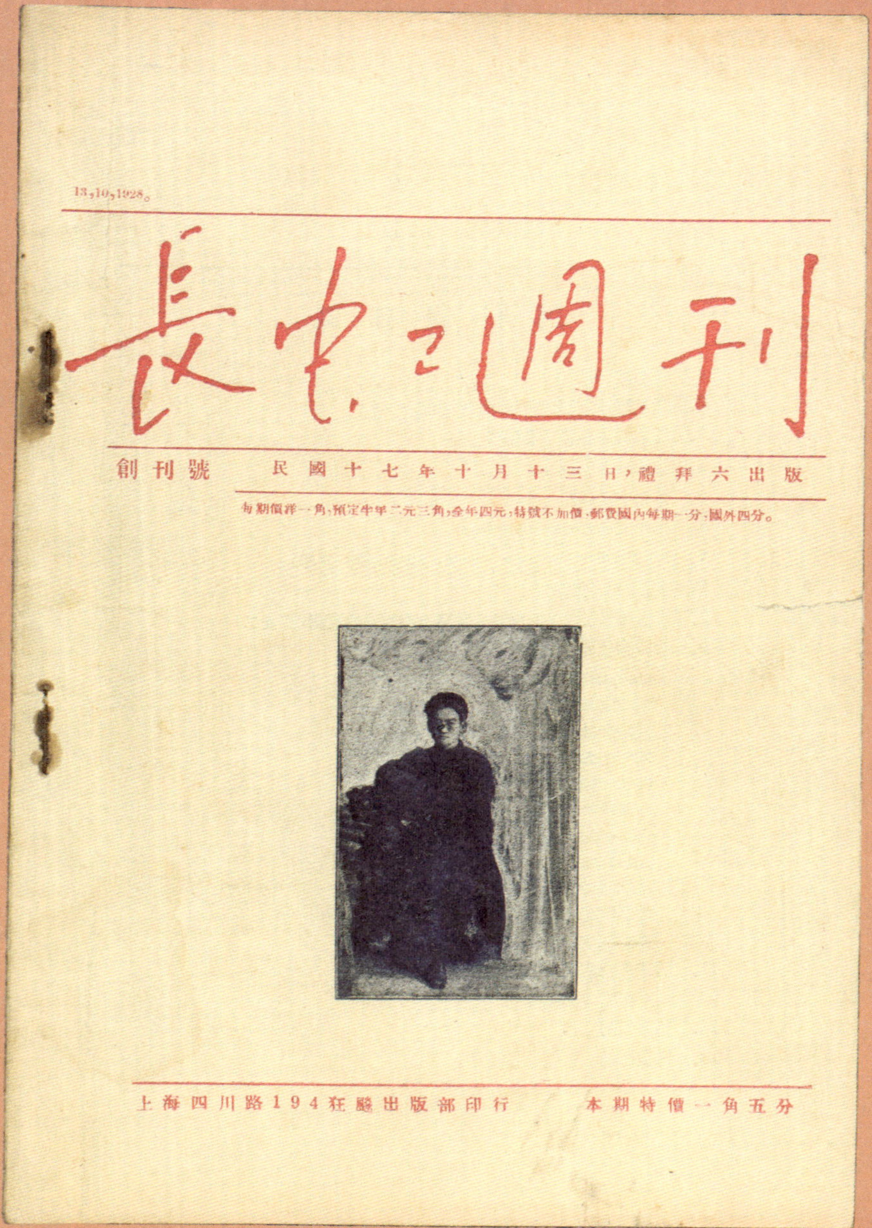

《长虹周刊》｜1928 年创刊号

《长虹周刊》

1927 年初，诗人朱湘在北京清华大学办了一个文艺杂志《新文》，全部文章由他一个人包办。我曾经认为这是中国新文学史上绝无仅有的。这话说得太绝对了，因为 1928 年 10 月高长虹在上海创办的《长虹周刊》，也是唱的独角戏。他公开声称这是“个人的刊物”，借以推行他的“狂飙”运动。朱湘的《新文》只支撑了两期，高长虹的刊物却维持了二十多期，直到 1929 年底为止，稍后他便出国了。现在，我们很难再找到一份全套的《长虹周刊》。《高长虹文集》只编到《长虹周刊》第二十期为止的文章，编者以为该刊只出版到二十期。事实上我却藏有《长虹周刊》第二十一、二十二两期，后者是 1929 年 8 月 24 日出版的。是否就出到二十二期，也很难说，因为他出国的日期至今模糊不清。高长虹说，他走到哪里，哪里便有“狂飙”运动。1929 年 6 月，他从上海一度北返，果然刊物随他而来，后两期便在北京编印出版。这种实干精神实在令人神往。

《长虹周刊》印制得十分讲究，十六开本，白道林纸内文，每期还有一两页带颜色的铜版纸插图。创刊号的封面是高长虹的全身像。当时便有读者来信说定价太贵。高长虹曾经在刊物上发起“突破千卷预定运动”，一千册是他的奋斗目标，实际每期只印几百册。高长虹把出书所得的稿费全部用来印制这个刊物了，从刊物的印数也能想象他的“狂飙”运动影响有多大。

刊物上曾经发表过四幅列宁像，还把列宁夫人克鲁普斯卡娅的照片登在封面上，这在当时也要一点勇气。但令人不解的是，在

1928 年 10 月出版的《长虹周刊》第三期上，还发表过墨索里尼的四幅照片，封面上又有墨与雄狮的合影。这当然引起读者的反感，有人指出他这样做是无聊，他公开回答，他并不赞成墨索里尼的思想和人格，只是考虑到中国人是不太干的，而墨索里尼是行动的。意思是，他并非宣传法西斯主义。同时他又解释，这正如他发表列宁的照片，却并不赞成“赤化”一样。从这里当然可以看到高的思想混乱以及刊物的某些倾向。他可能赞成行为主义哲学，破釜沉舟地办《长虹周刊》，也是他实践行为主义的一种体现。他认为人类正处于苦难之中，因此他高喊“我援救你们”“我来为世界辟一条生路”，这是典型的个人英雄主义。他自认为“是一个寻访奇迹的人”，因此只要他认为是正确的事，他就要行动，而且独来独往，百无禁忌。

在上海，他还发起“狂飙”戏剧运动，不仅写剧本，还做行政组织工作，干得十分起劲，表现出他多方面的才能。他的剧本不论多幕剧还是短剧，都有特色，值得研究者注意。在理论上，他自视甚高，充满了理想和狂热，受了无政府主义观点的影响，甚至反对婚姻制度。在谈及假如找妻子的话，他说如果自己是能写出《战争与和平》的，那么女方也一定能写出《安娜·卡列尼娜》来才行。所以他在恋爱方面，最终只能是破灭。但，在《长虹周刊》里找不到高长虹宣传无政府主义的系统理论和纲领，主要还是文学创作。后来有了狂飙社成员向培良、高沐鸿、高歌的支持，还吸引了鲁彦、柯仲平、塞克等人参加。高长虹在信奉无政府主义的同时，从来也没有放弃过反帝反封建的要求。

我们不能要求“五四”以后的青年知识分子一下子都能找到真理，这是不现实的。有的人由于各种原因，总要经过一定的曲折，走过一段漫长的路程。我们不必瞧不起这些人。高长虹也是一种典型，他追求进步，很多文学见解也是正确或比较正确的，但有时又很幼稚、激烈和偏激。他经历过磨难，最后选择了延安。这时候他已经认识到，只有十月革命才是真正的“狂飙运动”。我们从他的《延安集》里，可以看到他的这种变化。

然而，他在延安又遇到新的矛盾，一时也抛弃不掉旧时的因袭，他似乎很痛苦，也愈加孤寂。他的理想碰了壁，这有他主观的原因，是自身弱点的暴露，同时也有客观的原因，他无法排解这苦闷，背了沉重的包袱。

《长虹周刊》内页

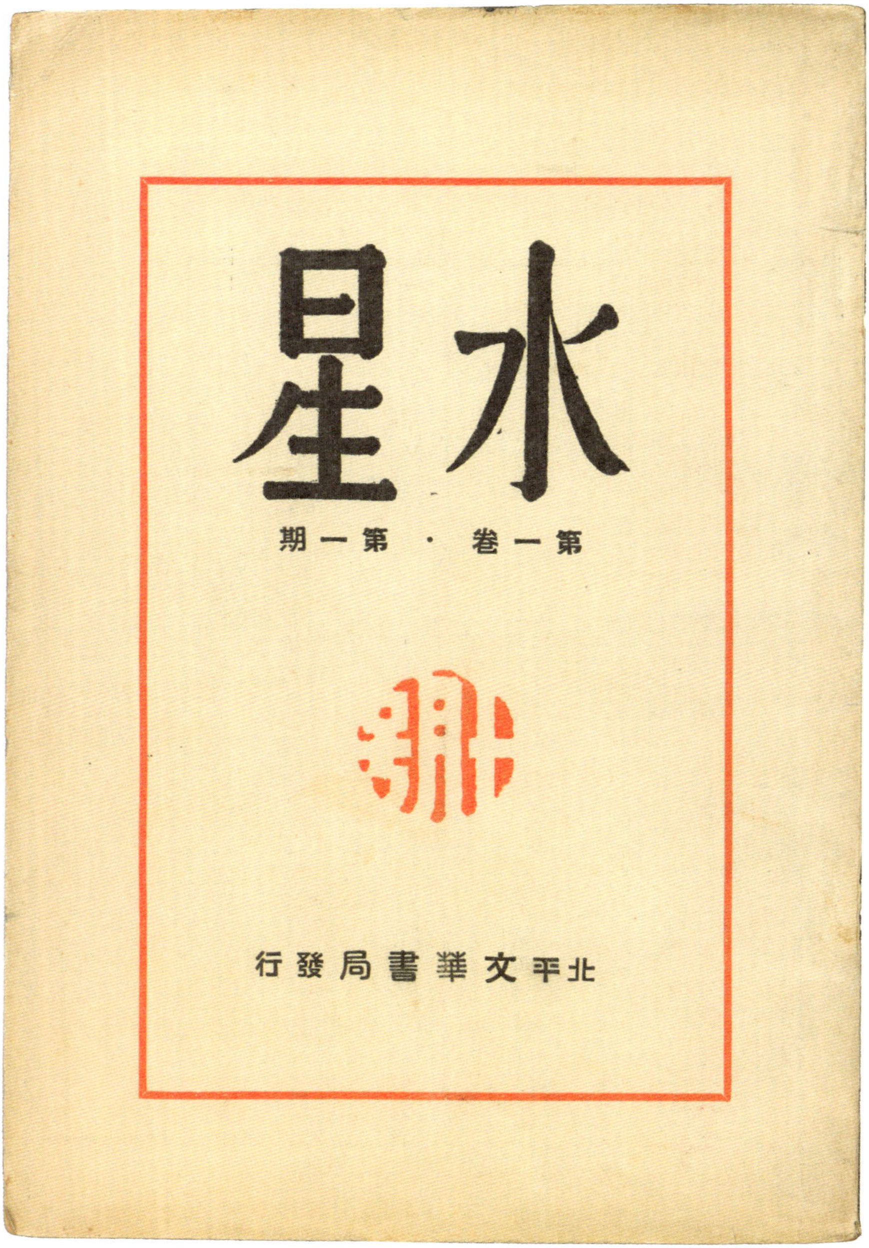

《水星》｜1934年第一卷第一期

《水星》

巴金时常怀念30年代在北平北海前门东侧三座门的一个小院。在这里住着靳以和卞之琳，办着两种文学杂志，一个是《文学季刊》，一个是《水星》。巴金就是在这儿第一次得见曹禺的《雷雨》原稿，并支持发表。《文学季刊》是由郑振铎、巴金挂帅办起来的，编务则是靳以。这是一个大型的综合性文学刊物。

1934年10月《水星》创刊。发刊无词，也无编后记，主编人是卞之琳、巴金、沈从文、李健吾、靳以、郑振铎。刊物重创作，不发评论和译作，但给人的印象是个散文刊物。因为散文名手云集，如何其芳、李广田、萧乾、吴伯箫、丽尼、芦焚、废名等时有新作，茅盾、冰心、朱自清、老舍、周作人也来写稿。写诗的则有林庚、曹葆华、臧克家、辛笛等。南北名家，京派海派，合流相聚，成一时之盛。

《水星》的装帧朴素典雅，封面只用红黑两种颜色，出自卞之琳的设计。发行这一刊物的文华书局声明，《水星》的特色是："专登创作，内容纯粹，不杂广告，版式干净。"广告其实还是有一点的，书刊广告而已。因之刊物的书卷气颇浓。第二期编者告白，介绍了刊名的由来："我们那一晚在某处坐谈，也许是举头见星、低头见水的缘故，有人提议叫作《水星》，大家觉得还来得别致，《水星》就《水星》吧。"又声明："开场无白，编后无记，封面无画，正文前无插图，正文中无广告，这个刊物初次露面就不像一本杂志吧，可是我们倒想能这样老老实实地就这样办下去。至于论文与翻译我们也知道是重要的，不过我们想暂时把理论与介绍的工作让旁的刊物去办。要不然，既非同人杂志，又无相当个性，这个刊物办在这个杂志世界里实属多此一举。少浪费一点，亦是好事。”四十余年后再见此刊，《水星》仍然可爱，个性鲜明。

《水星》办到1935年6月终刊。第一卷出版了六期，卞之琳编；第二卷出了三期，靳以编。巴金的作品，还有沈从文的《湘行散记》、西谛的《西行书简》、萧乾的《篱下》、李广田的《画廊》、李健吾的《意大利游简》等名著名篇都是在这里发表的。萧乾先生跟我说过，当年《水星》还退过他的稿，可见编者的作风是很严肃的。

不久前卞之琳先生相告：

> 郑振铎、巴金挂帅，由靳以一个人办起来的《文学季刊》，打破了北京与上海、学院与文坛的界线，很受读者欢迎。我和另一些朋友协助靳以看看诗稿与散文稿。经售商见有利可图，要另办一个月刊，专登创作，《水星》便诞生了，实际上是《文学季刊》的附属刊物。两刊的稿源是一个，有的分给季刊，有的分给月刊。1934年下半年我也住到三座门的小院子里来，除了靳以和我，雇了一个人，做饭大司务兼传达、收发，另找一名白天上班的校对员，全部就四个人办两个刊物。1935年3月，因为我得如期完成中华文化基金会特约翻译的《维多利亚女王传》，这是我主要的生活来源，就去日本京都找一位同学，住在他那里闭门译书。靳以一个人承担了两个刊物的编务。后来北平的形势日坏，我五个月后从日本回国，就转去济南教书，《文学季刊》和《水星》都停刊了。

卞先生还告诉我，当时几个人将刊物定名为《水星》的地方，是在北海公园的五龙亭。

那个有水有星的夜晚极富诗意，偶过五龙亭畔，连我也常常想起《水星》，想起当年还是生气勃勃的那群青年作家。

1982年7月

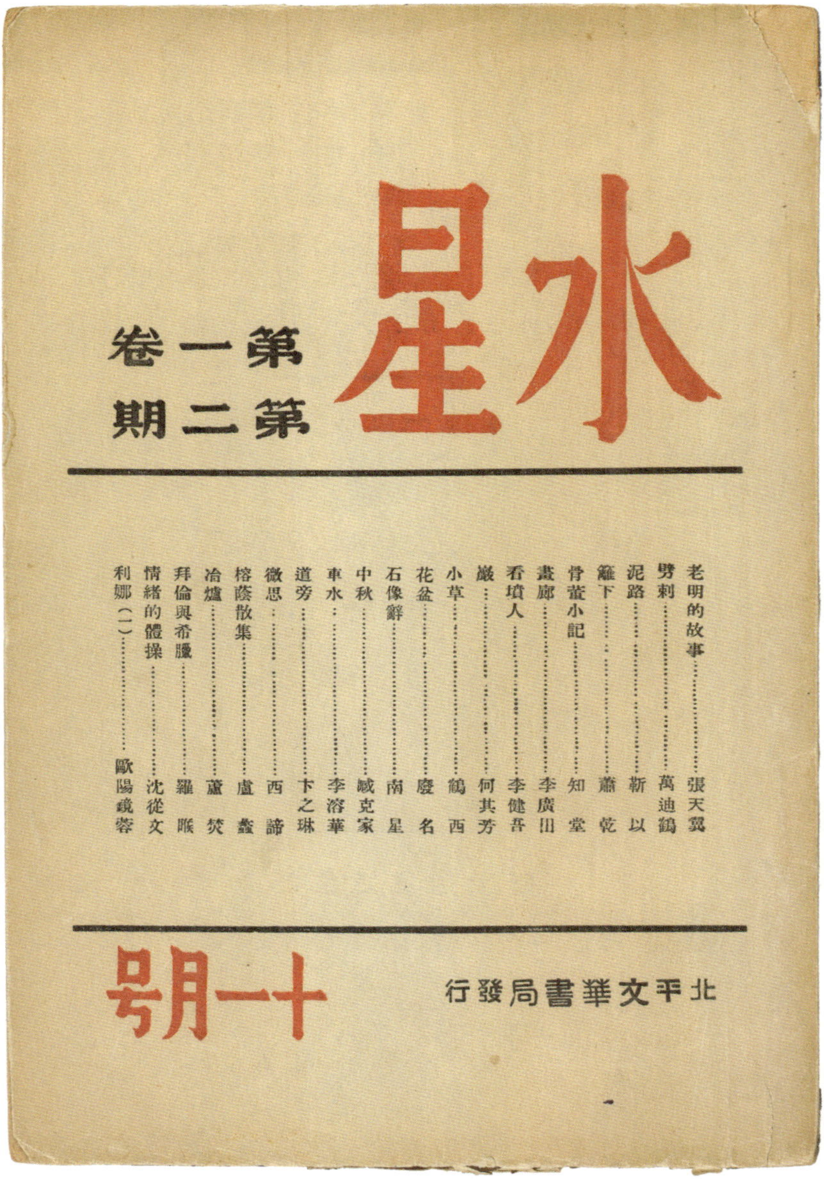

《水星》| 1934 年第一卷第二期

房觀吉

册定價弍角五分

海近代公司出版

胡考与《旁观者》

胡考同志出身于上海新华艺专，抗战前以画家知名。近三十年来，他并没有放下画笔，但是人们更熟悉的是他先后出版的几部小说《行军纪事》（1956）、《新四军的一个连队》（1966）、《两重奏》（1980）。我在这里说的是他在半个世纪以前编的一本图文并茂的文艺刊物，那是 1934 年 11 月由上海近代公司出版的《旁观者》。

这种亦文亦画、印刷精美的文艺刊物，很像当年张光宇、叶灵凤先生合编的《万象》，也像抗战胜利后吴祖光、丁聪合编的《清明》。现在的出版界似乎很少应用这种编辑形式了。这需要作家与画家的有力合作，或者编者本身即一身二任，既是作家又是画家，胡考当然是当之无愧的后者。

《旁观者》的封面便由胡考绘制，那是一幅彩色的油画《城隍吴铁城》，这自然是讽刺当时的上海市市长吴铁城的。附记说："初一十五，善男信女照例烧香礼拜的是城隍，因为城隍是管领着一个地域人民的祸福休咎的。但流年却越来越坏了，城隍爷，我们要五谷丰登，合境平安，阿弥陀佛！"如此公开地讥刺堂堂的上海市市长，真够尖锐。就在本期刊物里，胡考又为党国要人们设计了六幅头像，题为《元首》，并有文字说明："艺术是永远的平凡，也是

《旁观者》｜1934 年上海近代公司版

永远的奇迹！这些神似的元首们的造像，你猜是什么东西制成的？用的又是什么材料？”原来吴稚晖用的是：苹果，绿豆芽，黄豆。蒋介石的是：萝卜头，谷粒，西瓜子壳。胡汉民的是：洋梨，良乡栗子，西瓜子。孙科的是：去皮的荸荠，莲子。这些人物的造型采取的是漫画式的夸张手法，是戏谑，也是幽默，重在传神。这在西方的艺术生活中是常见的，没有什么，在我们这里，那些以正统自居的人们就不怎么舒服了，看成是对“元首”们的不敬。头像里还有林森和张学良，用的材料也是柠檬、豆板、赤豆、毛豆荚等。特别是张学良，头上还戴着博士帽，白净的脸，两道小黑胡子，神态极为生动，不给人以反感。我想设计者对其中的某些人物当然怀有憎恶，但亦未必对所有人都出于嘲弄。

关于刊物的宗旨，编者在创刊话里说，“我们生活在一个大时代中，究竟不能闭起眼睛来，把要说的话向肚里咽。有所闻，有所见，对这所闻所见，又有所感，于是，用绘画，用照相，用文字，把它们一一地表现出来，这就产生了现在的这个《旁观者》”。口头说是旁观，实质正是不想旁观，这个思想在阿英写于本期上的一篇随笔《〈旁观者〉解》里，说得更加明白透彻。他赞赏那种“专门打抱不平，主持公道，就是粉骨碎身，也无所吝惜”的“旁观者”。这是“真正可爱的”，是“有正义感的，真的站在十字街头主持正义的，旁观以考察事实，判断而实际参加，来大打出手的一群”。他以为在现实社会生活中，纯粹的“旁观者”是根本不存在的。“由于生活思想的决定，对于任何当前的问题，每个人总会有他自己的见解”，“但得防范那比高尔基所说的‘灰色人’更卑劣的‘伪旁观者’的混入。同时，得以最大的热忱，希望在现阶段只能发议论的‘旁观者’，从实际生活中，不断地生长。只手打孔家店的英雄，与现世无缘，广大的奴隶们所需要的，是并非英雄地为他们谋解放的斗士，‘旁观者’是不会止于旁观的，然而究将向何处去呢？”这是一篇富有战斗性的随笔，结合当时艰苦的斗争环境，可以看到如胡考、阿英这样的革命者当时的所为和所想。这也是阿英随笔集中的一篇佚文，近年出版的《阿英文集》和《阿英散文选》中均不曾收入。

在同期刊物上，阿英又化名“殊”，写了《金瓶梅杂话》数则。三联书店出版的《阿英文集》据单行本《夜航集》收有此文，但写作时间依该书的出版时间定为1935年是错了，应是1934年。

此外，在本期刊物上还发表了柯灵的散文《上海夜行》，陈子展的《懊恼罗汉》，田汉《扬子江的暴风雨》剧本，并附聂耳的配曲。戴平万的小说《苦菜》，写了东北人民沦亡后的苦难。左翼影评家尘无发表了《最近的中国电影》，郑伯奇写了《法国的文艺电影》。徐訏、施蛰存也发表了诗与译诗。美术作品则有叶浅予、鲁少飞、曹涵美诸家的创作。

《旁观者》仅仅出版了一期就被政府当局查禁，看来统治者连人民“旁观”的权利也要剥夺。那么《旁观者》的命运就可想而知了。

1936年9月，胡考又编了类如《旁观者》的图文并茂的刊物《万象》，也是在继承当年张光宇、叶灵凤合编《万象》的传统。封面彩绘的一头大象出自胡考之手，确乎悦目。作者们也还是阿英、郑伯奇、尘无、叶浅予、鲁少飞和周木斋等人，文章锋芒稍减，但是也仅仅出版了一期而已。听说这一次不是被查禁的，而是一期出完，老板不想再出钱，就此罢休了。

1984年8月

《孔德校刊》| 1934 年　总第四十八期

《孔德校刊》

熟悉鲁迅作品的读者，都会熟悉当年北平孔德学校的名字。因为鲁迅住在北京的时候，有时便往东华门附近的孔德学校去看朋友，特别是去看马幼渔的藏书。马氏专收线装小说，常有世间的孤本。直到鲁迅先生移居上海以后，他北返探亲，也要到孔德学校来看看老朋友，并看看马氏的藏书。在这里，鲁迅碰到过马珏小姐，她是幼渔先生的女儿，彼此成为忘年交；也曾碰到过钱玄同，结果是不欢而散。

孔德学校的名字听起来相当封建，也许是为了复古而宣扬孔孟之道的孔教会办的吧。错了，此校与中法大学有关，校名是法国社会学家 Comte 的译名谐音。应该说它不仅没有一点冬烘的味道，而且是“五四”新潮发展以后，除了北京大学以外，一些有识之士进行教育改革的第二个实验场。校长也是蔡元培，教员中多数来自北大，学生也多是北大人员的子弟。教员中的名字就有沈尹默、马幼渔、周作人、钱玄同、沈兼士、马隅卿、徐祖正、张凤举、赵荫棠、王品青、王青芳等人。孔德学校的教材都是学校自行编印的，鲁迅先生的作品多次被编入国文教材，学校还将印好的教材送到先生的家里。作家纪果庵在 1944 年 9 月出版的《天地》杂志第十二期，发表了一篇《怀孔德》，文中说：

> 因为思想上的启迪，孔德学校的作文乃是另成风气的。我曾负责整理过孔德从前的国文讲义，印刷校订皆甚精好，亦即知堂先生等主持国文课时所选刊者。大约一般学校还在读着商务出版的国文读本评注之时，孔德已经读显克微支的小说了，

至于《狂人日记》《呐喊》等篇更毋庸提。我在小学部教读时，取材常是《朝花夕拾》和《空大鼓》，但学生们往往撇着嘴和我说："早看过了，先生选点别的好不好。"

学生们文化程度之高、眼界之开阔，于此可见。

三十年前，我在东安市场的旧书摊上还能看到摆着成捆的《孔德校刊》，总有几十期。翻了翻内容主要是学生的作业，即作文。当时不想收存，后来再也见不到了。

去年偶去旧书肆，见到一册厚厚的毛边本的《孔德校刊》，是学校十七周年纪念的"纪念号"，即校刊第四十八期。篇幅比平时增加了好几倍，并请几位先生专门写了文章。校刊是每月两期，平时售价五分，这一期定价二角。出版时间是 1934 年 12 月。除了学生的作品以外，还有员工们写的《校务实施概况》，共五篇。教师的文章排在最前面，其中有周作人的《孔德学校纪念日的旧话》、徐祖正的《文化学院参观记》、钱玄同的《几句老话》等共十一篇。周作人的这篇文章，已收入他的集子《苦竹杂记》，而钱玄同的那"几句老话"，却是篇洋洋数千言的论文，主要谈了三点：一是注音符号，二是国语罗马字，三是简体字。收藏全份《孔德校刊》不易，我也无此需要，买下这本"纪念号"还是值得的。

多年前，我在王府井上班的时候，有时散步到东华门，还专门去探访过孔德学校的旧址。那里已面目全非，建了大楼，改为第二十七中学。想象不出钱玄同住在校内什么地方，也无法联想鲁迅、刘半农怎样迈进校门来访友、看线装书了。

《文饭小品》

《文饭小品》，1935 年 2 月在上海创刊的一本散文刊物、康嗣群主编，施蛰存做发行人。创刊号上有编者的一篇《创刊释名》："这个名字，乃是袭用了明季文人王思任的文集的名字。"取义有二，一是文人是吃文饭的，靠卖文为生；二是"文章之好坏，不能以饭之吃得饱否为准，各尽其能，所以本刊毕竟不计其赚钱与亏本而问世也"。刊物的印刷费是欠账的，纸是赊来的，稿费要等刊物卖出以后再算账，所以施蛰存在《发行人言》中预言，如果没有读者支持，也许出了几期便会废刊，果然到 1935 年 7 月出版了第六期以后便无下文。

事隔两个月后，施蛰存又为戴望舒主编的《现代诗风》杂志做了一次发行人，仍然用了并无其社的"脉望社"的名义出版，可惜也仅出版了一期而告终。在《现代诗风》的创刊号上，施蛰存发表了一则启事《〈文饭小品〉废刊及其他》，道出了他当时的心情："《文饭小品》曾出版了六期，现在已经废刊了。这又是鄙人的一次失败，对于爱护《文饭小品》的作者和读者以及编者康嗣群先生，都非常抱歉。"失败的原因恐怕有两点，一是内容有些脱离时代，大多仍是书斋中的清品；二是不失为一种严肃而高雅的刊物，敌不过低俗的流行刊物的竞争。

《文饭小品》的作者阵容是强大的，林语堂、周作人、刘大杰、李广田、靳以、林庚、丽尼、阿英、张天翼、郑伯奇、戴望舒、杜衡、黎锦明、郁达夫、赵景深、金克木、芦焚、王莹、罗洪、朱雯、徐訏、徐迟、赵家璧、老舍、俞平伯、魏金枝、丰子恺、李金发、

《文饭小品》｜1935 年创刊号

刘白羽、梁宗岱、谢冰莹等人都来支持。我是按文章发表次序排列这一长串名单的，为了想说明作者身份的广泛以及作家们当时对散文小品的浓厚兴趣。编者团结了一些左翼作家，后来也发表了一些小说。

当然，编者自然有自己的倾向性，一篇《创刊释言》便有针对鲁迅先生的话，明白地对鲁迅说的小品文是清谈、小摆设等说法表示异议，认为那是“诽谤”。这样，编者和发行人似乎就站在“幽默大师”林语堂的一边了。施先生发表于《文饭小品》的第三期上的《服尔奏》一文中，还说鲁迅的杂文是“有宣传作用而缺少文艺价值的东西”。研究30年代文坛上关于小品文的争论，《文饭小品》也是不能忽视的。

编者康嗣群，当年作为《语丝》的投稿者，曾经与鲁迅先生通过信。我却不知道，新中国成立以后，他一直在上海文艺出版社从事编辑工作，而且据他的同事周天同志介绍，康先生工作细致耐心，发现了像茅盾研究专家叶子铭这样的人才，而且在担任《鲁迅研究资料编目》和影印中国现代文学期刊方面，都做出过杰出的贡献。然而在“文革”当中，就是因为30年代编过《文饭小品》而遭到冲击，1969年郁郁而终。

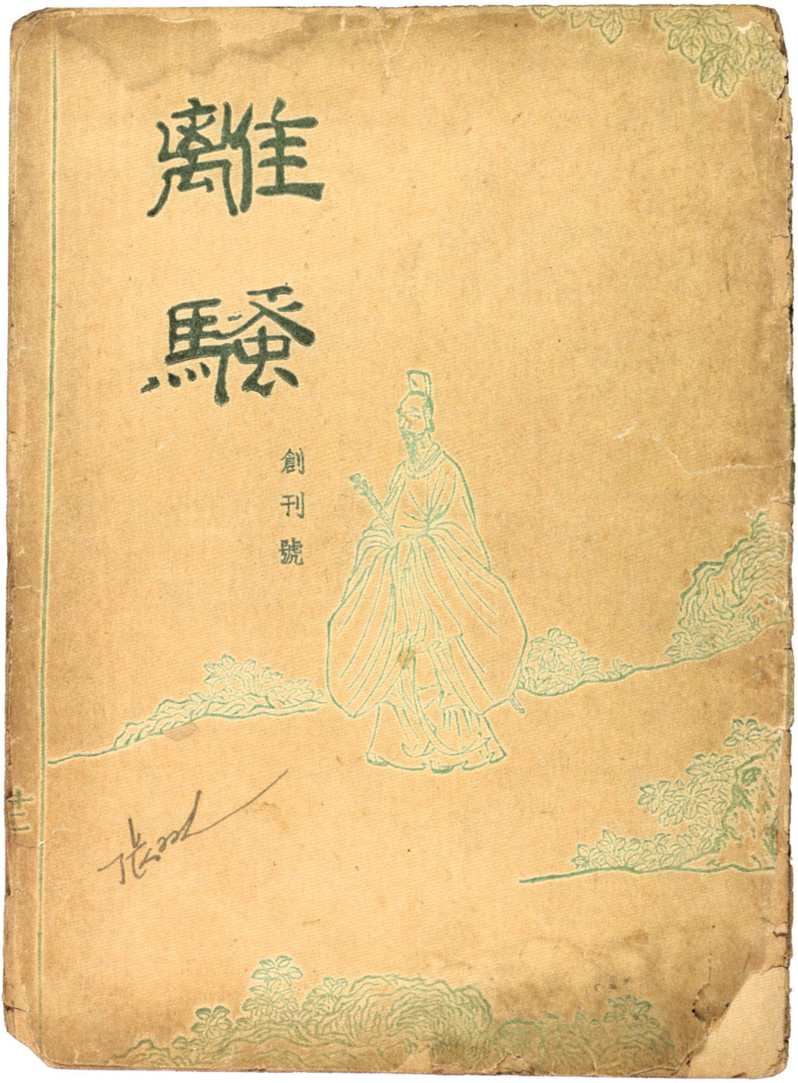

《离骚》｜1937 年创刊号

“孤岛”的《离骚》

有人说上海“孤岛”时期最早出现的文艺刊物是阿英编的《离骚》，这是不错的。国军西撤以后，《离骚》于 1937 年 12 月 20 日创刊。用《离骚》作刊名，联系当时的环境，不仅富有历史感，更具时代感。敌骑当道，国土沦丧，屈原大夫的忧国之思正好代表了沦陷区人民心头的哀痛。原定出半月刊，没想到创刊号亦即终刊号。租界当局的嗅觉不能不说灵敏有加，他们不敢得罪日本。这是一本十六开、仅有四十四页的杂志，编辑人写的是刘西渭，发行人是李克家。熟悉现代文学史的人都知道，刘西渭是李健吾的笔名，他用这个笔名出版过《咀华集》《咀华二集》。为什么阿英编的刊物由李先生挂名主编?

抗战初起，阿英参加了以郭沫若、夏衍为首的《救亡日报》的编辑工作。上海沦为“孤岛”，《救亡日报》迁往广州，阿英留在上海，奉命办个刊物。阿英即与于伶、郑振铎商量，考虑到当时环境复杂，避免引起敌人的注意，决定请当时正在暨南大学当教授的李健吾先生出面。尽管于伶、阿英同李并不熟识，由于有郑振铎的介绍，他俩去找李谈，李痛快地答应了。结果，《离骚》就用了刘西渭的名义主编。我问过当时同阿英生活在一起的其女钱小惠同志，她说当时《离骚》确由她父亲一人来编，连个助手也没有。

这段文坛掌故，既见我党文化战线的斗争策略，更见李健吾先生的豪爽和爱国。须知挂名要承担政治迫害，直至逮捕坐牢的后果，而李先生侠胆热肠，在所不计。这种精神，实在令人神往。

《离骚》没有发刊词，征文简则概括了刊物的内容，即学术论著、地方通讯、人物素描、近代史话、散文杂感。这自然反映了阿英的编辑思想，尤其是开设“近代史话”更具编者的特点。刊首周予同作《经史关系论》，又赵景深的《〈杨家将〉考》、戴平万的散文《细雨的街头》、景宋（许广平）的《医》、林丰（叶灵凤）的《战争与木刻》，以及其他杂感和译文。李健吾以刘西渭笔名发表了散文《匹夫》，阿英以笔名寒峰发表了《甲午战争书录》。后者虽是近代书录，却不能不让人联想到眼前入侵的敌人。这组书录确是在炮火中完成的，不能作一般的史料来看。

薄薄一本刊物，编得淡雅大方，相当精致，连补白处不是加了短文，便有尾花装饰。题花也不少。尾花有多幅邮票大小的“战争藏书票”，时代氛围颇浓，编者的匠心和趣味俱现。我怀疑这些装饰木刻都由叶灵凤先生提供，因为《救亡日报》时期，叶先生也参加了编辑工作，当时与阿英往来紧密。

《离骚》一问世便得到“勒令停刊”的命运，世间少有留存。我保存的这本《离骚》，尽管有残页，也还是费时多年才在上海访得，幸亏当时毫不犹疑地拣在手中。此后，再也没有见到过复本。如果说新文学零本期刊中较有意义并稀见难得者，《离骚》可算一例。特别是它体现了阿英的苦心编辑和李健吾的临危相助，都是可传后世的佳话。

1987 年 1 月

邵洵美与《自由谭》

近时读了几篇有关诗人邵洵美与美国女作家项美丽的恋爱故事，那真是一场一见倾心而又浪漫不羁的异国之恋。遗憾的是文中都未涉及 1938 年 9 月项美丽在上海创办亦图亦文的大型中文刊物《自由谭》的事。其实这正是他俩在已论婚嫁的季节里合作得最美好的一段经历。

年轻漂亮的项美丽于 1935 年初到上海，出发前她仅出于对东方的好奇，很快便爱上了中国，并留在上海的英文《字林西报》工作，兼任美国《纽约客》杂志驻中国的撰稿人。七七事变后，她不想离开上海，愿与中国人民共历患难，就在日本侵略军的枪口之下主办了宣传抗日的《自由谭》，这更是她富有正义感的一次勇敢行为。

正是由于结识了邵洵美，项美丽才得有机会深入中国社会，了解中国人民的感情。邵洵美的英文很好，可用英文写作，项美丽的汉文程度差，无法用中文写作。如果没有邵的合作，她也许办不成《自由谭》。何况那时邵洵美的手中还掌握着战前办时代图书出版公司的印刷机器，而《自由谭》的基本撰稿人亦多为邵的朋友。我甚至想，也许正是邵考虑到当时租界的“孤岛”环境，有意请一位外国人来出面办理杂志，借以躲避日本占领军的阻碍。因此我们既可以承认《自由谭》是项美丽主编并作为发行人，同时也应注意到邵洵美与这刊物的特殊关系和所起的作用。

在创刊号的《自由谭》上，编者写有《本刊的命名》，除解释“自由”的含义外，又说：“以前上海的《申报》曾经有一个副刊叫作《自由谈》，可惜它多少年的历史，这次也跟着别种不幸的人与物

《自由谭》｜1938年创刊号

作了牺牲。我们用《自由谭》来作刊物的名称，除了表示自己的态度外，同时还作为这一个‘受伤的上海文化’的纪念，并希望能担负起复兴及继续努力的责任。‘谈’字改‘谭’，以示区别，特此附带声明。”编者表示，在今天的世界里自由已绝迹，尽管战前的上海报纸、杂志不下几百种，可“言论自由范围本来不宽舒，但是现在却又遭受了意外的摧残”。为此，编者声明：“我们这个刊物是头脑清楚的人和头脑清楚的人谈话的场合。”创刊号的封面画十分醒目：在日本飞机的轰炸下，一个悲愤的中国农民，怀中正抱着被炸死的儿子。摄影画页里表现的是武汉民众抗战的热情以及街头的老百姓们正仰望着空中肆虐的日军飞机。另有一组图片报道了上海国际救济会给予难民儿童的协助以及被炮火毁损后的几所上海教堂的惨状。一组《战时的中国木刻艺术》，发表了木刻家黄新波的八幅连环木刻《大地的怒潮》及梁永泰的木刻《反抗吧！农民》。另有一批漫画家的作品，如女漫画家梁白波的四幅《我们要替死难的同胞复仇》、叶浅予的《从军图》、陆志庠的《现在是我们开枪的时候了！》，以及张乐平、陶谋基等漫画家的抗日救亡招贴画。在《街头上的抗战戏剧》文章下，又附有八幅抗日街头剧的演出实况。总之，所有这些画页都极富战时的鼓动色彩和强烈的控诉力量，真实地记录下活的历史。每期刊物都是如此，半本是画报，半本是文字。

邵洵美在每期刊物上都有文字发表，这还不包括他化名写的文章。创刊号他发表了《安置战时妇女和儿童》，第二期开始连载他数万字的《一年在上海》，共载六期而终。他从1937年战事发生写起，有人在《自由谭》上说：“这次的战事使他（指邵）变成一个无产者。他一年中的著述，大半是英文的。最近还预备写一部自传。”他的自传不知是否写成，而这《一年在上海》恰是他自传里的一章。邵在《一年在上海》的开头说："为简明起见，我把它分成三节：第一节讲我如何早就确定了战事的发生，离开杨树浦寓所前的事实；第二节讲我离开了杨树浦过着怎样一种波浪式的生活；第三节讲我几次搬家，自己如何应付环境。"上海事变的"八一三"那天，他是下午三点多才逃往苏州河南的，"我们车子过桥将近四点半。有两个工友当时走散了来不及和大家一同走，他们五点多钟出来，竟然被日本兵用机关枪扫射了，他们幸亏都懂得赶快伏在地上，只有一个的腿上受了伤。他们说当时射死的男女老少不止几十百千。不知那有三个小孩的一对夫妇会不会在里面？更不知那一对六七十岁提着小手巾包的老夫妇会不会在里面"。长久生活平静的邵洵美，怎么会想到还有逃难的一天。在侵略者的枪炮声中，他为我们画了一幅都市流民图。多年来，未见有人为邵洵美编过文集，倘有人注意及此，我建议不可漏收这篇文章。

每期刊物的篇首都有编者写的时事短论，放眼国际反法西斯的动态和新闻，并简要地做出分析和评论。按说这应出自主编项美丽之手，却亦难以排除邵洵美参与执笔的可能。在第二期的一则短论中，谈到毛泽东著的《论持久战》："毛泽东先生的新著便值得使人赞扬了。这本《论持久战》的小册子，洋洋数万言，讨论的范围不能说不广，研究的技术不能说不精，含蓄的意识不能说不高，但是写得浅近，人人能了解，人人能欣赏。万人传颂，中外称赞，绝不是偶然事也。"据云，当时项美丽还在邵洵美帮助下，将《论持久战》译成英文出版。

差不多每期都在刊物上发表文章的作家还有徐訏、章克标、张若谷等人，此外刊有胡适的《中国与日本的欧化》、杨刚的《焚书毁信离北平》、徐迟的《旅港文化人新闻片第一号》、锡金的《中国诗坛社与蒲风》等。总之主要是抗战言论和战地通讯，包括林达祖的《避难记》等，莫不是抗日文字。

1939 年 3 月 1 日《自由谭》出到第七期后停刊。此后，项美丽到过香港，为了完成《宋氏三姊妹》一书，她又到了重庆。可能是 1943 年吧，她才离开中国，再也没有回来。1997 年 2 月她逝于美国，活到九十二岁。直到临终，她一直是《纽约客》的撰稿人，并写过一本回忆录《中国与我》。有人说，抗战胜利后项美丽与邵洵美在美国见了一面，没人知道他俩谈了些什么，彼此当时的心情又如何。但创编《自由谭》这件事，无论如何对这两位当事者以及中国读者来说都是个美好的记忆。“望远镜中看故人”，后人在感谢项美丽支持中国抗战的同时，也应该记住诗人邵洵美在这中间付出的心血。

《自由谭》
1938 年第二期

《战时木刻（半月刊）》｜一期至十期合订本

《战时木刻》

抗战期间，现代木刻活动在浙江曾活跃一时。1939 年 11 月，以浙江省战时美术工作者协会战时木刻研究社研究组的名义，在永康县（今永康市）创办了《战时木刻（半月刊）》，同时还办了木刻函授班。刊物为十六开本，以广大青年木刻爱好者为对象，每期连载有“木刻史话”“木刻创作法”“学习与摹仿”等专栏，并李桦、野夫等指导教师写的木刻创作谈和青年学员们的习作。尽管这个刊物以传授木刻技艺为主，但也继承了新兴木刻艺术的战斗传统，绝大部分作品都反映了战时生活，言论更结合实际，富有针对性，如第五期即刊有野夫写的《由敌人渡江进攻萧山想起东南艺术界应如何加紧本位工作》。刊物主编是金逢孙、邓诚之。由于战局的影响，刊物不得不中途迁往青田，最后又迁至丽水。多年后，我们重睹此刊，不难看到它强烈的战时色彩。

刊物的另一特色是保持了木刻与文学的紧密结合，发表了不少作家有关木刻的文章。第二期刊有夏衍的短论《需要消化》，文中强调了文学艺术作品的内容与形式的统一，“因为有生命的艺术一定和艺术工作者的生活不相分离，呼吸相通，血脉相贯，所以，这种艺术一定带着这个艺术工作者的民族的、时代的血质、容貌和体臭”。他反对那些“只有若干洋化了的知识分子才能领会的食新不化的作品。对一切艺术我们都作如此希望，对新兴艺术的木刻，更加如此”。夏衍的这篇文章，不见于他的各种文集。

在第四期的《战时木刻》中，还有陈虞孙的《不要看字识图》和诗人莫洛的《希望着木刻插画》以及在“刀片”专栏中发表的作家来信，如王西彦针对一本木刻集谈了有关创作题材的问题："作者所选用的题材似乎还嫌单纯，比方在文艺写作上，我们特别强调抗战现实的各面，也即所谓斗争的二重性，不知在木刻艺术上所表现的怎样？愚意以为如能利用木刻艺术的显明的对照，来刻画中国目前'一方面是荒淫无耻，一方面是庄严的工作'的现实，将是一件非常有意义的事。"这可能是针对只能写前线生活主张的一种补正吧。因为揭露国民党统治区战时的黑暗和腐败现象，同样具有战斗的现实意义。在第七期的"刀片"中，冯雪峰对战时的木刻运动也有赞词："木刻之进步，殊出人意料之外，弟亦想写点短文凑热闹……在金华某君处得见《点缀集》，以为虽是小品，却充满着力量。弟觉得木刻恐怕不在于美丽，而以与题意之深刻为贵，先生以为如何？此外，基础功夫在现在恐怕还需提倡，因现在木刻既见流行，则'用功'亦必须造成普遍的风气才对，余再谈。"雪峰所称许的《点缀集》，是野夫木刻创作的结集。由于战时的艰难环境，估计这书当时印数无多，原书已难见到。但作家的这些议论，无疑也是有关现代木刻史上的史料。

《战时木刻》出版到 1940 年 4 月第二卷第二期为止，共出十期。据 1992 年 6 月上海书画出版社出版的许志浩著《中国美术期刊过眼录》称，《战时木刻》是一本罕见的木刻期刊，全国各大图书馆很少藏有全套的。许先生我认识，他曾在上海书店的旧杂志书库里工作过，他的话是可信的。寒斋有幸藏得九本，独缺创刊号一册。此后，搜访多年无结果，可能被专收创刊号者捷足先登了。奈何奈何！

唐弢与《丽芒湖上》

1940 年 11 月，郑子先编辑的《文艺界丛刊》创刊号《丽芒湖上》出版，大三十二开本，印制较精良，就其内容的扎实、作者的阵容、编辑的艺术，都值得一记。打头阵的是三篇小说，原因是“战后上海最感荒芜的是创作小说，我们希望在这方面多尽点力”。依次是芦焚（师陀）的《傲骨》、柯灵的《脔割》、方晓白（满涛）的《一个平凡的故事》。编者对此有所评介：“《傲骨》的作者以深沁人心的笔簇，刻画了一个那样寂寞的人物，而《一个平凡的故事》的作者所捧出的却是荒妄的青年的典型。在《脔割》里，我们爱良良的天真，感谢俞太太的好心肠，但是对于那个在母爱里流露出坚强的性格的女人，我们又怎能吝惜自己的同情！对这种矛盾的错综的心理的处理，我们以为作者是成功的。”从这笔调里，你能猜到编者郑子先是谁吗？刊物的作者大多也化了名。比如理直是周建人，韦佩是王统照，邹啸是赵景深，辨微是周木斋，东方曦是孔另境，风子是唐弢。原来郑子先也是唐弢的化名。本期还开始连载了袁俊（张骏祥）的五幕话剧《小城故事》。唐弢特别介绍了巴人写的论文《地主性格》，认为这是文史学家一向所忽略的，“而作者却更进一步，以此揭示了现在的某些人物的思想的本质”。还有楼适夷的《记越剧目莲救母》，虽是艺术论文，却有散文风格，又是“十分现实的文章”。作者谈地狱里对人的种种残害，岂不让人想到阳世间的一切。刊名《丽芒湖上》，用的是王统照先生所译拜伦的诗题。这是拜伦在瑞士丽芒湖畔所作的感兴诗。

我很欣赏姚克写的散文《归国杂记》，看似平淡却耐人寻味。

《丽芒湖上》｜1940年创刊号

唐弢说：“姚克先生于战前去国，出席苏联戏剧节，几年来漫游欧美，回国后首先为我们执笔，这是应该感谢的。作者并已答应为我们继续写下去。”作者是从旧金山乘船回国的，路过檀香山的珍珠港，那里还是个太平世界。夜晚在街头徜徉的尽是美国水兵，“白漫漫的一片”，成了“水兵之市”。望着这些身着白色军服的青年，作者写道：“这恐怕也不是真正的世外桃源吧。……太平洋若起风波，夏威夷是用兵必急之地。”船到了日本的横滨，作者看到八台起重机，从美国船上卸下战备物资，整整卸了十八个小时。“一方面在珍珠港停驻着主力舰队，一方面仍在把军备原料运到‘理想敌’手中；美国的矛盾真使我失笑。……横滨口外有几艘日本的军舰，沿岸都有蜂窝似的炮台，和夏威夷的美国海军遥遥相对。这是一幅绝妙的讽刺太平的漫画。”话音刚落，日本便偷袭了珍珠港，太平洋的平安梦被打得粉碎。那些徜徉街头的美国水兵，不知有多少人没等醒过来便已葬身海底。姚克目见了这段历史，可惜刊物只办了一期，我们没有机会再读姚克续写的归国杂记了。

“鲁迅先生逝世四周年特辑”，发表了周建人先生的《鲁迅任绍兴师范校长的一年》、许广平的《鲁迅先生在北平的反帝斗争》、文载道的《鲁迅先生的旧诗》。唐弢研究鲁迅，从一开始就重视资料，他在《编后记》里阐明了他的主张：“现在各处都已提出了研究鲁迅的口号，而且仿佛还有一种普遍的见解，以为感情的琐碎的记载可以不必，应该多做理论的研讨。编者于此却有一点私见，觉得理论上的研究，也许后一代可以做得比我们更好，而对于材料的提供，却是必须在我们这一代完成的，因此我们觉得许先生和理直先生的文章，特别值得注意和推荐。”时至今日，编者的观点仍然是正确的。

事隔四十五年之后，唐弢回忆这个刊物时说：“1940 年秋，邮局同事陈泉恩和一家印刷厂主合作，想办个文学刊物，约我主编，经过许多波折，于同年十一月出版，这就是《文艺界丛刊》第一辑……可惜印数既少，发行时又被没收，日军进占上海租界以后，一扫而光，现在连知道的人也已不多了。”（见《狂狷人生剑三先生》，1989 年 11 月华岳文艺出版社出版）。《丽芒湖上》是唐弢初次主编的文艺刊物，注重撰写编后记的作风，也给人留下深刻的印象。那时编者还是一位二十几岁的青年。

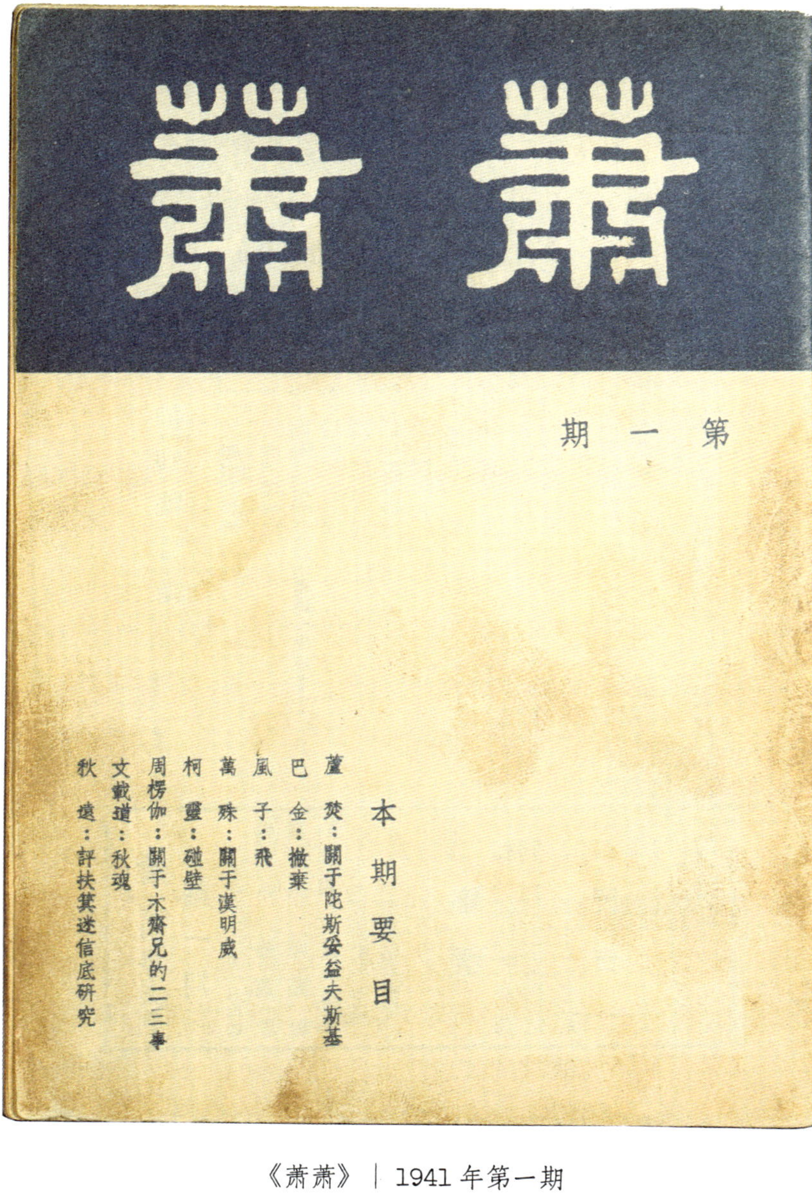
蕭蕭
第一期
本期要目
蘆焚：關于陀斯妥益夫斯基
巴金：撒棄
風子：飛
萬殊：關于漢明威
柯靈：碰壁
周楞伽：關于木齋兄的二三事
文載道：秋魂
秋遠：評扶箕迷信底研究

《萧萧》| 1941 年第一期

文载道与《萧萧》

作为上海孤岛时期结束前夕出版的文艺刊物，有一种以散文随笔为主的《萧萧》。三十二开本，创刊于 1941 年 11 月 1 日，第三期终刊于同年 12 月 1 日。七天后太平洋事变爆发，上海租界被日军占领，孤岛历史结束。《萧萧》署名“萧萧社”编，编者实为文载道。这是一本精致耐看的小型刊物，较罕见，更少人谈及。

创刊号“我们的社语”专栏发表了《献词和释义》，强调了刊物的特色，最需要的是短小精悍的杂感、漫谈、速写、书评、报告、通讯、札记。至于刊名“萧萧”的叠字，考虑到有点音乐感，容易引起一点美的联想。编者还引《红楼梦》中咏竹的“无风仍脉脉，不雨亦萧萧”，认为正好代表了美学上的所谓刚与柔的境界。

许广平特意为《萧萧》第二期提供了未发表的鲁迅致王冶秋的信，并王冶秋编“鲁迅序跋集”后写的跋，及她写的序。可惜这个业经鲁迅先生首肯的版本，始终未能出版。创刊号上还有悼念杂文家周木斋的四篇文章，作者是周楞伽、文载道、列车、木圭。巴金先后发表了散文《撇弃》和《龙》，柯灵发表了《碰壁》，还有西渭（李健吾）的《杂记》、应服群（林淡秋）的《文艺短简》、风子（唐弢）的《飞》、方典（王元化）的《咬嚼》、芦焚（师陀）的《关于陀思妥耶夫斯基的一点感想》、魏如晦（阿英）的《金瓶梅传弹词》、东方曦（孔另境）的《蜕变和淘汰》、谭正璧的《关于韩侂胄》，秋远（黄裳）的《评〈扶箕迷信的研究〉》《关于〈蜕变〉及其演出》，万殊（满涛）的《关于汉明威》和《思余录》等。写过《郭沫若归国秘记》一书的殷尘（金祖同）发表了《唐代的当铺》，并提供了郁达夫促郭沫若返国的两封信。一想到在万木无声的沦陷了的上海，还能出现这样一本严肃的纯文艺刊物，实属难得。

说到第二期巴金发表的《龙》，今天至少可给近年出版的《巴金全集》作两条补正。一是巴金应约寄《龙》的文稿时，曾有一信致编者，附刊于文前。查《巴金全集》未收作者致文载道信，当是一封佚简，今录如后：

××先生：

三十日来信收到。我在内地还好，常常想起你们。刊物出版，自然愿意帮忙，我有几篇散文在圣泉处，里面有九篇文章，如《风》《雷》《雨》《龙》《醉》《撇弃》《祝福》等。你有空不妨到福润里去看看，选两篇发表。将来写了新的短文，再为你寄下几篇。从文信过两天即转去。他如有文章一定会寄上的。见着季琳请代致意。他的信也见到了。《火》第二部在这里送审，尚未审完，不知何日可出。我和几个朋友在这里租了房子，刚搬进去。连桌子也没有，写字不便。今早有预行警报，我在七星岩茶棚喝茶，就在躺椅上写了这封短信，别话后详。祝好。

巴金

信中提到的圣泉是作家陆蠡，季琳是柯灵，从文是沈从文。编者写给沈的约稿信，请巴金代转。可惜巴金信内无年月日。查《龙》写于 1941 年 7 月，巴金 9 月到桂林。巴金给文载道的信既然写于桂林，当在同年九十月间。

另，《巴金全集》第十三卷所收《龙》的注释说，此文首发在 1942 年 5 月 1 日出版的《自由中国》新二卷第一、二期合刊，误，应改为“1941 年 11 月 16 日出版的《萧萧》第二期”。

沈启无编《文学集刊》

抗日战争期间，在北京沦陷区出版的文艺刊物中，沈启无主编的《文学集刊》可称大型的纯文艺刊物。它没有打出取媚于侵略者的诸如“文学报国”之类的口号，也没有贩卖庸俗的低级趣味。创刊号的《卷头语》里说：

> 我们羞于喊口号，怕的是事实做不到，变成不负责任的空言。我们愿意担荷这责任，古典的精义与现代的写实熔为一炉，中外古今之得以阂通，而又各有它的独特。

《文学集刊》是季刊，第一辑于1943年9月出版，第二辑于1944年4月出版，总共出版了两期。它的停刊当然与整个时局有关，同时又不能不让人联想到沈启无与周作人之间的矛盾。沈启无出身北大，是周作人的学生，当时是伪北大文学院国文系主任，刊物的出版者是北京新民印书馆的艺文社，而艺文社的社长是周作人。那时的文艺刊物多以周作人为号召，但《文学集刊》上却无周的文字，也无一句提及周。但在新民印书馆的宣传品中却宣传艺文社社长周作人领导了两大文学刊物，一是《艺文杂志》，一是《文学集刊》，并称后者“是新中国文艺复兴的先锋”。

《文学集刊》第一辑似乎以文学评论为主，如俞平伯的《谈西厢记哭宴》、傅惜华的《北大图书馆善本藏曲志》、废名的《新诗应该是自由的》、商鸿逵的《王渔洋的散文》等。小说有袁犀（李克异）的《手杖》、关永吉的《陈岫和他的朋友》、马骊的《骨头》等。诗歌有南星、沈宝基等人的作品，沈启无发表了《闲步庵书简钞》和新诗。

《文学集刊》｜1943 年 9 月第一辑

《文学集刊》第二辑以诗歌和散文为主，小说则有赵荫棠、毕基初等北方作家的短篇。译诗和译作也占了不少篇幅。综观两期刊物并无宣传大东亚文学字样，不失为一本严肃可读的纯文艺刊物。至于沈启无在私下追随日本人则是另外一回事。

刊物出版的前一个月，沈启无作为中国作家的代表曾经到日本参加了第二届东亚文学者大会。在这个会上，发生了日本人提出的

“扫荡反动老作家”的事件，表现了侵略者对周作人的不满。周作人断定沈启无在中间做了手脚，而在这以前他们之间为继任北大文学院院长的事已经有了矛盾，这可能就是周作人不支持《文学集刊》的原因。在《文学集刊》第二辑出版的头两个月，沈启无又化名写文章攻击周作人编的《艺文杂志》代表老作家，他编的《文学集刊》代表青年作家，并讽刺周作人办刊物把稿费全都送给了老作家。事情闹得很僵，就在第二辑刊物出版之际，周作人在报上发表了《破门声明》，公开驱沈于门外。声明中说：“沈扬即沈启无系鄙人旧日受业弟子，相从有年，近来言动不逊，肆行攻击，应即声明破门，继绝一切公私关系。”当年这位沈某曾是苦雨斋中的常客，周某亦以有沈这样的弟子为骄傲，不想今日已形同路人矣。

师生的反目在周作人的心中留下了阴影。他指名点姓地骂过沈启无，还检讨自己的“知人不明”，先后写了《关于老作家》和《一封信》、《文坛的分化》等。后来又指桑骂槐地写过几篇针对沈某的文章，如《遇狼的故事》等。此时周作人发表作品常用“东郭”的笔名，足证对沈仍耿耿于怀。直到抗战胜利前夕的一九四五年夏，他还写了一篇《关于东郭》，虽然表面上无所指，其实依然是旧案的余波，念念不忘往日的恩怨。这篇文稿原拟在谢兴尧主编的文史杂志《逸文》第三期上发表，且在刊物上发出预告，终因日本投降而未果。积压近四十年，前几年才发表在“万叶散文丛刊之三”《霞》上。如果不熟悉周、沈之间的矛盾，也许不会明白《遇狼的故事》、《关于东郭》都包含着对沈启无的不满。

全国解放后，周作人和沈启无都生活在北京城却无往来。沈任职于北京师范学院中文系，“文革”中住过“牛棚”，后来病故了。

大家

創刊號

山河圖書公司

刊行

关于《大家》

抗战胜利以后，上海出版的文艺刊物如雨后春笋，但进步的刊物最多能维持几期亦便烟消云散。《大家》创刊于 1947 年 4 月，到 6 月出版到第三期终刊。预告原定由柯灵、桑弧主编，因他们忙于其他而未果，改由龚之方负责，名义上主编者是唐云旌，笔名唐大郎；发行人是龚之方，实际他是这一刊物的总设计者。

创刊号的《编后》说："眼前，书坊中畅销的是专给堂子里姑娘枕头边消遣的书刊。……在我们还觉得可以一看的都先后夭折了。……我们有的是一股傻劲，始终没有想到要迁就环境。《大家》月刊还是有我们自己的风格，综合性的取材，尽可能做到轻松明快，不让读者感到沉重；趣味是不可少的，实质也不能不顾到。"这大概就是《大家》的办刊宗旨了。

创刊号向读者郑重推荐了赵超构（笔名沙）先生的短论，直到四十多年后的今天，赵先生仍以笔名林放在《新民晚报》撰写短论。同时推荐的还有张爱玲的小说《华丽缘》，编者指明这是她继剧本《不了情》之后，于抗战胜利后的小说"试笔"。此外的作者还有凤子、袁水拍、黄裳、吴祖光、钟子芒、桑榆、石挥等。此后又有茅盾、马国亮、桑弧、徐淦等人的作品。张瑞芳发表的散文《冰天雪地的春天》，是从东北吉林写给友人的一封长信。那时她正在冰

《大家》｜1947 年创刊号

天雪地的东北，在内战的炮火声中拍摄影片《松花江上》。当时她写的几篇关于东北的通信，包括写伪“满映”情况的散文，都给读者留下了很深的印象。

《大家》和同时期的文艺刊物《清明》（吴祖光、丁聪主编），都是由龚之方筹措了一笔经费创办的。《清明》出了四期，《大家》出了三期，筹款全部赔光，刊物只好关门大吉。龚先生年过八旬，现定居苏州，常走京沪两地。1990 年我在北京见到他，他依然满头乌发，以乘公共汽车在京访友为乐。50 年代他曾经在北京参加《新观察》的编务。应国靖著《现代文学期刊漫话》一书，怀疑龚先生已故去，这是没有根据的。前几年，他还为海外报纸的副刊撰写专栏，介绍京沪文化界的近事以及社会风情，文笔轻松，趣味盎然，是理想的专栏小品。也许正是由于龚先生的总体设计，《大家》也是注重美术的一份文艺刊物，丁聪、张乐平、张光宇、陶谋基等画家均有作品发表，增加了刊物的艺术趣味。

主编唐大郎所说的不忘刊物的实质，这从每期首页的杂文的专栏《是月也》也看得分外清楚。这都是些短则十几个字，长则不超过百字的三言两语，很多利用了官方的言论，立此存照，反戈一击，是极有说服力的讽刺文章。从中可以看出刊物怎样在关注着时代和社会。如：北平大搜捕，一夜之间，共抓获“不良分子”二千余人。又如：北平大搜查声中，警察局长汤永成对报界发表谈话：“搜查者对人极有礼貌，一切不礼貌之举，皆加惩处。”又如：蒋主席书告同胞，“闭厂、罢工，皆非所许！”不必注释，读者一眼便能看清矛头的指向。这种嬉笑怒骂的零言碎语，出自龚之方的手笔，表现出作者观察敏锐的报人本色。

大郎先生已于 1980 年病逝。1983 年 10 月，香港广宇出版社出版了他的旧体诗集《闲居集》，署名刘郎。这也反映了他的风趣，因夫人姓刘，借笔名表示对妻子的忠贞。这本诗集语多诙谐，却道及近半个世纪以来作者的交游和思想感情，涉及的人物不下百余名，从一个侧面记录了上海文化界的掌故，具有一定的史料价值。例如《危楼记》一首：

危楼一角许同凭，侍诲当初辟视听。

依旧刘郎诗味活，几时公眼再垂青。

注云：“这是我于一九七四年初夏为了寄怀夏衍先生写的一首绝诗。那时，听说夏公被瘟神们折磨了将近十年之后才放他回到家中。我写了一封信和这首诗托在京的友人送到夏公手里。直至两年半以后，方始收到他的回信。信上说，读了我的诗，有‘山阳闻笛’之感。”作者回忆 1947 年吴祖光、丁聪合编《清明》时，编辑室是一陈年旧屋，“所以我把它唤作危楼。这是一层意思。另外，当时白色恐怖笼罩上海，到编辑部里来的又都是进步作家，祖光的文章里谈到夏公不但是这里的常客，而且还招集一些人在室中开会，分明是担风险的地方。这就是危楼的第二层意思”。唐大郎当时也常到“危楼”坐坐。“即使像我这一块料，夏公对我从不歧视，也从不顾忌。到了上海解放，他对我表现了极大的关怀，所以他是我终生难忘的一位仁厚长者。”这是一位党外人士对于一位党的文艺家发自内心的感情。

《顶点》

1939 年 7 月 10 日，诗刊《顶点》创刊，二十五开本，由新诗社出版，在香港生活书店印制代售。主编者是艾青、戴望舒。那时艾青在桂林的《广西日报》编副刊《南方》，戴望舒在香港《星岛日报》编副刊《星座》。两位诗人的创作风格并不一致，戴望舒的诗深受法国象征派的影响，艾青虽然留学法国，诗风却贴近现实，甚至植根于中国的农村生活。但他们为了“使中国新诗有更深一点的内容，更完美一点的表现方式。……我们却要时时刻刻怀着这个愿望，时时刻刻朝着这个方向努力”（见《顶点》“编后杂记”）。他们更没有忘记：“《顶点》是一个抗战时期的刊物。她不能离开抗战，而应该成为抗战的一种力量。为此之故，我们不拟发表和我们所生活着的向前迈进的时代远离的作品，但同时我们也得声明，我们所说不离开抗战的作品并不是狭义的战争诗。”这是两位诗人合作的思想基础，刊物的内容，忠实地实践了这一承诺。

创刊号发表了艾青的诗《纵火》《死难者的画像》《吊楼》，戴望舒译作《西班牙抗战谣曲钞》。此外，还有袁水拍的诗《不能归他们》《雨中的送葬》《奴隶们唱》，徐迟的诗《怀柔》《述语》，陈迩冬的诗《四月的早上》，周煦良的诗《冲锋以前》《莫去掉我们手中的火炬》等。诗论则有艾青的《诗的散文美》和徐迟的《抒情的放逐》。

两位诗人的合作在新诗史上堪称一段佳话，特别是对戴望舒来说，《顶点》也许是他诗风转变的关键时期。相距十七年后，艾青在《望舒的诗》中说：“抗日战争爆发，每个诚实的诗人都在

《顶点》｜1939 年第一卷第一期

民族利益的面前惊醒过来。望舒虽然没有写诗，但他是兴奋的，他在香港主编一个报纸的副刊，发表了许多歌颂抗日战争的诗，他翻译了《西班牙抗战谣曲》。直到 1939 年的元旦，他才重新写作，那面貌就和过去的作品完全不同了。”“这种爱国主义的感情，使他重新认识了现实，认识了中国。”在解放了的北京，两位诗人终于见面了。可惜戴望舒病故于 1950 年。《顶点》只出版了一期，又因战时环境和交通阻隔，刊物流传极罕，寒斋幸能保存一本，亦幸事也。

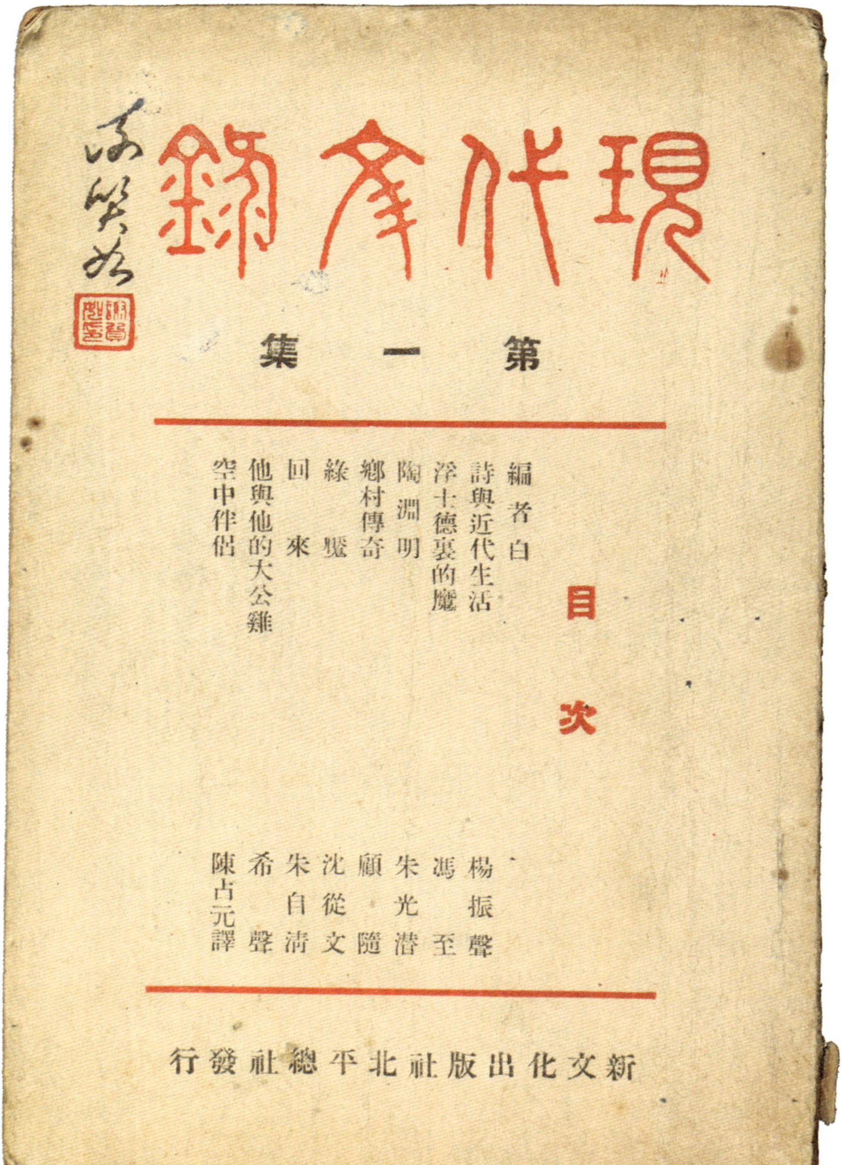

《现代文录》| 1946 年第一集

沈从文与《现代文录》

沈从文先生战后回到北平，曾经主编过一种文艺刊物《现代文录》。我寻访多年，终未得见，早就不存奢想了。没想到最后还是让我在旧书肆发现，欣喜之情，不尽言表。

沈先生是1946年8月下旬回到北平的，当时在北大任教，对文学创作活动热情仍高。同年10月即主编了天津《大公报·星期文艺》和天津《益世报·文学周刊》。同年12月新文化出版社北平总社又出版了他主编的《现代文录》第一集，大三十二开本，仅出一期。坊间所见的期刊目录及沈先生年谱中均不见记载。

《现代文录》共收作品八篇：《诗与近代生活》（杨振声）、《浮士德里的魔》（冯至）、《陶渊明》（朱光潜）、《乡村传奇》（顾随）、《绿魇》（沈从文）、《回来》（朱自清）、《他与他的大公鸡》（希声）、《空中伴侣》（陈占元译）。看名单，就会联想到这大体是“京派文学”的继续。前有《编者白》，内称鉴于战后的北平文艺刊物太少，而一般报纸的文艺副刊篇幅又太小，容不下分量较重的作品，因创此刊。编者标榜“不存门户之见”，办刊目标有三：“破除新旧文学的壁垒；打通中外文艺的界限；沟通文艺与哲学及科学的划野。”文章无署名，估计出自沈先生之手。版权页上的“编辑人”则为杨振声、沈从文、朱光潜、冯至、徐盈，现在均已弃世。我估计由沈先生执笔是不会错的，因为《大公报·星期文艺》亦署名杨振声、沈从文、冯至合编，实为沈编，从来没人讲过杨、冯是主编。

当时北平反内战、争民主的学生运动形势轰轰烈烈，这个刊物却由几位教授所办，难免带有一点与现实无争的学院气。同时与沈先生主张的文艺应远离政治的观点也是吻合的。当时《大公报》的彭子冈曾访问过沈先生，谈话中他讲到抗战初期，曹禺和巴金是不可能去延安的，而他本人既“不习惯受管束，也不会管束别人”，借此还反问子冈：“丁玲他们为什么去了，反倒没有什么作品了呢？”他办刊物，自认为是有意舍弃了只重时效却不能久存的作品。倘有研究“京派文学”在战后的余响者，《现代文录》可作为参考之一。但是亦应看到，像朱自清先生的散文《回来》，已发出了这样的感慨：“去年刚一胜利，不用说是想回来的。可是这一年来的情形使我回来的心淡了，想象中的北平，物价像潮水一般涨，整个的北平也像在潮水里晃荡着。”看来“京派文学”也不是与现实生活完全隔绝的。

顾随教授的小说《乡村传奇》，描绘了北方农村小镇的不平静生活。那个与官府勾结的地主斯文得很，始终保持着伪善的面目，表面上似乎没有卷入冲突的中心，在情节发展中却又无时不留有他的阴影。小说的副题是“晚清时代牛店子的故事”，可能故意模糊时代背景，借此逃避当局的审查吧。顾先生是“五四”以后著名文艺社团沉钟社的成员，后来转入古典文学的研究，很少写小说了。沦陷期间他又发表小说，似乎专写农村生活，同情受难的人们。《乡村传奇》是其中的一篇。这样的作品，理应引起人们的注意。

译林枝叶

第五章

CHIN

《文学因缘》｜1912 年后上海群益书社重印版

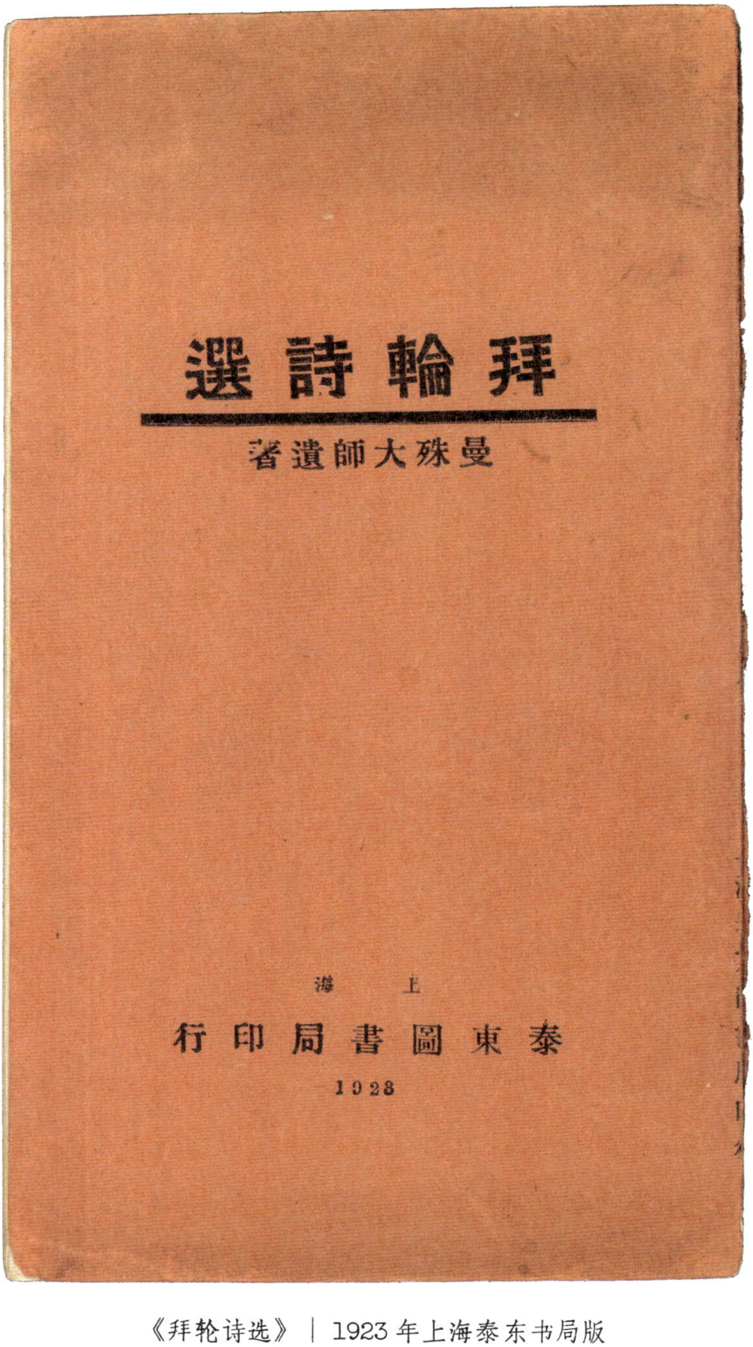

《拜轮诗选》| 1923 年上海泰东书局版

《文学因缘》与《拜轮诗选》

谈到早期的译诗，不能不想起清末的梁启超、苏曼殊、马君武。有趣的是他们三人都翻译过英国诗人拜伦（旧译“拜轮”）的诗《哀希腊》。译诗都以古体出之。鲁迅先生回忆在日本读梁译的《哀希腊》时说，“G.Byron 的诗多为青年所爱读，我觉得这话很有几分真。就自己而论，也还记得怎样读了他的诗而心神俱旺”；又提及苏曼殊当时与拜伦还有缘时，也译过好几首，“但译文古奥得很，也许曾经章太炎先生润色的罢，所以真像古诗，可是流传倒不广。后来收入他自印的绿面金签的《文学因缘》中，现在连这《文学因缘》也少见了”（见《坟·杂忆》）。鲁迅并不同意当时有些人说的，这些早期译诗已经过时，不值一文了。他说梁译“传颂一时”，“倒也觉得好”。鲁迅讲这话时是 1925 年，《文学因缘》初版于光绪三十三年（1907），由日本东京齐民社发行。20 年代中期即已难觅得这本书，莫怪我寻访多年无结果。但总记着鲁迅先生讲的，那诱人的“绿面金签”的版本。

终于有一年，我在琉璃厂旧书肆意外地访得苏曼殊的《文学因缘》，并《拜轮诗选》两书。当时如获头奖，欣喜之情，莫可名状。《文学因缘》中收有拜伦的诗，但《哀希腊》却收在《拜轮诗选》中。《文学因缘》的版式和装帧别有特色，是横式竖排本，浅棕色的封面，蓝色丝线装订，倒也讲究。怎么不是“绿面金签”的？细查知是上海群益书社的重印本，版权页的出版年月失记。考群益书社清末创立于长沙，1907 年设分社于上海。辛亥革命后的 1912 年改以上海为总社，直到 1935 年停业。估计这重印本出版于 1912 年后不久。因为如此装帧形式，在 20 世纪的 20 年代末和 30 年代初几已绝迹了。《拜轮诗选》是三十二开长形本，共收《去国行》《留别雅典女郎》《赞大海》《哀希腊》等五首诗。同《文学因缘》一样，也是用英汉两种文字排版的。我所得的仍不是日本东京的初版本，据说那是一本乳白色的精装烫金字的精致小书。时在光绪三十四年（1908）九月，发行人是梁绮庄。我得的是 1922 年 11 月上海泰东书局的第四版，杏红色的封面，平装铅印。奇怪的是封面上又印着“1923”的字样。不管怎么说，这个版本曾经流行一时，征服过万千读者，距今已近八十年，也是稀见本了。

马君武翻译拜伦的《哀希腊》，当然亦有鉴于诗中的民主思想和反抗精神，译作的时间与曼殊的命笔先后不远，风格却有异。苏译典雅古奥，马译稍近口语。1914 年上海文明书局出版的《马君武诗稿》中的《哀希腊》开篇头一首如后：

希腊岛，希腊岛，诗人沙浮安在哉？
爱国之诗传最早。战争平和万千术，
其术皆自希腊出。德类、飞布两英雄，
渊源皆是希腊族。吁嗟乎！
漫说年年夏日长，万般销歇剩斜阳。

曼殊的译笔如后：

巍巍希腊都，生长奢浮好。
情文何斐伟，荼辐思灵保。
征伐和亲策，陵夷不自葆。
长夏尚滔滔，颓阳照空岛。

梁译更朗朗上口：

咳，希腊啊，希腊啊，你本是平和时代的爱娇，你本是战争时代的天骄，“撒藏波”歌声高，女诗人热情好，更有那“德罗士”“菲波士”荣光常照，此地是艺文旧垒、技术中潮，即今在否，算除却太阳光线，万般没了。

据曼殊自述，他在日本翻译《哀希腊》前后，妒时愤世，“唯好啸傲山林”，尝于月夜泛舟湖上，“歌拜轮《哀希腊》之篇。歌已哭，哭复歌，抗音与湖水相应”。一个隽美英秀的少年，心怀家国之忧，向往着拜伦的投身独立运动，反对专制，争取民主的奋斗精神，这正是诗人与拜伦相知相热的“有缘”时期。诚如鲁迅先生所说：“那时 Byron 之所以比较的为中国人所知，还有别一原因，就是他的助希腊独立。时当清的末年，在一部分中国青年的心中，革命思潮正盛，凡有叫喊复仇和反抗的便容易惹起感应。”译家的纷纷瞩目于拜伦实不足怪。

然而，慷慨当歌有时尽，待到曼殊大师的热情渐冷，他与拜伦的缘分亦日远。后来他在答友人书中表示：“拜伦诗久不习诵，曩日偶以微词移译，及今思之，殊觉多事，亡友笃生曾尼不慧曰：‘此道不可以之安身立命。’追味此言，吾诚不当以闻愁自戕也！”视昨日之讴歌革命为“多事”与“闻愁自戕”这是寓有沉痛呢，还是思想消极？呜乎，此时的曼殊正嗜糖如命，又好饮花酒，已被人誉为“糖僧”“情僧”矣！时光的流逝真可怕，难道曼殊大师真的希望人们忘记他在日本印的《文学因缘》和《拜轮诗选》两本无比精美的诗册吗？

比亚兹莱与《莎乐美》

20 世纪末英国唯美主义画家比亚兹莱（1872—1898）的黑白插图，由于鲁迅先生的正式推荐而广为人知。1929 年 4 月，鲁迅为花社编选“艺苑朝华”之一辑第四《比亚兹莱画选》写的“小引”里透露：因为国内翻印了比亚兹莱为王尔德的《莎乐美》作的插图，“还因为我们本国对时行艺术家的摘取，似乎连风韵也颇为一般所熟悉了。”这翻印《莎乐美》插图的是田汉；所指“摘取”者，是叶灵凤、郭建英，甚至还有女作家凌叔华。比亚兹莱与我国现代文坛可谓缘分不浅。1925 年，女作家陈学昭化名揭发凌叔华在《晨报副刊》发表的小说插画是抄袭比亚兹莱的，结果被对方人士疑为鲁迅所写，转而攻击鲁迅。害得先生不得不在《革“首领”》杂文中说明了真相。

比亚兹莱为王尔德的剧本《莎乐美》作插图是在 1894 年，当时他才二十二岁。他以善用黑白对比和流利的线条而享有盛誉，画风追求怪诞和病态的性感美。鲁迅对比亚兹莱并无反感，只是不赞成叶灵凤的模仿，甚至专取怪诞，又不讲究线条，把人物画得十分丑陋。鲁迅说：“视为一个纯然的装饰艺术家，比亚兹莱是无匹的。”他介绍比亚兹莱的画既有反对别人抄袭的目的，更重要的还是给中国的青年艺术家输送养料，借以发展我们的版画创作和插图艺术。

田汉翻译的王尔德《莎乐美》，作为“少年中国学会丛书”于 1923 年 1 月由中华书局出版。书中收有比亚兹莱的插图、封面、尾饰等共十六幅之多。这比鲁迅介绍比亚兹莱早了六七年，而鲁迅所编的《比亚兹莱画选》共收作品十二幅，《莎乐美》的插图仅占其中之一。因此多年来若想一睹《莎乐美》插图的全貌，还要靠田汉的这个译本。

《莎乐美》的初版本为大三十二开，灰色封面，是新文学早期版本中的精品。70年代初，我把它送给了木刻家新波。新波先生说，当年他在广州文德路的地摊上买到过本，“文革”中被抄走，下落不明。我现在手边的一本是1930年3月出版的第五版，封面改为杏黄色，插图墨色远不如初版本，但今天亦稀见了。最早把比亚兹莱译为琵亚词侣，看来不是诗人邵洵美，而是出于爱美和浪漫的田汉。

1997年12月

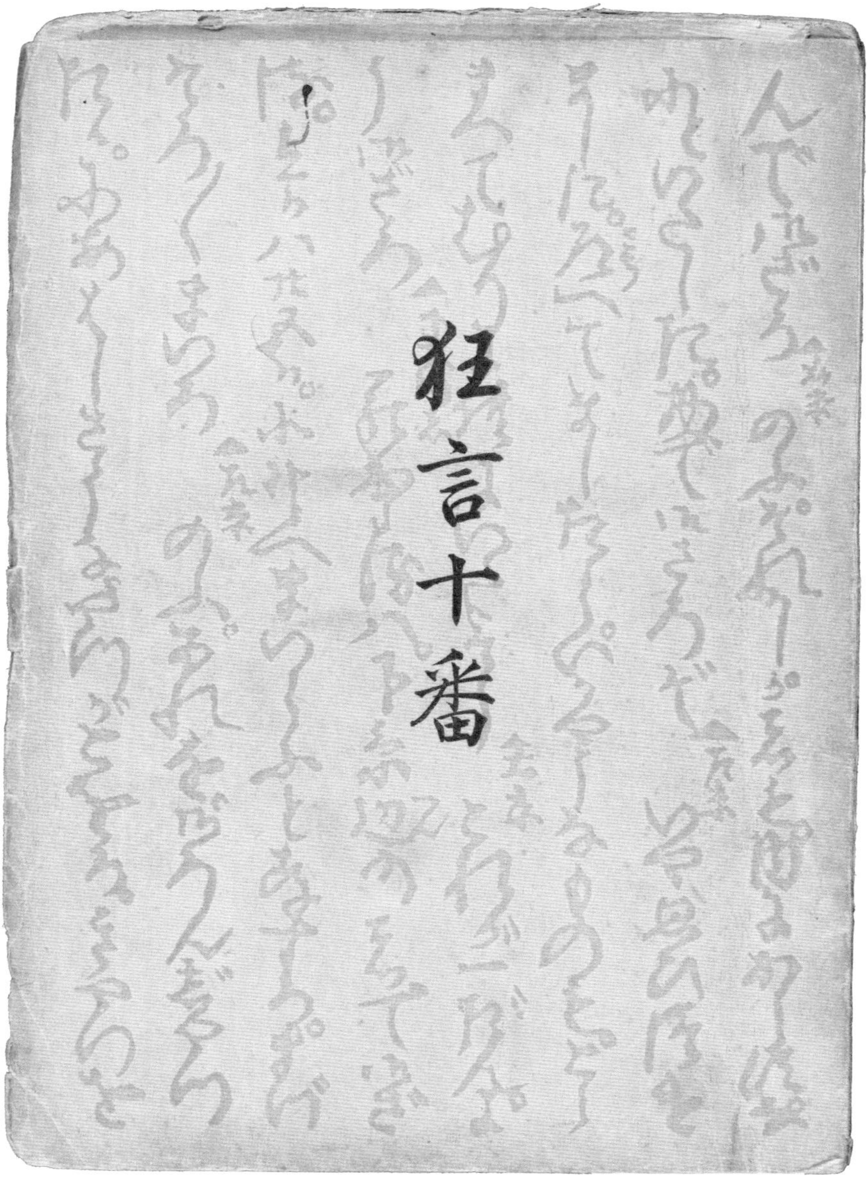

《狂言十番》| 1926 年北新书局版

《狂言十番》

20年代初，周作人开始译日本狂言，载于孙伏园主编的《晨报副刊》上。狂言者，乃古代日本的一种小喜剧，今存二百余篇，作者已不可考。1926年9月，译者集狂言十篇，编为《狂言十番》，于北新书局出版，并附插画八幅。

某年余于沪上旧书肆得见此书，为初印纪念本，重磅道林，毛边装，扉页上还印有限定说明：“赠送本共印三十册，这一册是第十号。”“十”字为译者用毛笔填写。又在扉页上印有两行古希腊文，经高明指点，意为：“永远珍惜来自朋友的礼物。”这两项当为一般初印本中所无。书肆主人以为奇货，更因为书上有译者的签名，即浓墨所书“半农兄 作人 九、三十”，故索昂价。余最初不拟藏，后来想到这也是淘书者难得的机遇，而限定本当时只印了三十册，恐世上留存无多，刘半农、周作人又都是“五四”时代的风云人物，他们之间的交往亦文坛上的话题，遂购归。

1955年4月，人民文学出版社印行译者的《日本狂言选》，即据此本，除收旧译十篇外，又收新译十余篇，共二十四题。然初版本每篇最后之译后附记及小简已不存，意趣大减，不知为何删去。

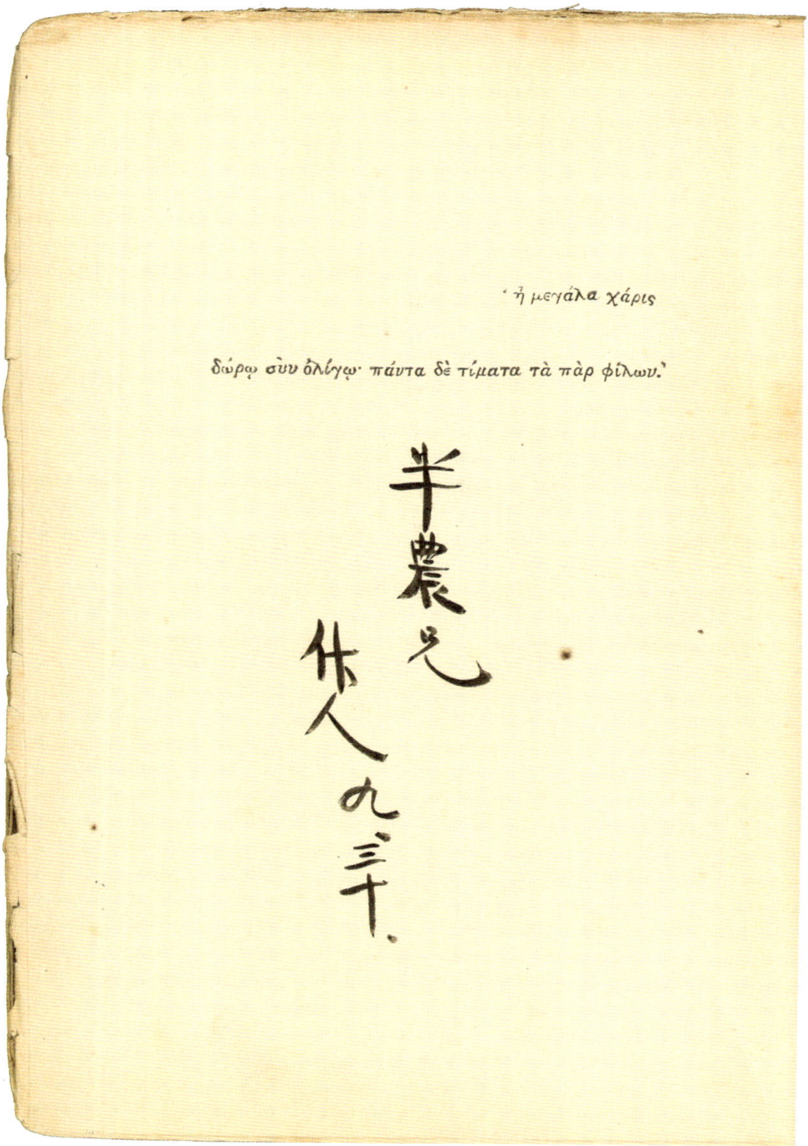
ἁ μεγάλα χάρις
δώρῳ σὺν ὀλίγῳ· πάντα δὲ τίματα τὰ πὰρ φίλων.
半農兄
作人九三十.

《狂言十番》内页

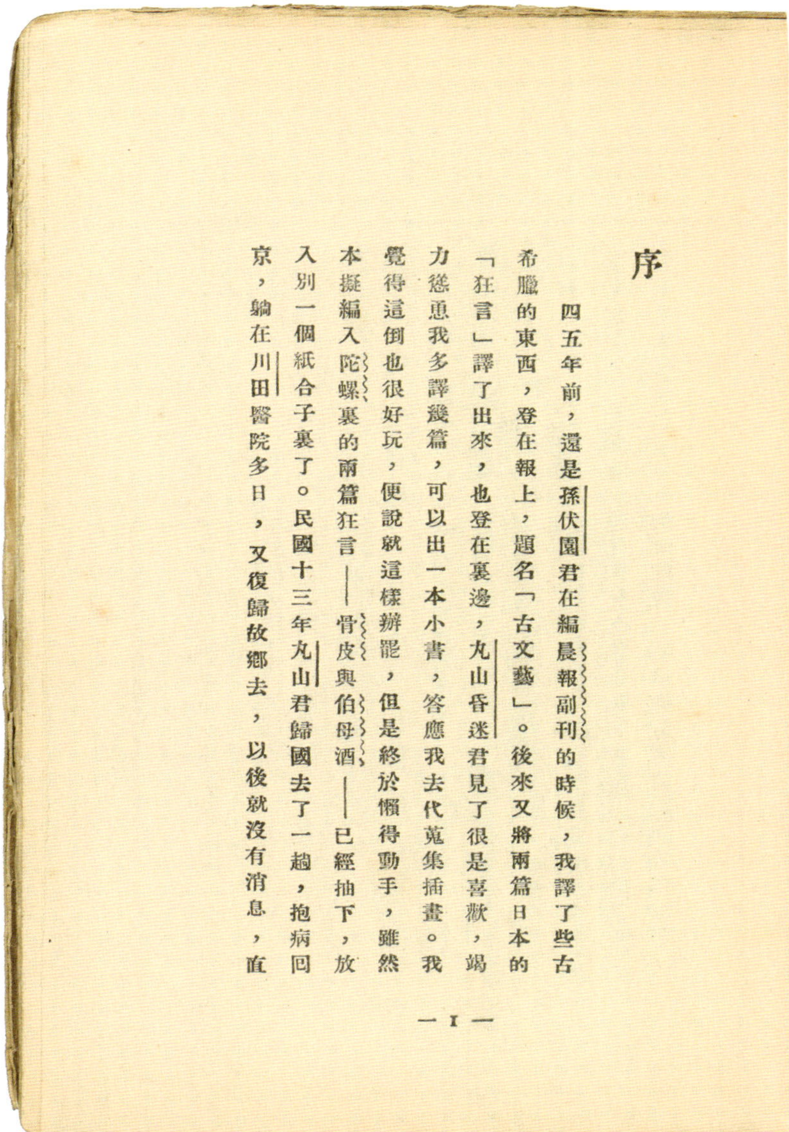
序

四五年前，還是孫伏園君在編晨報副刊的時候，我譯了些古希臘的東西，登在報上，題名「古文藝」。後來又將兩篇日本的「狂言」譯了出來，也登在裏邊，丸山昏迷君見了很是喜歡，竭力慫恿我多譯幾篇，可以出一本小書，答應我去代蒐集插畫。我覺得這倒也很好玩，便說就這樣辦罷，但是終於懶得動手，雖然本擬編入陀螺裏的兩篇狂言——骨皮與伯母酒——已經抽下，放入別一個紙合子裏了。民國十三年丸山君歸國去了一趟，抱病回京，躺在川田醫院多日，又復歸故鄉去，以後就沒有消息，直

— I —

《狂言十番》内页

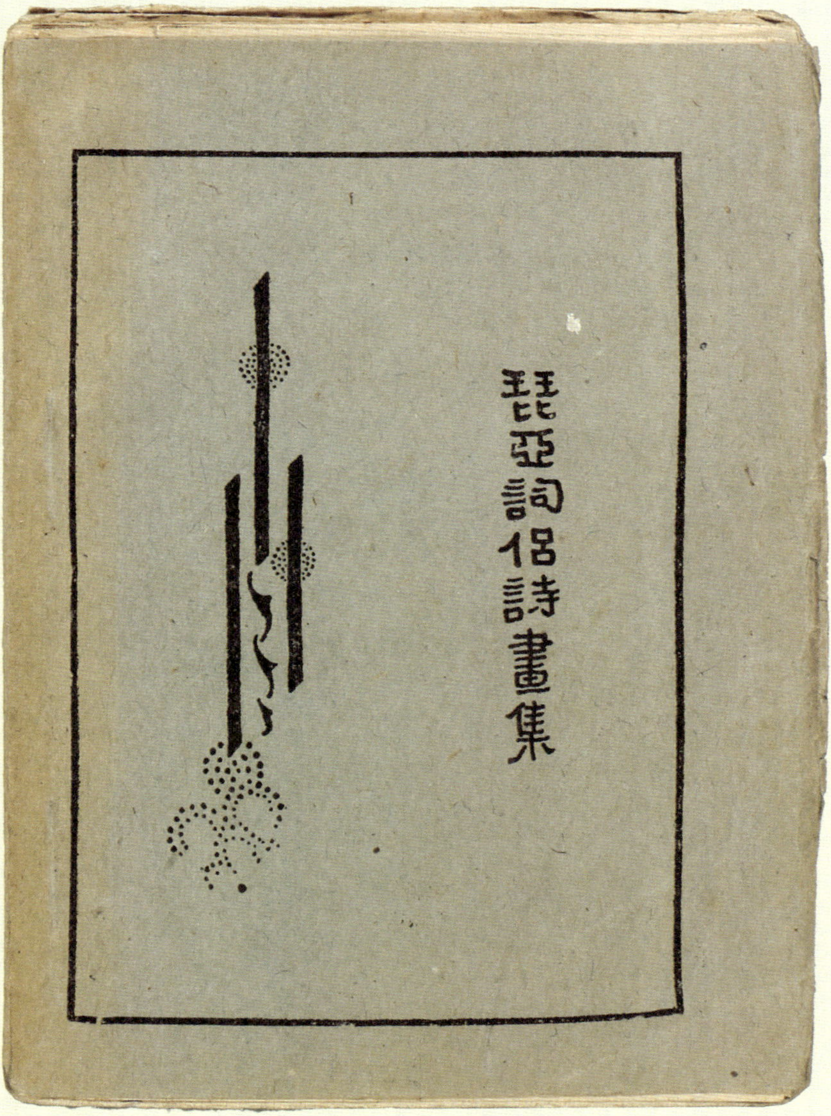

《琵亚词侣诗画集》｜1929年上海金屋书店版

《琵亚词侣诗画集》

19 世纪英国装饰画家比亚兹莱，因了鲁迅先生的介绍，早已益为中国的读者所熟悉。1929 年 4 月，鲁迅输印的《艺苑朝华》第四辑就是《比亚兹莱面选》。鲁迅在《〈比亚兹莱面选〉小引》中对于这位只活了 26 岁的画家给以很高的评价——

> 生命虽然如此短促，却没有一个艺术家，作黑白画的艺术家，获得比他更为普遍的名誉；也没有一个艺术家影响现代艺术如他这样的广阔。比亚兹莱少时的生活底第一个影响是音乐，他真正的嗜好是文学。

30 年代前后，作家叶灵凤受了比亚兹莱画风的影响，追随和模仿画家的线条，为自己的作品和创造社的书刊作了不少插图和封面。

就在鲁迅编印的《比亚兹莱画选》问世两个月后的1929年6月，上海金屋书店又出版了浩文译的《琵亚词侣诗画集》一册，扉页上写着：“献给一切爱诗爱画的朋友。”比亚兹莱的译名又化作琵亚词侣，这是有意追求一种典雅超俗的书斋趣味，是译者的偏好。金屋书店是诗人邵洵美创办的，“浩文”是诗人的笔名，应该说邵洵美也是爱慕比亚兹莱诗和画的一位作家。《琵亚词侣诗画集》是一本六十四开、袖珍型的小书，像金屋书店出版的其他书一样，印制得十分讲究。选用了重磅道林纸，毛边本，诗文本部加了套红的花框，堪称一件艺术品。邵洵美是一位热衷于书刊艺术的实践家，他办金屋书店，把资金全部投入对艺术的追求，舍得花钱，所以赔钱多，关门也快。这在中国现代出版史上也是一段趣话。

对于邵洵美的思想评价是一回事，对于他在出版事业上的追求还是要记上一笔的。

《琵亚词侣诗画集》共收画家创作的诗两首，一是《三个音乐师》，一是《理发师》。据说画家还有一首译诗，他短促的一生就留下这三首诗。此外便是比亚兹莱的自画像和三幅插图，及邵洵美写的序。邵洵美说：“琵亚词侣的画在我国已有人提起过了，他的线条画是受了我们东方的影响的，但是当我们看了，竟觉得没一处不是他自己的创造。啊，这一个美丽的灵魂！”又说：“他不到30岁便死了，但是即使是在病重的时候，他还是不息地工作着。他同时还向文学努力；写了一篇故事《山下》，西门氏曾说，要是他能多活几年，他在文学上的地位，也是第一等的了。情感的纯粹，文辞的典丽，韵律的和谐，绝不是平常的作家所梦想得到的。”鲁迅先生说比亚兹莱的真正嗜好是文学，而邵洵美翻译和编印了这册精美的《琵亚词侣诗画集》，恰好是为鲁迅的话做出实证。他认为画家的画是讽刺的，文也是讽刺的，指斥他的人并没有真正了解画家。

在邵洵美主编的《金屋月刊》上刊有一则《琵亚词侣诗画集》的广告，可能出自编译者之手，今录如后：

> 英国黄面志的艺术编辑，黑白画的创造者，他的诗在我国从没有人提及。原因是他的诗集原本不易购得，恐怕我国还没有人读到过。兹由本店重价觅到一册，请浩文先生译出，再用上等纸精印，并附琵亚词侣自作插图多幅及自画像一张，价目低廉，只售大洋二角。我们是本着宝贵的东西，不应当独占的意思。爱画的爱诗的爱收藏的都得来买一本。

翻翻《琵亚词侣诗画集》，实在是一种艺术享受。我保存的这册小书完整如新，60年代初只花了三角钱便在旧书摊上捡得。现在回想起来如临梦境，甚至不忍回味了。

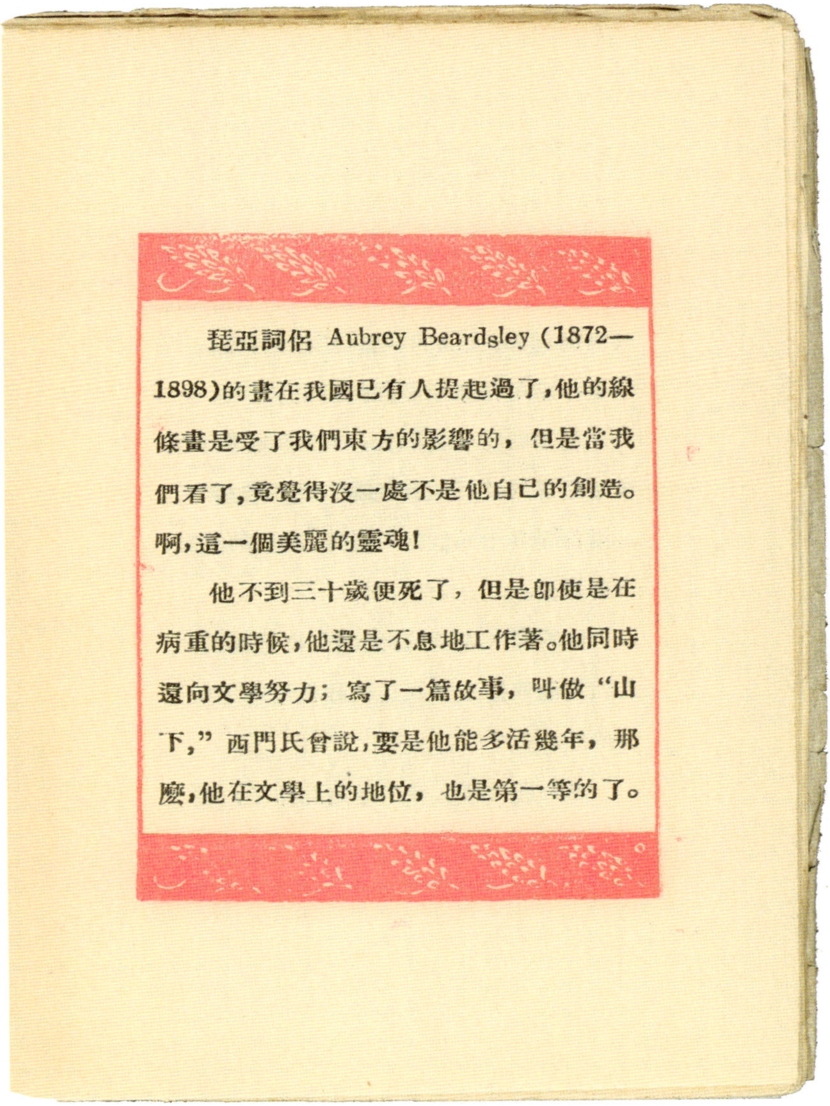

琵亞詞侣 Aubrey Beardsley (1872—1898)的畫在我國已有人提起過了，他的線條畫是受了我們東方的影響的，但是當我們看了，竟覺得沒一處不是他自己的創造。啊，這一個美麗的靈魂！

他不到三十歲便死了，但是卽使是在病重的時候，他還是不息地工作著。他同時還向文學努力；寫了一篇故事，叫做"山下，"西門氏曾說，要是他能多活幾年，那麽，他在文學上的地位，也是第一等的了。

《琵亚词侣诗画集》内页

《夜未央》｜万国美术研究社版

巴金与《夜未央》

巴金译波兰作家廖抗夫（1881—1913）的短篇小说《薇娜》，是译者翻译的第一篇小说。内容是写一个牺牲了爱情而献身革命的旧俄新女性。1928 年 6 月由上海开明书店出版的这本书，厚达二百三十四页，署名芾甘译的《薇娜》却只占四十八页，余为李石曾（1881—1973）译的廖抗夫著三幕剧《夜未央》。这在巴金的著译目录中是少见的。幸好在本书扉页上印有说明："石曾芾甘二君不曾合作译过这集子，是编者自由地把它们集合起来的。理当声明。"版权页上又标明这书是"微明丛书"之一，编者是"微明学社"，实即开明书店的编辑索非所为。索非是巴金信赖的好友，当时巴金远在国外，一切文稿都交他代理。巴金未必满意这种编书法，后来再也没有印过这个版本便是明证。

但，李的《夜未央》译本，对少年时代的巴金却有过较深的影响。这部戏是描写 1905 年俄国革命中，一群革命青年与沙皇统治者英勇斗争的故事。李的中译本是 1908 年（光绪三十四年）在巴黎和广州同时出版的。1920 年巴金从成都往上海写信才找到了这本书，读后引起了强烈的共鸣，以为从中找到了"梦景中的英雄"和"终身的事业"。为了同伴们排演这戏，他还一字一句地抄录了一遍。不知巴金所据的李译是巴黎的印本，还是广州的版本。

1927 年巴金到了巴黎，买到法文本的《夜未央》，卷首即收《薇娜》，先译了它。读了原本《夜未央》发现李译有删节和误译处，而且用的又是文言，他便重译了一遍，"但这译稿在从巴黎到上海的途中被邮局遗失了。1930 年 1 月我又把剧本译出，交给一家小书店印过一千册”（见巴金《〈夜未央〉后记》）。这就是 1930 年 4 月上海启智书店出版的《前夜》。1937 年 2 月，巴金又把《前夜》改为《夜未央》，由上海文化生活出版社重印，此后多次再版。尽管巴金不满意李的译文，也吸收了李译第三幕中关于传单的文言译文，他说：“‘传单’的译文得力于旧译本处不少。其所以用文言者，并非译者偷懒，说句老实话，译成白话未免太显露了……不过旧译本的这一段是译得很好的。”（见巴金《〈前夜〉译者序》）而李石曾在清末即开始译介欧美新剧，使读者眼界一新，实亦功不可没。

如今李译《夜未央》的初印本已罕见，有人记载 1908 年由巴黎世界社出版，有人记载同年由巴黎中国印字局与广州革新书局同时出版。二十多年前，我偶过北京隆福寺的中国书店，那里新文学的旧书已很稀见，我竟从架上捡到一本十六开长型本李译的《夜未央》。书用重磅道林纸印，大型字号竖排，内有多幅在巴黎公演的剧照，且有三幅印制精良的染色彩照。书前还有作者廖抗夫像和为李译中文本写的序。我顿时想到：根据当时国内的印刷条件，此本很可能是在巴黎印行的，因即购下。归来后细查，发现书中无出版年月，书后只附有世界社介绍《世界》杂志第一、二期的广告，似缺版权页。可是在书的封面上又赫然印有“版权所有，万国美术研究社刊行，每册定价大洋八角”。一书在手，依旧茫然，究竟何者为《夜未央》最早的版本，看来只好求教于高明了。

2008 年 7 月

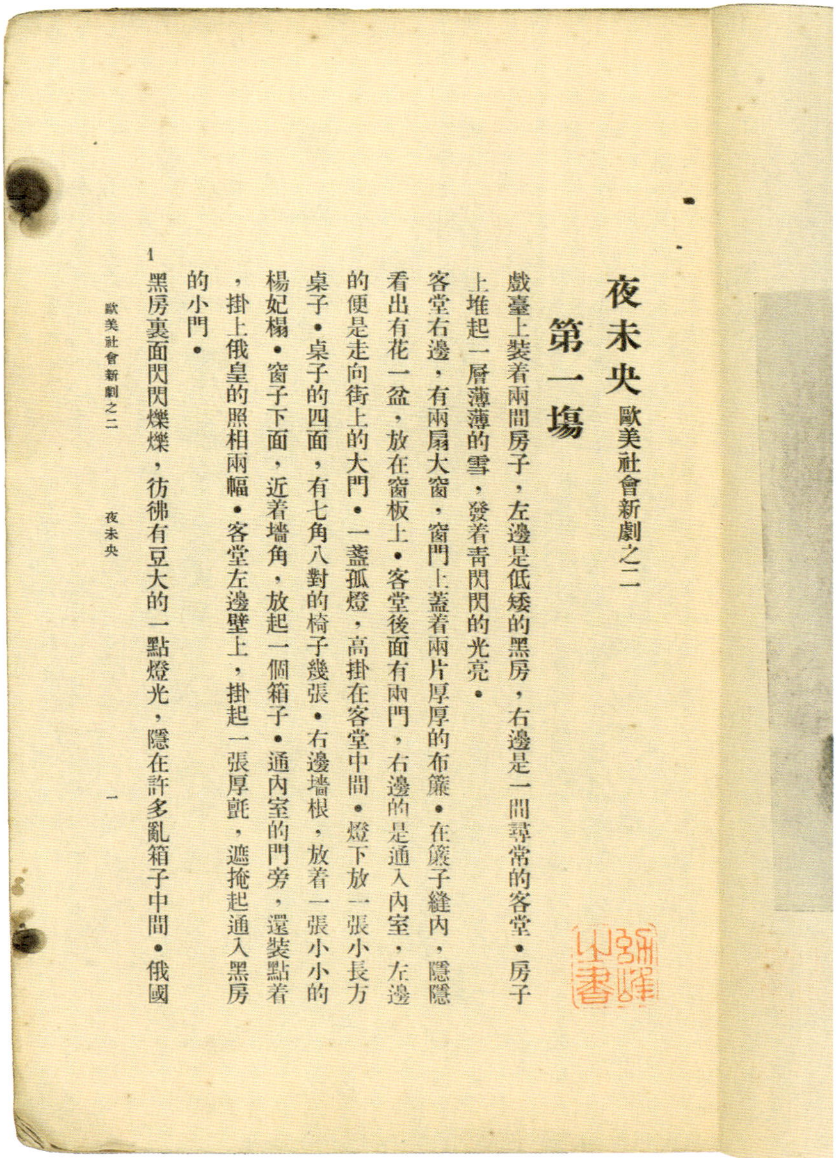

夜未央 歐美社會新劇之二

第一場

戲臺上裝着兩間房子，左邊是低矮的黑房，右邊是一間尋常的客堂・房子上堆起一層薄薄的雪，發着青閃閃的光亮・

客堂右邊，有兩扇大窗，窗門上蓋着兩片厚厚的布簾・在簾子縫內，隱隱看出有花一盆，放在窗板上・客堂後面有兩門，右邊的是通入內室，左邊的便是走向街上的大門・一盞孤燈，高掛在客堂中間・燈下放一張小長方桌子・桌子的四面，有七角八對的椅子幾張・右邊墻根，放着一張小小的楊妃榻・窗子下面，近着墻角，放起一個箱子・通內室的門旁，還裝點着，掛上俄皇的照相兩幅・客堂左邊壁上，掛起一張厚氈，遮掩起通入黑房的小門・

1 黑房裏面閃閃爍爍，彷彿有豆大的一點燈光，隱在許多亂箱子中間・俄國

歐美社會新劇之二　夜未央　一

《夜未央》内页

《善终旅店》｜1929 年水沫书店版

麦绥莱勒与《善终旅店》

那年在兴城海边，我与诗人艾青谈起凡尔哈仑。艾老翻译过这位比利时诗人的诗集，即 1948 年 1 月上海新群出版社出版的《原野与城市》。但，我读的却是凡尔哈仑小说的中译本《善终旅店》。我并不熟悉凡尔哈仑，主要是喜欢比利时画家麦绥莱勒（1889—1972）的插图而从旧书肆上捡来。艾老显然知道这书，他始终笑眯眯地听我讲，最后慢吞吞地说：“我也喜欢麦绥莱勒。”

凡尔哈仑（1855—1916）除了诗歌以外，写有戏剧《黎明》和《修道院》，小说似乎只有徐霞村翻译的这本《善终旅店》1929 年 7 月上海水沫书店出版。全书共收短篇小说五篇：《善终旅店》写一对兄弟的相妒和仇恨，《村中》写教堂的失火，《奥普多普的马市》写小镇景色和它的消亡，《三朋友》写三个孤老女人的绝望情绪，《一夜》写人的幻觉和多疑。凡尔哈仑的小说不重情节，如《村中》和《奥普多普的马市》更像散文。徐霞村在书前说：“他（凡尔哈仑）的诗起初是写实的，经过一度苦闷的神秘主义之后，一转而入光明之路，弃了他的佛兰德的田园风景，歌颂近代的都会。他又能在一般下级的事物中找出美，故又被尊为近代无产者诗人的鼻祖。”这样一本不足百页的小书，想不到却有麦绥莱勒的二十八幅插图。一篇小说少则配三幅，多者竟达十幅。插图富有装饰味，不乏神秘色彩，黑白对比强烈，诚如鲁迅给木刻青年曹白的信中所说：“木刻只有黑白二色，光线一错，就一塌糊涂。现在常有学麦绥莱勒的，但你看，麦的明暗，是多么清楚。”

麦绥莱勒与中国现代文学也有不解的因缘，1933 年鲁迅为他的木刻连环画《一个人的受难》作序，并写了说明文字。与此同时在上海良友图书公司出版的，还有麦的另外三种连环木刻《我的忏悔》《光明的追求》《没有字的故事》，分别由郁达夫、叶灵凤、赵家璧作序和说明。看来徐霞村先生动手更早，也许是最早介绍麦绥莱勒木刻插图的作家。

1958 年秋，麦绥莱勒曾来我国访问，在上海得到了鲁迅等当年编印的那四册木刻连环画集。他还到鲁迅墓前献了花圈。他是否见到了《善终旅店》的中译本及插图就很难说了。应该说明的是，当时徐霞村先生把画家的名字译为马赛莱尔。至于我的这本《善终旅店》，“文革”前购于天津旧书肆，花了三毛钱。这样的访书机遇不会再有了。

1997 年 12 月

他們同在一天死去，非常突然地，一個在善終旅店的地窖裏，一個在善終旅店的頂閣裏。這個老旅店在從前曾容收過所有到附近的末日聖母座前謨拜的佛蘭德香客。這位聖處女在這裏有兩世紀之久受人乞求。戰爭打倒了她的神像，她的聖殿已經成了荒墟，但旅店却仍舊久存着。

維爾德的人們，底布羅德的人們，和達米玆的人們都在星期日來喝他們的啤酒。

大的銅罐反射着明亮的潔光，幾個有節制的

《善终旅店》内页

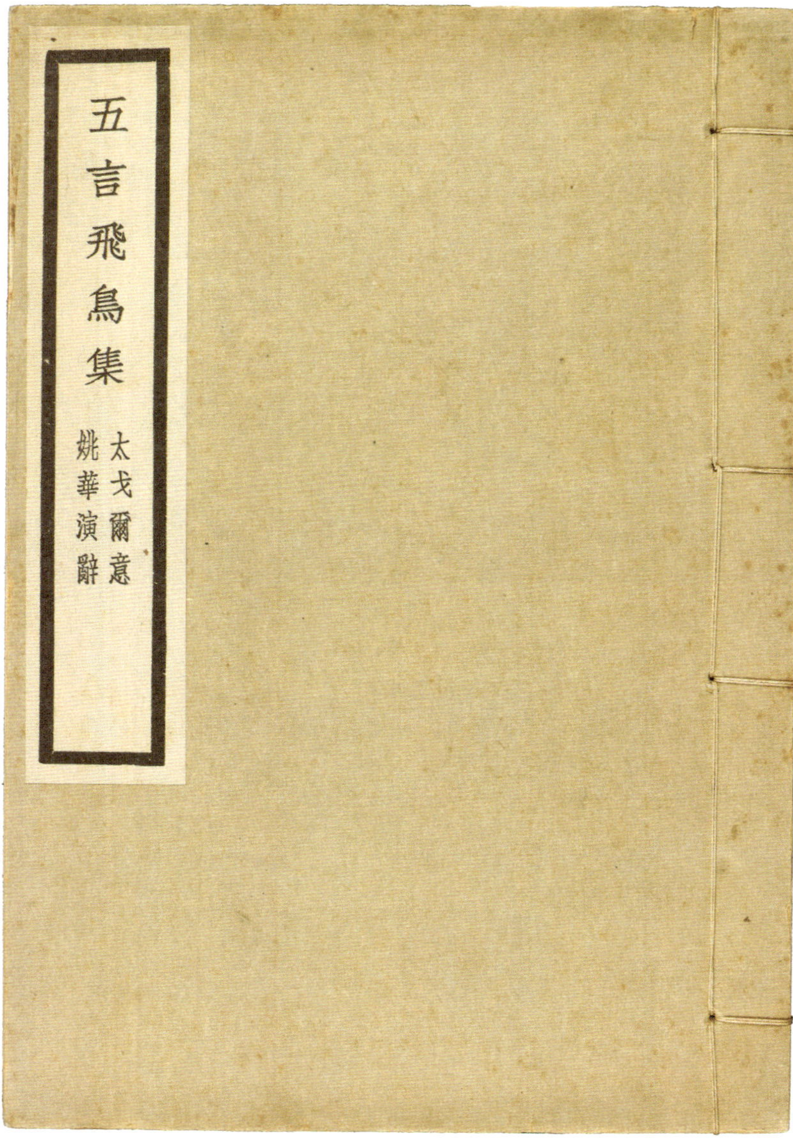

《五言飞鸟集》 | 1931 年中华书局版

姚茫父译《五言飞鸟集》

与齐白石、陈师曾同时生活在北京的画家姚茫父，诗、文的数量都要超过齐、陈两位。他又精通金石碑刻和文字之学，一部《弗堂类稿》，洋洋大观，有十二册之多。此外，他还译有《五言飞鸟集》，线装仿宋字排印，是一本很别致的书。

《飞鸟集》原是印度诗人泰戈尔的诗作，郑振铎有中文译本出版，姚茫父即根据郑的白话译诗把它改译成五言古体。“五四”前后，颇有一些翻译外国诗歌而乐于采取古体的译者，这是初期译诗的一时风尚，也算是一种尝试。但姚茫父并不懂英文，所以他在这本书的封面题签上写明“泰戈尔意”“姚华演辞”。从严格的意义上来谈翻译，这是不可取的，因为只是达意而已，不能苛求内容的准确。然而，姚茫父究竟是诗人，他的译笔亦不乏清新可喜之句，既形象又富于哲理，颇能传达出原作的某些意境。如：

蜂儿采蜜罢，小语颇营营。
临行致其意，与花作谢声。
蝶儿浮以夸，率然双袂举。
固应花谢予，临去无一语。

又如演绎母爱的诗，辞语精练，也很动人：

众生一婴孩，晓卧和尘烟。
半醒欣见母，微笑转成眠。

据姚茫父称，1924 年冬他初次见到《飞鸟集》的中译本。郑振铎的译本却是 1922 年秋出版的。又说：“泰戈尔者，天竺诗人。春间来游，曾获把握，因之言论风采，如接耳目，怦然于中，不

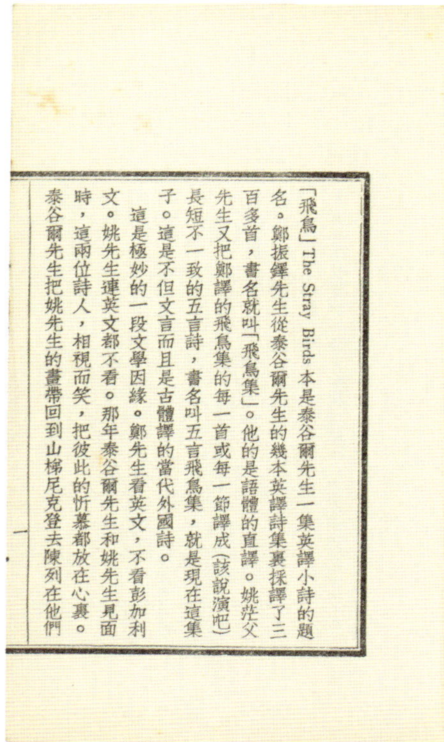

「飛鳥」The Stray Birds 本是泰谷爾先生一集英譯小詩的題名。鄭振鐸先生從泰谷爾先生的幾本英譯詩集裏採譯了三百多首，書名就叫「飛鳥集」。他的是語體的直譯。姚茫父先生又把鄭譯的飛鳥集的每一首或每一節譯成（該說演吧）長短不一致的五言詩，書名叫五言飛鳥集，就是現在這集子。這是不但文言而且是古體譯的當代外國詩。

這是極妙的一段文學因緣。鄭先生看英文，不看彭加利文。姚先生連英文都不看。那年泰谷爾先生和姚先生見面時，這兩位詩人，相視而笑，把彼此的忻慕都放在心裏。泰谷爾先生把姚先生的畫帶回到山梯尼克登去陳列在他們

《五言飞鸟集》内页

能自已。”他忽发奇想，以为泰戈尔的诗“可以国风为之，由是依意遣辞，日必数章……岁尽篇终”。徐志摩很喜欢姚茫父所译的这三百多首古体的当代外国诗。他为《五言飞鸟集》写了一篇序，其中提到姚茫父与泰戈尔在北京的相见：“那年泰戈尔先生和姚先生见面时，这两位诗人，相视而笑，把彼此的忻慕都放在心里。泰戈尔先生把姚先生的画带回到山梯尼克登去陈列在他们的美术馆里，姚先生在他的莲花寺里闲暇的演绎我们印度诗人的《飞鸟》。”这种民间的文化交流如今已成为一段佳话。

1926 年夏，徐志摩最后一次见到姚茫父时，他已得了半身不遂症，“只有半边身子是活的了”。徐问他：既如此，何以还勉力作画？姚茫父忽然瞪大了眼睛高声喊道：“没法子呀，要吃饭没法子呀！”1930 年 6 月姚氏病故。《五言飞鸟集》于 1931 年 2 月由中华书局出版，他已不及见到了。

1980 年 4 月

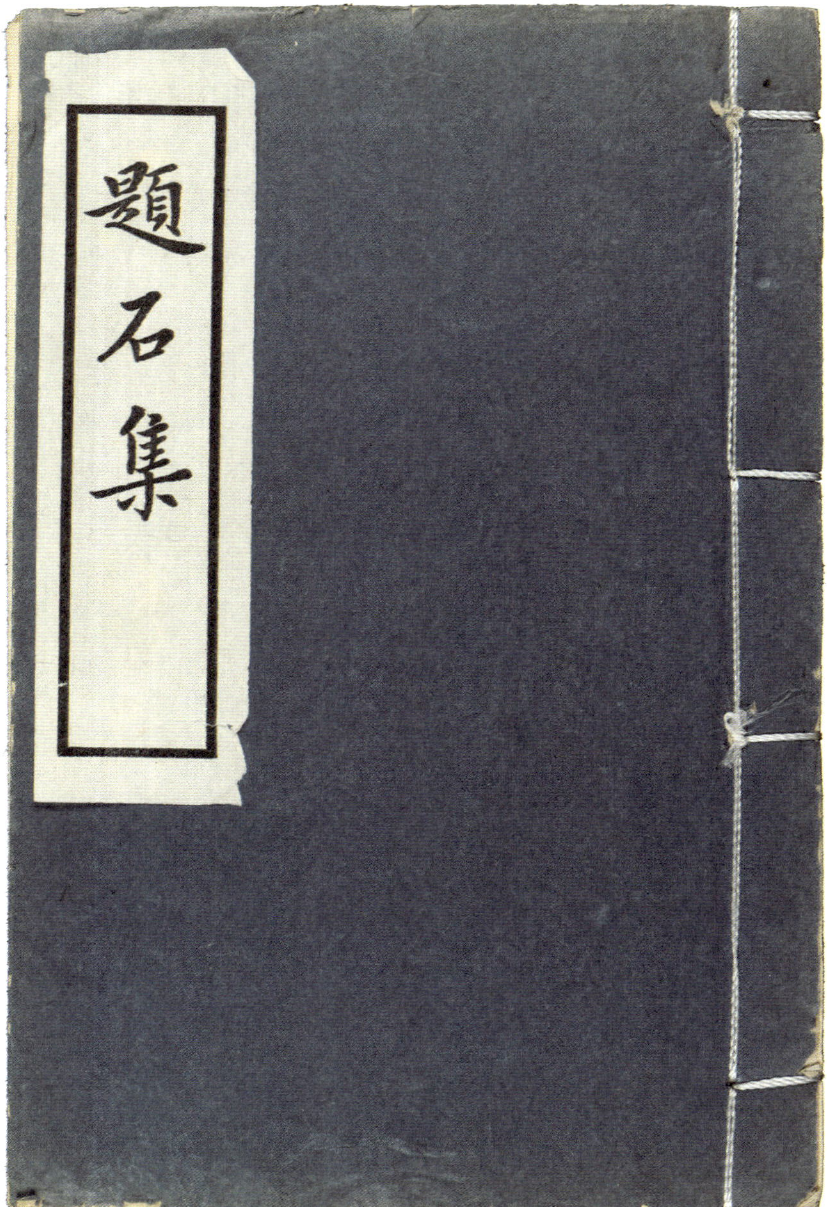

《题石集》| 1941年自费印行

王统照的《题石集》

王统照于1941年在上海自费印行了一本译诗集《题石集》，内容是英美诗人的作品。这部诗集采取线装本的形式，译诗又都用中国古典诗词的格式，实在古朴典雅之至。

“五四”前后，不少人在译外国诗时爱用古典诗词的形式，成为一时风尚。那么，王统照的《题石集》是不是也从这种趣味出发呢？译者热爱古典文学，也爱写古体诗，有意做此试验也是可以理解的。

这部诗集在当时的市面上有少量流传。书后面贴有一个小小的签条，标明了定价。读本书“后记”，知道此书全靠文化生活出版社的陆蠡协力印刷和校对。不想就在《题石集》出版不久，陆蠡便为日本帝国主义所害。

《题石集》里的译诗不是将多年积存的旧译结集，而是王先生从1938年至1941年的新译，是有所为而为之。抗战伊始，王统照先有《横吹集》，以诗报国。后来环境日艰，抗日有罪，他在“孤岛”的险恶环境下迂回曲折地捧出了《题石集》。这既是外国人的作品，又是古典诗词，还披上线装古董的外衣，正可迷惑敌人。《题石集》里的译诗多为鼓吹民族解放，争取独立、自由，歌颂光明、正义的诗篇，反映了译者乃是借他人之酒杯来浇自己心中的块垒。王先生的后人王立诚同志给我的信中说：“那主要是在一九三八年至一九三九年间，严冬长夜，先父据一大书案，外文诗集、译稿、韵书，杂然纷披，室内仅一煤油桶制的小煤球炉取暖。我在一角读书，往往至夜半才睡。夜深疲倦，辄呼我沏绿茶一杯，谈几句话，旋又伏案营营。如此者多日……”此情此景，画出一个伏案奋笔的爱国知识分子的形象。

王统照先生把对日本侵略者的仇恨和爱国激情，全部凝结在他的译笔中，几行译后附记也透露了他的心曲。如他在译完爱尔兰诗人汤姆司摩耳的《吁嗟乎爱伦》以后，便指明诗中用太阳、正午的光辉，夜中的明星来表征“光明大来”的意象，“诗人热情所在，惟盼将来！慰悦，鼓励，光色动荡，愿望在前，不可自馁”。了解到《题石集》的诞生背景再看这本既无译者姓名，又无出版年代及出版处的小书，我们便可知道它的珍贵了。

1981 年 12 月

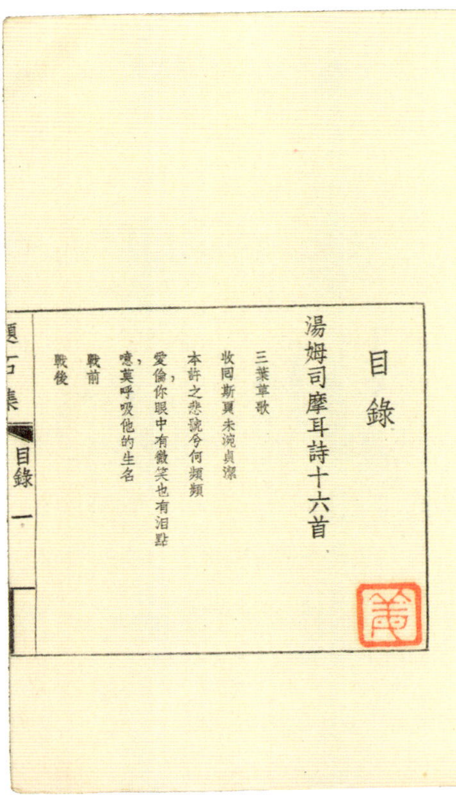

目錄

湯姆司摩耳詩十六首

三葉草歌

收回斯買未浣貞潔

本許之悲號今何頻頻

愛倫，你眼中有微笑也有泪點

噫，莫呼吸他的生名

戰前

戰後

題石集　目錄　一

《题石集》内页

施蛰存与“北山译乘”

“文革”以前，我在搜访新文学版本书时是比较挑剔的。我喜欢初版本，书品要好，缺封面和版权页的固然不要，经过别人改装或随意涂抹、留有油渍水迹、污损不堪者也不收。现在是“萝卜快了不洗泥”，旧书肆上的新文学书刊已经可遇不可求，容不得再挑剔讲究了。

十几年前在旧书店购得抗战期间在福建永安出版的两本土纸书，书品却绝佳，完整如新，好像刚从库房中取来。这是施蛰存先生的两本译作，收入施先生的“北山译乘”中。第一辑共十种，三十二开本，这是其中的第一和第二种。

在抗战福建永安生产的土纸，在大后方是最上等的印书纸，从某种意义讲甚至胜过了机制的白报纸，因为报纸容易发黄变脆，而永安纸质地光洁，较易吸墨，排印清晰，历久常新，易于保存。当年黎烈文、靳以等作家都曾在永安编刊物、办出版社，也是得了地利之便。永安纸，即毛边纸，旧时制作中式账本和八行笺都用这种纸。现在有些出版社印行古籍线装书也离不开毛边纸。封面厚纸也是由手工裱成，装饰图案是手工木刻印制的。战时大后方的山区小城，根本没有条件制锌版和铜版。

“北山译乘”的第一种《自杀以前》，是奥地利作家显尼志勒著的中篇小说，译者“题记”称：“《妇心三部曲》一书自神州国光社歇业后，久已不见于书市，近在长汀县立图书馆中见到一本，已甚破损，但读者有批注其上，谓此书甚好看，请馆员加意爱护，并妥为修补装订。我甚为感动，不意十余年前旧译，尤有嗜痂者。”为此，他从《东方杂志》中抄出《中尉哥斯脱尔》，改题《自杀以前》，交十日谈社印行。写“题记”的时间是 1944 年 6 月，1945 年 9 月出版。

《自杀以前》｜1945 年十日谈社版

“北山译乘”第二种是欧洲小国作家的合集《老古董俱乐部》，以南斯拉夫作家维列卡诺维奇的小说作书名，另有保加利亚、匈牙利、捷克、瑞典、犹太作家的小说共十篇。1945 年 10 月出版。抗战胜利后，上海正言出版社重印，改以匈牙利作家育凯的《称心如意》作书名。印刷条件变了，反不如十日谈社的上纸印本那样带有质朴的乡土魅力。

《老古董俱乐部》｜1945 年十日谈社版

“北山译乘”预告十种，我仅得其二，大概也只出了这前两种。因为抗战胜利后译者回到上海，永安的文化活动也完成了历史任务。此后人们再也没有见到过永安出版的土纸书了。另外八种书的目录却保存了下来，现在看仍不失为一份史料，今录如后：

《战胜者巴尔代克》（中篇）　　［波兰］显克微支

《沙洛扬小说集》（短篇）　　［美国］沙洛扬

《尼采的晚祷辞》（逸话）　　褚威格等

《美痣》（中篇）　　［法国］缪赛

《丈夫们的事情》（对话）　　［匈牙利］莫尔纳

《薛尔薇》（中篇）　　［法国］特·奈瓦尔

《沙上之足迹》（警句）　　果尔蒙等

《奥尔斐》（剧本）　　［法国］高克多

这套个人的翻译小丛书，从作家的选择和门类的排列，看得出经过了译者的一番精心设计。近年施先生出版的散文集《沙上的足迹》便借自“北山译乘”之一的书名，他说“这是法国19世纪文人古尔蒙的一组语录式随笔的标题”，又奉劝读者可当中国大陆制造的舶来品看，货色是中国造，“商标是外国名牌，这是当今时兴的工业新产品，商场抢手货”。老人出语幽默，却微含讽意，证明施先生的心态还是年轻的。

《北山译乘》第一辑目录

北山譯乘第一輯

施蟄存先生選譯

1. 自殺以前　中篇　奧國顯尼志勒　五十元
2. 老古董俱樂部　短篇　俾萊支等　一百元
3. 戰勝者巴爾代克　中篇　波蘭顯克微支　即出
4. 沙洛揚小說集　短篇　美國沙洛揚　即出
5. 尼采的晚禱辭　逸話　褚威格等
6. 美痣　中篇　法國繆賽
7. 丈夫們的事情　對話　匈牙利莫爾納
8. 薛爾薇　中篇　法國特·奈瓦爾
9. 沙上之足跡　警句　果爾蒙等
10. 奧爾斐　劇本　法國高克多

民國卅四年十月初版

老古董俱樂部

每册實價一百元

選譯者　施蟄存

發行者　馬雲

發行所　十日談社

福建永安

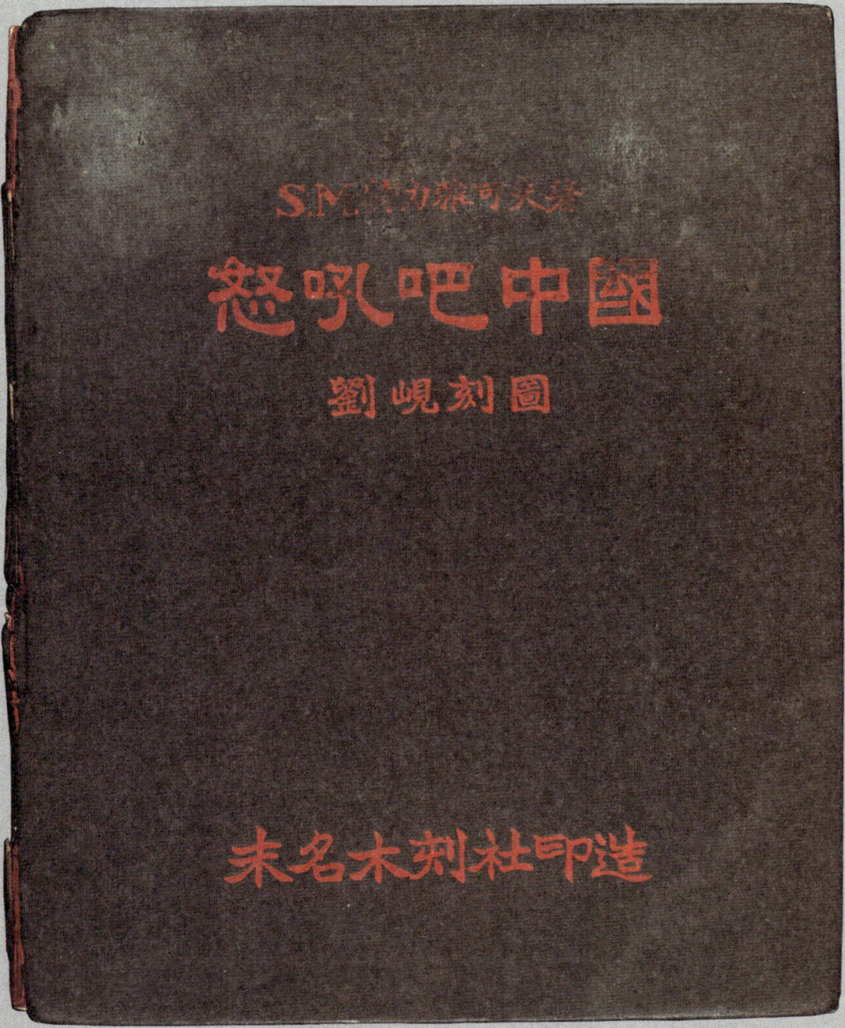

《怒吼吧中国》｜1935 年未名木刻社版

《怒吼吧中国》

此书为苏联特来却可夫著，反映四川万县码头工人反抗英帝国主义压迫的九景话剧。潘孑农译，欧阳予倩序。1935 年 11 月上海良友图书印刷公司出版，六十四开软面精装本，“良友文库”之一。

1933 年 9 月，上海戏剧协社在党组织的领导下，于黄金大戏院作盛大演出。夏衍、孙师毅等参加指导，应云卫导演。演员有袁牧之、魏鹤龄等。译本中收有这次演出的剧照九幅，并张云桥的舞台设计。如此小书，插图这样精美完备殊为少见。书前更有梅兰芳访问苏联时特来却可夫到莫斯科火车站欢迎梅氏的照片。后来，在苏联发生的“大清洗”运动中，特来却可夫即被镇压，书中的这一组照片更显珍贵了。

据欧阳予倩先生介绍，在日本东京上演本剧时，警察不许用《怒吼吧中国》这个名字，理由是：“在此非常时期，万不能让中国怒吼。”欧阳先生又说：“当这个戏在美国上演的时候，苏联早已不演这个戏了，在苏联以为不是演这个戏的时代了。不过在中国，由于帝国主义者之侵略日亟，直到目下还是珍品。”潘的译本是根据英译转译的，与中国戏剧协社的舞台演出本还有所不同，个别角色在演出时已被删去。

1935 年，木刻家刘岘又作《怒吼吧中国》之图，共二十八幅，由未名木刻社印行了三百册。据作者“后记”称，他在制作木刻时，画家新波为他提供了舞台演出剧本，夏衍提供他上海戏剧协社的十五张剧照。为了寻找剧作家特来却可夫的照片，他曾经求助于鲁迅先生，因为先生手边也没有这项资料而作罢。

“万县惨案”过去七十余年了，很多人对此已经淡忘，或感到陌生了。幸有《怒吼吧中国》的译本和木刻插图集保存下来，但亦过去六十余年，似乎也已经少为人知了。

1998年8月

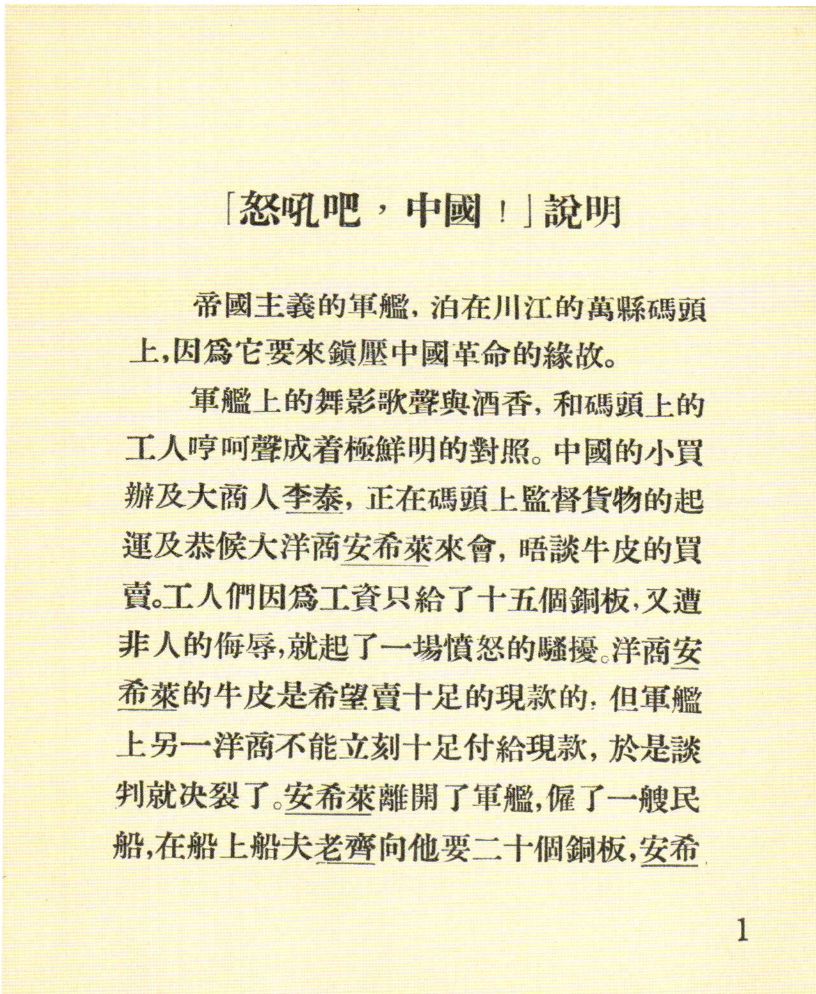

「怒吼吧，中國！」說明

帝國主義的軍艦，泊在川江的萬縣碼頭上，因爲它要來鎮壓中國革命的緣故。

軍艦上的舞影歌聲與酒香，和碼頭上的工人哼呵聲成着極鮮明的對照。中國的小買辦及大商人李泰，正在碼頭上監督貨物的起運及恭候大洋商安希萊來會，晤談牛皮的買賣。工人們因爲工資只給了十五個銅板，又遭非人的侮辱，就起了一場憤怒的騷擾。洋商安希萊的牛皮是希望賣十足的現款的，但軍艦上另一洋商不能立刻十足付給現款，於是談判就決裂了。安希萊離開了軍艦，僱了一艘民船，在船上船夫老齊向他要二十個銅板，安希

1

《怒吼吧中国》内页

《浮士德百卅图》｜1947年12月群益社版

《浮士德百卅图》

1947年11月上海群益出版社推出郭沫若译的歌德的《浮士德》全译本，因技术的原因舍弃了德国 Franz Staffen 画的插图。同年12月群益社又把插图单印成书，即《浮士德百卅图》。书成之际，上海形势险恶，画册编述者郭氏已由作家以群护送赴港。时逢历史大变革的紧要关头，画册未能引起读书界的反响，也是可以理解的。但这并不说明它不具备版本收藏价值。

画册以大三十二开本书的形式呈现，又比一般开本宽出一厘米，优点是可与《浮士德》译本合放在一起成为套书。全书近三百页，图前有郭氏的一篇《〈浮士德〉简论》，封面题签亦出自郭氏之手。他还为每幅插图做了说明。说明文字精短，有的仅十余字，长者不过二三十字，这有利于欣赏图画。刊有画图那页又不印说明文字和页码，留出空间，突出画面的完美，正好是左图右文，方便了读者。插图的艺术风格如我们常见的欧洲古典插图的线描，像铜版蚀刻，可惜编述者没有介绍画家的情况及插图的艺术特点。画是从书上翻印而来，当然不那么清晰逼真，但出版者已在叫苦："本图之锌版及纸张费甚高！"

《浮士德百卅图》共印一千五百册，其中平装报纸本八百册，其他为次道林纸印，计平装五百册，冲皮精装、布面精装各一百册。所谓次道林纸，颜色不白，纸质粗糙，当年苏联时代出版社常用这种纸来印书，如《普希金文集》《高尔基研究年刊》等即是。我收藏的《浮士德百卅图》是平装次道林纸本。当年《浮士德百卅图》运到天津，陈列在书店的橱窗里，极羡慕，却买不起。

一直到 70 年代我出差上海，才在福州路的上海书店购得此书。

郭沫若没有讲到他编印《浮士德百卅图》是否受了鲁迅编印果戈理《死魂灵百图》的影响，但后人却一样地尊重和感激两位前辈的劳作。

《浮士德百卅图》内页

书外杂写（两则）

《在爱情中》

英国作家劳伦斯（1885—1930）的名著自然是他的长篇小说《查泰莱夫人的情人》，短篇小说集的中译本习见的是《骑马而去的妇人》，战前已有良友图书公司的译本。我的藏本则是抗战胜利后上海文学编译出版公司叔夜译的《在爱情中》。全书收《骑马而去的妇人》《微笑》《在爱情中》三个短篇。

在本书的版权页上，译者特别标明初版本于 1944 年 5 月在桂林出版，1945 年 3 月在重庆印行了第二版，1946 年 6 月在上海印行了第三版。其实桂林初版仅收一篇《骑马而去的妇人》，即以此作为书名，是个四十八开的典型小册。译者在《在爱情中》的“译者序言”里介绍，初版本“发往各处的书还没有十分之一二，桂林便下了疏散令，当时不及抢运出来，随着便在炮火中化成烬……到重庆后，趁着失业空闲加译了两篇交说文社印行，便成了现在这本《在爱情中》”。

我读了劳伦斯这三个短篇后，没有留下什么特别的印象，倒是“译者序言”中最后的一句话引起我的注意：“巴金先生告给我一些西班牙字，我在这里谢谢他。”读过《骑马而去的妇人》的读者都会记得，小说女主人公神秘地去探访印地安人的聚居地，碰到的人中就有讲西班牙语的，译者不得不另加注释，想不到这当中还有巴金先生的助力。

巴金热心帮助作者和友人的事何其多也。我怀疑巴金可能没有见到过桂林版的《骑马而去的妇人》，因为书出之际，也正是巴金与萧珊离开桂林前往贵阳之时。遗憾的是，我至今无力弄清译者的背景与巴金的关系，因此也不可能对此再多加一言了。

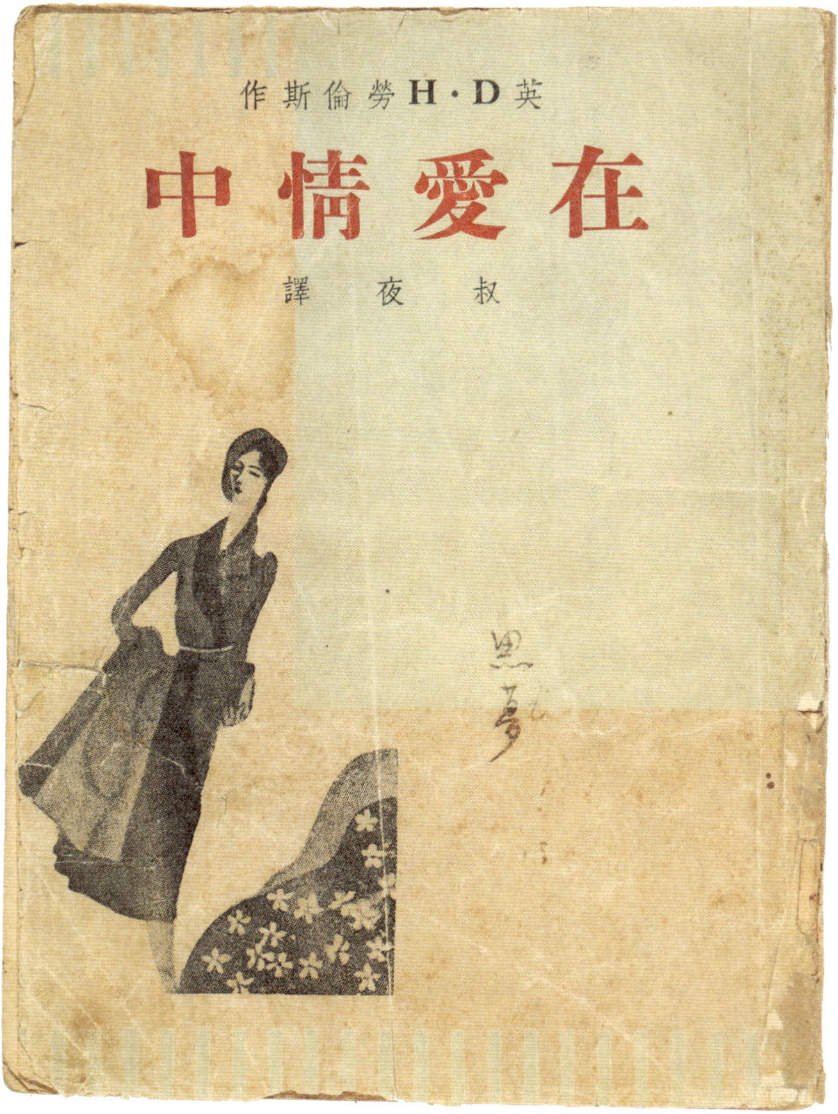

《在爱情中》｜1946年6月上海文学编译出版公司版

《静静的顿河》

我不是藏书家。有人找我借托尔斯泰的《战争与和平》，我没有。又找我借罗曼·罗兰的《约翰·克利斯朵夫》，我也没有。对方有点不以为然，我也无可奈何。

天津的天祥商场二楼的旧书摊，是我青少年时代的旧游之地。那里也卖从上海新到的书刊，世界文学名著不难见到，当时我把肖洛霍夫的《静静的顿河》亦算作世界文学名著。厚厚的四本，装帧设计颇有特色，崭新的一片金黄，不由得让人联想到顿河上的庄稼。可惜那时我无力携它归家，羡慕良久，只好知难而退。

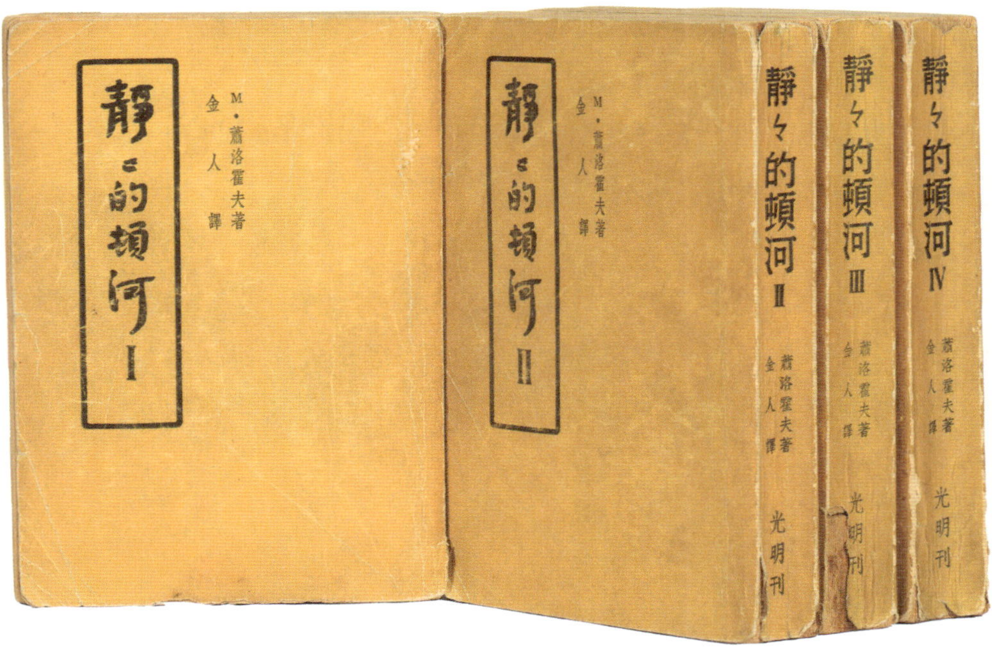

《静静的顿河》｜1947 年 3 月光明书局版

1936年1月，译者金人在哈尔滨根据俄文本开译此书，将近一年才完稿。他是当时东北作家群中的一员，与舒群、罗烽、萧军、杨朔等一起从事文学活动。《静静的顿河》最初的部分译稿即由杨朔带到上海。金人的其他译作则是由萧军转交鲁迅在《译文》上发表的。1937年4月，金人也到了上海。他想念鲁迅先生，到沪第二天即去鲁迅墓前致敬。他知道先生生前一直盼望有一个全译本的《静静的顿河》。

没想到金人抱着书稿到处碰壁，苦苦地等待了三年之后，才在1940年10月由上海光明书局出版。译者在本书“前记”中特别表示，这部译稿是献给鲁迅先生在天之灵的。不久，金人便告别上海，奔赴苏北抗日根据地，参加了《抗敌报》的编辑工作。新中国成立后，他一直默默无闻地在人民文学出版社从事翻译工作，病故于1971年。如今流传的《静静的顿河》译本，似乎仍是金人的心血之作，始终保持了它的权威地位。

20世纪70年代初，我在琉璃厂的旧书店发现一部光明书局版《静静的顿河》，是1947年3月的第五版。书品尚佳，付银三元，欣欣然我抱书回家，终于完成了我少年时代的一个旧梦。

夜里在灯下翻检此书，发现每本书上都钤有一方名印“安娥”。原来这是现代文学女作家安娥的旧藏。她是田汉的夫人，想来在“文革”中也会受到不小的冲击，一部珍视的藏书就此流落在外，也就不足为奇了。

2013年7月

第六章

书衣、插图与影像

丰子恺的封面画

当代书籍装帧家钱君匋说过，他之从事书籍装帧工作，曾经得益于两位启蒙老师，一位是鲁迅先生，一位是丰子恺先生。

“五四”以后，随着新文学运动的发展，书籍装帧也开辟了一条新路，封面画开始被艺术家们重视了。丰子恺正是在这样一个蓬勃的新局面下从事封面画的创作。后来开明书店成立了，他又负责书店出版物的装帧工作，是位专业的书籍装帧家，称得起我国现代出版装帧史上一位杰出的先行者。

“五四”前后，社会上的书籍封面还流行一些不是洋里洋气、奇形怪状的美术字，便是月份牌式的美人图，庸俗低劣，千篇一律。丰子恺则把清逸典雅的水墨画移置到书面上来，而且不是一幅现成绘画的生搬硬套，而是根据书的内容特点专门进行创作的。这些事，在今天说来已是常识，但在五六十年以前却是一种创新。

丰子恺的封面画具有鲜明的民族风格。这不仅因为他用的是中国画的工具和材料，更主要的是他以深厚的传统文学修养，早就形成了他特有的艺术风格。他以简练的写意的笔墨勾画出人物和风景，有时甚至带有一点象征意味，然而又不是畸形和费解的，真是驾驭自如，得心应手，凡有所作，正如他的漫画一样，自有一股吸引人的艺术魅力。

丰子恺的封面画笔墨简练，颜色更为单纯。长时期的艺术实践使他形成独特的艺术趣味，他似乎十分吝啬色彩，不喜欢花花绿绿。1924 年，他设计的《我们的七月》，只用一种蓝色；1925 年，他设计的《我们的六月》，只用一种绿色。但是整个书面夺人眼目，

《我们的七月》（1924 年）封面

《我们的六月》（1925 年）封面

《踪迹》封面

《剑鞘》封面

效果强烈，胜过五颜六色。

此外，他设计朱自清的诗集《踪迹》，只用了一种黑色；为叶圣陶、俞平伯的散文合集《剑鞘》作封面，只用了一种棕色。当然，他在选定颜色的时候，也充分利用了封面原有纸张的底色，让它产生多种颜色的效果，这是很巧妙的。颜色单纯，表现力未必不丰富，这就要看一个画家的艺术修养和胆识的超群脱俗了。

目前我们已经扭转了前些年出版物一片“红海洋”的偏向，但是照搬其他绘画品种到封面上来的毛病还未能完全克服，因此，丰子恺的经验对我们今天的装帧设计家还是有启发的。更何况颜色一单纯，还可以降低书籍成本，加快出版时间。敢问我们的出版家，可否搜集一些丰子恺的封面画，出版一本画集，让大家来欣赏借鉴呢？

1979 年 9 月

闻一多的封面画

闻一多最早闪露出来的才华似乎是绘画。辛亥革命时，他画过连续的革命故事画。在清华大学读书时，他仍然酷爱绘画，美术教室里常常陈列有他的作品。他用水彩画过《荷花池畔》，那就是朱自清在散文《荷塘月色》里描绘过的地方。

后来闻一多到了美国，学的是美术，画过大量的石膏像和人体写生，可以说受过严格的基础训练。但是，绘画已经不能满足他奔放的感情，他自己认为对文学的兴趣和成就可能要超过美术，因此他回国后就放弃了美术。

他住在北京的时候，虽然不搞美术了，但居室仍然是一个艺术家的设计。很怪，他把屋子全部涂成黑色，镶以金边，自己就生活其间。抗日战争以前，他在青岛大学教书，画过工整的《诗经》插图；抗日战争爆发以后，他常带着学生从长沙步行到昆明，沿途写生，如今在《闻一多全集》里还能找到几幅。此外，便是他作的封面画了。

1920 年，闻一多在《清华周刊》一八七期上发表《出版物的封面》一文，提出“美的封面可以辅助美育”，又指出封面画“不宜过于繁缛”。这都是经验之谈，表现了他对封面装帧艺术的见解和浓厚兴趣。在昆明，他又同吴晗纵谈几十年来封面艺术的发展，吴晗以为：“一本本的批评，提出他自己的看法，很在行、中肯。”

1923 年，闻一多的第一本诗集《红烛》出版，原来由他自行设计封面并且插图，终因经济和其他原因而作罢。不过封面画倒是反复地设计了几个，总认为脱不掉西洋味，没有一张满意的。闻一多是学西洋画的，但是他更看重民族绘画，以为中国画更擅于表现人的心灵。最后，他草草地用了蓝条框边、红字白底做《红烛》的封面，“自觉大大方方，很看得过去”，但在我们看来，似嫌呆板粗疏了一些。

1928 年出版诗集《死水》时，闻一多大胆地用了黑纸做封面，这是他最喜欢的颜色，只在中间贴以很小的书名、作者的签条。这个封面倒是独特的，至少吸引了年轻的诗人臧克家，他的第一本诗集《烙印》便是完全模仿《死水》的装帧。

《红烛》封面　《死水》封面

1933 年林庚的诗集《夜》出版，闻一多为它设计了封面。其主要也是黑色图案，选用了美国画家肯特的一幅黑白画，朴素典雅，凝重大方。闻一多还为徐志摩的书设计过封面，如 1926 年的《落叶》、1927 年的《巴黎的鳞爪》、1931 年的《猛虎集》等。其中最突出的是《猛虎集》，黄底色，黑花纹，摊开书面就是一张虎皮，既泼辣有力，又有浓郁的象征意味，内容与形式高度谐和，可以说是“五四”以来新文学书刊装帧中不可多得的佳品。

1979 年 7 月

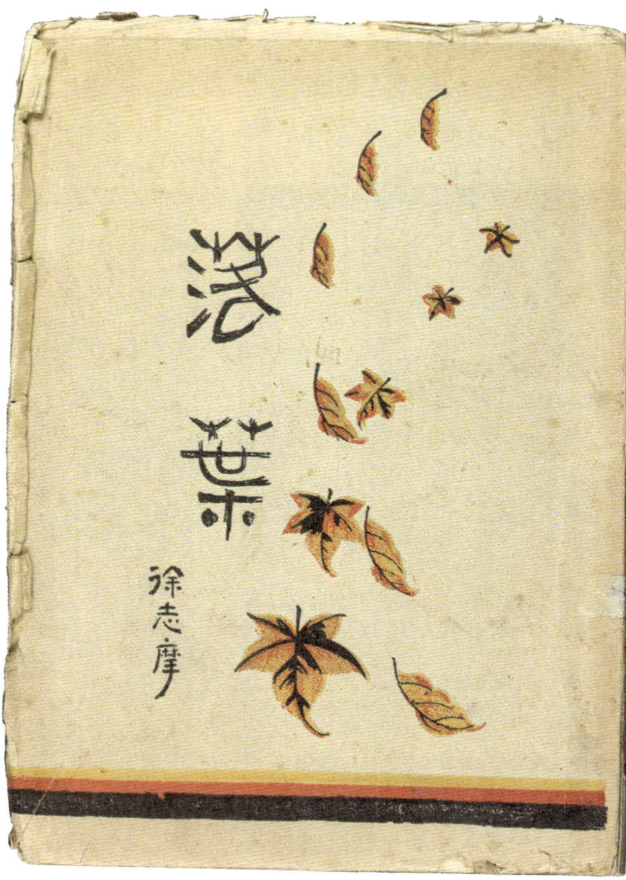

《落叶》封面

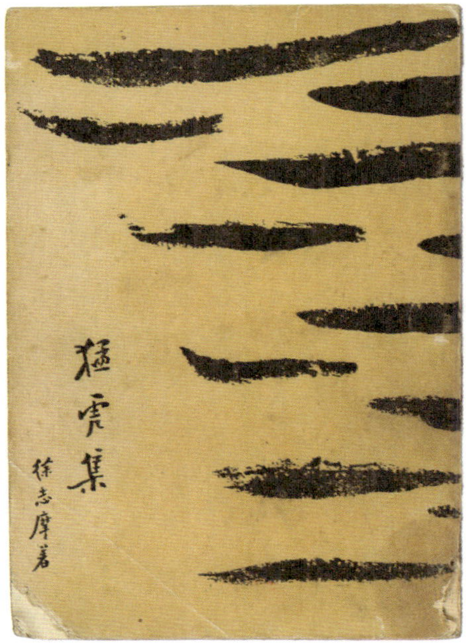

《猛虎集》封面

《巴黎的鳞爪》封面

钱君匋的封面画

60 年代，人民美术出版社出版的《君匋书籍装帧艺术选》一书，可以说是我国现代出版史上出现的第一部书籍装帧的个人画集。它的出版，反映了我们书籍装帧艺术已经提到美术、出版事业的议事日程上来。可惜当时并未能引起整个社会的注意。

钱君匋和已故画家陶元庆，同时以画书籍封面而名动一时。他们的创作活动先后受到过鲁迅先生的鼓励和启示。

钱君匋早在 20 年代便开始了他的书籍装帧艺术活动，上海开明书店创办伊始，他便担任了该店的书籍装帧工作。我们从钱的选集里，可以看到他在 1927 年为开明书店出版的散文集《两条血痕》所作的封面，以及稍后为开明书店出版的胡也频著《鬼与人心》、刘半农著《半农谈影》等书所作的封面。接着他又为柔石的小说《三姐妹》、茅盾编的《小说月报》、胡愈之编的《东方杂志》、叶圣陶编的《妇女杂志》等作了封面画，这些都是当时影响比较广泛的书刊，它的封面装帧也在读者中间留下难忘的印象。

钱君匋的封面设计是以图案装饰为特长的。在他早期设计的书籍封面风格上，色彩和谐明快，布局匀称简练，整个书的封面给人一种清新悦目之感。有些书的形式与内容结合得比较完美，如 1929 年开明书店出版的陈万里的《民十三之故宫》一书，封面基本采用了紫禁城宫墙的颜色，构思巧妙而富有民族风味。但是我们也可以看到他早期的作品在色彩的运用和图案组织上都还具有外国装饰画的情调，有些似乎是受了日本图案画的影响，包括许多人物图案也是。

钱君匋书籍装帧艺术的另一特点，是以他那深厚有力、圆润流畅的美术字而取胜的。他的早期创作，书名还多沿用一般印刷体铅字，这当然也是可用的一种设计思想，但是在较后的《文学月报》《西洋美术史》《小学活页歌曲》等书刊设计上，便已经展现了他在写美术字上的功力。到了抗战开始以后，为《文艺阵地》《文艺新潮》

《两条血痕》封面

等刊物做装帧设计时，他的美术字更显得厚实美观了。新中国成立之后，我们看到他为《收获》《新港》等文艺刊物所写的美术字，则愈显流畅老练，确实已经达到比较圆熟和自成风格的境地。这不能不令人想到他书法的功底。

抗日战争期间，他为《烽火》《文丛》等文艺刊物设计的封面也具有如上的特点，看上去凝重醒目而又富有装饰美。这期间巴金编的一套“烽火小丛书”，很多是由他设计封面的。这些书采用的色彩很单纯，一般是在白封面上用黑红二色相衬，看上去庄重典雅，简洁朴素，可惜在他的选集里未能选编一两幅作为参考。

新中国成立后，钱君匋的书刊封面更多地注意了形式与内容的结合。例如：我们在《中国曲调四首》的封面装饰画上，可以看到那小树上的枝叶是用一种富有跳跃感的音符组成；《旋律化练习曲四十首》一书的书名，三字一排地排在三个琴键似的图案上，风格明快，构思新颖，一望而知这是一本什么内容的书。

在使封面设计进一步民族化方面，钱君匋也做了一些努力。这可以从他设计的几本古典文字书籍的封面上找到证明。例如《汲古阁书跋》《宋四家词选》等书，在运用我国古代云锦、钟鼎等图案方面，便是富有特色和比较成功的。在《曲艺论集》等书的色彩运用和选取民间剪纸等方面，作者也尽力吸取和发扬民间绘画艺术的传统，做到为群众所喜闻乐见。相对来说，在保持他30年代原有的创作风格，即在图案装饰和象征意味方面则有所忽略。出现这种缺点也不能完全责怪作者，因为那时强调突出政治，稍有变化便被目为邪门歪道了。

1962年12月

《曲艺论集》封面

《宋四家词选》封面

司徒乔的封面画

画家司徒乔曾经说过，他的绘画是在鲁迅先生的影响下完成的。1924 年，他到燕京大学读书，“我在校旁小巷里散步时，随处都看见祥林嫂、闰土、阿 Q、小栓……”，鲁迅也看到他“不管功课，不寻导师，以他自己的力，终日在画古庙、土山、破屋、穷人、乞丐……”（见《三闲集·看司徒乔君的画》）。司徒乔亦喜作书籍装帧，他为鲁迅领导的未名社以及当时的北新书局等画过很多封面。

1926 年，他为鲁迅主编的《莽原》半月刊设计封面，正是未名社的出版物。画意呼应着刊物的题旨，大地苍凉却又充满了希望。画笔有力，没有丝毫追求纤巧的痕迹，似乎也能传达出鲁迅办刊的意愿：希望中国的青年勇敢地站出来，“对于中国的社会、文明，都毫无忌惮地加以批评”，“继续撕去旧社会的假面”。

1928 年，北新书局出版了张采真译的俄国塞门诺夫的小说《饥饿》，司徒乔仍以写意的手法画了一名在风雪中站立的俄罗斯妇女，反映了十月革命前后俄国人民的处境和命运。在那貌似“急就章”的粗豪线条里，蕴蓄了画家的感情，创造出一定的时代氛围，给人以强烈的感染。

1929 年，未名社的主要成员韦素园在病中捧出了他的翻译小品集《黄花》。司徒乔以轻逸淡雅的笔致，速写了几株黄花、几片秋叶。画意取自书中俄国诗人梭罗古勃的短诗，一朵嫩黄的小花，可以燃起“一粒嫩黄的、美丽的、纯金的小火”，同时也献出了鲁迅先生以及未名社朋友们对正在西山疗养的韦素园的深切问候。为了让整个画面服从于总体设计的要求，连书名也藏在枝条的一角，唯恐破坏了这流荡着音乐旋律的和谐。为了保持画面的纯净，什么译著者的姓名、出版社的招牌以及出版年月等，全让它们躲在书的扉页和版权页上去了。司徒乔最懂得书是商品，但更重要的也是一件艺术品。

1998 年 4 月

《饥饿》封面

《黄花》封面

丁聪的封面画

我最初接触丁聪同志的封面画是在抗战胜利以后。当时主要的感觉是，他的画线条流利，装饰味极强。每当从书报摊前经过，百刊杂陈，远远地立刻能断定哪些是小丁的作品。他的画很少用大块的黑白，也不依靠光影的渲染，主要靠线条，而且常常只用竖线便准确地组成千奇百态、极富装饰效果的画面。可以说，画家那时候已经形成了个人的风格，是一位出手不凡的大家。

当然，思想是更重要的。那时唐弢、柯灵主编的《周报》杂志，有一个时期每期封面上都有丁聪的一幅漫画。每一幅画都是投向国民党的一颗手榴弹，相当尖锐，相当深刻。诸如政府官员、国民党党棍、特务、兵痞、流氓以及帮助国民党打内战的美军，都是他打击的对象。《周报》的休刊号上，丁聪画了一幅《我的言论自由》：一个党棍一手抢了麦克风正在张开血口喷人，一手正在往人民的嘴上强贴封条。这样的画是用不着再附加什么说明的。在艺术上，画家很讲究形式美，甚至连笔下塑造的反面人物亦一丝不苟，精心刻画。那些人物思想丑得令人憎恶，可是表现形式又是很耐看的，这种艺术上的和谐和完整，让人联想到京戏舞台上丑角的艺术效果，是很美的。

当时，丁聪为凤子主编的文艺杂志《人世间》所作的封面，亦富有艺术魅力。那是些装饰画，有的还配有一种底色，内容以正面描述人民的苦难生活为主，间亦表现人民的斗争和希望。第二卷八九期合刊上，画家写一少年捧着破碗里的半碗饭献给双亲，母亲掩面不忍食，父亲托腮愁思，一手紧握拳头。人物的愤慨尽在不言

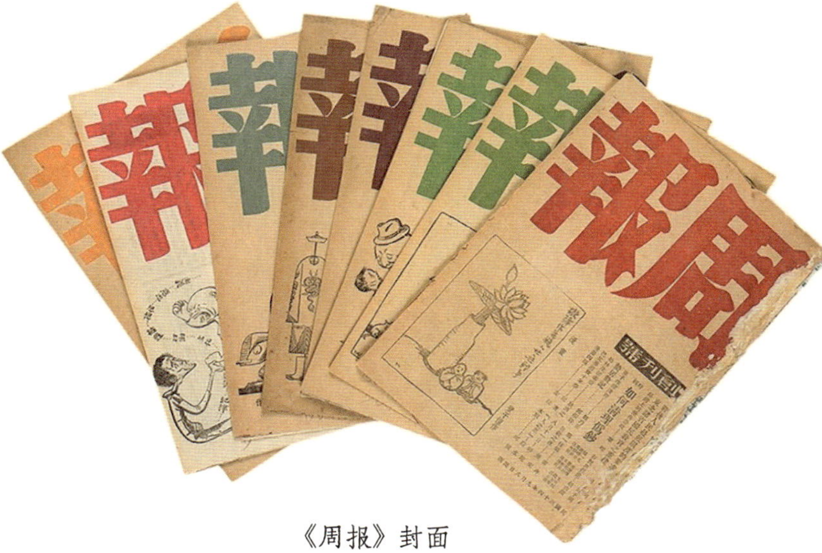

《周报》封面

《人世间》封面

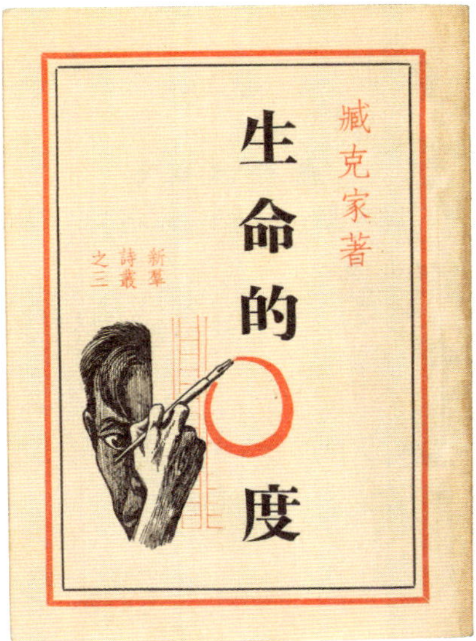

《生命的〇度》封面

《混沌》封面

《守望莱茵河》封面

《戏剧春秋》封面

中。其时，丁聪又为吴祖光编的《清明》杂志设计版面、画插图，至今为人称道是版面设计最精美的一种刊物。

画家为文艺书籍设计的封面亦独具特色，往往以人物为主，很少画图案和风景。这些人物肖像又不是简单的人物插图，简直有点像用简练的线条组成的带有雕塑感的绘画。我有点偏爱这些封面画，以为别的画家既没有试验过，也是无法模仿的。我记得的便有如下一些作品，如《马凡陀的山歌》、冯亦代译《守望莱茵河》、臧克家《生命的 0 度》、骆宾基《混沌》、钱锺书《围城》、沙汀《困兽记》以及夏衍等合著的《戏剧春秋》和诸家合作的《清流万里》，等等。直到目前，我偶尔看到有的文艺书刊的封面亦有画人物的，但很少考虑到封面画的特点和装饰效果，实际是把绘画中的人物生硬地照搬到书刊的封面上，严格地说，那不是真正的封面画。

1983 年 12 月

冰兄的风格

80年代初，徐迟同志由武汉来京，我找出他在1944年11月由重庆美学出版社出版的散文集《美文集》，请他签名留念。记得还有一本抗战胜利后他在上海印的小说集《狂欢之夜》。《美文集》是战时大后方流行的土纸印成，纸质之粗劣，现代青年是无从想象的。它的封面也只是普通的白报纸，当时不易找到道林纸和铜版纸。

我当面向徐迟同志表示，我对《美文集》的封面特别欣赏。那是漫画家廖冰兄设计的，非常美，与书的内容十分和谐，堪称美文美画。又因为是刻工雕版后直接上版印刷的，实为套色木刻原版制品，自然带有一种原始的朴拙美。我认为这是新文学版本封面设计的佳作之一。

事隔十年，徐迟同志发表了他的新作《江南小镇》，其中写到了《美文集》及其封面。他是这样形容那封面的："刻的是一个十分美貌的少女在海滨，一手挎着一只篮子，里面装着鱼虾，沙滩上有四只贝壳，一条伸出五腕的紫色海星鱼，海中还有两条大鱼在游动，上空还有一只海鸥，张开了雪白的翅膀滑翔着。"冰兄先生的画极富装饰味，散溢着诗意，流动着音乐感，线条和布局也流畅完美。冰兄的画风显然受了张光宇先生的影响。他非常喜爱张先生的艺术风格。

徐迟又说："这幅彩色木刻美极了，我一生所出的书也将近五十种之多，编的书不算在内，没有其他任何一本书的封面能赶得上这一本之美的……线条是如此幽雅，设计得这么富有匠心，色彩

《美文集》封面

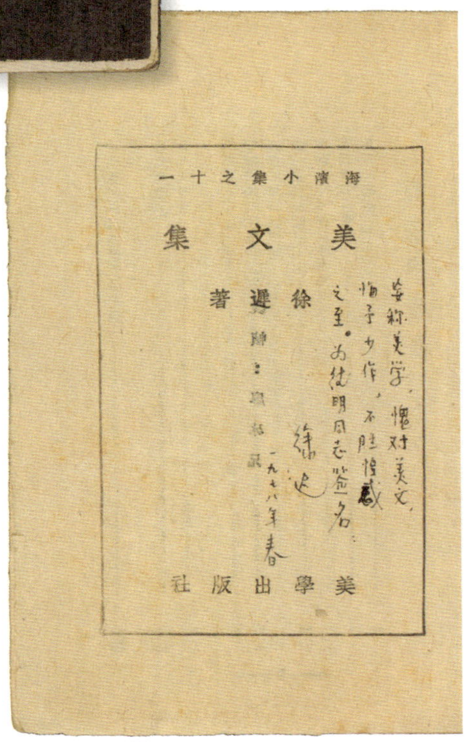

《美文集》内页

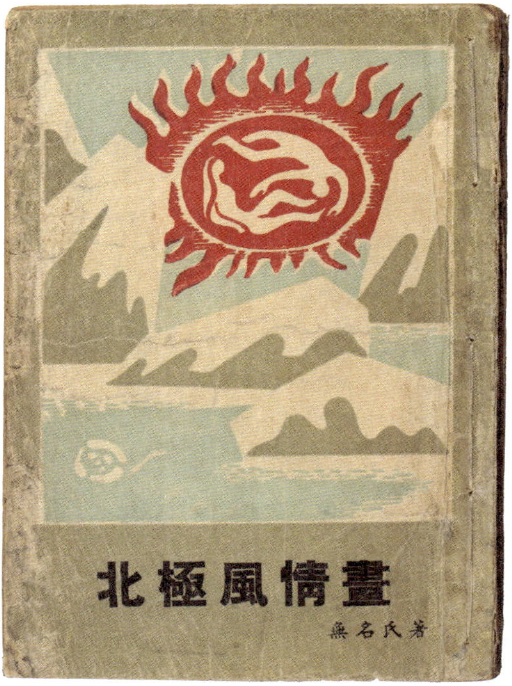

《北极风情画》封面

《诗文学》封面

显示得这么明朗，‘美文集’三个字也写得很有味道。这封面可以保证我的书肯定会有很好的销路，至今我还感激廖冰兄的这一这么美妙的协作！”徐迟对冰兄创作的评价可以说是权威性的。他竟然提到封面可以扩大书的销路，这是极端尊重封面设计家的表现。

冰兄为徐迟画《美文集》的同时，又为冯亦代同志的译作《千金之子》作套色木刻的封面，为无名氏的小说《北极风情画》作了彩色封面。虚幻的象征意味，浪漫的抒情风格，强烈的装饰效果，俱是佳作。而他在重庆为《诗文学》创作的封面图案，更充满了清新典雅的民族风格。

《围城》封面

《围城》的封面

钱锺书先生的长篇小说《围城》，由于电视剧改编的成功，如今已是众人纷说了。人民文学出版社特地赶印了6万册，以应书市的急需。

《围城》的初版本，1947年5月于上海晨光公司出版。作为“晨光文学丛书”中的一种，封面设计都是统一的，每一种只要更换书名和颜色以及右下方的一幅画即可。比如徐志摩的《志摩日记》和老舍的《老牛破车》，右下方都用了作者的照片，而《围城》由丁聪作画。但是，书中并无说明，以至多年后连画家也忘记此事。丁聪用十分简练和流利的线条描画了一对背对背的男女半身肖像。男主人公手持烟斗，颇具绅士派头。当年丁聪为很多文艺书刊设计了封面，常作人物半身肖像，如骆宾基的小说《混沌》以及凤子编的《人世间》等都是。我曾经问过画家何以如此，他说，如果人物画成整身，或再加上环境描写，岂不成了书籍插图？反之则可突出地刻画人物形象。我为他补充说：“你的封面人物画，给人一种雕塑的趣味。”其实这也是我四十多年前读他封面人物画的感觉，只是那时我们并不相识。

1948年9月《围城》再版，封面画换过了，亦无说明和介绍。换上的似乎是一幅绘画或文学插图，看不清画中的人是中国人还是外国人。画中一男士坐在桌旁吸雪茄，一女士背向男士伏在柜前面壁凝思。我以为这幅画不如丁聪的设计单纯、鲜明。直到前几年，我偶然读海外的报刊，见到有人介绍英国现代画家华尔德·理察·锡克特（1860—1942）所附的插图正好是《围城》再版本用的那一幅画，标题为《烦恼》。这是一幅油画，它同丁聪的设计有相通和巧合之处，都是在表现人物之间的矛盾和烦恼，而且主人公都是一对男女，这是不是就很典型地体现了《围城》的主题，也难说了。

据介绍，华尔德·理察·锡克特是英国印象主义派画家，受了法国印象派画家的影响，他也走进“外光派”的行列，即这些画家都喜欢直接利用室外的自然光来作画，他定居英国，但每年都在巴黎住一段时间，借以了解世界美术的新潮流。他善于作风景画，主要表现光的效果和某种气氛。1914 年创作的这幅《烦恼》，是着重描写室内场景和人物心理动态的肖像画，颇受时人重视。《围城》再版本选用它来作封面，当然是借用它的讽刺和象征意味，这与书的总体气氛也是吻合的。也许它的内涵比丁聪的设计丰富些?

我在 1949 年 3 月出版的《围城》第三版扉页上，又见到“DG”创作的一幅漫画。画面上一博士装男士，一裸女，一条远洋客轮。博士帽、文凭、论文、洋装书和笔均已腾空而飞。看来这也是为了呼应书的内容而作，不过稍欠含蓄，美感无多，从读者的角度来考虑类如蛇足了。

1980 年人民文学出版社的重排修订本，排除了先前设计的一切因袭，封面完全改观，几乎没有任何装饰，更不要说人物图影了。方鸿渐究竟是什么样? 孙小姐、苏小姐又究竟是什么样? 画家也难以执笔，不过这个封面又过于庄重和古板了，甚至可以说缺少文学书的意味。

叶灵凤的画

新文学作家中，叶灵凤比较喜欢书籍装帧艺术，至少为创造社的出版物画过不少封面画、扉画、题头。他在上海美专上过学，有一定绘画功底，不过后来并没有走画家的路。

鲁迅先生批评过他的漫画，起因是他作画攻击了鲁迅，鲁迅进行了回击。更重要的是他一味模仿英国 19 世纪末画家比亚兹莱，把人物画得丑而怪，生搬硬套，缺少美感。这个批评是正确的。但是，学比亚兹莱无罪，鲁迅并没有全面论及他在书籍装帧方面的工作，也没有否定他在这方面的努力，这也是明明白白的。前些年读了一本讲书籍装帧艺术史的书，谈到叶灵凤的装饰画，以鲁迅的批评为依据，几无半句肯定的话，如说叶学比亚兹莱学得并不好，构图一般，琐碎杂乱，多广告味，创作态度是有欠严肃的，等等。我不想争论，应该尊重个人的看法。但是，我愿介绍叶氏的几幅装饰画，说点相反的意见。道理很简单，他画过一些不成功的封面画和装饰画，同时也画过一些成功的作品。一味说好，或一味否定，都是不符合实际的。

这里是他为《幻洲》和《创造月刊》所作的刊头画和尾花。不能说十分完美，如果不存偏见，应该承认这是我国早期新文学书刊装帧艺术的成功尝试。就是放在今天来欣赏，也不能说是幼稚或失败的。如尾花画的那个身着旗袍的少女背影，笔致生动，风韵毕现，能说丑吗？为潘汉年《徘徊十字街头》所作的刊头，黑白色调对比鲜明，装饰效果强烈，也不能说差。他为郁达夫的《街灯》和王独清的《吊罗马》画的刊头更见功力，既是写实的，又是写意的，形式上很完整。《街头》不是意境多有，《吊罗马》不是庄严宏伟，气魄很大吗！我不认为这些创作于六七十年以前的画，比之于今天报刊上流行的刊头画有何逊色，相反地，倒有不少值得参考和学习之处。

叶灵凤当年并没有轻视自己所做的这些小品，他很珍惜自己的劳动，在每幅小画上都署名“LF”。凡是对叶先生的装饰画有兴趣的人，不难发现他有更多的作品，也许有的比我介绍得更加优秀。

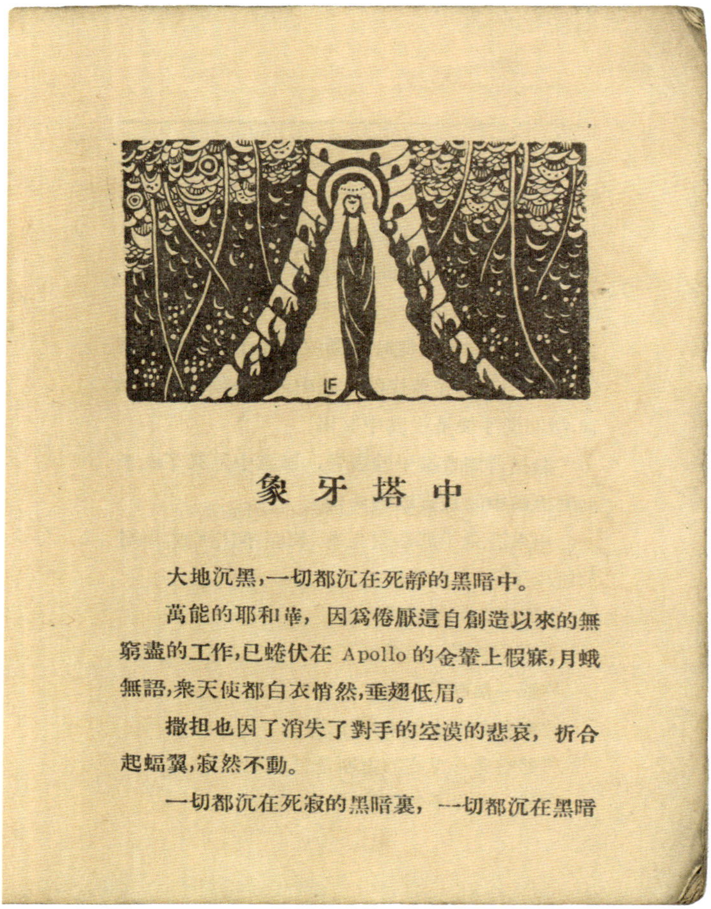

象牙塔中

大地沉黑，一切都沉在死靜的黑暗中。

萬能的耶和華，因爲倦厭這自創造以來的無窮盡的工作，已蜷伏在 Apollo 的金輦上假寐，月蛾無語，衆天使都白衣悄然，垂翅低眉。

撒担也因了消失了對手的空漠的悲哀，折合起蝠翼，寂然不動。

一切都沉在死寂的黑暗裏，一切都沉在黑暗

《幻洲》内文

《幻洲》封面

叶鼎洛的插画

现代作家中喜欢为自己的作品画插图的，我知道的有四位，一位是写过小说《露露》的马国亮，一位是创造社的叶灵凤，一位是女作家张爱玲，还有一位便是现在要说的叶鼎洛（1897—1958）。

叶的名字很多人都生疏了，但他在20年代的文坛上却是相当活跃的。他是江苏江阴县（今江阴市）人，曾经参加了赵景深、焦菊隐等创办的绿波社。赵先生早年便说过，叶鼎洛是郁达夫派的浪漫作家，还是位画家。说他是画家并不错，因为叶曾经在杭州艺专学习，又在国内当过美术教师。1925年他出版了第一本短篇小说集《脱离》，此后相继出版有长篇小说《前梦》《双影》《乌鸦》《未亡人》，短篇小说集《男友》《白痴》《他乡人语》《红豆》等。《归家及其他》则是以他的短篇小说《归家》为首的多人合集，1929年11月由上海良友图书公司出版。

《归家》写于1927年的沈阳，叙述北方底层妓女的生活，由叶鼎洛自配了插图。叶是学油画的，他的线描基础不错，又喜好唯美风格，只求形式，不重写实，这自然也有损于他绘画的主题。从《归家》插图中，人们很难看出妓女的命运和画家对妓女的同情。他还为郁达夫的小说《迷羊》画过插图，线条更加流利细腻，那正是他与达夫先生合作编辑《大众文艺》的时候。看来郁达夫很喜欢那幅插图，《迷羊》印过多次，都保留了叶的插图。

为叶鼎洛在中国现代文学史上的默默无闻而鸣不平者有唐弢先生，还有晚年长期生活在香港的老作家李辉英。李先生认为赵家璧

《归家及其他》封面

战前主编的《中国新文学大系》中的小说卷一篇不收叶的小说“很费解”，并猜想是否“小说三集”的编者郑伯奇对叶氏有什么成见，故意不选。更为遗憾的是1984年出版的《1927—1937中国新文学大系》续编中也没有补收叶鼎洛的作品。看来这一次不会出于成见，是真正的遗漏了。

作家画插图不必反对，因为有的作家确实学过画，或本来就能画，例如端木蕻良先生为萧红的小说《小城三月》绘制的插图便很传神；张爱玲的画笔亦简练而有情致。但，也不必就此提倡，因为作家中能画的终究极少，不可因为已有作家的名衔再妄求画家的虚名了。至于叶鼎洛的绘画水平究竟如何，因为我见的不多，实在也还得进一步研究。

1998年3月

《归家》插图

关于《文坛茶话图》

前几年，某报刊重载创作于30年代的一幅《文坛茶话图》，引起不少读者对这幅作家漫画群像的浓厚兴趣。它描绘了当时二三十位作家正参加一次茶会的情景，自然这出于漫画家的设计和安排，硬把众人拉来坐在一起，至于这些人是否能真的坐在一起则是另外一回事。原作是漫画家鲁少飞的署名，可作者后来并不承认，可能年长日久忘记了。当年发表漫画时，配有说明文字，署名也是“少飞”。30年代报刊上发表作家漫画像是常事，包括电影明星或政治要人的漫画像也时有出现，这对今天的读者来说却很新鲜了。记得50年代初的《文艺报》，在某期迎新春的刊物上亦曾发表过一幅作家群像图，用漫画手笔报道他（她）们的创作动态。这是建国后，我见过的唯一的一幅作家漫画群像，是否受了鲁少飞创作的这幅《文坛茶话图》的影响已难肯定。

《文坛茶话图》重新发表时，没有说明原载何处，为此很多人对此图感到神秘，又加上作者的否认，似乎更是个谜。我个人认为这幅漫画无伤大雅，对作家们并无恶意，基本上没有对个人进行攻击。当然，漫画家对人物的褒贬还是有的，亦难避免个人的偏好。如画中的鲁迅与巴金，两人正在议论巴金主持编务的上海文化生活出版社的出书计划，既真实又很亲切。其他如茅盾、洪深、郁达夫、施蛰存等，都是客观描绘，没有多作评论。当然，对某些人物的议论却未必准确，如说老舍是林语堂主办的《论语》杂志的积极投稿者，估计无人反对，现在却说他是《论语》的“大将”，即欠妥，因为老舍并不是发起人之一或参加编务工作的决策者。又如讲张资

張天翼[illegible]友，大喝五茄皮。最右面，捧着茶杯的是施蟄存，隔座的背影，大槪是淩淑華女士。立着的是現代主義的徐霞村，穆時英，劉吶鷗三位大師。手不離書的葉靈鳳似乎在挽留高明，滿面怒氣的高老師，也許是看見有魯迅在座，要拂袖而去吧？最上面，推門進來的是田大哥，口裏好像在說：對不起，有點不得已的原因，我來遲了！露着半面的像是神祕的丁玲女士。其餘的，還未到公開時期，恕我不說了。左面牆上的照片，是我們的先賢，計開，劉半儂博士，徐志摩詩哲，蔣光慈同志，彭家煌先生。

少飛

文壇茶話圖

魯少飛作

大概不是南京的文藝俱樂部吧，牆上掛的世界作家肖像，不是羅曼羅蘭，而是文壇上時髦的高爾基同志和袁中郎先生。茶話席上，坐在主人地位是著名的孟嘗君邵洵美，左面似乎是茅盾，右面毫無問題的是郁達夫。林語堂口銜雪茄烟，介在論語大將老舍與達夫之間。張資平似乎永遠是三角戀愛小說家，你看他，左面是冰心女士，右面是白薇小姐。洪深教授一本正經，也許是在想電影劇本。傅東華昏昏欲睡，又好像在傾聽什麼。也許是的，你看，後面魯迅不是和巴金正在談論文化生活出版計劃嗎？知堂老人道貌岸然，一平坐在冰心和白薇两位女士的中间，即说他“似乎永远是三角恋爱小说家”，这种玩笑开得离题甚远，很不严肃。尤其是坐在主人位置的是邵洵美，则更不伦不类。画家赐邵公子叫“孟尝君”的雅号，倒透露了一点用心。也是事出有因。邵洵美是诗人、翻译家，又热爱出版工作，个人出资办了金屋书店、新月书店、时代图书公司，不仅为林语堂出版《论语》，为画家鲁少飞出版《时代漫画》，其他如《漫画界》《上海轮廓》《金屋月刊》等全由他协助出版。他有条件为这些刊物做经济后盾，为此赔了不少钱。所以画家鲁少飞让邵诗人坐了主位，并称他为“孟尝君”。此外，如讲叶灵凤手不离书，洪深在想电影剧本以及田汉、丁玲留在门外，未能进屋也都不错，因为田汉、丁玲当时都被国民党软禁在南京，不许他们自由行动。至于墙上挂的高尔基和袁中郎的画像，那是反映当时左翼进步文艺的活跃和林语堂、周作人等人提倡明末小品的实际状况。讲到从事翻译的作家高明，何以见到鲁迅先生便要拂袖而去则待考。

鲁少飞先生的这幅《文坛茶话图》发表于 1936 年 2 月 15 日创刊的《六艺》杂志上，这是一份注重艺术图片的文学刊物，由高明、姚苏风、叶灵凤、穆时英、刘呐鸥编辑，到同年 3 月 15 日出版了第二期即停刊。两期刊物中发表了邵洵美、向培良、高明、姚苏凤、徐迟、叶灵凤、庞薰琴、贺绿汀、阿英、穆时英等人的作品。第二期还发表了“苏联版画特辑”，除两页画辑外，并叶灵凤翻译的苏联作家写的《苏联的版画艺术》等文章。

少飞先生早在数十年前已放下了漫画之笔，新中国成立后一直在人民美术出版社工作，是一位受人尊敬的长者。他为人宽和，享高寿，近年始故去。他在《文坛茶话图》中所描绘的作家绝大多数亦已故去，仅冰心、巴金、施蛰存先生等仍健在。由于这幅漫画的

《六艺》封面

作者署名之谜以及《六艺》杂志比较稀见，我有意在此留下这份史料，并纪念鲁少飞先生。

附：《文坛茶话图》说明　少非

大概不是南京的文艺俱乐部吧，墙上挂的世界作家肖像，不是罗曼·罗兰，而是文坛上时髦的高尔基同志和袁中郎先生。茶话席上，坐在主人地位是著名的“孟尝君”邵洵美，左面似乎是茅盾，右面毫无问题的是郁达夫。林语堂口衔雪茄烟，介在《论语》大将老舍与达夫之间。张资平似乎永远是三角恋爱小说家，你看他，左面是冰心女士，右面是白薇小姐。洪深教授一本正经，也许是在想电影剧本。傅东华昏昏欲睡，又好像在偷听什么。也许是的，你看，后面鲁迅不是和巴金正在谈论文化生活出版计划吗？知堂老人道貌岸然，一旁坐着的郑振铎也似乎搭起架子，假充正经。沈从文回过头来，专等拍照。第三种人杜衡和张天翼、鲁彦成了酒友，大喝五加皮。最右面，捧着茶杯的是施蛰存，隔坐的背影，大概是凌叔华女士。立着的是现代主义的徐霞村、穆时英、刘呐鸥三位大师。手不离书的叶灵凤似乎在挽留高明，满面怒气的高老师，也许是看见有鲁迅在坐，要拂袖而去吧？最上面，推门进来的是田大哥，口里好像在说：对不起，有点不得已的原因，我来迟了！露着半面的像是神秘的丁玲女士。其余的，还未到公开时期，恕我不说了。左面墙上的照片，是我们的先贤，计开：刘半农博士、徐志摩诗哲、蒋光慈同志、彭家煌先生。

原载 1936 年 2 月 15 日《六艺》创刊号

丰子恺游山图

有一种文化现象值得我们好好想一想。多年来丰子恺先生的作品不仅为国人所喜爱，远在日本和南洋，甚至欧洲都有专门研究他的学者。有的课题比我们研究得还要细，热情也比我们高。我想，丰先生一定代表了中国文化的某种魅力，否则这一切是无法解释的。

抗战期间，丰子恺先生流离于广西、贵州、四川间，1940 年到了遵义，是随浙江大学迁移来的。那时丰先生在浙大任教。1941 年，是他创作的丰收年，他编绘成《子恺漫画全集》共六册，以及其他几本书。但是，就现在所见的有关研究丰先生的资料和年谱来看，记载他在遵义活动的篇幅还不多，我乐于在此补上一笔。

几年前，我在旧书店偶然发现一本由丰先生参加编辑和绘画的《子午山纪游册》，我主要因为欣赏丰先生所作的十三幅墨笔画而收藏。书为十六开本，毛边纸线装石印，1942 年 5 月由遵义孤儿所出版并公开发行。

子午山去遵义城八十余里，在乐安江上，奇峰幽谷，风景秀丽，并有清代三位名儒的墓茔。一位是著有《巢经巢文钞》《巢经巢诗钞》的郑子尹；一位是莫郘亭，他在曾国藩幕下多年，著作多有；还有一位是黎莼斋，光绪间出使英、法、德诸国，任参赞，再出使日本，任钦差大臣。子午山更以这三位名人的古墓而吸引了游客。1941 年春，丰子恺先生同四位友人游山数日，同伴们写诗作文，丰先生作画，合编成这本《子午山纪游册》。作者们主要为谒墓而去，书的内容也是围绕三位名人而命笔。丰先生分别为三位清儒画

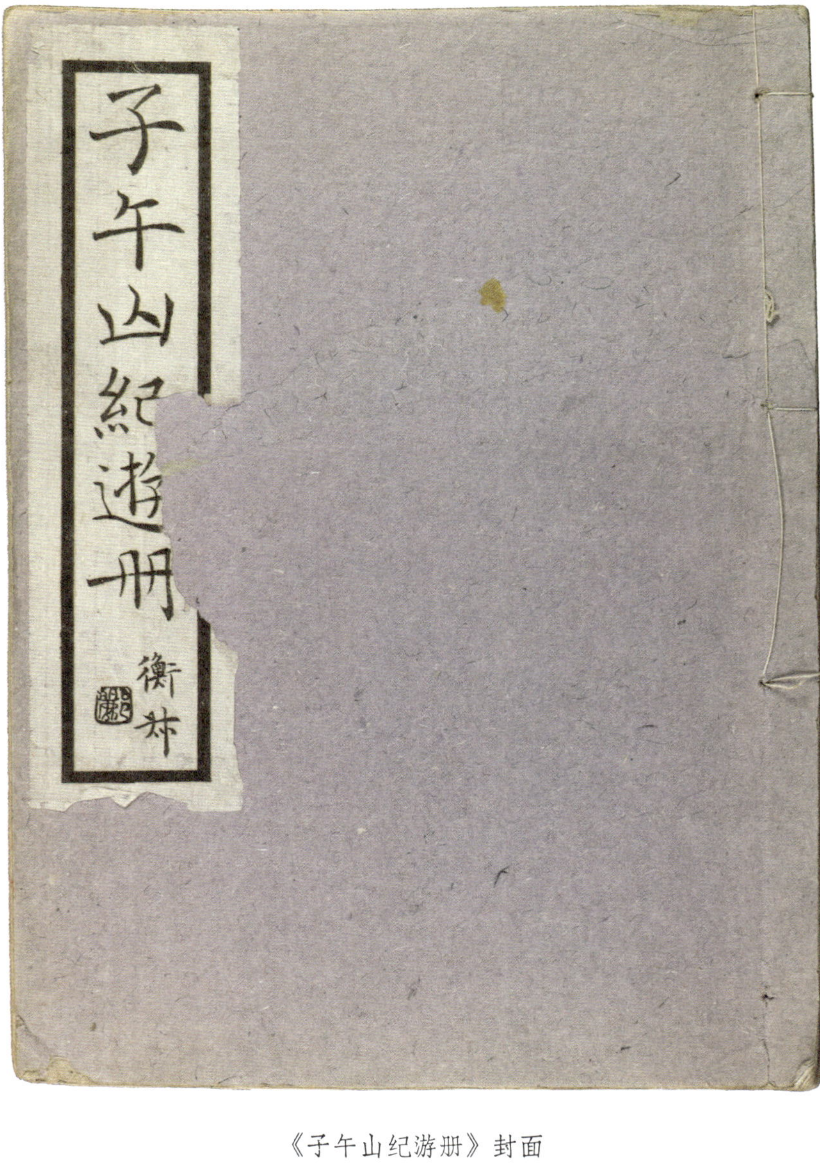

《子午山纪游册》封面

了肖像，又画了三处墓地景物，并有《坐久意未厌》《湛湛江水兮上有枫》《一弯绿水山百转》《节孝祠》《柳待春回绿未生》《折取一枝城里去，教人知道是春来》等风景画。其中最后一幅为即兴之作，因归途见同伴乘的人力车上插有一枝红梅而得。诗趣和画意都有丰先生独特的感受。据《纪游册》所记，丰先生在节孝寺观还画了佛像，书中却未收录，只记下了丰先生作画时，“每一笔一呼佛，百八笔而佛成，此独有之奇也”。丰先生画佛时的虔诚以及艺术家的那种气质，实在令人神往。1942 年 11 月，丰子恺先生便率眷离开了遵义到重庆去了。

《子午山纪游册》内页

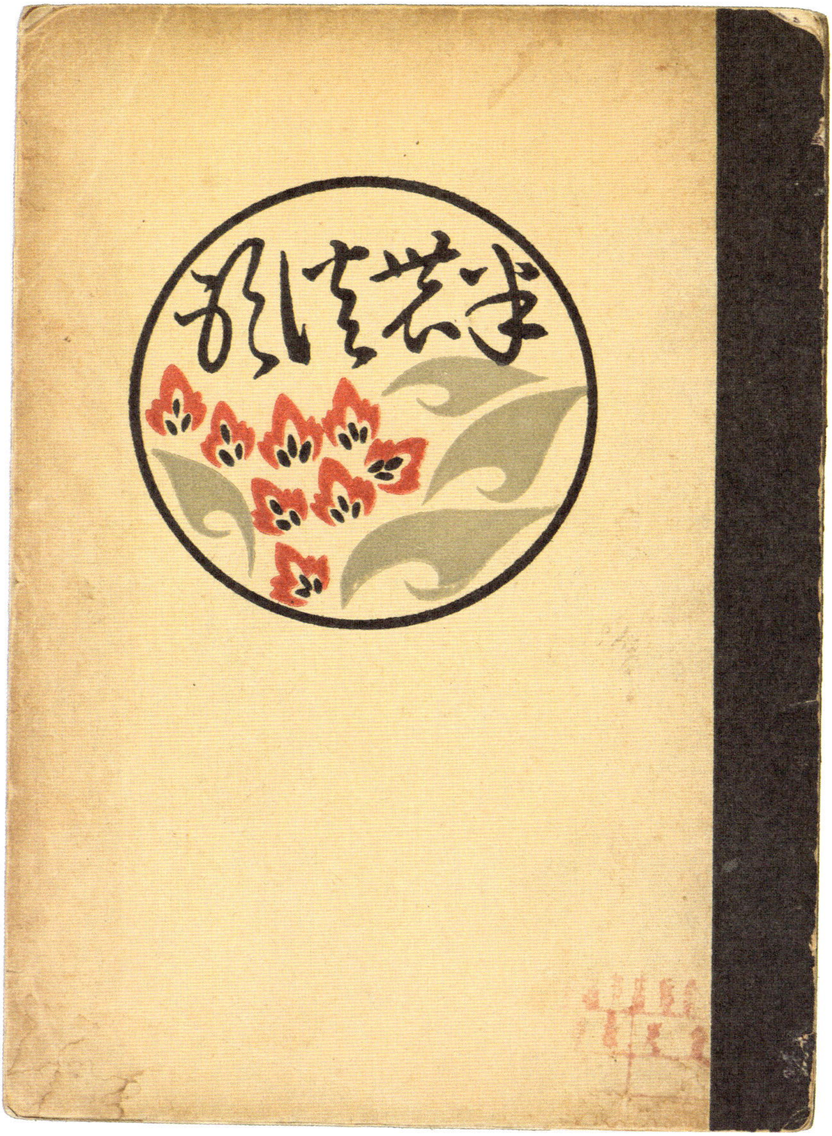

《半农谈影》封面

《半农谈影》

“五四”前后的刘半农，是一位很活跃的人物。他在《新青年》上摇旗呐喊，不愧是新文化运动的一员闯将。他写新诗，撰杂文，倡民谣，翻译异域文学名著，还提倡摄影艺术，又研究音律之学，实在是一位多才多艺的作家、学者。

鲁迅很喜欢他早期生气勃勃的性格，与此同时也指出：“他没有消失掉从上海带来的才子气。”刘半农提倡摄影艺术，有他敢于探索的一面，但是也显示了他的“才子气”，弄摄影不过是随便玩玩而已。他写了一本关于摄影艺术的书——《半农谈影》，在回答为什么要提倡摄影艺术这样严肃的问题时便说：“不为什么；为的是消遣。”这样的理论当然也不能击退那些保守的反对派，他们坚决反对摄影跨入艺术之宫。

当时轻视摄影艺术的便有他的好朋友钱玄同。钱氏说：“凡爱摄影者必是低能儿。”在他的心目中：“摄影太容易了，无论何人，五分钟之内包可学会。”气得刘半农愤愤地说反话：“五分钟之内可以学得会的东西，当然进不得艺术之宫。”依我看，《半农谈影》问世的意义，实际上是为处于萌芽时期的摄影艺术争得一席地位而呼喊。

把摄影当作一门艺术来看待，还是“五四”以后的事。那时，一切外来的艺术形式渐渐地为革新的探索者所尝试。摄影也同其他新兴艺术一样，一开始总是起步艰难的，往往会受到社会上保守势力的非难。刘半农以一位学人的身份，热心于提倡世人所不齿的摄影艺术，这也是难得的。

《半农谈影》由上海开明书店初版于 1927 年，1930 年印行了第三版。既然刘半农提倡摄影艺术的目的仅仅是为了消遣，那么他在书中就提不出什么深刻的理论。刘半农还把鲁迅先生抄录古碑时的激愤之语，拿来与他的摄影消遣说相提并论。刘半农说：“八年前，鲁迅在绍兴会馆抄写六朝墓志，我问他目的安在，他说：这等于吃鸦片而已。呜呼，吾于摄影亦云然。”

然而，刘半农对摄影艺术的很多见解还是有进步意义的。他说摄影不仅有“术”，而且有“艺”；强调摄影要“写意”，不必求“真”和“清晰”。为此，他坚决反对照相馆里的呆照，认为那不是艺术。有一次，朋友恭维他：“你照得真好，照相馆也不过如此！”直把他气得说不出话来。他认为照相馆里可以把活人照成死样，更何况当时的照相馆，多半在“门口挂起军人政客戏子婊子的照片”，使他更加反感。

刘半农主张摄影要“写意”的根据是，即使拍风景静物，“被寄藉的东西，原是死的；但到作者把意境寄藉上去之后，就变作了活的。譬如同是一座正阳门，若用写真的方法去写，写了一百张还是死板板的一座正阳门；若用写意的方去法写，则十人写而十人异：有的可以写得雄伟，有的可以写得清劲，有的写得热，有的写得……”因此，他主张从事摄影艺的人应该加强艺术修养，要有不同的个性和风格。

他分析了写真派只求画面清晰，写意派并不在乎模糊。总之，作者应该根据选择的主题来确定画面：“如果是灵秀的，苍老的，萧疏的，就应当偏于清一点；如果是朴茂的，沉重的，恐怖的，就应当偏于糊一点。”这些主张，显然受到中国传统绘画理论和“五四”以后西洋文化的影响，对提高摄影艺术是有促进作用的。

《半农谈影》也讲到了摄影技术，诸如画面构图的主次陪衬关系以及形、光、色等等。这些意见在今天看来，已经属于入门的浅显知识了，但基本原则还是适用的。

刘半农也没有全盘否定照相馆，说他们也是不得已而为之。例如一位老爷非要直接拍一张一尺二寸的半身相，还不准先拍小的后放大。又有一位太太要以马路作背景，前面非得摆上茶几、花瓶、椅子不可。这是有钱人的脾气，照相馆只得依从。他还以老友沈尹默来作比方：正如沈尹默尽可以不吃猪肉；他若开了饭馆，忽然来了一客，叫‘伙计！来一个三斤重的肘子’，他也不得不垂着双手说：‘是，红烧的罢？’”

刘半农文风喜人，即使是谈摄影技术，笔底亦生动，显示出“五四”以后那种解放的、活泼的风格，这是其他谈摄影艺术的书无法可比的。因此，我是把《半农谈影》作为一本散文来读的。书中还附有四帧摄影作品，封面装帧者是钱君匋先生。

1978 年 12 月

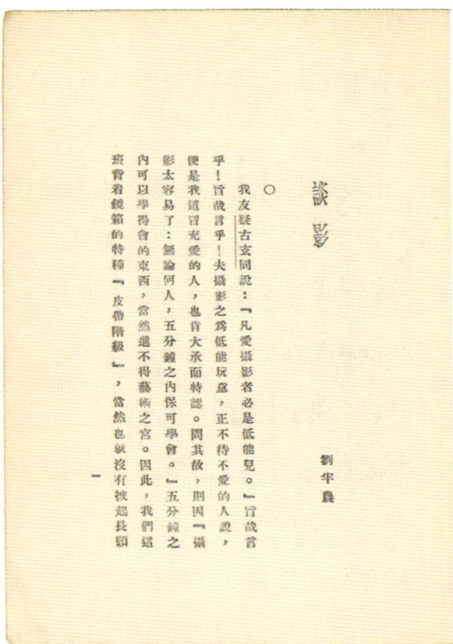
谈影

劉半農

○我友疑古玄同說：「凡愛攝影者必是低能兒。」旨哉言乎！旨哉言乎！夫攝影之爲低能玩意，正不待不愛的人說，便是我這冒充愛的人，也肯大承而特認。問其故，則因「攝影太容易了：無論何人，五分鐘之內保可學會。」五分鐘之內可以學得會的東西，當然進不得藝術之宮。因此，我們這班背着鏡箱的特稱「皮帶階級」，當然也就沒有披起長頭

一

《半农谈影》内页

舒新城的摄影艺术

舒新城，湖南溆浦人。作为出版家，他担任过中华书局编辑所的所长，主编过《辞海》；作为教育家，他著有《近代中国教育史》、《近代中国留学史》。他还爱写散文，出版过《蜀游心影》《漫游日记》《故乡》《狂顾录》以及与刘济群的通信集《十年书》。他同刘半农一样，作为一个学人和作家又热衷于摄影艺术，是中国摄影史上的一位先行者。他们迷恋摄影不是出于一时的爱好，从长期实践中还总结了经验和理论，刘半农著有《半农谈影》，舒新城著有《摄影初步》。

据舒氏介绍，他写《摄影初步》的起因与徐悲鸿有关。1928 年，他与徐同在南京中央大学任教，彼此较接近。他常向徐请教绘事，徐常向他询问摄影，为了回答的问题而有此作。

我藏有 1934 年 9 月中华书局出版的舒氏艺术摄影集《晨曦》，方型大十六开本，道林纸精印，共收风景与人物二十幅。就作品的风格而言，他与刘半农有共通之处，即强调作品的意境，追求画面的模糊效果，如同绘画中的写意画，舍工笔，不求其笔笔清晰。为此，他还写过一篇《清与糊》。他觉得如果一张照片拍得秋毫可察，反而会让人感到零碎可厌。这也是初期摄影艺术流行的一种手法。这种不求画面绝对清晰的理论，早已被后来的实践所打破，恐怕与摄影器材的日益进步亦有关系，至少现在这两种艺术风格是可以并存的。

在人物摄影方面，舒新城也采取模糊的手法。有趣的是他早就注意到为作家写照，开作家肖像创作的先河。《晨曦》中一为《运

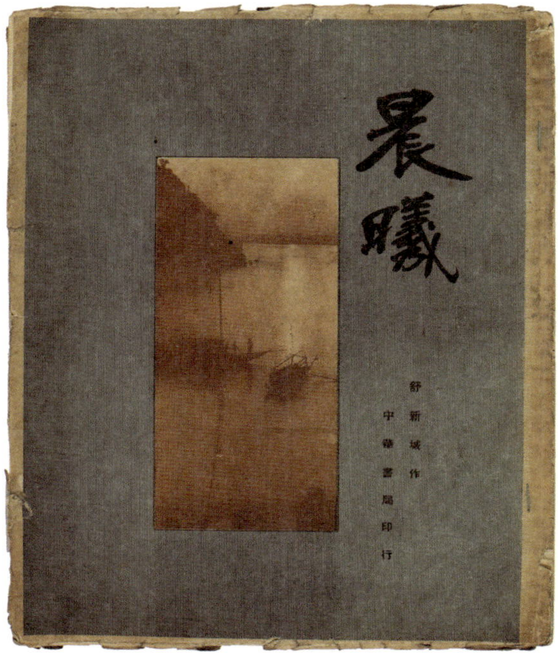

《晨曦》封面

《晨曦》内页

思》，拍的是刘大杰；一为《俨然》，拍的是李劼人。我更喜欢后者。前者是在室内拍的，连标题在内都有点做作的痕迹；后者是在室外拍的，不求面部的清晰，注意人物整体的风度和气质，追求黑白对比的自然光影，标题也欲言又止，耐人寻味，生动传神。照片没有标明拍摄年代，大体拍于 20 年代中期，这当中还包含了两人友谊中的一段鲜为人知的故事。舒新城 1924 年冬在成都高师任教时，初识李劼人。两人同为少年中国学会会员，一见如故。1925 年成都高师兴排舒的学潮，李为掩护舒，甘愿被捕坐牢，并在出狱后协助舒逃出了成都。后来舒在谈这段经历时说，自己在这次学潮中几乎丧命，而李劼人对朋友的热肠侠骨是他有生以来所未见的。

除了《晨曦》以外，舒新城还在中华书局出版了三册摄影集。一是《西湖百景》，铜版纸精装本，收照片一百二十余幅，尽收 20 年代的西子风光，甚至有雷峰塔尚未倒掉时的留影。另两册是《习作集》和《美的西湖》，我访求多年而未遇。两本各收照片二十张，《习作集》的取材有成都的山居、南京的深秋、雪后的西湖等。封面为丰子恺题绘，还有徐悲鸿、丰子恺的序文。《美的西湖》则由徐悲鸿一手编定，从选片、写长序，到设计封面，全部包了下来。我之所以要寻觅它们，一览舒新城的摄影艺术固我所欲，而徐悲鸿、丰子恺先生所作的封面设计和序文亦吸引了我。何时能有此书缘？看来渺然无期。世上不能如愿的事还多，有梦难成的滋味最让人伤神。

1995 年 3 月

《美的西湖》封面

《美的西湖》内页

《西行漫影》封面

《西行漫影》

《西行漫影》，大三十二开本，以六十四幅照片组成的表现延安抗战生活的图片集，1946 年 1 月上海画报公司出版，共印道林纸本两千册。摄影作者是战时美国《纽约时报》驻重庆记者福尔曼。

本书“前言”称：“中国共产党所建立和领导的陕甘宁边区与广大的解放区，由于国民党和敌伪严厉的新闻封锁，在许多人心目中，成为一种神秘的谜。”当时有很多外国记者要求去解放区采访，遭国民党政府拒绝，“直到一九四四年，许多旅渝外籍记者又做要求，当局终于被迫应允”“福尔曼就是十四个记者中的一个”。他从延安归来，写了一本《赤色中国报告》，《西行漫影》的图片即从本书中选来。图片集中并附原书的英文图片说明。

画集出版于抗战胜利的历史转折期，对广大国统区的人民来说，正是一本非常适时的读物。此刻，国民党一方面制造欺骗宣传，一方面疯狂地抢夺抗战的胜利果实，人民需要了解中国共产党和解放区的真相，而一个并非“左倾”的记者，也不是个共产党员的美国人，以自己耳闻目睹的经历，对解放区人民的抗战做了热情的报道。这对国民党是个绝妙的讽刺和打击。

福尔曼对延安的抗日士兵怀有极大的兴趣，对于制造土炮、地雷的民兵们，他的摄影镜头也没有放过他还拍摄了日本人民解放同盟以及日伪俘虏的照片。对于陕北的窑洞，基层干部、妇女、儿童，以至领袖人物毛泽东、贺龙等也留下了镜头。他以诚实的态度对红区人民的生活如实地做了介绍。这正是国民党当局最害怕的。

《西行漫影》的问世堪称三快：是1945年刚在纽约出版了《赤色中国报告》，同年12月上海画报公司便得到了这本书。二是有关编辑人员立即选好摄影作品，译好文字说明，附加地图说明，又根据形势发展编制了解放区光复城市的统计表。第三是出版周期快。12月15日编者写好本书“前言”，新年1月书便印制完成，正式发行。

对于这样一本反映解放区人民抗战的书，国民党不会任其流传，当属禁书无疑。60年代初，我在南京中山东路的古旧书店以三角钱得之。版权页上没有上海画报公司的地址和编者姓名。我怀疑这个画报公司实际上并不存在，虚设其名而已。事隔半个世纪了，我曾求教于当年在上海地下党从事文化出版工作的前辈，无结果。难道这段革命出版史话永远是个谜了吗？

1996年11月

《西行漫影》内页

《西厓装饰画集》

1947年10月，上海耕耘出版社以精装方型开本出版了《西厓装饰画集》，印行了一千册，1958年4月30日，我得自北京东安市场富强旧书店，价1元。这册朴素精美的画册，也许是自新文学诞生以来的第一本书籍报刊的装帧画集。物以稀为贵，多年来我很珍视它，觉得这是我们研究中国现代书籍装帧艺术史不可少的物证之一，说明出版界已经不把此类小品当作雕虫末技了。同时我也感到扫兴，因为自本书问世后近半个世纪了，除了钱君匋、曹辛之先生出版过书籍装帧画集外，很难再见别的，还合不到十年出一本，这能够说明出版界已经充分重视出版文化的提高吗？当然，提高出版文化的内容，绝非装帧设计一事，然而它所占的地位却是相当重要的。

本书共收装饰画六十幅，都是单线勾描，只有几幅是彩色的。作者写有自序，讲到他常为报刊作刊头和扉画，数量可观，开始并未关心，后为读者所留意，才引起他收集的兴趣。抗战以来，作者的生活流动性很大，历经浙赣战争，东西失尽，逃难到福建南平才稍安定，到抗战胜利以后已积存刊头扉画几百幅。这六十幅便是从中选定的其中有七幅装饰画是木刻。作者对装饰艺术的看法是："所谓装饰画，要取材趣味新颖，构图用色明丽，含义有内容，大的像壁画，小如文章上的眉画，都有同样的要求，否则易犯粗俗病。"章西厓先生深刻领略个中三昧，因此他的装饰画构图非常简练，线条柔美流利，黑白对比鲜明，一看便是独立的装饰艺术。与当今流行的装饰刊头和扉画不同的是，现在的刊头画装饰味不浓，布局过

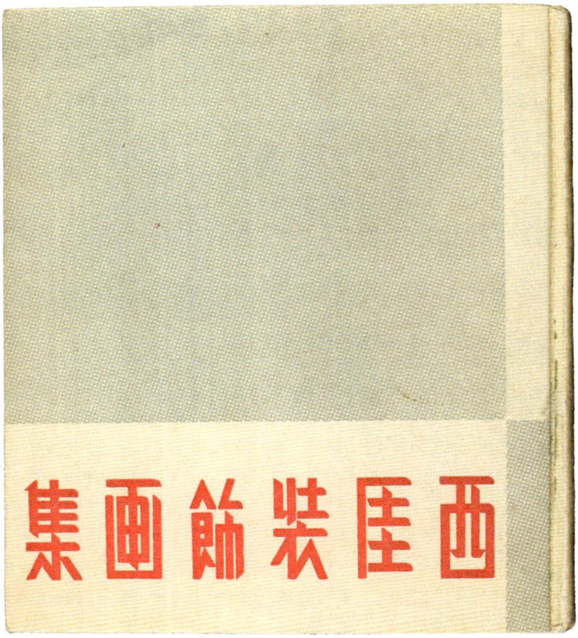

《西厓装饰画集》封面

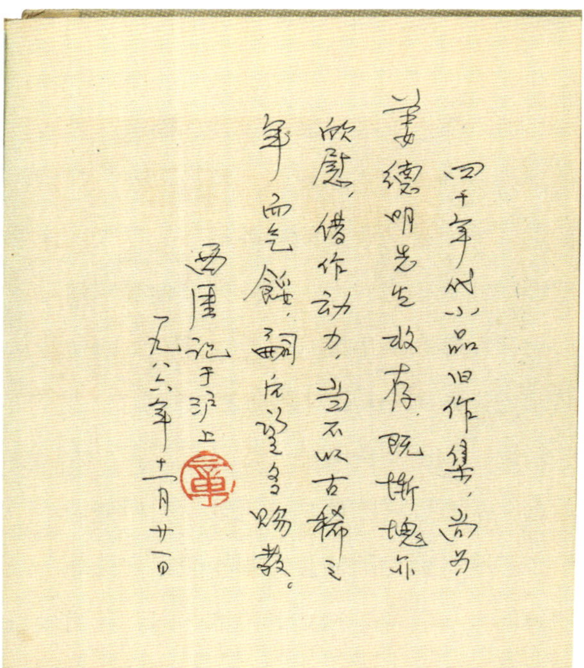

《西厓装饰画集》作者题跋

《西厓装饰画集》内页

于琐碎，实与插图无异。这是由于作者根本没有认识装饰画的特殊性格，以一般绘画代替了装饰艺术。

画集中的刊头画，都没有标题，如弹琴的少女，画面构图的完美和黑白色调的强烈，几乎无懈可击。街灯下的劳动者，好像正为什么难题所扰，有点心绪不宁的样子，堪称“含义有内容”，而线条和形式也都是很美的。

据作者介绍，他的这册装饰画集是由曹辛之推荐而出版的。曹先生是诗人，亦是装帧设计家，他之所以赏识西厓的装饰画自然带有一定的权威性。前些时候我见到曹先生，与他谈及西厓的这本画集，并且表述了我的看法。我以为西厓的装饰画，特别是木刻部分，与 40 年代后期黄永玉的木刻有相近之处，人物形象、动作都有点夸张，讲究形式美，装饰味道很浓。曹先生说：“当年我同西厓的相识，便是由永玉介绍的。他也喜欢西厓的作品。”看来我的猜测并非无据，章与黄的艺术风格在当时确有相通的地方，作品既不脱离生活，又注重装饰美，这在艺术上是一种极为严格的要求。

章先生在抗战当中还作过速写与漫画，近数十年来装饰画也搁笔已久，现在专画中国画，又以花卉为主。不过与众不同的是，他的画强调装饰味，不泥古，色彩浓，更近现代风韵。

1993 年 10 月

第七章

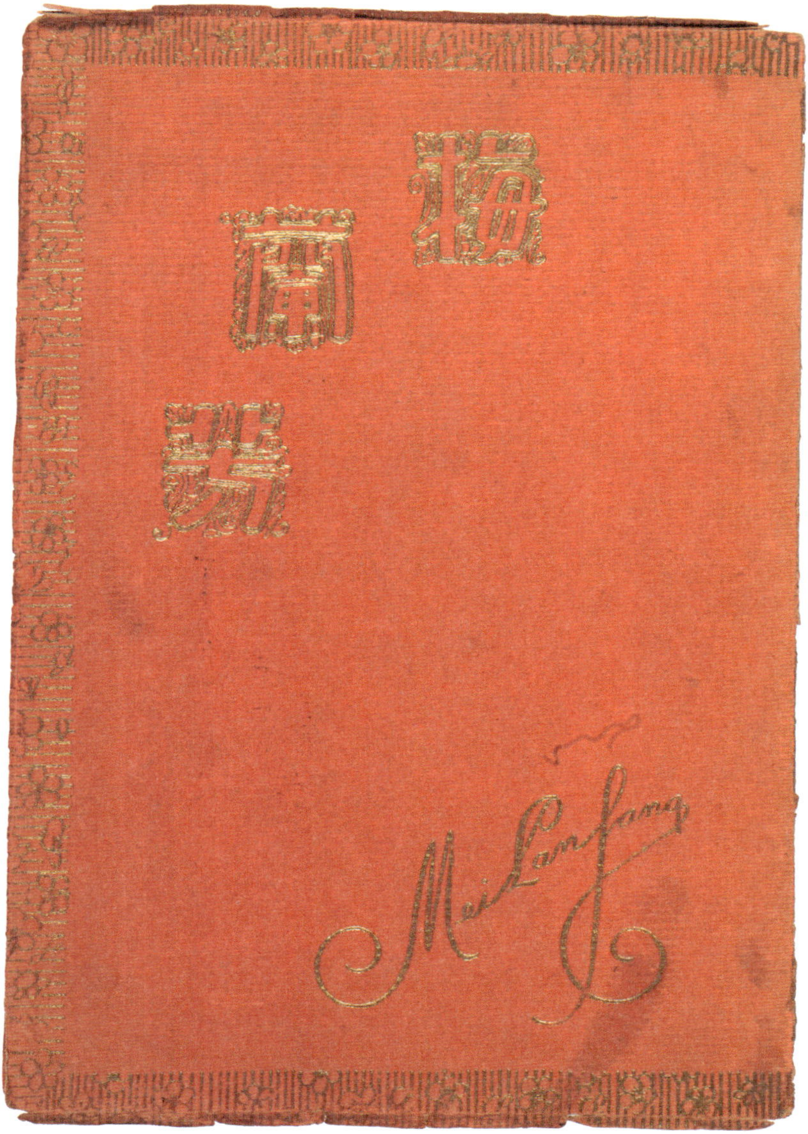

《梅兰芳》｜1927 年 4 月上海版

《梅兰芳》专集

此书为十六开软面精装本，烫金封面，全部铜版纸套色印，装帧堪称豪华。1927年4月上海出版，编者为严独鹤、唐世昌、任矜萍。

书中收梅氏演出的剧本及唱词，如《太真外传》《木兰从军》《千金一笑》《上元夫人》等十余种，又有剧照、便装照、墨迹等近六十幅。其中“缀玉轩字画及交际摄影”部分最为珍贵，如：《梅花辑瑞记》，记1926年10月瑞典王储在北京访梅宅事；《缀玉轩招待使团记盛》，记1926年6月意大利驻华公使夫人，及美国、西班牙、瑞典等国大使及夫人十八人来访梅宅的情况；《中日名伶宴会之盛况》，记1926年8月日本演员守田勒弥、村田嘉久子访华演出，梅氏在大方家胡同李释戡宅举办茶会招待事，到会者竟达一百三十余人。此外，《梅兰芳外交史料之一节》，记中日实业界百余人在中山公园水榭举行欢迎日本艺员集会的详情。难得的是，这些活动都留有照片，可作图史供后人观赏和研究。时人论梅氏与国际文化界的交往，引用资料多出此集。

此书收有无畲居士（李释戡）于1923年所写的《梅兰芳小传》，移录如后：

> 兰芳，梅姓，名澜，字畹华，江苏泰州人，世居京师，祖巧玲，咸同间名伶，掌四喜部。父竹芬，亦善昆曲，早逝。兰芳天资敏慧，夙承家学，七八龄学曲，十一登场，雅合青衣节奏。幼白皙美丰姿，稍长，色艺与年俱进，宣统末，誉者已甚众。民国二三年间，艺乃大进，色亦愈艳，容光焕发，俯仰如神，盖异禀也。十年以来，每叹中国乐律沦亡而古舞尤失传，

箱根千條瀧前之梅蘭芳

Mei Lan-fong at Chisuji Water fall

Hakone, Japan

> 乃与二三同好别制古装新曲，如天女散花之袖舞、虞姬之剑舞、西施之羽舞，皆得独抒新得，融化中外，古今舞态，自成一家。时出新声，能令顾曲家荡气回肠而不能自已。歌舞合一有复古之功，群以“梅派”尊之。往岁游日本，彼都士女空巷争看，名公巨卿每有投缟赠纻之雅，名俊竞效，其舞态谓之梅舞。伶官东渡，此其嚆矢。

王国维在《戏曲考原》中给戏曲下了个简单定义：“戏曲者，谓以歌舞演故事也。”而吴祖光则把“歌舞剧”三字拆开来，称之为“歌、舞、剧”，阐述了正是这三个要素构成了戏剧。梅兰芳对于中国戏剧的最重大的贡献，就在于紧紧掌握住中国戏剧这一特点，既注重唱，又注重舞蹈，且歌且舞，使戏剧臻于完善，升华为美的结晶。此亦李释戡《小传》所强调者。

《梅兰芳》内页

《程砚秋图文集》｜1946年上海天蟾舞台印制

《程砚秋图文集》

“五四”前后，京剧作为旧戏曾经被部分新文学家所不齿，甚至想把它作为“封建余孽”的颓靡之音而推翻之，完全代之以新剧。这当然是绝对化的观点，是一种过激之词。

我国新文学家中不乏重视古代戏曲遗产者，如欧阳予倩、洪深、田汉等人，他们善于同戏曲演员合作，推进了旧剧的改革。另一方面，旧戏曲演员中的有识之士，亦乐于同新文学家合作，吸取新的营养。这些先进人物中就有周信芳、程砚秋、梅兰芳等人。

抗战胜利以后，在上海的戏曲舞台上发生了两件轰动的事，即梅兰芳、程砚秋的重登舞台。两位京剧演员出于爱国之心，已经息影舞台，现在欣逢日本投降，重又登场。这是中国现代戏曲史上值得一记的。两位艺术家的道德情操和人格力量，也许超出他们艺术成就的影响，这次演出活动深深地吸引了大众。

人们都知道，梅兰芳拒绝敌伪的威胁利诱，蓄须明志。程砚秋则迁居北京西山青龙桥习农隐居。他们在侵略者面前保持了一个艺术家的尊严，以维护民族的荣誉。

为了反映广大戏曲观众和文化界对程砚秋的这种热烈的感情，十六开本的《程砚秋图文集》应时而生。图文集附有彩色剧照多幅，光程氏的生活图影及历史照片就有六七十幅之多，即在当时亦显得十分珍贵。从当时的印刷条件来看，堪称一本优秀的纪念册。出版的时间是 1946 年 11 月。

图文集中执笔的人，文学界中有郭沫若、田汉、欧阳予倩、洪深、吴祖光、周瘦鹃、姚苏凤、陈灵犀等人，戏曲界的有俞振飞、翁偶虹等人。

程砚秋在卷首写了《希望与感谢》，除了回谢人们对他的热情关怀以外，他特别讲到多年来便已经感到京戏是非要改良不可的，而七七事变突然终止了他正在进行的这一工作，他说：“数年来，砚秋蛰居青龙桥畔，心情的冷淡，几乎忘了我的本身职业。”此文未见《程砚秋文集》收入。

我们很少有机会看到郭沫若关于京剧的言论，他特地为程砚秋写了一段题词：

> 平剧是吾国戏剧之民族形式中最称洗练者，确为宝贵之遗产，值人珍视，以余度之，必将永存而不至磨灭。

京剧存亡问题，看来在民国时期便已经议论纷纷，而郭沫若的态度却十分鲜明。

田汉写了《寄语砚秋》，他的文字坦诚直率，如闻其声，他似乎并不赞成程氏仅仅献身于舞台，更寄希望于程氏在戏剧改革方面多做工作。他明确地提出：

> 砚秋已过中年，此后似不必专在红氍毹上与人家争一日短长，不如断然奋臂作改革先锋，更足千秋也。

洪深文章的题目是《中兴的力量》，当然也是寄厚望于程砚秋，因为他看到当时的京戏已处于颓势，正在没落之中。结合当时的国势和时局，人们希望戏剧是战斗的，而不是歌舞升平。新文学家们的这种感慨自有道理。洪深还回忆了他同程氏多年来的交往，在抗战八年的流离生活中，他还保存着战前程砚秋为他书写的一柄扇面。

欧阳予倩写了《怀念程砚秋先生》，他说当年与程初见，这位一代名优还是十几岁的少年，20 世纪 20 年代中期彼此重会于南通市，1933 年又在世界花都巴黎重逢。他们是戏剧事业上的伙伴，见面时就互相讨论戏剧问题。

吴祖光的《我的祝颂》，以抒情的笔调描绘了当年一个燕市少年在前门外的戏馆里做过的梦。那是些永远充满幻想、似醒而未醒的梦。

所有这些作家的笔墨，均不见诸家的文集之中，不知是有意还是无意间失落的。无论是研究戏剧艺术，还是研究新文学作家与戏剧的关系，这些文字都是不应忽略的。

《程砚秋图文集》所以编得这样丰富多彩，还要归功于两位报界名家唐大郎和龚之方。这本图文集充分显示了他们的编辑才能。

（编者按：本文发表于 2015 年之前）

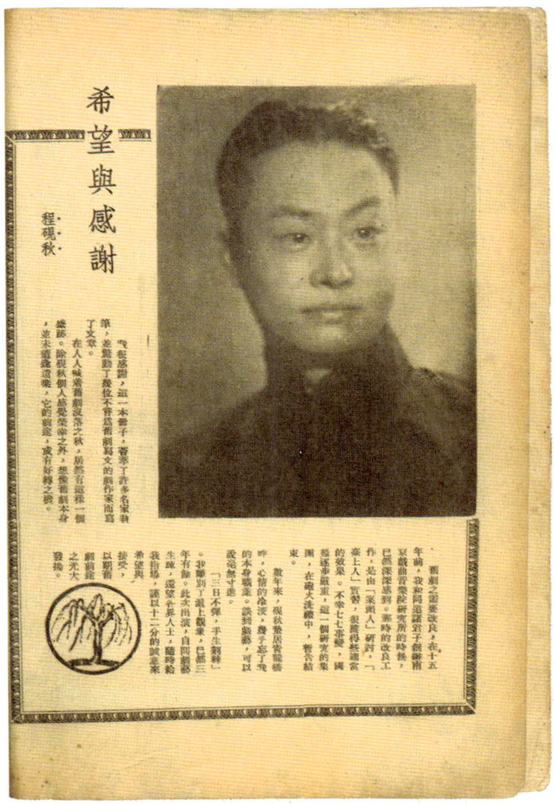

希望與感謝

程硯秋

很感謝，這一本冊子，會萃了許多名家執筆，並驚動了幾位不肯爲舊劇寫文的新作家而寫了文章。

在人人喊着舊劇沒落之秋，居然有這樣一個盛舉。除硯秋個人感覺榮幸之外，想像舊劇本身，並未遭逢衰運，它的前途，實有好轉之機。

舊劇之需要改良，在十五年前，我和同道諸君子創辦南京戲曲音樂院研究所的時候，已然深深感到。彼時的改良工作，是由「案頭人」研討，「臺上人」實習，頗獲得甚適當的效果。不幸七七事變，國難逐步嚴重，這一個研究的集團，在偉大洪流中，暫告結束。

數年來，硯秋蟄居青龍橋畔，心情的冷淡，幾乎忘了我的本身職業。談到藝術，可以說毫無寸進。

「三日不彈，手生荊棘」。我離別了臺上觀衆，已經三年有餘。此次出演，自問藝事生疏，還望各界人士，隨時給我指導，請以十二分的誠意來希望與接受，以期舊劇前途之光大發揚。

《程砚秋图文集》内页

《杨翠喜》

偶从旧书店购得光绪三十三年（1907）五月天津新小说社刊行的《杨翠喜》一书，署名西泠山人编辑。当年此女涉及轰动朝野的一大丑闻。

杨翠喜一向在天津天仙茶园等处唱戏，拿手的是《拾玉镯》《卖胭脂》《青云下书》等花旦戏。那时的女演员地位不高，杨翠喜自然也逃脱不掉卖艺兼卖色的命运，不仅流氓、富商包围着她，还有天津直隶候补道北洋陆军统制段芝贵也是她的相好。光绪三十二年（1906），庆亲王奕劻的儿子载振来天津办事，这是一个典型的纨绔子弟。他是光绪的远房弟兄，父亲又是慈禧太后的心腹，因此仰仗权势也当上了商部尚书、御前大臣。段芝贵设宴招待这位京城来的贵公子，他看上了陪酒的杨翠喜，于是段就顺水推舟地以高价买下杨翠喜，于光绪三十三年三月送往北京，献于振贝子。段芝贵马上就被提拔为黑龙江省巡抚。

事情风传在外，御史赵启霖奏禀皇上弹劾段芝贵。清廷不得不下诏书撤去段的官职，并派溥仪的父亲醇亲王载沣、大学士孙家鼐调查此案。既然事情牵连到奕劻父子，内线人物早就暗中通风报信，结果由天津盐商王某出面，造了假字据，承担了买杨翠喜为使女之名，掩护皇室弟子和重臣权贵们过关。

尽管载振迫于舆论的压力不得不暂时辞去尚书的职务，举报人赵启霖还是受到罢官革职的处分。段芝贵则不了了之。辛亥以后，段因袁世凯的关系，官运亨通，在北京政府当了拱卫军总司令，还先后担任过察哈尔和湖北两省的都督。

《杨翠喜》
1907年天津新小说社版

《杨翠喜》内页

光绪皇帝诏书中给赵启霖定的罪名是诬告皇族，所受革职处分是“咎有应得”。皇帝又借此诏示天下：“嗣后如有挟私参劾、肆意诬罔者，一经查明，定予从严惩办。”轰动一时的杨翠喜案件就这样告终了。

但是，街头巷尾，舆论大哗。当时不仅各报发表新闻和评论，连外国人办的报纸也纷纷译载此案的经过。新小说社刊行的《杨翠喜》一书，多少表现了社会上的这种不满。我不知道这个“新小说社”，是否即梁启超主办的《新小说》月刊社，按说《新小说》月刊在头一年已经停刊了。

《杨翠喜》于六月份再版。我藏的就是这个版本。书的最前面是光绪皇帝的上谕，接着是载沣、孙家鼐的奏折，即调查天津杨翠喜案的报告。奏折中说，北京派去调查的人（住在天津租界外国人开的高级饭店），在天津见到了杨翠喜和盐商王某等人，全都否认举报人揭发的事实，而在当时商人是可以随意买卖歌女和妓妾的，所以也定不成罪。其后收录的是供词，包括杨翠喜及她养父母等人口述的记录。据供词说，杨的养父母以三千五百元把她卖与盐商。又有杨的小传，说明杨原为河北通州（今北京通州区）人，案发时才十九岁。十二岁时因家贫被家人带到天津，开始学戏。十四岁时在侯家后协盛茶园初次登台，又在北马路大观茶园、北大关福仙戏园、北门里景春戏园等处演出。唱红后为盐商王某和道员大人段芝贵所宠。书中还收有关于杨案的小说、杂文、诗词、评论等文章。有人以杂文笔法写道：

> 杨翠喜以妓女而使段芝贵革职、赵启霖革职、振贝子辞职，其势力为一般清议所不及，为台谏所不及，为各大员所不及，为政府所不及，欲清中国官界之污浊，安得有彼千百杨翠喜来。

又有人指出段买妓而由盐商出面，在天津俗语中这叫“倒口袋”。

“盖官场中人购置妾媵，恐为上官所知，有干例禁，乃使别人冒名，以掩局外之耳目，亦官场中之习技。”又说段已派人送杨到北京，案发后，又急忙将杨接回，当时不敢坐火车，由通州乘船回津。可见到 1907 年，京津两地尚通水路。

杨翠喜，区区一个被人买卖过三次的十九岁少女，尽管她卷入了这场肮脏的政治交易中，说穿了不过是权贵们的玩物，政客土棍们的工具，封建制度下的牺牲品而已。

据丰子恺编的弘一法师遗著《前尘影事集》，其中收有《菩萨蛮忆杨翠喜》两阕。撰此词时的李叔同还是一位常与坤伶名妓往来的少年公子，其友姜丹书在《弘一法师小传》中说此时的李叔同“一腔牢骚忧愤，尽寄托于风情潇洒间，亦曾走马章台，厮磨金粉，与坤伶杨翠喜……以艺事相往还”。

李叔同词曾题扇寄杨翠喜，不知杨能解词意否。录如后：

燕支山上花如雪，燕支山下人如月。额发翠云铺，眉弯淡欲无。　　夕阳微雨后，叶底秋痕瘦。生小怕言愁，言愁不耐羞。

晓风无力垂杨懒，情长忘却游丝短。酒醒月痕低，江南杜宇啼。　　痴魂销一捻，愿化穿花蝶。帘外隔花阴，朝朝香梦沉。

当然，这是 1905 年李叔同去日本以前发生的事情。

读《雨窗琐记》

大约在 1926 年，画家姚茫父写了一篇散文《雨窗琐记》。

这是一篇颇为耐看的文言文，记述了京师画坛的一段轶事，然而我从中得到的却不仅是这些。

姚茫父就在这一年得了中风病，以至半身不遂，但是为了粥饭，当时仍然以残臂挥毫作画。已故南开大学教授郑天挺在所著《探微集》一书中说，姚氏“晚年潜翳古寺，出其余绪以为书画，见者惊为瑰宝，而文名反为所掩”。郑先生如此看重姚氏的文章，这是很有见地的。他曾向姚茫父求教过，他的话是可信的。我从《雨窗琐记》更看到了姚氏的文笔和出众的见解。

那还是陈师曾在世的时候，画家王梦白画了一幅《猴技图》。所绘亦旧京风俗——耍猴。画面上是一个穿着彩衣、戴着面具立在羊身上的猴子。这幅画也可以说是三位画家的合作，因为彩衣是陈师曾加上去的，面具则是姚茫父所补勾。完笔之后，陈师曾以为画上应有题咏，遂自告奋勇将原画携去。不久，陈师曾因奔母丧赴金陵，突染暴疾而终，那是 1923 年夏天的事。

陈师曾殁后，陈氏后人陈封可携来此画请姚茫父题咏。姚提笔而书曰：

静江寺里胡孙老，故裔于今尚尔雄。

假面蒙头真个戏，赚人羊背舞衣红。

除了题诗，他又写下了这篇《雨窗琐记》，叙及经过。诗里所述“假面蒙头真个戏”，并不是他的随意而谈，却亦反映了姚茫父的戏剧观。姚茫父当然不是一位戏剧家，但是他是一位名副其实的

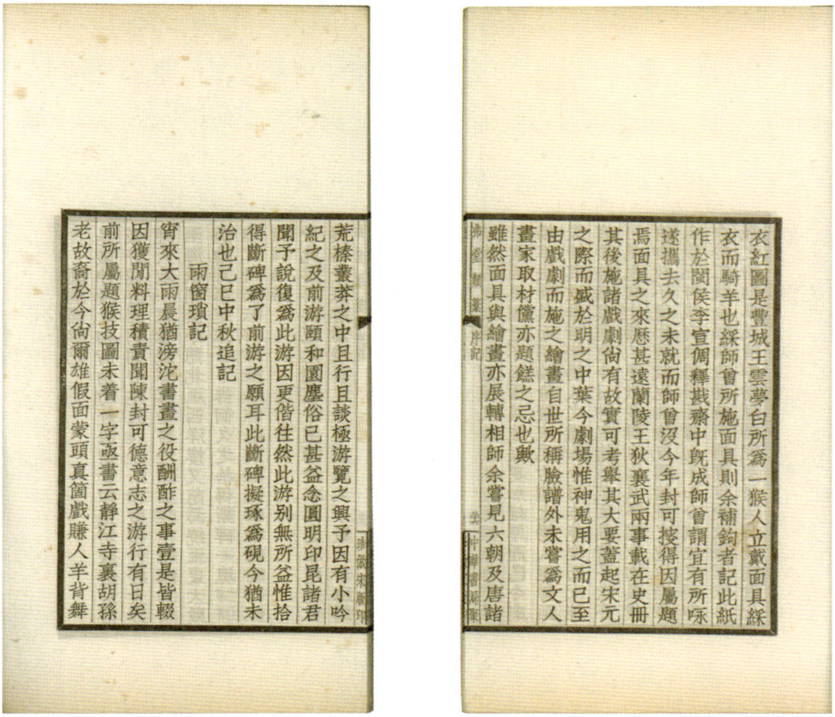

衣紅圖是豐城王雲夢白所爲一猴人立戴面具綵
衣而騎羊也綵師曾所施面具則余補鉤者記此紙
作於閩侯李宣倜釋戡齋中既成師曾謂宜有所啄
遂攜去久之未就而師曾歿今年封可拨得因屬題
焉面具之來歷甚遠蘭陵王狄襄武兩事載在史冊
其後施諸戲劇尚有故實可考舉其大要蓋起宋元
之際而盛於明之中葉今劇場惟神鬼用之而已至
由戲劇而施之繪畫自世所稱臉譜外未嘗爲文人
畫家取材儻亦題鋑之忌也歟
雖然面具與繪畫亦展轉相師余嘗見六朝及唐諸

荒榛叢莽之中且行且談極游覽之興予因有小吟
紀之及前游頤和園塵俗已甚益念圓明印昆諸君
聞予說復爲此游因更偕往然此游別無所益惟拾
得斷碑爲了前游之願耳此斷碑擬琢爲硯今猶未
治也己巳中秋追記
雨窗瑣記
宵來大雨晨猶滂沱書畫之役酬酢之事壹是皆輟
因獲閒料理積責閩陳封可德意志之游行有日矣
前所屬題猴技圖未着一字亟書云靜江寺裏胡孫
老故裔於今尚爾雄假面蒙頭真箇戲賺人羊背舞

《雨窗琐记》内页

艺术家，懂画亦懂戏。他又是一位小学家，《说戏剧》一文，光是考证“戏”字的源流便洋洋洒洒，令人叹为观止，即使专操笔墨的戏剧家也未必能道出其底细。

他在《雨窗琐记》中说，戏剧不过是有形有色的文章：

> 事须极其荒唐，旨须衷诸情理，乃可为美。而世之好新者，务为写实，常至不能转圜，亦云笨矣！猴技之为戏，虽极简陋并无情理，然一味荒唐，可谓真戏。昔人论画谓须不似而后能神似，此岂可与儿女语哉。

什么是戏剧的美？美在不似之中去寻求神似。这不仅是绘画的最高境界，也是戏剧的佳境。这种境界不能从“务实”中来解决，而得求之于“荒唐”。“务为写实”者，表面上拘泥于生活的真实，这是笨办法，不是艺术。“荒唐”并非“荒诞”，而是指一种大胆的夸张，是事在情理之外，而义在情理之中，要真实，要合乎人情，乍看似不可信，却又是人生至理。这种打破传统戏剧结构，追求一种夸张的美，乃为戏剧艺术家们所探求的一种真正的美。想不到一位清末的部员竟能出此新鲜的见解，在我是很感意外的。同当时旧京的一批专门围着梨园子弟而吟诗弄赋的顾曲家们相比，姚茫父当然不同凡响。他从猴技假面中竟能看到戏剧之真谛，没有卓越的艺术眼光是不敢大胆放言的。王梦白的《猴技图》之所以由姚茫父来勾勒面具正是事出有因，并非偶然。他落笔之前已有很多潜台词。

《雨窗琐记》表面谈的是三位画家合作一幅《猴技图》的往事，实为一篇论述面具与脸谱艺术的有趣文字。面具施用于戏剧舞台的历史是有据可考的，姚茫父以为：“举其大要，盖起于宋元之际，而盛于明之中叶。今剧场唯神鬼用之而已。”最明显不过的是旧时剧场开演正戏之前必须“跳加官”，那位在台上手持“天官赐福”的喜神，不就是头戴面具的吗？

可贵的是，姚茫父的很多见解，一方面是他广泛地涉猎典籍而来，一方面来自他在实际生活中的细心观察，因此有很多新鲜独到的见解，在别人的笔下是无法看到的。他以为面具艺术与绘画之道有“辗转相师”的地方。平时他从六朝及唐代石刻造像所画的伽蓝像以及唐高昌壁画残纸伽蓝像上都看到它们与面具的相近之处，“不过面具施彩更加雄厚而已”。他进一步考其发展源流，得出后来舞台上抛弃了面具而用勾脸，其原于宋元时代上场人只做舞蹈和表情，而歌词都由坐在场上的人出之，如同弋腔的接腔帮腔之类。这一点从旧时舞台上扮神鬼的只戴面具，全无唱词，便可推见此种遗风。

一旦舞台艺术发展到上场人载歌载舞的时候，面具就妨碍了演员的表情和歌唱，因为“以面具后有衔枚，不便出腔”，于是脸谱艺术也就应运而兴了，绘画艺术亦很自然地渐渐进入戏曲脸谱艺术之中。这种“辗转相师”的关系，姚茫父做过实地考察。一是他从梅兰芳那里看到过梅家所藏的不少旧脸谱册，其中勾画的脸谱远不如今日之美。二是他以老伶工钱金福为例，说明钱的脸谱之所以为世人称赞，除了本人的用心以外，实际钱得到过已故画家陈阜民的指点不少。姚氏便收藏有陈氏所绘脸谱数纸，画家评其为：“但写大略，意态具足。”

姚茫父精通金石考古之学，所见殷周时期的古器物很多，这当然可以丰富他的艺术见解。他说：

> 古器物中饕餮形多现于吉金古玉，见之往往杂诸变化，一形而具数观，最与面具勾脸相似。以此为最古之渊源，决然可信。

他能从古器物的图案中引申出结论，这种研究方法也是科学的。他的目光还顾及西洋装饰艺术，从各种图案花纹，看到“其术至与面具勾脸吻合，亦尝采中土古器物以益之，皆以一形具数观为美。此又古今中外未发之秘”。戏曲脸谱艺术，无论观众从哪一个角度来看都是很美的。当然亦讲究对称和装饰意味。姚茫父平时常与陈师曾交换这些“未发之秘”的看法，因为意趣相投，彼此引为同道和知己。

为了求索戏曲艺人勾脸的技巧，姚茫父不耻下问，往往潜入剧场的后台，偷偷地仔细观察艺人们勾脸的手笔，归来后便根据记忆草出脸谱。日久积多，竟被当时在北京的日本文化商人视为奇货，多次求购，姚茫父却始终不肯出手。这是一位忠于民族艺术而不存偏见的艺术家。请看他在后台的观察所得：

> 伶工之能者，勾脸时亦有笔法手势，尤以头脸与手笔相迎

相纵时为有趣。此书谱所论智巧兼优，心手双畅，当可喝彩叫绝。

这种智巧兼工的笔法对于绘画艺术家也有借鉴作用。我不知道今天的青年演员们在演传统戏勾画脸谱时，是否已掌握了这种相迎相纵的笔势，是否想到过创造能够适合今天观众欣赏趣味的更美更新的脸谱艺术。

姚茫父一旦发现了艺人们的绝妙技能，竟高兴到“喝彩叫绝”的程度，这种对待艺术事业的热情也是很感人的。

当年陈师曾在世时，梅兰芳常同他来往，并求教绘事。当然梅氏同时也向姚茫父和王梦白求教过。梅兰芳曾经为陈师曾画过一幅脸谱的扇面，姚茫父见后手书三百言在其后。可惜此扇已不存，连姚茫父本人也仅仅记得所写的少许文字了。这些残句多为勾画脸谱之技法，正是老伶工们经验的积累而又不能出之于理论者。如说：

> 涂深文似刻，取隆准而益阴，资广额而用仄，每由媸以得妍，恒界斜以取直。师何术之，诡谲成观音之眩惑，观夫按部就班，万殊一势，俨成鼎足，如书囧字，成上凌以下峻，目翔于吻肆，若变态而殊姿，又相均而为二。傥班驳而极诡，任横斜而尽致，羌无故实，不妨以文为戏，要其大致，自谓略尽之矣。

一切艺术最怕的是拘谨、呆板、平实，而要追求诡谲、变化，脸谱亦如此。这种见解是艺术至理，可惜的是，这竟是一篇残稿。姚茫父曾经表示若得数日闲，他一定要将此稿续成，又颇自负地说：“从来此事文人都不齿及，非唯视之甚微，抑亦言之甚难耳。”

依我看，他讲的是实话。旧时文人不肯降低身份谈这类不登大雅之堂的道理，这是一方面；而另一方面，他们又不肯屈就艺人，向艺人学习，他们也没有条件来融会贯通地阐述这些艺术理论。姚茫父可贵的地方也正在于他乐于干这种事情。有朝一日梅兰芳的画扇和姚茫父论脸谱艺术的佚文若能发现，当是近代戏曲史上的珍品。我想姚茫父敢于表示他说的全是别的文人所不敢道及的事理，是有根据的，我们不是从这零篇残简里已经看到了他的真知灼见了吗？

1930 年 6 月，姚茫父贫病而亡于故都。几十年来，人们渐渐地把他遗忘了。有感于此，我乐于把读过《雨窗琐记》后的感受告诉读者。有趣的是，我搁笔的时候，窗外亦正秋雨点点，这意境极易勾起怀人之思。

关于齐如山

读过梅兰芳《舞台生活四十年》的人都会知道，高阳齐如山曾经在艺术上给梅兰芳以不少的帮助。齐如山（1875—1962），北京译学馆出身，学过法语和德语，民国初年开始研究京剧，为梅兰芳编写过不少剧本，并著有《说戏》等著作。

这本《说戏》，现在看来主要是指出了当时戏曲舞台上的一些“落后”状态，特别是提出了改革之途，要文界与戏界能够坐在一起，而论述时又处处以西洋舞台艺术的如何进步作为对比。齐如山到过欧洲，这在当时算是很新鲜的见解了。

鲁迅先生也见过这本《说戏》，1913 年 9 月 5 日的《鲁迅日记》里记载：“齐寿山赠《说戏》一册，其兄如山所作。”齐寿山与鲁迅是教育部同事，他是齐如山的弟弟，亦通德语，曾协助鲁迅翻译过荷兰作家望霭覃的《小约翰》。后来鲁迅同齐如山也成了朋友，如：1915 年 9 月 29 日，鲁迅与齐如山和其他朋友共饮于同和居饭馆；1926 年 4 月 28 日《鲁迅日记》里又记载：“下午……如山来。”语意寥寥，据此判断，他们的交往并不深。

1948 年底，齐如山从北平到上海，又去了台湾，传说他最后是倒在戏院里死去的。可以说，他的一生是为京剧艺术而献身的。

1984 年 5 月，辽宁春风文艺出版社出版了《明清小说论丛》第一辑，其中发表了吴晓铃先生 1982 年访美时埋首哈佛大学图书馆辑录的《哈佛大学所藏高阳齐氏百舍斋善本小说跋尾》一文。从齐如山所藏的小说版本来看，他不仅是一位戏剧研究家，也是中国古代小说的收藏者和研究家。齐氏还著有《百舍斋小说目录》一种，

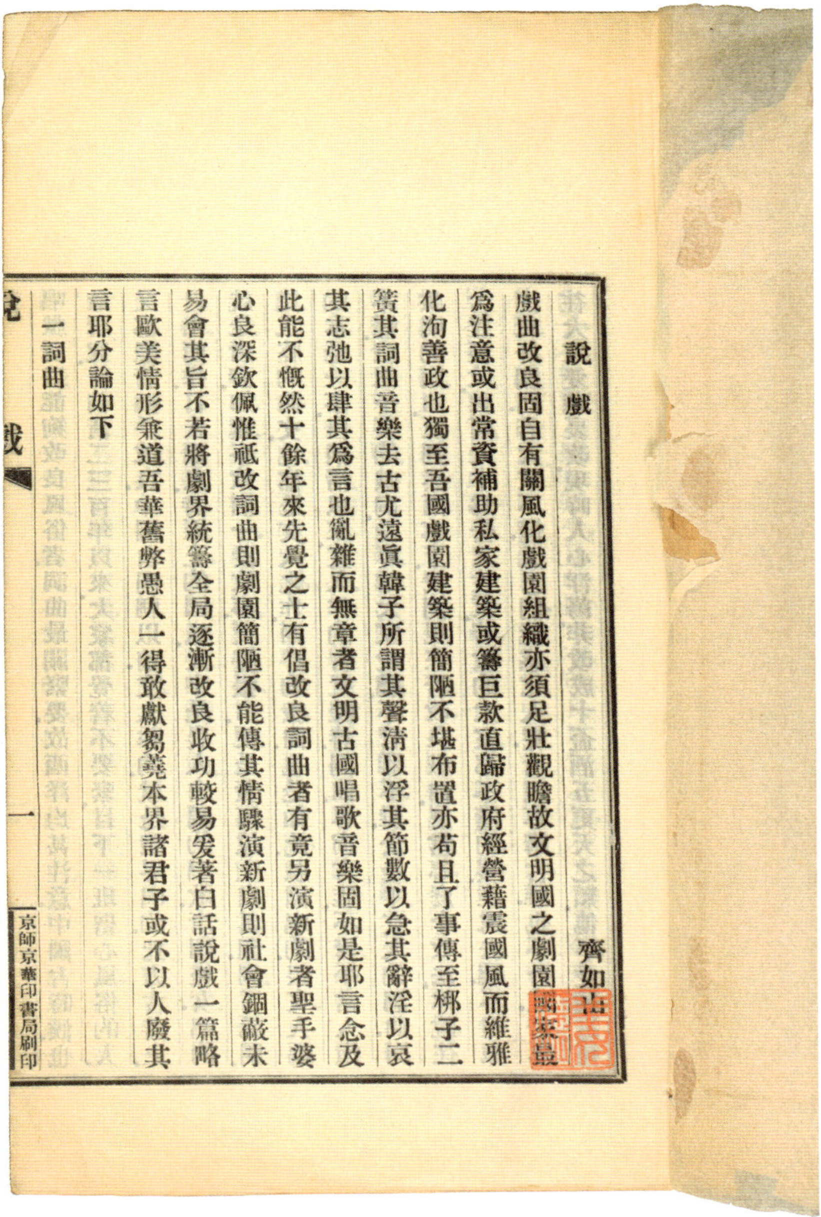

說戲　齊如山

戲曲改良固自有關風化戲園組織亦須足壯觀瞻故文明國之劇園爲注意或出常資補助私家建築或籌巨款直歸政府經營藉震國風而維雅化洵善政也獨至吾國戲園建築則簡陋不堪布置亦苟且了事傳至梆子二簧其詞曲音樂去古尤遠眞韓子所謂其聲淸以浮其節數以急其辭淫以哀其志弛以肆其爲言也亂雜而無章者文明古國唱歌音樂固如是耶言念及此能不慨然十餘年來先覺之士有倡改良詞曲者有竟另演新劇者聖手婆心良深欽佩惟祗改詞曲則劇園簡陋不能傳其情驟演新劇則社會錮蔽未易會其旨不若將劇界統籌全局逐漸改良收功較易爰著白話說戲一篇略言歐美情形兼道吾華舊弊愚人之一得敢獻芻蕘本界諸君子或不以人廢其言耶分論如下

一詞曲

京師京華印書局刷印

《说戏》内页

当然也是治小说史者必见的书目。当年他带到台湾去的珍本小说，是经袁同礼的介绍，卖给了哈佛大学。吴氏所见即这部分藏书。

我对百舍斋的这些藏书题跋自然感兴趣，但是对于跋文后边的写作日期题记更觉有味，好像从中可以看到他某一时期的生活缩影。如在《吕祖全传》的末尾写道：

民国三十三年冬，齐如山识于裱褙胡同之百舍斋，时年六十有八，正避难家居七年余未出门矣。

民国三十三年是 1944 年，七年之中足不出户，自然是指自七七事变以后，他便闭门不出了。这显然是对日本侵略者的一种态度，品节可贵。又如在《巧联珠》一书跋文的最后说：

民国三十三年十二月五日，如山识，时年六十有八。天寒、手僵，破笔、旧纸。书此数十字已费数十分钟的工夫，然仍字不成字，行不成行。

破笔、旧纸，多少道出他当时的处境和心情。事实上，齐如山的字一向写得相当工整有力，不愧为一位书家。

齐如山在台湾的生活，我们所知不多，但是从他到台湾以后写的部分著作来看，他身在海岛，还是心念生活多年的北平的，请看他写的这些书：《故都琐述》《北平三百六十行》《北平土语》《北平零食》《北平怀旧》。这不能仅仅看作是他对故都风土和民俗的偏爱，而是反映了在台湾的同胞思念大陆的深切感情。

1956 年春天，台湾文协为几位老作家举行庆祝晚会，其中也有女作家谢冰莹。当时齐如山有诗赠予她，其诗曰：

做饭洗碗扫房间，铺床叠被洗衣衫。
写文改课教儿读，吊贺迎送兼聚餐。
慰问访问又探病，讲演开会还上班。
诸事日有一百件，学校还将功课担。

事事摒挡都井井，写的文章堆如山。

这样写作三十载，胜我一百二十年。

诗写得很有风趣，也很口语化，不像出自一个年迈人的手笔。

可惜的是，我至今还无法找到齐如山写于台湾的一部完整的著作。

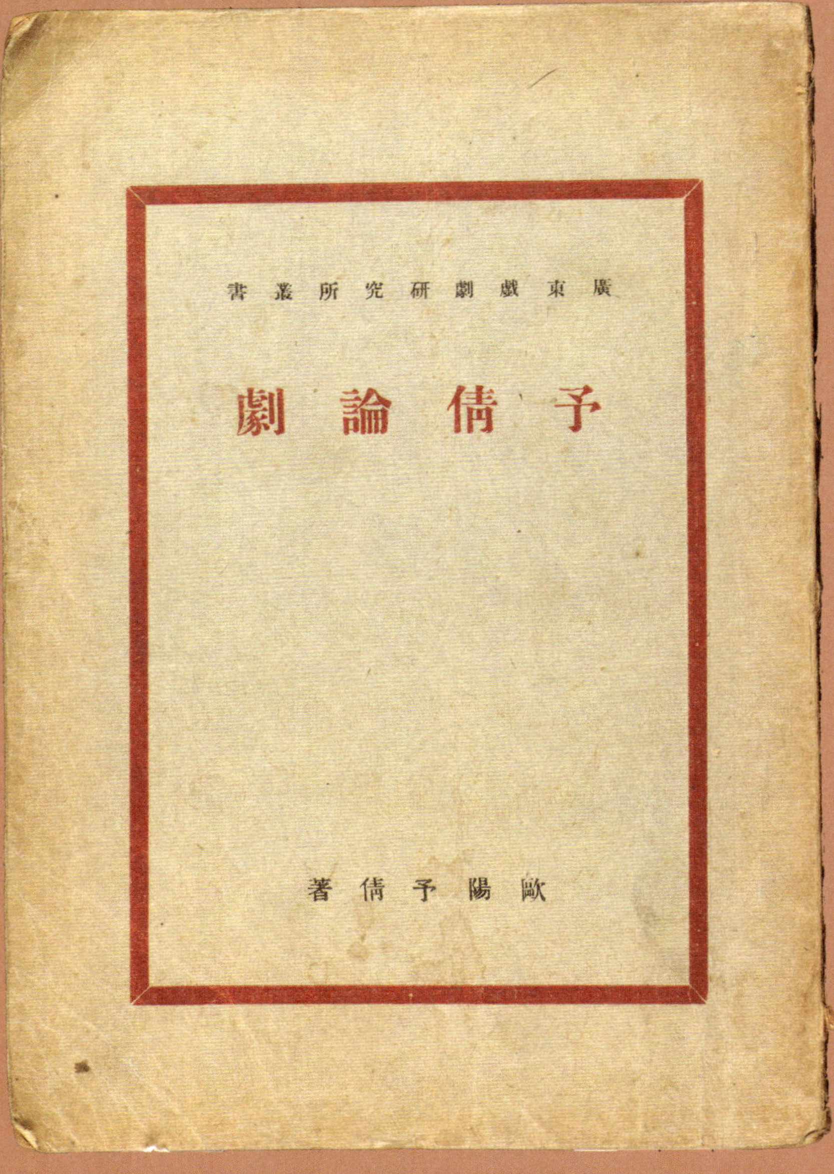

《予倩论剧》｜1931 年广州泰山书店版

《予倩论剧》

欧阳予倩不仅是中国话剧运动的开拓者，也是戏曲运动的宣传家和实践家。他演过话剧，也演过京剧，还是一位编剧家和电影艺术家。《予倩论剧》则是他在20世纪30年代初在广东主持广东戏剧研究所时的言论集，1931年5月广州泰山书店发行。

欧阳予倩在中国现代戏剧运动的理论建设上，也是很有贡献的。本书共收论文四十篇，其中包括欧阳予倩所译日本作家小山内薰、升曙梦、岸田国士等译文四篇。

欧阳予倩的论文涉及舞台艺术的各个方面，有些问题看来直到今天还没有得到完满的解决。比如戏曲布景问题，那时也存在名为改革、实为景是实的（如门窗等），而表演又是虚拟的（如推门、上楼等动作）矛盾。欧阳予倩以为这种实景破坏了戏曲艺术的特点，看了令人难过。但是，他并不是不要布景，而是相应的须是写意的形式，如淡淡的中国画便好。

当时的京剧艺术，欧阳予倩以为正存在着致命的弱点，即不能反映新时代的精神和现代人的思想感情，非要进行改革不可。他还认为京剧原是来自民间的，一旦身入朱门，逐渐染上贵族气，甚至连当时的梅兰芳都成了京剧贵族化的代表。先不说这种说法是否准确，欧阳予倩终究是十分推崇梅兰芳的。因为当时上海也有一批艺人，打着挽救京剧危机的旗号，实际使京剧沦为机关布景和侠怪荒诞的无聊玩意儿。欧阳予倩在《戏剧改革之理论与实际》一文中说：

> 梅畹华当然不能取这条路。他便就旧腔造些新腔，就旧身段改成新舞，制出许多新式样的衣服，加用好几种乐器，专以

整齐华美取胜。他实在肯用功。一出《天女散花》，每天不断的练习六个月，方始拿出来试演，果然一鸣惊人，获得了未有的成功。所有唱花旦的没有人不受他的影响，这也是中国歌戏史里很重大的一桩事。

这说明梅兰芳所走的改革道路是慎重而严肃的，他并没有轻易地抛弃京剧的传统。历史证明，梅兰芳的路没有走错。故此，欧阳予倩赞誉梅兰芳是“真正的演员，美的创造者”。

本书中的《怎样完成我们的戏剧运动》《民众剧研究》《演〈怒吼吧中国〉谈到民众剧》等文章，主张对戏剧进行全面的革新，使它成为“民治、民有、民享”的艺术。欧阳予倩倡导“民众剧”运动，认为这样的戏剧，能够“使人们认识人生，认识自己”，能够“表现人类文化，帮助人类发展”；这样的戏剧，“取各种艺术精华完全戏剧化而统属于一点”，“有丰富而坚固的内容，在舞台上得充分而适切的表现”；这样的戏剧，“站在时代思想的前面”，“与社会民众以极深的同情”，“是由美的情绪化的思想组织而成的”。这种对戏剧的认识功能和艺术本质的强调，既具有浓厚的唯美主义色彩，同时也符合知识界、戏剧界启蒙大众、改造国民的追求。这是欧阳予倩戏剧改革理论的本旨。

王孝慈与《闻歌述忆》

好多年前，我在琉璃厂旧书肆购得一本线装石印的《闻歌述忆》，无出版年月，著者署名“鸣晦庐主人”。结尾处写有“上卷终”，照说至少还有下卷，却始终没有购得，也许根本就不曾出版过。看了内容，知道这是一位酷爱京戏、激赏谭鑫培表演艺术的戏迷随笔。全书无标点，记的主要是清末的事。

几年后，我在琉璃厂忽然发现《闻歌述忆》稿本两册，翻阅内容证明为鸣晦庐主人的手稿，其中修改和添补的文字恰与石印本同。书店主人说，稿本原为张次溪所藏，分上下卷，应是《闻歌述忆》的全本，却无石印本的自序。书稿写到谭鑫培的死，想来石印本刊于 20 世纪 20 年代初。谭鑫培生于 1847 年，殁于 1917 年，活了七十岁。

鸣晦庐主人随着当官的父亲到过河南、广西、江西，民国建立后才落脚故乡北京通县（今北京通州区）。从这部随笔集里，可以看到谭鑫培在清末的一些艺术活动以及京剧在当时的盛行。当然，从一个侧面也可以看到官场子弟生活之一斑。

作者第一次看谭老板的戏，约在光绪二十七年（1901），那是谭鑫培第三次到上海演出，已经五十余岁，被人誉为伶界大王。光绪二十九年（1903），作者正在北京，看谭老板的戏成了他每天的日程，往往兴奋得头一天便“喜而无寐”。谭到天津演出，他也携仆人赶到天津去看戏，不过是为了一出《捉放曹》而已。

由于痴迷谭鑫培的艺术，他终于成为谭老板的朋友。他们的相识和交往情况，在《闻歌述忆》中也有记载。我以前读过 20 世纪

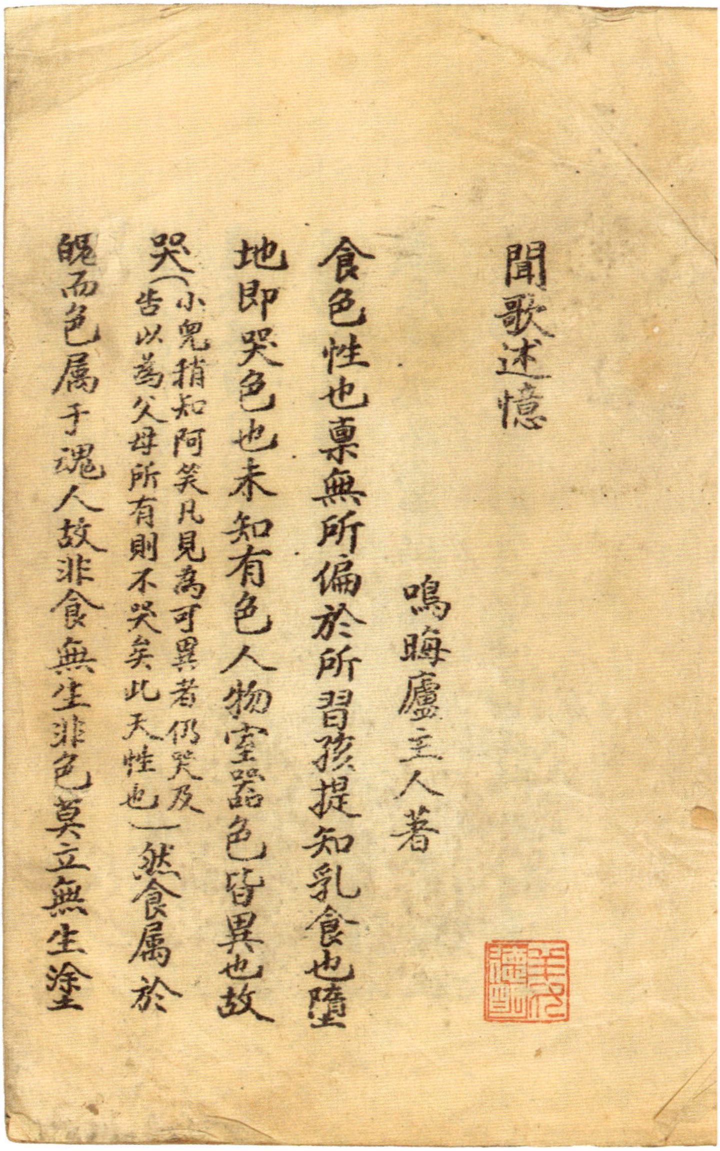

聞歌述憶

鳴晦廬主人著

食色性也稟無所偏於所習孩提知乳食也墮
地即哭色也未知有色人物室器色皆異也故
哭（小兒稍知阿笑凡見爲可異者仍哭及告以爲父母所有則不哭矣此天性也）然食屬於
魄而色屬于魂人故非食無生非色莫立無生塗

《闻歌述忆》｜20世纪20年代石印本　内页

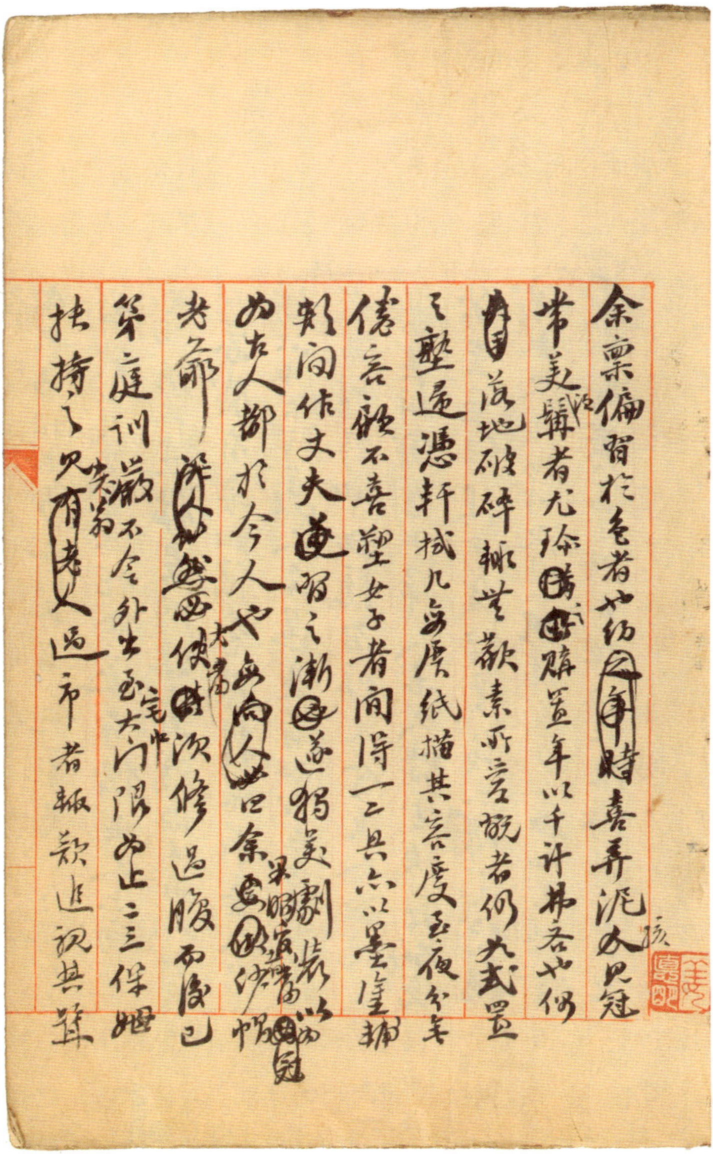

《闻歌述忆》内页

40 年代舒諲写的六幕话剧《浪淘沙》，因写庚子前后事，在第三幕中就有谭鑫培出场，笔者以为这是中国现代文学中写“小叫天”的第一人，可以说把京戏高峰时期的一个代表人物写得活灵活现。舒諲形容谭“目光炯炯，烟容满面。高瞻阔步，气概非凡”，手中自然少不了胡珠盖的羊脂白玉鼻烟壶，手指上戴着亮晶晶的金钢钻戒。自从谭叫天进入宫廷，成为供奉内廷的御班掌班、慈禧太后的宠儿，在这个京剧演员身上也不免贵族的气派，剧作家舒諲说他“排场的阔绰，足以傲王侯，超六部，而迈九卿了”。现在读了《闻歌述忆》，当然比《浪淘沙》中的描写更加直接而生动了。比如作者初进谭府拜访叫天时，原在客厅相候，见面之后又由谭领至内室：

> 至内院，见上房五间，东西两厢，院落整洁幽静，女仆掀帘，谭肃请客人西偏之曲室中。北首坑榻小几，中置陈白毯，明净照人。榻西首，一条桌上列一玻璃匣，中有人焉，谭也。盘其辫结，裸胸臂，手持箸方餐。凭一小桌，肴菜咸具，意极闲适而貌若甚自得者。谭曰：“此泥人张制以赠予者。”后指壁间挂镜，扮武侯像。曰：“亦名笔也！”……又入内间，招余同莅，指榻上芙蓉盘曰：“不客气，请试一口。”说着自己先侧卧着抽起鸦片烟来。

时人云，京戏到了谭鑫培时方始完美起来，这位鸣晦庐主人专为清末的这位大艺术家写照，实在难得。

1934、1937 年，北京张次溪先后辑印了《清代燕都梨园史料》正、续编，郑振铎、顾颉刚、赵景深都为这部书写了序言，这也是中国新文学家重视民族戏曲文化之一例。《清代燕都梨园史料》之续编中收入了《闻歌述忆》，可惜编者张次溪也不知作者真实姓名。

1989 年春，我在无锡住了几天，日与黄裳兄相聚，偶然问及鸣晦庐主人何人，黄兄回答：“可能是王孝慈。”我想是的，因为王正是通县人（今北京通州区）。北归后即找出寒斋所藏杨云史的《江山万里楼诗钞》，因为记得《闻歌述忆》中，作者述及曾将历年看戏所藏的谭鑫培的戏单装订成册，并广邀友朋题句，其中有袁寒云、杨云史诸名流。在诗集卷五《壮年集》中，果然找到《题王孝慈英秀册子》，时在民国二年，即 1913 年。谭鑫培一名“英秀”，故名“英秀册子”。杨云史说：“王君孝慈，每夕听歌必存其曲目，凡四十日得四十篇，辑为《英秀集》。”据说王孝慈还为谭写了传记，并著有《仙韶余沈》三卷，被友人誉为论杂剧空前之作，因笔者未见原书，不知其详。

想不到这位王孝慈君，竟与鲁迅辑印中国古代版画的事联系在一起。应该说，鲁迅与郑振铎合作刊印《十竹斋笺谱》，促成其事的关键人物就是王孝慈。

王孝慈除了喜爱京剧以外，也是一位藏书家，尤其珍藏古代版画。明崇祯十七年（1644）刊本《十竹斋笺谱》留传世间的仅一两部，连鲁迅先生都没见过原本，难得的是王君藏有一部，并慨然借与鲁迅、郑振铎重新翻印。

1934 年 2 月 9 日，鲁迅致郑振铎信中说他“先前未见过《十竹斋笺谱》原本，故无从比较，仅就翻本看来，亦颇有趣”。当时郑振铎曾向鲁迅建议，拟请北京的王孝慈、马隅卿也担任该书的编辑，鲁迅于 1934 年 5 月 16 日回信说：

> 加入王、马两位为编辑及作序，我极赞同，且以为在每书之首叶上，可记明原本之所从来，如《四部丛刊》例，庶几不至掠美。《十竹斋笺谱》刻成印一二批后，以版赠王君，我也赞成的，但此非繁销书，印售若干后，销路恐未必再能怎么盛大，王君又非商人，不善经营，则得之亦何异于骏骨。其实何妨在印售时，即每本增价壹二成，作为原本主人之报酬，买者

所费不多，而一面反较有实益也。至于版，则当然仍然赠予耳。

从这封信里，人们可以看到鲁迅多么尊重原本藏主，不仅待人宽厚，想得周到，也是尊重文化的一种表现。《鲁迅全集》的有关注释，仅仅说王孝慈是一位古籍收藏家，也是不知底细而为之，等于不注。

王孝慈喜欢搜集古代版画不是偶然的，这同他一生喜爱艺术当然有关系。他在《闻歌述忆》中谈到，他自小喜爱泥制儿童玩具，“购置年以千计”“弗吝也”“每展纸描其容，度至夜分无倦容”“稍长则购石印画谱，与古名人相瞻对”。又因他出身书香门第，家藏《无双谱》等版画古籍也不少，为他后来的搜集工作打下了基础。在这方面，他是郑振铎的一大对手，如：郑颇重视的《明代版画刻工姓氏录》一书便为王先得；图近三百余幅的明本《瑞世良英》，也为王购得。郑在王孝慈家见到明刻《程氏墨苑》，不禁雀跃，赞曰：“此书于版刻史、美术史大有关系，国宝也！”在旧书肆上每遇佳本，郑氏虽与王君竞争，而“竟不能夺之”。

20 世纪 40 年代，郑氏编撰《中国版画史》时回忆：

> 与余有同好者，在沪有鲁迅、周越然、周子竟诸氏，在平有王孝慈、马隅卿、徐森玉、赵斐云诸氏，搜访探讨，兴皆甚豪。有得必以相视，或见一奇书，获一秘籍，则皆大喜。孝慈竟因书发病死。

郑振铎还为王孝慈殁后的藏书哀叹，欲购那部原版《十竹斋笺谱》而不得：

> 孝慈家事极窘迫，不能不尽去所藏以谋葬事。笺谱遂归北平图书馆。余知孝慈书出售事，尝致北平诸友，欲得其笺谱，但余时亦在奇穷之乡，虽曰欲之，而实则一钱莫名，并借贷之途亦绝。

遗憾的是，《十竹斋笺谱》印制过程延续了七年，到 1941 年方始完成，而鲁迅、王孝慈两位先生“均不及见其成矣”。

多年来关于王孝慈的史料无人顾及，我求教于史树青先生，他也不知鸣晦庐主人是王孝慈，却查出王原名立承，字孝慈，河北通县（今北京通州区）人，监生，广西法政学堂毕业，度支部主事，检查纸币清理财政处帮办，大总统秘书，政事堂机要局佥事，国务院秘书厅佥事，授五等嘉禾章。据史先生说，以上他抄自民国九年（1920）七月北京敷文社编辑出版的《最近官绅履历录》一书。看来王孝慈在北洋政府的官运平常，他多年的积蓄大部都用来收藏古籍版画了，所以落得身后窘迫异常，家人不得不靠卖他的书来办理丧葬事宜。

王孝慈故于 1936 年 2 月，鲁迅先生恐怕没有同他见面和通信，1934 年 11 月 8 日鲁迅给郑振铎的信中说：“王君生病，不唯可怜，且亦可惜，好像老实人是容易发疯的。”话虽不多，却对王君充满了同情。这位被鲁迅誉为“老实人”的王孝慈，生于 1883 年，去世时才五十三岁。

张次溪与《清代燕都梨园史料》

《清代燕都梨园史料》，1934 年冬由北平邃雅斋书店出版，计线装铅印十二册。1937 年元旦北平松筠阁书店又出版了《清代燕都梨园史料续编》，亦为线装铅印，共四册。正编辑入了有关的书三十八种，续编收了有关的书十三种，都是一向不被人重视而又稀见的书。较早的版本有乾隆间的《燕兰小谱》、嘉庆间的《日下看花记》等。据当年在琉璃厂书肆的雷梦水先生告诉笔者，这套丛书当时也不过印制了几百部而已。

张氏自序云：

> 余少岁随宦燕京，侨居既久，视此土不啻第二故乡。凡名胜、古迹、人物、遗事，皆似与我以极亲爱之印象，故好从事搜集。独此梨园事迹最多，因史料难觅，鲜有能致力此者。故平时喜向冷摊搜觅，凡遇此类书籍发现，虽索多金亦不少靳。

这样一部史料丛书的出版，马上引起戏曲界的欢迎。程砚秋认为这部书对撰写我国戏剧史是一个很大的贡献。多年来，程氏耿耿于怀的是我国没有一本近代戏剧史，而不能不让日本青木正儿写的《支那戏曲史》专美于世，他说：“中国的问题需要中国人自己来解决，同样，中国的戏剧史还非中国人自己来编不可。”这是程氏为《清代燕都梨园史料》写序言时说的话，其中透露的心情又何止限于撰写戏剧史一例呢。

《清代燕都梨园史料》收有李慈铭《越缦堂菊话》、王韬《瑶台小录》、易顺鼎《哭庵赏菊诗》、罗瘿公《菊部丛谈》、沈太侔《宣南零梦录》等。这说明晚近诗坛的名宿和文人学士已经不再把

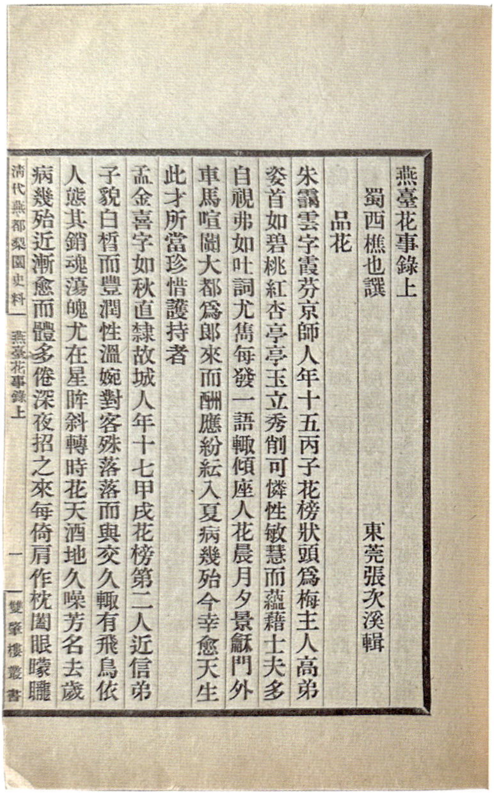

燕臺花事錄上

蜀西樵也譔　東莞張次溪輯

品花

朱靄雲字霞芬京師人年十五丙子花榜狀頭爲梅主人高弟姿首如碧桃紅杏亭亭玉立秀削可憐性敏慧而蘊藉士夫多自視弗如吐詞尤雋每發一語輒傾座人花晨月夕景龢門外車馬喧闐大都爲郎來而酬應紛紜入夏病幾殆今幸愈天生此才所當珍惜護持者

孟金喜字如秋直隸故城人年十七甲戌花榜第二人近信弟子貌白晳而豐潤性溫婉對客殊落落而與交久輒有飛鳥依人態其銷魂蕩魄尤在星眸斜轉時花天酒地久噪芳名去歲病幾殆近漸愈而體多倦深夜招之來每倚肩作枕閤眼矇矓

清代燕都梨園史料　燕臺花事錄上　一　雙肇樓叢書

《清代燕都梨园史料》内页

戏曲视为小道。当然，执笔者消闲的笔墨一时还难以完全避免，其间的作品仍有良莠之别。

那么新文学家们的态度又如何呢？五四运动时期，个别激进人士反对过旧戏曲，以为同旧文化、旧道德一样都在横扫之列，甚至提出过消灭旧戏曲的过激言论。《清代燕都梨园史料》却得到著名新文学家们的支持和赞许，张次溪的劳动基本上得到专家们的肯定。

顾颉刚为张次溪写序时说，历史留存下来的戏曲史料极罕见，这是因为“历代鸿博之士视此道为末技，不屑道。学者不谈，谈者不学，遂至今日”“晚近风气稍开，国人颇知一切社会活动皆是表征文化，模声绘色原非仅以娱人也”。顾氏又以为，自从王国维先生的《宋元戏曲史》一书问世，“学者承风，始有穷智毕力以探求其究竟者”，而张次溪辑佚的史料正是一种开创性的工作。

郑振铎则认为这部清代梨园史料，其可贵处在于不像过去那样只着眼于剧本和剧作家探讨，而重视了舞台史和演剧史的方面。他认为各个时代剧本形式上的变迁，往往是由舞台演出的条件限制来支配的，有时又是杰出的演员活动，主宰着戏曲技术的发展，甚至“往往有因一二演员的关系而变更了听众的嗜好与风尚”。这种见解也许是戏曲演员身在其中而不能觉察的，或者由于文化水平的限制，他们还不能提高自己的认识，并加以理论的总结。郑振铎代表了新文学家向戏曲的接近，科学地提高了人们对戏曲的认识。同时郑振铎也看到了事物的另一面，他提出：

> 清禁官吏挟妓，彼辈乃转其柔情以向于伶人。史料里不乏此类变态性欲的描写与歌颂，此实近代演剧史上一件可痛心的污点。

这些卓见把戏曲史的研究推向一个新的境界，恰好是编者张次溪尚未达到的高度。

赵景深也以一位学人的身份评价了这部史料的功过，承认它打开自己的眼界，并说他在撰写有关戏曲论文时已经多处吸收了书中的材料。特别是新发现的剧目，更引起他的研究兴趣，为他在古典文学研究方面开辟了新的领域。有趣的是，这三位写序的新文学家，都是文学研究会的成员。他们都是重视民族传统文化的。

只可惜，自从张次溪完成这一史料的辑佚以后，几十年以来尚无后人来继续这一工作。

第八章

谈自己

琉璃厂寻梦记

现在，北京东西琉璃厂的一些老店铺正在拆除。

这里将要建成一座新的文化街，是适应外国旅游者的要求，听说还可以赚外国人的大钱。

那天，我站在海王村路口，往西看，邃雅斋书铺的房子不见了；往东看，信远斋的房子也不见了。它引起我的遥想，把我对琉璃厂的一些温馨的记忆一下子撕碎了。

我并不感伤。我期待着新的琉璃厂快快建成。旧的总要被新的代替，琉璃厂的确破败得可以了，人们要寻觅新的梦。

琉璃厂旧书肆形成于清乾隆年间，已经有二百多年的历史了。古往今来，记载琉璃厂书肆盛况的不少，我记得最真切的还是鲁迅先生在这里留下的脚步。翻开《鲁迅日记》，你可以看到当他1912年到北京一周，便去逛琉璃厂了。从此时有所至，往往隔几天便去一趟，说起来总有几百次之多吧。

1932年鲁迅最后一次北返探亲，他还流连于琉璃厂书肆，并发现那儿的笺纸可贵，鼓动郑振铎同他合编了一部《北平笺谱》。我常想：鲁迅先生写《中国小说史略》，整理《嵇康集》，拟编汉唐石刻，很多零散的原始材料都得自琉璃厂，而鲁迅先生回赠于琉璃厂的却是不朽的研究成果，包括目前世界各大图书馆珍藏的《北平笺谱》在内。只有鲁迅先生的眼光才能发现这些行将湮灭的民族文化精华。他还预言，这部出自琉璃厂书肆的笺纸可以走向世界而无愧，到30世纪“必与唐版比美矣”。琉璃厂应该以接待过鲁迅这样的知音而感到荣耀。

当时身在北京的郑振铎也承认，他的目光的确不如鲁迅先生："至于流行的笺纸，则初未加以注意。……引起我对于诗笺发生更大的兴趣的是鲁迅先生。"又说《北平笺谱》的印成："全都是鲁迅先生的力量——由他倡始，也由他结束了这事。"这些话都见于郑振铎写的《访笺杂记》。

当我还没有到过北京而读到《访笺杂记》时，我便向往琉璃厂，做着畅游厂甸的美梦了：

> 留连到三小时以上。天色渐渐的黑暗下来，朦朦胧胧的有些辨色不清。黄豆似的灯火，远远近近的次第放射出光芒来。我不能不走。那么一大包笺纸，狼狈不堪地从琉璃厂抱到南池子，又抱到了家。心里是装载着过分的喜悦与满意。……
>
> 那一天狂飙怒吼，飞沙蔽天；天色是那样惨淡可怜；顶头的风和尘吹得人连呼吸都透不过来。一阵的飞沙，扑面而来，赶紧闭了眼，已被细尘潜入，眯着眼，急速的睁不开来看见什么。……

鲁迅先生以为郑振铎的这些描写"是极有趣的故事"，也许引起了他当年漫步于琉璃厂的回忆吧。

鲁迅先生忘不了琉璃厂。他和郑振铎先生完全依靠了个人的微力来发掘和抢救了这些国宝。

1950 年，当我刚到北京的时候，心里总是想着琉璃厂。我要沿着鲁迅先生的脚步，去重温那些迷人的旧梦。有一天，我终于来到琉璃厂，推开了一家家店铺的门。

这条名街已经变成名副其实的陋巷，一片荒败破落的景象。顾客不多，房屋低矮而阴暗，线装书散发出一股霉气，连荣宝斋也空荡荡的，店员闲得正在下象棋……我的梦破灭了。琉璃厂的盛况何在？多彩的文化宝藏何在？

这破败的景象是日伪和国民党摧残的结果。而我们刚刚进城，百废待兴，一时还顾不上琉璃厂。

多年来，我很少再到琉璃厂去。我感到琉璃厂同我所向往过的书肆有很大的不同，书铺越来越少了，这里已经变成一座专卖古玩和字画的小巷。旧书大概都被全国各大机关抢购一空了吧。当年，一些苏联专家常来这里搜求古玩，中国顾客无法靠前。到了“文革”当中，这些古玩铺、碑帖店索性都挂上只接待外宾的告示，自己的同胞连看一看自己的古董也不可能了。

鲁迅和周作人的藏本，大部分不是得自琉璃厂吗？

一本《碧血录》，是关于明朝东林党人同阉党斗争而被残害的纪事，吴晗一直把它作为珍藏书。这还是他 1933 年在清华大学做学生时买来的。他在书末写道：“在厂甸巡礼，凡帙巨著，虽翻阅不忍释，顾终不敢一置问，偶于海王村侧一小摊得此书，价才三角。大喜，持归。”

朱自清先生也是琉璃厂的常客。他诗咏厂甸：

故都存夏正，厂市有常期。

宝藏火神庙，书城土地祠。

纵观聊驻足，展玩已移时。

回首明灯上，纷纷车马驰。

目前的琉璃厂，只有一家卖旧书的中国书店。但是，也很少能见到几本可心的旧书了。近几十年来北京古旧书行业的兴衰史，似乎还少有人研究。几百年来琉璃厂的旧书市场是不是就这样渐渐衰落下去了呢？人们的担心不是多余的。巴黎和东京都有旧书市场和专卖旧书的书铺大街，未来的文学家、科学家很可能最初是从这旧书摊前起步的。我们正在提倡保护民族文化和建设精神文明，琉璃厂这地方不是应该吸引更多的人从这儿走向他们的理想世界吗？

十几年前，我在东琉璃厂的松筠阁配过新中国成立前出版的几本文艺杂志，见过书店主人刘殿文先生。他满头白发，沉默寡言，但是一谈起旧杂志来却如数家珍。他能一口气回答你提出的某一期刊创刊于何年，终刊于何时，编者何人，中间是否换过编辑人，等等。如果你想细谈的话，他还可以告诉你，某一期刊印好未及发行便被查禁了，有的刊物某一期还再版过。他的记忆之精确，令人惊异，素有“杂志大王”之称。多年来他还结合业务著有《杂志知见录》稿本。琉璃厂旧书肆中就有这样的能人。

有一天，我碰见刘殿文先生的后人，现在是子继父业的刘广振君，承他告诉我他父亲经营旧杂志的一段掌故：

“我父亲刘殿文是 1965 年退休，1974 年七十八岁时去世的。我祖父刘际唐是 1942 年去世的。松筠阁创设于清光绪二十几年，当然经营的是线装书。我父亲也是学徒出身，是个夹包袱的。您还不知道什么叫夹包袱吧，那时讲究给学者送书上门，把新收来的书拿出头本来当样子，送到人家的府上。五四运动以后新期刊风起云涌，我父亲的思想也紧跟潮流，注意到同行里还没有人留心此道，很多人也看不起这门生意。当时的旧杂志很便宜，又因常常遭到查禁，寻找不便，我父亲便走街串巷，四处搜购，每天天不亮就奔崇文门外的晓市了，从烂纸堆里挑拣期刊。慢慢别的同行知道他专收期刊，有了货便往他那儿送。他零收杂志却不零卖，专门为了配套。《新青年》《向导》《东方杂志》《少年中国》以及《语丝》《沉钟》等，他都有全套的。

“我父亲是个做买卖的，但是他也爱国。日本占领北平期间，很多杂志都有抗日内容，全不能公开出售了，连存放这些杂志也非法。藏在哪儿才好呢？我父亲想了个办法，就大胆地把《东方杂志》等刊物放在书架的最里层，外面又摆上一层线装书遮挡着。终于逃过了日本人的眼睛。

“多年来，我父亲把五四以来的每种期刊都留了一本创刊号，作为研究杂志的样本。到 1949 年已经存了创刊号几千种。几大厚本的《杂志知见录》稿本在十年动乱中也遭到劫掠，到现在关于文艺杂志的那一本仍不见下落。

“说起我父亲的经验，那时也无非是为了生活，如果在旧书行业里不走一条别人没有走过的路，也许就不能求生养家。在我们旧书业有句行话叫‘单吃’，我父亲就单吃一行，注重经营色。”

刘殿文先生当然有他的局限性，他终归是一位商人，但是公平地说，他也为搜集和保存文化贡献了自己的力量。他所经营的松筠阁还印过一些有用的书，如有名的《清代燕都梨园史料续编》等即是。不知道今天的琉璃厂还能不能出现新的“杂志大王”？

新中国成立前在琉璃厂学徒十几年，新中国成立后又在琉璃厂旧书店辛勤工作了几十年的老店员们，现在还有不少，我以为他们也都是些经验丰富的能人。比如帮助《贩书偶记》的作者、通学斋主人孙殿起整理《贩书偶记续编》的雷梦水先生便是。近年来，雷梦水又整理了已故藏书家伦哲如先生的著作《辛亥以来藏书纪事诗》。到现在，他还保存着朱自清先生给他的一封信。当年，朱先生鼓励他在琉璃厂不仅要学会卖书，还要拿起笔来写下所见所闻。雷君果然努力自学，写下了稿本《旧书过眼录》，于图书目录学也大有裨益。

那天，我在海王村碰到了雷先生，他手持一份讲义，正要给书店的年轻人去上业务课，每周两次。我心中为之一动，琉璃厂已经开始培养人才，后继有人了。

我真想告诉雷先生，在他讲课时不要光讲版本知识，也要讲一讲琉璃厂的历史沧桑，特别是外国人在琉璃厂的劫掠以及唯利是图的书商、古玩商人们怎样帮助外国人盗卖我们的珍品。那时候，政府软弱腐败，日本人从清末便开始到琉璃厂来搜刮我们的珍本秘籍。到了抗日战争以前，他们更疯狂地广搜我们的地方志，为帝国主义的侵华战争服务。他们买书时不论本，而是论摞，一摞书只花一元钱就够了。甚至用文明杖一挥，他们就把整个书店的旧书全部席卷而去。这就是我们的很多古籍版本在国内已经失传，而在海外却有留存的原因之一。

现在东西琉璃厂的店铺正在拆除。我拣拾一些过往的旧梦，也无非为了向往着未来的新文化街能保持琉璃厂真正的传统。我想，只有当琉璃厂真正能为自己的同胞服务的时候，也才能真正保持它那永远不会泯灭的价值。

琉璃厂是我们民族文化的骄傲，当然也应该向外国顾客和旅游者开放，赚一些外汇也是理所当然的。但是，琉璃厂当初并不是专为外国人建立的橱窗，我也不相信一个不能很好地为本国人民服务和受到人民热爱的琉璃厂，竟能受到外国人民的喜爱。让琉璃厂发扬它的传统，让向往琉璃厂的同胞们能在这里随意推门而入，就像当年鲁迅先生那样欣然而来，流连忘返。

1981 年 3 月

天祥二楼

天津没有像北京琉璃厂那样古老的旧书集散地，似乎自清代以来刻版印书的风气也不盛行。“五四”以后，北京出现了像东安市场那样的商场书肆，我不敢说天祥商场是否受了北京的影响，从初建的那一天起，便把二楼设计为书摊的集中地，至少在30年代，这里已形成了购书中心。当代藏书家黄裳，抗战前还是一名南开中学学生的时候，便从这里起步搜罗版本了。诗人辛笛告诉我，当年他在天津也常去那里淘旧书。

相邻的劝业商场也有两家卖书的，却远远比不上天祥二楼的规模。这里不仅绕二楼一周尽是书摊，连三楼也有两家，其中一家还是专门经营西书的。不过就我的记忆所及，这里始终显得很冷落，读者寥寥无几。我上中学时，有时下午逃学，常往这里跑。我把此地当作开架的图书馆，是我获取知识和搜集绝版书的最好去处。

我不认为这里的书摊主人有多么高明，但是若想从这儿购买进步书刊乃是举手可得的事。不论是哲学、经济学的社会主义理论著作，还是其他国民党查禁的书刊，只要你细心寻找，总会有所发现。我在这里见过蒋光慈、胡也频的小说和诗集，也见过郁达夫的全集和田汉的戏曲全集。抗战胜利后，李公朴、闻一多二烈士被害后的纪念集，也赫然摆在书丛中。上海晨光出版公司出版的《四世同堂》《志摩日记》《围城》等，我都得自这里。包括耿济之译的陀思妥耶夫斯基的四本一套的《卡拉玛助夫兄弟们》，外加那个漂亮的纸盒封套，当时都带给我不少喜悦。当然也有羡慕已久却无力购回的书，比如四厚本黄色封面的《静静的顿河》，用精致的纸匣装置的

《鲁迅三十年集》即是。我也奇怪，按说天祥商场二楼的这种文化氛围，与建立这个商场的宗旨是格格不入的，可是当事者竟长期容纳了它。是时代潮流的进步不可阻挡，有心提高商场的文化品位呢，还是整个商业的不景气使它的主人也无可奈何？

当然，旧时天祥商场的书肆也并非那么纯洁。我高中的一位同班同学，从那里偷偷地买来了伪造的张竞生博士的《性史》，从三楼卖电影明星和风景图片的摊子上买来了成套的春宫照片。如果你站在他们的摊前不想离去，摊主会轻声地主动问你：“要看《性史》吗？”

我至今保存完好的抗战胜利后上海群益出版社出版的郭沫若文集单行本以及几本历史剧，也都得自这些书摊。当时我们高二级的国文老师黄振镛先生，在给我们讲屈原的《离骚》以前，先拿出一节课的时间来讲郭老的话剧《屈原》。这在当时也是别开生面的一课。他带到课堂上来供我们参考的那本《屈原》，也正是我已购存的同一版本，当时我那种得意的心情至今犹能回味。

最令人不可思议的是，我在北京西单商场旧书摊购得三册战前施蛰存和康嗣群编的文艺刊物《文饭小品》，实得其半，不久回津探亲，又在天祥商场得到了所缺的另外三册，正好凑成一套。我可不信神佛，但冥冥之中似乎又有哪位书神于暗中给以助力，想想也有趣。

三年经济困难时期，袁水拍、陈笑雨同志率队到天津参观自由市场，在皇宫饭店住了一夜，我忙中偷闲地还是去了一趟天祥商场的旧书店。那时个体书摊早就没有了，只有一家国营旧书店，我有幸买到了几本稀见书。一是俞平伯线装诗集《忆》，一是袁水拍在抗战期间印的土纸书《冬天冬天》，还有一本是天津《大公报》原藏、联华画报在阮玲玉自杀后印制的纪念集。此后，我便与天祥商场的书肆无缘了。若是旧书店仍在，我想它或许也敌不过时新商品的冲击，就像北京东安市场残余的那家旧书店一样，不过是形同虚设而已。

历史的变迁已是人力无可挽回的了。听说北京的东安市场和天津的天祥商场，近期将要全部推倒，与外资合建新的商场。当万人欢呼现代化的新型购物中心行将出现时，我却来重温早已消逝了的书肆旧梦，难道仍想为它争得一席之地不成？

（编者按：本文发表于20世纪90年代）

沪上访书记

到上海正赶上办书市，可去的地方很多。如河南路的大学书店开张，书刊一律九折，也吸引我挤来凑了一场热闹。这里没有什么通俗读物，读者的层次比较高，购书者绝大多数是青年，看了令人欣羡。外地参加书市的客人乘大轿车来，有警察维持秩序，小街上充溢着节日的气氛。

那几日我到邮局去寄书，年轻的邮局工作人员抱怨自己弄不到书市的入场券，怏怏不乐。我恰好还存有两张赠券，随手送给了他。

福州路的古籍书店正举办一个书展，不仅有古今名人字画，还有宋、元、明、清的善本书以及近代和五四时期的绝版书。那天是黄裳兄陪我去的，他注目于明清善本，我则留意观察那些“五四”以来的毛边本初版书，其中有鲁迅、柔石、丁玲、蒋光慈、钱杏邨、夏衍的，也有叶灵凤、高长虹、张资平的，平时都不易见到。书无标价，只供陈列，若一举可得，当可成为珍本收藏家。“五四”以后的稀见版本竟有如此之多，更不知这些年中又失散了多少。

我在古籍书店的三楼上买到马叙伦先生的《读书小记》《读书续记》，共三册。这是商务印书馆出版的线装铅印书。《小记》印于 1931 年 9 月，《续记》上下印于 1931 年 12 月。定价十元，价钱公道。黄兄告诉我，这书的《续记》还有卷六、卷七一册，印数极少，颇不易得。他的那一册还是抗战胜利后直接写信托商务印书馆的元老张菊生先生，张菊老特地写信到福建的商务分馆才觅得唯一的一本。作为当时《文汇报》的副刊编辑，黄裳兄便是从马先生的这一组读书笔记中得到启发，专门邀马先生为副刊开辟了一个文史专栏，这就是新中国成立前在上海出版的笔记《石屋余渖》和《石屋续渖》二书。我想，四十年前黄裳兄费了如此周折才弄到手的《续记》卷六、卷七，恐怕我一时难以找到了，不禁对黄兄产生一种又羡又妒的心理。正是这种心理，促发我一定要寻觅此书。明知渺茫，也要侥幸一试。这也是一切有收藏癖的人的通病。回到北京后仅一个月，我居然在琉璃厂的中国书店轻易地买到了它，实在幸运。这本书卷六、卷七是 1939 年 2 月出版的，距前几卷的出版已隔七八年。我为得此书比黄兄容易而高兴，更为黄兄不能专美于前而得意。是否出于一种狭隘的自私心理在作怪，说不清了。夜间，在旅舍中翻阅这几本书，虽知马先生是一位语言学家，可是他这部读书笔记却有不少哲学、文学，以至民俗掌故的记载，读起来很有兴趣。在《读书续记》上册中，有一则是批评商务印书馆的。文中说民国三年（1914）教育部命蒋宰堂审查商务印书馆所编的许著《国文评注》。蒋因事不能，托马代校。“余立援笔抉其讹谬者百数十事（似止第一第二两册）。后此馆又寄《词源》样本于余。样本仅数页，余亦指其谬者若干条，为补常见者数百条。张菊生见之索寄馆中，谓当属依改。今年夏有《日用百科全书》者，余得之即随手翻阅，其第六编哲学类《中国哲学史》第六节的近世期之概观有云……此一段文字仅百余字耳，而其谬已可屈指数。……此种疑误后生之书，乃出之国中最有名之大书店，不知教育部负责审查之责者，亦目极否耳！”商务名声老大，编书竟亦如此粗疏，实出意外，而商务印书馆肯于将这条笔记一字不易地收入本书，不怕出丑，亦算大度。这事不失为出版史上的一段掌故。

马先生的《读书续记》还有卷八至卷十五，是稿本，共八册，未及刊行。听说这八大厚本原稿仍收藏于北京图书馆（今国家图书馆）善本书室，未知何时才能公之于世。为什么这么多年竟无人动议印它出来？

上海书店原名上海旧书店，就在福州路古籍书店的对门。如果不见外的话，我可以说是它的老主顾了。我在这里留下很多美好的记忆。换句话说，我在这里得到过不少买旧书的乐趣。

这一回我在店内没有碰上“鬼”，却有幸遇到了“书之神”。访书之际冥冥中似有一位“书之神”在暗暗地助我一臂之力，说来可真有点神了。

二十几年前，我在北京东安市场买到上海孤岛时期出版的“译文丛刊”之二《祖国的土地》一书，1941 年 5 月出版。我的老领导林淡秋同志参加了丛刊的编译工作，楼适夷、陈冰夷、蒋天佐、辛未艾、蒋锡金、金人等也都是译作者。二十几年来我访求其他各辑，知道一共出版了四辑，甚至还开列书单请京沪两地旧书店代配，一无结果。这次在上海书店也没想到会碰上这书，事先连想也不曾想过。然而，第一天到了旧书店便在书架上翻到了丛刊之一的《良心丢了》，1941 年 4 月出版，虽然书品欠佳，我还是高兴地拿在手中。这样不是全书已得其半了吗？就在这一辑里便有淡秋同志译的苏联小说《贵族的子孙》一篇。过了几天我又来到书店，在台子上摆的旧书堆中竟然发现了丛刊之四《孩子们的哭声》，1941 年 7 月出版，书品较好，显然这不是从前一位读者手中流散出来的。我欣慰无比，洋洋自得，以为四本之中已得其三，距离全璧的目标所差无几了。藏书也像集邮，我也有求全的癖好，其实凑全了又当如何。过了几天，我下午即将北返，趁上午办事的间隙又走了一趟旧书店。没想到竟在乱书堆中又拣出了一本崭新的丛刊之三《神圣家庭》来！ 1941 年 6 月出版。这本书经历了四十五年，好像不曾被人翻动过，封面上蓝色的古典花纹，优美的钢笔画插图以及那浑厚有力的美术字（一看便知道是出自钱君匋先生的手笔），处处吸引着爱书的我，捧在手中犹如完成了一段长跑，又如一个在野外从事挖掘工作的考古者，突然发现了上千年的国宝，当时的心情实在难以名状，真想失态地大声欢呼。我想告诉周围的陌生人，不知他们是否相信世间会有这么巧合的事？难道这几本旧书不是专门等待我这个北方来客？为什么不被别位爱书者发现？为什么只出现我缺少的这三本，再多一本也没有？为什么这三本书分三个时间三次被我购得？一切都是那位“书之神”安排的吧。她让那分散了几十年的四本书，像一家人似的团聚在一起了！

我在上海书店还找到一本久想一见的书。那是窄条本、灰色封面的一本小书，田间的《未明集》，1935年12月上海“每月文库”

《未明集》
1935年上海群众杂志公司版

社出版，印数一千册。书前有王淑明的序。意外的这还是一册作家的签名本，扉页上写着：“溶华我兄存念　田间　一九三五年十二月。”田间同志去年病逝，他的字我熟悉。他青年时代的字写得工整，不像晚年那样龙飞凤舞、难以辨识。这位受书者“溶华”，是李溶华，当时也是一位写诗的青年。

没想到，第二天去书店，又翻到一册绿色封面的书，恰是李溶华著的小说集《正反合》。这是一部中篇小说集，1936 年 8 月万人出版社出版，为“绿色丛书”之一。这套丛书中还有吴奚如、周楞伽等人的作品四种。诗人李溶华还有小说集行世，以前不知道。这本《正反合》究竟写的是什么，客舍中无暇看，只好留待北返后再说。作家李溶华的身世不详，新文学史上不知有多少过来人都已被人遗忘了。

在旧书堆中发现各种话剧剧本不少，有不少书上都有鲁思的签名，证明他的藏书比较集中地流散出来。他是前几年故去的，柯灵同志为他写了一篇非常有感情的悼文，画出逝者不求闻达、默默劳作的高尚品质。上架的旧书中有他写的剧本《十字街头》《狂欢之夜》等，我挑选了几册未藏的，包括有李健吾先生签名赠他的剧作集《十三年》。这是巴金编的文化生活出版社的“文学小丛刊”之一。

买到一册书品极好的田汉改编的托翁名著《复活》。这是上海杂志公司 1936 年 12 月出版的第二版，印数一千五百册。本书初版于同年 9 月，印数也是一千五百册。不出三个月，前后印行了三千册，这在当时已是令人眼红的印数了。

买得田汉改编的《复活》以后，又从旧书堆里翻出一本夏衍改编的《复活》。我早已收藏有夏衍在开明书店出版的《复活》，这个版本是 1946 年 1 月上海据重庆美学出版社土纸版重印的第三版。

《复活》
1936 年上海杂志公司版

我很喜欢这一版本的封面木刻，后来知道是丁聪作的。夏衍在改编托翁的《复活》时，显然已经读了田汉的改编本。他在“改编后记”中说，他没有把“寿昌兄那样多采地描绘了的土地问题放在这改编本的主位”。这也是见仁见智，属于改编家的眼光有别，其间经验和改编的得失，很值得一谈。

几天来每次到书店，总能碰到上海的一些朋友。前天见到黄裳、丁景唐，昨天听说吴德铎、魏绍昌也来过了，还问起我，可惜我昨天未到。我见上海孤岛时期赵景深编《戏曲》杂志一套，小开本，价奇廉，因已有藏，便向黄裳推荐，他即购下。他从书架取下有杜国庠签名的书一册给我，听人劝吃饱饭，我乐而收之。今天又见到倪墨炎、陈子善、胡从经三君。胡君即将赴日访问仍赶来买书。他连新中国成立后版的《韬奋文集》也抱在怀里，又兴高采烈地找到一本魏如晦的剧本《碧血花》，上面还有作者的签名。他问我受书者周起是什么人，作者签名是我所熟悉的阿英的亲笔，周起当年是话剧演员，上海沦陷后演过不少电影，后来便销声匿迹了。

陈君告诉我，他连日来也得到作家签名本两册，一是谢六逸的，一是钱歌川的。又说，他之搜集作家签名本，还是受到我的影响。真是罪过！

北归前到大陆新村去看了赵家璧先生。一走近这地方，30 年代文艺斗争的风云变幻立刻笼罩了我的心头，当年鲁迅先生正住在这里。

“文革”以前，我去过赵先生家，在溧阳路。现在搬到大陆新村来，是“落实政策”时他自选的地方，这里面自然也包含着对鲁迅先生的一点旧情。

赵先生正在家中准备写回忆茅盾的文章，书桌上摆满了有关的书刊资料。我随手翻开一本土纸书，是重庆良友图书公司出版的茅盾著散文集《时间的记录》。这不免令我感到新鲜，因为我只见过 1946 年 11 月上海大地书屋的印本，我收藏的正是此本。赵先生随即翻开土纸书让我看，扉页上有茅公用毛笔书写的送给叶圣陶先生的签名。这是书店新近为他找来的珍本。原来此书在重庆刚刚排印好，日本帝国主义即投降，市面上仅售出六百余册，存书及纸版全毁。因此重庆土纸本的《时间的记录》坊间极少见。这土纸本内还收有茅公写的悼念胡愈之的文章两篇，因战后误传胡先生在南洋逝世，有好几位朋友都写了悼文。郑振铎当时也写了。我所藏的上海“大地”的印本中，作者已抽去了这两篇，并增加了新作七篇。新文学也要讲究版本学，这又是一个例证。战后出版的这套“大地文学丛书”，编委共五人：茅盾、叶圣陶、洪深、郑振铎、郭沫若。

除了茅盾的《时间的记录》，似乎只出过洪深的一本《戏的念词与诗的朗诵》。五位编委，现在仅叶老一人健在了。

这次沪上所得书刊一共寄回四个邮包，随身带的旅行包也装满了书。进了机舱举手往行李箱放包时，空中小姐过来帮忙，诧异地问：“这么重！什么呀？”

我说：“书。”

“书！”她重复了一句，嫣然一笑。

这真是美好的一笑，坐下来让我舒服了好半天。

1986年岁尾

冷摊得来

寒斋的书橱前，从来不敢贴这样的告示：“自用书，不外借，请原谅。”但，我理解在书橱前贴此类告示的主人的心情，非常羡慕这种直言的勇气。

我的很多藏书都得自冷摊，买时花不了几个钱，想不到日后竟成了“海内孤本”，身价倍增。比如狂飙社的高长虹，1926年他在北京编过一种小型的杂志《弦上》，是极小的六十四开本，每期仅几页，很多研究鲁迅和中国现代文学的人都不曾过目，仅仅知其名而已。某年，我吃过午饭之后，照例去东安市场的旧书摊漫步，无意间得到了这个小刊物的合订本，只用了八角钱。后来唐弢、陈漱渝同志先后借用过。去年高长虹的家乡来人，要印行高的文集，他们又借去复印了几份。果然按时还来了。“文革”当中，我到天津出差，顺便到当时设在东门内文庙的旧书店去看书。那是个内部门市部，正殿、侧殿里都有旧书，书价也不贵。其中署名马天安的剧本《出狱之后》，是个薄薄的很不起眼的小册子，只用了四角钱。回到北京便将它放在旧书堆里了，多年不曾翻动过。直到前几年，我在编邓颖超同志的《纪念与回忆》时，才发现马天安就是马骏烈士的笔名，剧本正是在天津出版的。当年马骏与周恩来等人一起组织觉悟社，共同领导了“五四”时期天津的学生运动，后来还担任过地下的中共北平市委书记。待我就此写了一篇书话之后，远居西北的马骏烈士之子来信说，他第一次知道父亲写过剧本，要求借阅，此外，写过《马骏传》的作者也来信说，不知此事。当马骏烈士的孙子还回我的藏书时，他说已经复印了几份，还诡秘地使了个眼色：“您当年花几毛钱买的旧书，现在成了革命文物了。”我深为这位年轻人懂得旧书的价值而欣慰不已。

60 年代初，北京中国书店在国子监设有旧书门市部，进门需要购书证，实在是个好去处。阿英、唐弢是常客。那时唐弢正在西郊主持写《中国现代文学史》，只有周末才回城，我则天天上班，只有星期日上午才能去看书，所以我们常在这一天碰面。阿英同志几乎天天到，竟连星期日亦不漏，有这种痴劲儿的人，现在极难见到了。我在这里买到一本在当时来说可买可不买的书，那是土纸印的六十四开本的《缪弘遗诗》。书很薄，作者又名不见经传，结果花了四角还是买来了，主要为着前面有李广田的一篇短序。这是西南联大一位学生的诗集。前些年，碰到李先生的家属，知道他们正编李先生的文集，一问，果然漏收此篇，便借给他们抄补进去。青年朋友刘君，志在编撰《中国现代新诗目录》，他的腿很勤，跑遍了各地的图书馆，有好几本书却只见其目，《缪弘遗诗》和闻一多作序的《三盘鼓》即是。我借给他这两本书复印，他高兴得跳起来。我受到他情绪的感染，俨然以为自己真的拥有了金矿，飘飘然了许久。

事情还没有讲完。友人王景山教授为撰写西南联大文艺社团的回忆录，也来找我借《缪弘遗诗》。我把书寄给他，他回信说：

> 缪弘和我在当时的西南联大同系、同级，又同是当时联大文艺社社员。捧读这本诗选，四十年前事，历历在目。这本诗选，当初我们都有的，但后来经过复员、解放以及历次运动，大都没有了。现在竟从兄处看到，真可谓有缘矣。但更值得为兄一说的是，今天上午我已经把诗选拿给扉页署名“少伟”的那个人了。

真有这样的巧事，景山兄说，这位原书的藏主“少伟”也是西

《缪弘遗诗》
1945年文艺社版

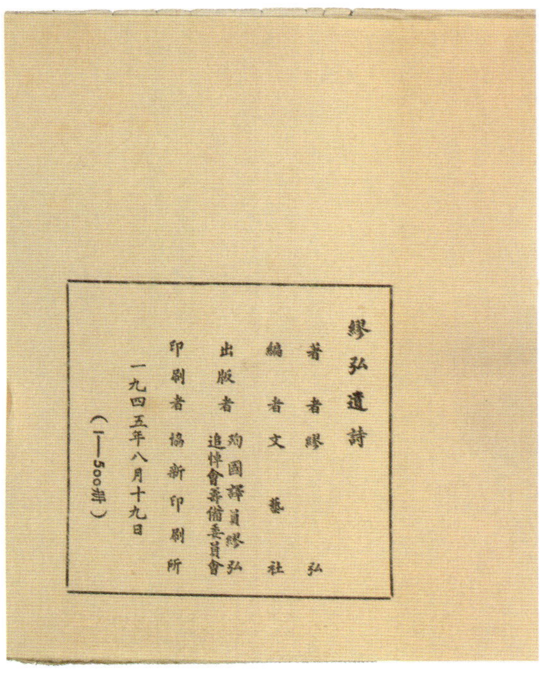

繆弘遺詩

著者 繆弘

編者 文藝社

出版者 殉國譯員繆弘追悼會籌備委員會

印刷者 協新印刷所

一九四五年八月十九日

（1——500冊）

《缪弘遗诗》内页

南联大同学、文艺社成员。他是夏衍同志的女婿，已故女作家赵慧琛的胞弟。赵女士在30年代演过电影《马路天使》，“文革”中被迫害致死。景山兄等都各自复印了一份，并将原书还我，说来这已经是1986年的事了。

我感谢这些找我借书的识者与不识者，他们都给我带来愉快的回忆，也不枉我多年来在冷摊前耗费的光阴。他们也没人强索我的藏书，虽然连我也感到，他们保存那书也许比我更有理由。但是，他们没有这样做。他们这种尊重别人的感情是美好的。我还遇到过这样的借书人，以为我是图书馆，什么书都应该有。我说没有某本书，对方冷冷地一笑：“你再找找看嘛，何必说得这么肯定。”我想，糟了，人家不相信我了。难道人世间还有比不被人家信任更难过的事吗？

买书钱

碰到两位年轻的爱书人，他们一心想收藏几本新文学的原版书，又苦于难觅踪影。我告诉他们，现在琉璃厂偶尔还会碰上一两本，定价不低。前不久上海来了一位同行，见到抗战前卞之琳印的诗集《三秋草》定价两张“大团结”，当时嫌贵没有买。后来经过一番思想斗争，他又重返琉璃厂，终于得手，并愉快地请卞先生题字签名。另一位朋友来自四川，我讲不久前有人买到初版的《桑干河上》，上面还有丁玲的签名，送给沈钧儒先生的，花了更多的“大团结”。这位朋友竟表示，他若遇上，再贵点也买。

我想起自己买旧书时的经历，似乎有点近于说梦了。

新中国成立前，我常到天津天祥商场二楼的旧书摊访书，有的书堆放在一张铺板上，一律一角一本，随意挑选。记得曹禺的《正在想》、胡风的《野花与剑》等，我就是从那里拣出来的。买新书当然贵多了，特别是由上海运到了北方，不断地加成，往往要比原定价高出十倍以上。我的买书钱主要靠上学时家中每月给的零用钱。不够的时候就虚报开销，如说学校指定要买参考书，或者自己又新添了一件衣物之类。那时我已经上高中、大学了，家长也不会再一件件地去核实，有时实在找不出什么理由，只好找家中的同辈人去借。是否还过，不记得了。

新中国成立以后到了北京，正是百废待兴，风气所关，又加上是供给制，没有余钱，也就顾不上买书了。此外，思想也“左”，以为买旧书的时代已经过去。稍后改了低薪制，随着“双百”方针的贯彻，也常跑旧书摊。问题是，那时又挑起了生儿育女的重担。

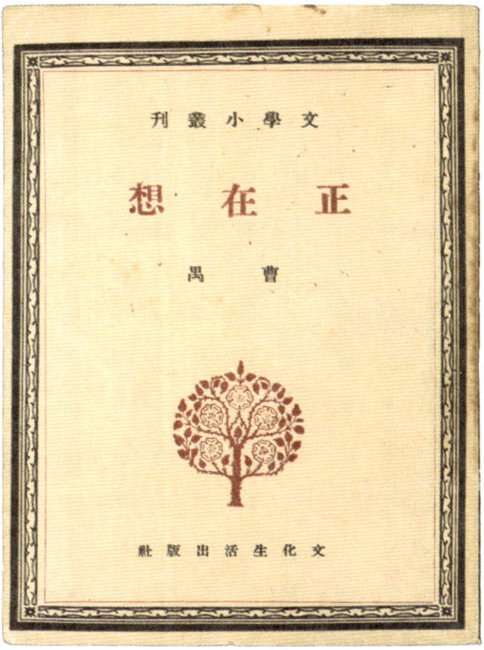

《正在想》
1941 年文化生活出版社版

《西行漫画》
1938 年上海风雨书屋版

当时正值提倡人多力量大，我有三个儿女，每月光扣托儿费，我们夫妇的工资袋里也就所剩无几了。记得每月月初在东华门大街买汽车月票时，恰是发薪的前两天，我们把孩子存钱罐里的硬币都凑了起来。当着那么多排队的人，一把把地往外掏硬币，实在有点难为情。幸好那时的风气尚可，卖月票的姑娘也没嫌烦或骂过我们。所以我买旧书，一向尽买那些定价便宜的。

北京卖旧书的人也真有眼力，难得的书往往价高，这也可以理解。他们说收书的时候进价高，又是拉家带口的，谁不想多卖几个钱。不过也有被他们忽略了的漏网之鱼，比如一些页码不多的小册子，也不过一两角钱。天长日久，我先后就这样收得了几十种解放战争期间有关学生运动的小册子，不少还是文艺性质的，如一些诗刊、独幕剧集、纪念闻一多逝世周年纪念册等。那是一个斗争尖锐的年代，这些小册子都是为了战斗的需要适时而生，印数不多，非常珍贵。其中上海学联印的《新五月演义》，以章回体记民主运动的事件，摊主很精明，非一元五角不卖。这在当时是个高价，我只好忍痛购下。

平时，我们夫妇的工资领来后都放在一起，谁用谁就去拿。好书诱人，在刚发薪的那几天也就慷慨起来，不计后果了。妻觉察了，提出警告：“先生，手下留情，一家老小还得吃饭呢。没看见孩子的裤子不能再打补丁了吗……”我良心发现，只好低头不语。有的时候，实在怕那难得的版本被别人抢去，趁妻不在旁边的时候，不声不响地从橱里抽出两张票子来。比如阿英在孤岛上海印的那本长征画集《西行漫画》，我便采取如此手段得来。当时花了一元钱，现在当然是革命文物了。有时发现妻子正站在橱前点钱，一边还发出疑问：“这钱好像不对呀，怎么只剩下……”回头又问我：“你拿钱了吧？是不是买书了……”我若无其事又非常坚决地说：“没有哇，我没动，什么也没买！你再想想看，是你记错了吧……”这么虚晃一枪还真管用，妻果然又重数一遍钱，并纳闷地盘算着：“最近我没买什么东西呀……让我再想想看……”一向爱往自己头上揽错的善良的吾妻，此刻又开始责起自己来，甚至责怪自己计划不周。此刻我想暗笑，却又笑不出口。那是一种什么滋味呢！平时她也太忙了，而三个孩子又特别亲她，总是跟在她后边转，害得妻根本没有时间对我进一步地观察与思考。我也奇怪，她怎么也不想一想，我的那些书是怎么一天天多起来的？

孩子们终于长大成人，生活独立了。我们夫妇的工资还放在一起，再加上奖金和稿费，真的富裕了。这回可以放手买书了。悲哀的是，旧书市场已经断档；新书呢，又没有几本看上眼的，只好眼看着旧书店关门、改行。当年唬骗过妻子的事，早已当着孩子们的面向贤妻坦白过了。究竟是一家人，大家宽恕了。可是每当我想起自打上学时起，我就靠骗得的钱去买书，这是何苦呢！

1992 年

《书摊梦寻》小引

少年时代，我是从天津旧城北门西的旧书地摊上开始寻觅课外读物的。课本上有鲁迅、冰心、叶圣陶、巴金的名字，在地摊上才发现他们写过那么多书！又有从未见过的书，是沈从文、曹禺、丁玲写的。还有萧乾……

战前天津有商务、中华书局，敌伪时期有大地书局，抗战胜利后有正中书局，可是我很少迈进那堂皇的门槛，最爱去的还是天祥商场二楼的旧书摊。多么诱人的绕场一圈的旧书摊啊！那是一座开架的图书馆，我的第二课堂。至今我保存了在那里搜罗来的一些稀见版本和毛边书。我忘不了天津的旧书摊。

我是从什么时候开始爱慕知识、爱好文学、喜爱藏本的？想来想去还是为那些旧书摊所吸引。

1950 年我进了北京。天时地利，又让我先后与西单商场、东安市场为邻。我是那两处旧书摊前的常客。我的许多梦都留在书摊上了。

现在几乎找不到真正的旧书摊了。可是我在梦中依然去巡游。常常在丛残中发现绝版的珍本，醒来却是一场空，不禁顿生寂寞。说真的，梦中的那些书格调高雅，连封面设计也不像今天的那样五颜六色，看了令人闹得慌。

我在书摊上，不过想寻找些从未见过而又有兴趣的书，并随时写点书话，没有想过旧书可以升值。然而近来有朋友跟我说：“老姜，这回你可发财了。几十年跑旧书摊，一共存了多少民国版的旧书了？”

我这个人一向胆小怕事，明知对方是半开玩笑，心里却不免打鼓：难道有人误会我买旧书是为已经被打倒了的“民国”招魂？莫非有人又以为我意识超前，早就料到旧书会像古董似的可以参加拍卖？尽管我也知道，升值和参加拍卖都不犯法。

如今我真的有点怕买旧书了，至少如一位不相识者在一家读书报刊上说的，有点不便再进旧书店。因为我实在说不清什么书可以升值，什么书不能升值。怎么办呢？只好在自存的旧书堆中去寻梦。摊开几本旧藏，任意浏览翻检，居然在自家屋里摆起了旧书摊。我在书中寻找一些人弃我取、有益他人的物事，或做点介绍，或做点小小的考据，以补他人的佚失和微不足道的差错。如此这般，仿佛已经进入了“两耳不闻窗外事，守着残书自寻乐”的境界。这究竟是甘于寂寞有所追求呢，还是无意间有所逃避？我看您就马马虎虎甭问啦。

我把近几年所写的书话编成一本小书，起名《书摊梦寻》，可见我退休后的闲人生活，也表达了我近时的心境和所感。还是我说过的，出门旅行见了世面，我就写点散文；坐在家中足不出户，我就写点书话。我一辈子没有什么出息，既没有发财，也没有什么格言，更没有打过任何形式的小报告，害过什么人。

旧书摊的梦真的不去寻了吗？我也并不那么悲观。世上痴心寻梦的人正多，旧籍也不会就此绝灭。我仍将寻寻觅觅，并为天下的同好们祝福。

1996 年秋

编后记

时间真快，不知不觉，姜德明先生离开我们已整整两年了。去年十一月，姜先生的藏书在北京中国书店拍卖，获得中国新文学书刊拍卖的空前成功。这充分说明，广大读者，包括中国现代文学研究者和爱好者，极为重视姜先生的珍藏，当然，也十分喜欢姜先生的文章。

因此，我们应中国书店之邀，并承姜先生公子姜旗兄惠允，编选了这部《旧书是美丽的——姜德明书话选》。“旧书是美丽的”是姜先生自己的话。这部选集分为八个部分，即“书叶小集”“鲁迅之什”“签名本及其他”“杂志拾遗”“译林枝叶”“书衣、插图与影像”“梨园书事”和“谈自己”，希望能够大致反映姜先生对自己多方面藏书的喜好、品评和阐发，以及他的开放和前瞻的中国现代文学史观。同时，出版社方配置了不少精美的书影，以收图文并茂之效。

限于篇幅等原因，有些佳作未能入选，这是令人遗憾的。编选工作的不当之处，恳盼读者诸君批评。

陈子善　赵国忠
2025 年 5 月